ПЕРВАЯ СРЕДИ ЛУЧШИХ

ТАТЬЯНА УСТИНОВА

ПЕРВАЯ СРЕДИ ЛУЧШИХ!

Читайте детективные романы:

ТАТЬЯНА
УСТИНОВА

ХРОНИКА
ГНУСНЫХ ВРЕМЕН

МОСКВА
ЭКСМО
2 0 0 3

УДК 882
ББК 84(2Рос-Рус)6-4
У 80

Серийное оформление художника *Д. Сазонова*

Серия основана в 2002 году

У 80   **Устинова Т. В.**
Хроника гнусных времен: Роман. — М.: Изд-во
Эксмо, 2003. — 416 с. (Серия «Первая среди лучших»).

ISBN 5-699-00676-1

Кирилл никак не предполагал, что девушка в очках по имени Настя окажется ему настолько дорога, и он, плюнув на поездку в Дублин, будет заниматься расследованием смерти ее бабушки! Настя не верит, что бабушка погибла, уронив в ванну фен. Кирилл, обследовав дом, согласен с ней. И теперь не только Насте и ее родственникам, но и Кириллу хочется выяснить: на какие деньги полвека безбедно существовала старушка, которая оставила в наследство и бриллиантовое колье стоимостью в сто тысяч долларов, и домик на берегу Финского залива, и старинную библиотеку? И кто это шарит вокруг дома в темноте, кто пытается уморить наследников старушки и отыскать остальные сокровища?

УДК 882
ББК 84(2Рос-Рус)6-4

ISBN 5-699-00676-1

Это очень просто. Нужно только ни о чем не думать.

Все будет хорошо. Просто не думать о том, *как* это будет. Нельзя жалеть старуху. Хватит, пожила, пусть теперь даст пожить другим. Конечно, она ни в чем не виновата, но раз уж она оказалась прямо на пути, то и черт с ней. Ждать, когда помрет сама — некогда. Времени мало, очень мало, совсем нет. Еще чуть-чуть, и она может открыть тайну, и тогда руки будут связаны. Надо успеть управиться.

Успеет!..

В коридоре горели всего две лампы, и пахло цветочным мылом и еще какой-то парфюмерией — старуха наводила красоту. Это она умела. Никто в жизни не дал бы ей ее семьдесят с гаком.

Лето, жара, питерское солнце, ошалев от собственной смелости, плавит асфальт. Упоительно, как бывает только в детстве, пахнет битумом, свежескошенной травой и водой из Невы. Бабушка покупает мороженое. Она всегда покупает мороженого столько, сколько захочешь. Хоть у каждого ларька. Продавщица улыбается, шершавый толстенький вафельный стаканчик увесисто холодит ладонь, и мороженое сверху сразу начинает подтаивать, и его приятно слизывать, и язык становится ванильным и твердым от холода. Бабушка хохочет — она никогда не смеется просто, она всегда хохочет, у нее белые зубы и веселые морщинки вокруг глаз, — и поправляет невесомый газовый шарф в стиле пятидесятых, который летит в невском ветру и питерском солнце как будто сам по себе. А у Исаакия — это всем известно — стоит еще одна тележка с мороженым, и, когда они дойдут до нее, бабушка купит еще, и можно не бояться, что это кончится слишком быстро.

Через минуту, если все пойдет по плану, она умрет.

И зачем только вспомнилось это дурацкое мороженое!..

Она весело прожила все свои семьдесят с гаком, ну и хватит, и все, и не надо думать об этом! Это просто дело, такое же, как все остальные дела. Ну пусть не такое же, но дело, только и всего. Ничего личного. Никаких воспоминаний, и черт с ним, с этим мороженым!..

Все было приготовлено заранее.

Вода плескалась, и старуха что-то пела себе под нос. Ей-то легко — она ничего не поймет и ни о чем не узнает. Ей было легко всю жизнь, и сейчас, в такой ответственный момент, ей тоже легко — почему такая несправедливость!

Дверь не скрипнула, стоило похвалить себя за предусмотрительность. Старуха сидела спиной, пела и любовно намыливала длинную, розовую от горячей воды руку. У нее были прямые плечи, и волосы забраны под цветастую косынку, и на шее не видно никаких морщин. Сознание на минуту сдвинулось и поехало куда-то — может, это и не старуха вовсе? Может, нужно обойти ее и... посмотреть?.. Чтобы не ошибиться?

Нет. Смотреть нельзя.

Два тоненьких проводочка вдруг как будто раскалились и теперь жгли ладонь, и не было стаканчика с мороженым, чтобы остудить ее.

Теперь быстрее. Нечего просто так таращиться.

Ладно. Можно зажмуриться, чтобы не видеть, как это будет.

Проводочки невесомо скользнули по ладони и неслышно, как змеи, стекли в мыльную воду.

Дом как будто вздрогнул, и даже странно было, что ничего не произошло. Даже свет не погас. Пот потек по лицу, и его приходилось слизывать языком, чтобы он не попадал на губы. Это было противно. К счастью, дверь в ванную, за которой помирала старуха, была уже далеко.

Интересно, это бывает быстро, как в кино, или нужно ждать?

Ладно. Ладно! Об этом нельзя думать.

В кармане были перчатки, которые плохо налезали на потные от страха руки. Нужно осторожно отцепить провода от уличного выхода проводки. Старуха уже давно должна проходить собеседование с архангелом Гавриилом.

Виниловые змейки, утратившие свою силу, показались теперь незначительными и скучными. Они легко наматывались на кулак, только оголенные хвостики были мокрыми. При виде этих мокрых хвостов опять накатила тошнота.

Теперь остается только закончить все, как надо.

В доме было тихо. Свет в коридоре горел, только старуха больше не пела. Пакет с феном лежал на столике, рядом с керамической вазой, которую они, дети, однажды разбили и за которую тогда им очень попало. Вазу кое-как склеили и водрузили на столик. Чтобы поставить в нее цветы, приходилось засовывать внутрь литровую стеклянную банку.

Дверь опять не скрипнула.

Да. В кино все показывают правильно. Старуха была мертва. Платка на волосах уже не было, седые космы плавали в воде, как невиданные отвратительные водоросли цвета перца с солью.

Платок нужно взять с собой. Это совсем лишняя деталь декорации. В кармане от него моментально стало мокро. Фен, вынутый из пакета, тихонько плюхнулся в воду, задев болтающуюся безвольную руку. От шевеления этой руки горло залила кислая рвота. Только этого еще не хватало!

Быстрей вырваться отсюда на волю, на воздух! Проклятая бабка!..

Да, еще пробки.

Белая пуговка с легким щелчком выстрелила в ладонь, и дом рухнул в темноту, как в пропасть.

Ну вот, теперь все в порядке.

Машина стоит совсем с другой стороны. На соседних участках никого нет, но осторожность прежде всего. За кустом смородины знакомая с детства дырка в заборе — через нее вошли, через нее и выйдем.

Все просто, даже проще, чем казалось сначала.

Ну что, бабуля? Как там тебя встретил архангел Гавриил? Куда направил? В рай?

Не может быть, чтобы в рай. В аду тебе самое место. Туда ты и отправилась.

Первый пункт коротенького списка можно считать выполненным. Осталось всего два.

Оказывается, убить — это так просто.

Он не хотел подслушивать, но сидел так, что слышал каждое слово.

— ... я больше не хочу, правда! Я специально

позвонила, я только что с работы, устала как собака, а ты опять поддаешь, да еще с какими-то бабами!

— Ну с какими бабами, ты что? Да я даже не знаю, как ее зовут, честное слово! Это Витек с ней пришел...

— Какой еще Витек, никакого Витька нет, ты бы хоть врал как-нибудь поумнее! Я разве не вижу?! Сколько ты уже высосал своего пива?! Бочку?!

— Насть, ну правда, ну послушай меня, я понятия не имею, что это за баба...

— Однако она у тебя на коленях сидела, когда я подошла!

— Ну что ты выдумываешь-то, Насть!

— Слушай, хватит, а? Все, я уезжаю домой и не хочу больше ничего слушать! Я тебя специально просила, а ты!..

— Ну давай я с тобой поеду, что ты, ей-богу! Вечно ты начинаешь...

— Это не я начинаю, это ты начинаешь, хотя я миллион раз...

— Ну давай, давай я поеду, только мне надо выкупаться.

— Хорошо, купайся, я подожду.

— Пойдем к ним, неприлично же. Что ты меня, как маленького, отчитываешь! Давай садись, а я искупаюсь. Где ты припарковалась?

— Нигде. У моста.

Зажигая сигарету, Кирилл искоса глянул на ссорящуюся парочку, и все стало ясно.

Она была обыкновенная — короткое полотняное платьице, туфли без каблука, гладкие волосы, очки и необъятный портфель, который она судорожно прижимала к боку. Он — высоченный, широкоплечий, рельефный атлет с лицом, красным от смеси пива, унижения и желания оправдаться.

Он хватал ее за руки и за ремень портфеля, а она отпрыгивала от него, увязая в песке офисными туфлями, и отцепляла от себя его руки.

«Ребята», в непосредственной близости от которых разыгрывалась милая семейная сцена, деликатно смотрели в другую сторону, а лежащая на полотенце девица, такая же рельефная и фигуристая, наоборот, смотрела пристально и усмехалась со злорадным превосходством.

Ну все, парень, решил Кирилл. Ты пропал. Что ж ты жопу с титьками на колени посадил, когда должны были приехать портфель с очками? Или от пива развезло совсем?

Девушке в очках он сочувствовал не слишком.

Ему все стало понятно с первого взгляда, и он не верил, что кому-то что-то может быть непонятно.

Ты просила его провести вечер вместе, а он ушел от тебя на пляж с «ребятами», грудастой макакой и ящиком пива. Каждому свое. Вместо того чтобы выкрикивать какие-то бессмысленные угрозы, и вырывать руку, и разъяренно сверкать на макаку очками, а потом все же тащиться за своим Аполлоном к «ребятам», и делать вид, что ничего не произошло, и бодро закуривать предложенную сигарету, и старательно не смотреть на совершенное загорелое тело в двух веревочках — где-то в районе бюста и где-то в районе бедер, — и игнорировать победительную улыбку, и покорно выжидать, когда Аполлон все же соизволит пойти с тобой — а может ведь и не соизволить! — вот вместо всего этого взяла бы ты свой портфельчик, села бы в свою машину, припаркованную у моста, да и поехала домой, телевизор смотреть и на диване валяться.

Кирилл Костромин не признавал запутанных отношений и не верил, что раны можно лечить путем постоянного ковыряния в них.

Впрочем, это совсем не его дело.

Ему нечем было заняться этим вечером в Питере, и он даже жалел, что принял от партнера приглашение на шашлыки. Завтра до обеда он проваляется в отеле, если только ему не взбредет в голову какая-нибудь пионерская фантазия, вроде, например, посещения колоннады на Исаакиевском соборе или прогулки по Летнему саду. К трем его ждут на даче, полдня и полночи придется попеременно пить, есть и париться в только что возведенной партнером баньке, которой хозяин гордился ничуть не меньше, чем Монферран своим бессмертным творением.

К полудню субботы Кирилл Костромин проснется с чугунной башкой и отвратительным настроением, которое всегда наступает у него назавтра после попойки, и — в Москву, в Москву!

Хорошо еще если проснется в своем отеле, а не на чужом диване в обществе чего-то вроде той макаки с веревочками в районе бюста.

Тугой теплый ветер бросил в щеку песок. Кирилл открыл глаза. Мимо, сверкая розовыми поросячьими пятками и вздымая чистый песок, прошлепал щекастый бутуз в панаме и с ведром на буксире. Кириллу стало смешно. Он проводил бутуза глазами и снова зажмурился, подставляя ветру лицо.

Нева плескалась у ног, норовила залезть в ботинки, но ему лень было подняться и переставить их подальше. Город шумел на том берегу, а казалось, что далеко-далеко. В небе сияло два солнца — привычное и гигантский золоченый купол Исаакия. Нева пахла водой и свежестью, а вовсе не бензином, как изнемогающие московские сточные канавы, гордо именующиеся реками. От нагретого серого камня Трубецкого бастиона несло ровным теплом, и Кирилл даже слегка недоумевал, почему никогда раньше ему не приходило в голову просто посидеть на пляже у Петропавловской крепости.

Он заехал сюда случайно — среди дня вдруг кончились дела, и он понял, что не знает, куда деться до вечера. Хотелось есть, но на Невском негде было поставить машину. Он долго ехал, потом куда-то повернул, попал на Большую Морскую с односторонним движением, выискивая место для парковки, не нашел, и в конце концов его вынесло на Дворцовый мост. За мостом была стоянка, но не было ресторана, — по крайней мере, в зоне видимости, — и он пошел к Петропавловской крепости, осеняющей огромное знойное небо золотыми крыльями летящего ангела.

Пивнушку под зеленым тентом с шаткими пластмассовыми столами и стульями он обошел стороной и развеселился, осознав собственную осторожную брезгливость.

Эк тебя угораздило, господин Кирилл Костромин!

Не подходит тебе пивнушка. Брезгуешь.

А столовку для дальнобойщиков в городе Мелитополе забыл? Как ты там борщ наворачивал и какие-то немыслимые котлеты, хорошо если из бумаги, а не из навоза, не помнишь? А как автостопом в Крым ехал и там с голодухи по темноте рылся в помойке за кафешкой с шикарным названием «Чайка», отыскивая съестное? Как грузчиком нанимался в овощной ларек и таскал из ящиков желтые, вонючие толстокожие огурцы, больше похожие на мелкие дыни? Как яблоки воровал из колхозного сада, тоже, конечно, не помнишь?

И лет-то с тех пор прошло всего ничего — вовсе не сорок и не пятьдесят, а только десять.

— ...поставь меня сейчас же, я сказала! Отстань! Отцепись! Прекрати сию минуту! Ну!..

Очевидно, поединок очкастого портфеля в полотняном платье с бронзовым Аполлоном разгорелся с новой силой. Кирилл нехотя открыл глаза и посмотрел в ту сторону.

Аполлон легко, как в кино, тащил ее в Неву, вместе с очками и портфелем, а она молотила по нему бледными кулачками и злилась, кажется, по-настоящему. Блондинка перевернулась на бочок, подперла щеку и наблюдала с интересом.

Все правильно. Никуда ехать с тобой он не собирается. Он совершенно уверен, что ты просто ломаешься, в тебе взыграла женская дурь, сейчас он тебя развеселит, пощекочет, потреплет, нальет пива, и ты успокоишься, повеселеешь и станешь такой же, как они — «нормальной девчонкой».

Вот скука.

Кирилл дернул рукой, чтобы часы съехали на запястье. Он просидел на этом пляже два с половиной часа — надо же! Когда в последний раз он вот так — ни на что — тратил драгоценное время?

Все-таки нужно найти ресторан и поесть, наконец. Или ничего не выдумывать и вернуться в свой «Рэдиссон»? Там он еще ни разу не ужинал.

Он поднялся и стряхнул песок с безупречных светлых брюк. Солнце убралось за Петропавловскую крепость, и в небе сиял теперь только Исаакий, и набережная шумела машинами, и Дворцовый мост парил над Невой, и чайка, распластавшись над темной водой, высматривала добычу.

Кирилл любил Питер с тех самых пор, как в первый раз, лет в восемнадцать, приехал сюда автостопом и болтался в толпе нестриженых хиппи в кафе «Сайгон» на углу Владимирского проспекта. Там его подцепило золотоволосое растение женского пола, которое звали Луна. У Луны были длинные, почти белые волосы, зеленые русалочьи глаза, вечная сигаретка в розовых губах сердечком, родинка на правом плече и совершенно определенное представление о том, как именно следует переделать жизнь, чтобы она стала простой и прекрасной. От роду Луне было шестнадцать лет, и она ушла из дома в коммуну как раз для того, чтобы начать переделывать эту жизнь по-своему.

Тогда их представление о переустройстве мира заключалось в курении марихуаны, пении странных песен, вплетении в лунные волосы разноцветных шерстяных ниток, старательном — с высунутым от усердия языком — вырезании на джинсах удивительных фигур, полосочек, звездочек и кружочков, нанизывании бус и в бурном шестнадцатилетнем сексе на тощих матрасах, наваленных прямо на полу жутких коммунальных квартир.

Потом за Луной явился папа в сопровождении милиции, и Кириллу Костромину тогда чуть было не пришел конец.

Как это он выбрался из всего этого?

Самое странное, что нынешний «Рэдиссон», в котором Кирилл останавливался, привычно не замечая его богатого благолепия, как раз заменил собой тот самый знаменитый «Сайгон», как нынешний Кирилл Костромин заменил того, кто резал джинсы, заплетал косы и потел на древней вате бугристых матрасов.

Он обулся на щекотной, ровно подстриженной траве и еще обошел крепость, влез по шаткой лестничке на Трубецкой бастион, откуда открывалась «Невская панорама», как это именовалось на плакате над кассой. «Невская панорама» предлагалась за десять рублей. Детям и пенсионерам — скидка.

Все-таки турецкоподданный Остап Бендер-Бей был большой молодец. Скольким ребятам он благородно указал путь отъема денежных средств в рамках Уголовного кодекса! Ему бы не в Одессе памятник, а у каждой «Невской панорамы» по памятнику поставить, это было бы справедливо.

Кирилл спустился по другой лестничке и побрел к своей машине в толпе громогласных немецких туристов, которых неизвестно зачем принесло на ночь глядя в Петропавловскую крепость.

Машина, оставленная на солнце, раскалилась, как забытый на плите чайник. До руля нельзя дотронуться, кресла исходили синтетическим жаром, и страшно было даже подумать, что придется опустить себя в огненную обивку — жерло вулкана.

Он запустил двигатель, включил кондиционер, оставив стекло открытым, а сам предусмотрительно остался снаружи — покурить.

И тут он снова ее увидел. Ту самую, что в очках, с портфелем и Аполлоном.

Она сидела в двух шагах от него, в старенькой «Хонде», которая хрюкала, плевалась и не заводилась. В машине она была одна, Аполлона поблизости не наблюдалось. Очевидно, эту партию он выиграл и остался допивать пиво на пляже с «ребятами» и макакой.

С каждым поворотом ключа «Хонда» хрюкала все слабее и слабее, а девица все крутила и крутила стартер, приближая безвременный конец своей машины.

Да и черт с ней. Не станет же он вмешиваться. Это совершенно не его дело. И девица ему не понравилась еще на пляже. Кирилл не любил, когда позволяют вытирать о себя ноги, а она позволяла, да еще публично.

Он посмотрел на свою сигарету. От курева есть захотелось еще больше.

— Девушка, — сказал он, рассматривая сигарету, — у вас аккумулятор сел. Когда в последний раз вы выключали фары?

Она мрачно взглянула на него, дернула головой и с ожесточением повернула ключ зажигания. «Хонда» прощально кашлянула и затихла. Было совершенно ясно, что навсегда.

— Ч-черт, — сморщившись, выговорила девица, — черт, черт, черт.

Кирилл докурил свою сигарету и бросил окурок в урну.

— Я ее теперь ни за что не заведу, — сказала девица, обращаясь к рулю своей страдалицы-машины, — она «автомат». Конечно, фары. Я их вечно забываю. И сейчас забыла.

— Поздравляю вас.

— Спасибо, — неожиданно ответила она, выскочила и задрала капот. Некоторое время молча рассматривала мотор, а потом обратилась к Кириллу: — У вас есть «крокодилы»?

Кириллу не хотелось с ней возиться. Конечно,

у него были «крокодилы», но проще было сказать, что нет.

Однако сказать он ничего не успел.

— Пожалуйста, — попросила девица, моментально став смирной, — если можно, пожалуйста. У меня сегодня день такой. Ужасный.

— Ну да, — согласился Кирилл и пошел к своей машине.

Конечно, он не может просто так взять и уехать. Раз уж вообще с ней заговорил. Придется быть благородным до конца.

Он погрузился в кондиционированную прохладу салона и с наслаждением подышал, выгоняя из легких жару и сухость. Льняная рубаха липла к спине, и он с неудовольствием подумал, что даже не знает, нет ли на ней мокрых разводов. Плохо выглядеть Кирилл Костромин не любил.

Он повернул ключ — мотор заурчал сыто и почти неслышно, — вырулил из-за «Хонды», встал во второй ряд и включил аварийную сигнализацию. Девица из-за задранного капота наблюдала за его перемещениями с настороженным интересом.

— Я думала, что вы уезжаете, — сказала она, когда он вылез.

— Я раздумал в самый последний момент, — сообщил он и открыл багажник. В багажнике был идеальный порядок, чистота и красота, как в номере «Рэдиссона».

— Ничего себе, — протянула девица за его плечом. Он с неудовольствием оглянулся и чуть не задел носом ее очки.

— Как это у вас получается? — спросила она и поправила очки. — Я имею в виду порядок.

— Само собой как-то, — буркнул Кирилл и до-

стал из кожаного мешочка сверкающие «крокодилы», — вы умеете их цеплять?

Девица посмотрела на «крокодилы» и перевела
взгляд на него. Глаза у нее были зеленые и очень
печальные, как у спаниеля, потерявшего хозяина.

Впрочем, так оно и было. Хозяин хоть и не по-
терялся, но остался на пляже, а спаниель понуро
потрусил домой.

— Умеете?

— Конечно, — сказала она и улыбнулась, —
сто раз цепляла. Я же говорю, что все время забываю фары выключать.

— Ну и напрасно. — Ему не хотелось с ней
любезничать. — Давайте побыстрее, мне нужно
ехать.

Она поняла все правильно и больше с ним не
заговаривала.

Старушка-машина завелась со второго раза, и
Кирилл отцепил «крокодилы».

— Спасибо, — сказала девица, передавая ему
вторую пару блестящих железок, — большое вам
спасибо. Вы меня очень выручили. Мне не хотелось здесь... задерживаться.

Ну конечно. А вдруг твой Аполлон с Аполлон-
шей возжелали бы немедленно уединиться в «уют-
ном гнездышке», а тут посреди дороги ты со своим аккумулятором! Что бы ты тогда стала самой
себе врать, чтобы в следующий раз опять тащиться за ним и делать вид, что все нормально и ничего *такого* не происходит?

— Вы из Москвы, да? — спросила она, по-
смотрев на номера его машины.

— Да.

Кирилл захлопнул багажник и сел за руль.

— До свидания.

— Подождите, — вдруг быстро сказала девица, и он посмотрел с удивлением и недовольством, — не уезжайте. Я понимаю, что это, конечно, неприлично, но все-таки... Вы ведь не поедете в свою Москву прямо сейчас, правда?

— Не поеду. — Теперь он смотрел на нее во все глаза.

— Конечно, не поедете. Уже полдевятого. Выпейте со мной кофе. У меня, правда, очень плохой день. Просто ужасный. А впереди еще целый вечер, и мне совсем некуда пойти. И не с кем. Вы только не подумайте ничего такого...

— Все такое я уже подумал.

Она заправила за ухо волосы, которые и так были стиснуты заколкой туго-туго.

— Сегодня похоронили мою бабушку, — сказала она тихо. — Я ее очень люблю. Она необыкновенная. И умерла так... неожиданно. Только ради бога, пожалуйста, не думайте, что я душевнобольная или проститутка. Если вам совсем не хочется, я от вас отстану.

— Поедем на моей машине, — сказал Кирилл Костромин, отказываясь верить тому, что это говорит он. — Вашей я не доверяю. Вы знаете, где здесь можно поесть?

— В переулке за Кунсткамерой есть хороший ресторан. Туда ехать всего ничего. И спасибо вам большое.

— Ничего не спасибо, — сказал он с досадой, — просто я очень голоден.

— Я поеду на своей машине, — торопливо сказала она, боясь, что он передумает, — а вы за мной. Это очень близко. За мостом сразу направо и еще раз направо.

Кирилл кивнул и сдал назад, освобождая ей место для выезда.

Куда его несет? Свободное время всегда как будто проделывает дыры в его мозгах, и все здравые мысли улетучиваются через эти дыры. Она ведь ему даже не нравится, не говоря уж о том, что он совсем ничего о ней не знает, кроме того, что у нее имеется древняя машина, Аполлон и она все время оставляет включенными фары.

Ну и что, спросил тот самый Кирилл Костромин, который был когда-то хиппи. Ничего же не происходит. Ну, поужинаешь ты с ней. Самые большие потери, которые могут быть, — это то, что тебе придется заплатить за ее ужин. Ничего, переживешь, не обеднеешь. А так сидел бы весь вечер один, как сыч или древний дед, таращился на веселых людей и курил одну сигарету за другой. Хорошо хоть в «Рэдиссоне» проститутки не липнут.

Под светофором он немного растерялся. Нужно было перестроиться в крайний правый ряд, а он, незнакомый с питерским движением, обнаружил это только в самый последний момент.

Старушка-«Хонда» ласточкой перелетела перекресток, а Кирилл застрял. «Хонда» скрылась из виду, и он вдруг расстроился от того, что потерял ее.

Придется тебе все-таки сидеть одному в углу, ох, придется, сказал ему тот самый Кирилл, что был когда-то хиппи. Впрочем, кажется, именно об этом ты мечтал пять минут назад и ничего не хотел так сильно, как чтобы тебя оставили в покое.

Он осторожно двинул машину, стараясь выскочить с перекрестка первым, и, как только зажглась зеленая стрелка, вылетел вперед. Старенькая «Хонда» поджидала его за поворотом набережной. Из-за светофора ему не было ее видно.

Личико у сидящей за рулем девицы было мрачным и отрешенным, как у колдуньи из американской сказки, и Костромин в первую секунду удивился — неужто так переживает из-за того, что он отстал от нее?

Ах, да, вспомнил он тут же. Бабушка умерла. И Аполлон загулял на пляже.

— Я уж решила, что вы передумали, — сказала девушка, когда он притормозил рядом. — Следующий поворот направо, и можно парковаться.

Ресторан был вполне фешенебельным — с плиточным полом, тонированными стеклами и кондиционером. Все как надо. Туристы в белых брюках и просторных рубахах сидели за столиками на мостовой, но девица решительно прошествовала внутрь. Кстати, он даже не знал, как ее зовут.

— Да, — сказал он в худенькую льняную спину, — меня зовут Кирилл Костромин. Можно Андреевич, а можно просто Кирилл. Только на «вы».

Попрошу не фамильярничать, вот что это означало. Мне с тобой не по пути.

— А я Настя. Анастасия Сотникова. — Она оглянулась, блеснув ему в лицо очками и заученной неискренней улыбкой. — У меня даже визитка есть. Сейчас, одну минуточку.

Он хотел сказать, что ему вовсе не нужна ее визитка, но она уже ожесточенно рылась в недрах своего портфеля, а из прохладной глубины зала к ним шел роскошный метрдотель, затмевавший своим сиянием всех известных Кириллу Костромину метрдотелей.

— Добрый вечер, — интимным тоном сказал он, подойдя. — Столик на двоих или будут еще гости?

— На двоих, — ответил Кирилл и не глядя взял протянутую ему визитку.

— Тогда проходите сюда, пожалуйста.

Неуловимым движением он отодвинул стул для Анастасии Сотниковой, зажег свечу в пузатом бокале, выложил неведомо откуда две роскошно переплетенные карты, и все это почти одновременно.

— Аперитив? — спросил он потом, слегка — впрочем, весьма умеренно — наклоняясь над Кириллом.

— Минеральную воду, — сказал Кирилл брюзгливо, — холодную газированную. А вы, госпожа Сотникова?

— То же самое, — ответила она с улыбкой, явно пытаясь смягчить его грубость, хотя у этого метрдотеля на лбу было написано, что ему наплевать на всю человеческую грубость вообще и на Кириллову в частности. — Только с лимоном, пожалуйста. А есть я буду салат «Цезарь» и розовую форель. Попробуйте, Кирилл Андреевич. Здесь очень вкусно готовят рыбу.

— Хорошо, — в карту Кирилл даже не посмотрел, — пусть будет форель и «Цезарь». Только не через три часа, а побыстрее, если можно.

— Конечно, конечно, — как из шланга поливая их избытком любезности, уверил метрдотель, — напитки?

— Мы уже заказали, — произнес Кирилл с нажимом, — минеральную воду. Вы забыли?

— Нет-нет, — метрдотель поисточал еще немного любезности и отошел, как будто растворился в воздухе или его засосал кондиционер.

— Вам не нравится этот ресторан? — помолчав, спросила Анастасия Сотникова.

— Ресторан как ресторан, — ответил Кирилл, — а что?

Она пожала плечами:

— Просто вы как-то странно разговариваете.

— Почему странно?

— Как будто вам все очень не нравится.

Не предложив ей, он прикурил свой «Парламент» и ничего не ответил. Он всегда разговаривал с прислугой таким тоном — в ресторанах, отелях, спортклубах и самолетах. Он старательно воспитывал себя так, чтобы не замечать в них людей, и искренне считал это хорошим тоном.

— Я, наверное, нарушила все ваши планы? — заискивающе спросила девица. — Вы на меня злитесь?

— Уважаемая Анастасия Сотникова, — сказал Кирилл надменно, — не надо ничего выдумывать. Если бы у меня были планы, я бы никуда с вами не поехал.

— А я думала, что вы меня пожалели, — пробормотала она, и щеки у нее покраснели. — У вас было очень выразительное лицо. Там, на пляже.

Он был совершенно уверен, что на пляже она ничего вокруг не видела, кроме своего Аполлона и грудастой блондинки.

— Каждый выбирает по себе... — Глядя на дым от своей сигареты, он любезно перечислил: — Женщину, религию, дорогу.

— Дьяволу служить или пророку, знаю, знаю!.. Только при чем здесь это? Вы не можете с одного взгляда установить, правильно я выбрала или неправильно! — перебила она нетерпеливо, и он искренне изумился, впервые за этот вечер. А может, даже за неделю. Или за год.

Мало кто помнил или знал эти стихи. Почти никто. «Поколение Пепси» никаких таких стихов знать не могло.

— Ну вот, — сказал он удивленно, — вы, оказывается, даже книжки читаете.

— То есть вас удивляет, что я не дура, — констатировала Анастасия Сотникова.

Кирилл хотел сказать, что ему нет никакого дела до ее умственных способностей, и вместо этого ответил:

— Ну, на пляже вы выглядели полной идиоткой.

— Я знаю, — печально согласилась она, чего он никак не ожидал. — Но я же вам сказала, что у меня сегодня очень плохой день. Бабушку хоронили. У меня была потрясающая бабушка, и сегодня ее похоронили, а я даже на поминки не пошла, потому что у меня совсем нет сил сидеть там среди чужих людей, выслушивать всю эту поминальную ахинею, и...

Кирилл перепугался, что она сейчас заплачет и ему придется ее утешать. Еще не хватало — ужинать в ресторане с незнакомой девицей, убитой горем, и выслушивать ее откровения о своей горькой судьбе! Однако она быстро справилась с собой. Выудила из гигантского портфеля пачку сигарет и торопливо закурила. Ему понравилось, что она не вытащила сигарету из его пачки.

— Мне очень нужно было, чтобы кто-нибудь сегодня со мной побыл, и вот что из этого получилось. Вы же видели...

— Видел, — согласился Кирилл, — только можно я не буду вам сочувствовать?

— Можно, — сказала она и, приподняв очки, быстро вытерла под ними, — какие-то сигареты дурацкие. Очень едкий дым.

— Поддельные, наверное.

— Наверное.

Возле их столика материализовался черно-белый официант, бесшумно поставил на скатерть запотевшие пузатенькие бутылочки с водой, переливающиеся чистотой стаканы и плоскую тарелочку с лимоном. Бутылочка интеллигентно выдохнула газ, вода с приятным шелестом полилась в стеклянное нутро стакана.

Кирилл Костромин в очередной раз почувствовал прилив истовой любви к своим деньгам, которые позволяли ему в любое время получать все это — приветливых слуг, дорогую еду, прохладу среди знойного города, французскую бутылочку с искрящейся водой.

Слишком долго и, казалось, безнадежно у него ничего этого не было.

— Расскажите мне про вашу бабушку, — попросил он благодушно. — Она вас растила?

— Нет. Для этого она была слишком независимой. Она никого из нас не растила.

— Из кого — из вас?

— Из внуков. Внуков трое. Двое племянников. У меня уйма родственников.

— У меня тоже, — сказал Кирилл и тут же пожалел об этом.

Он не хотел говорить о своих родственниках. Ему всегда было стыдно о них говорить. Зачем он вообще про них вспомнил?!

— А бабушка у вас есть?

— Нет, — ответил он неприязненно, — она давно умерла. Я ее почти не помню.

Конечно, он ее помнил.

Артритные руки, разбухшие от воды и огорода, цветастая кофтенка, одна на все времена, бедные волосы, зачесанные коричневым гребешком, запах хлорки и козьего навоза, толстые икры в нитяных коричневых чулках. Бабушка.

— Бабушка всех нас очень любила, — продолжала Анастасия, глядя в свою тарелку, — но всю жизнь не слишком возилась с детьми. Дед занимал всякие большие должности, у них всегда была домработница и няня, и, даже когда деда посадили, она как-то так умудрялась устраиваться, бытовые проблемы ее никогда не касались. Дети были сами по себе, а она сама по себе. Мой папа и тетя Нина, его сестра. Хотя блокаду она пережила. Не знаю, как ей это удалось...

— От чего она умерла? Сердце?

Его бабушка умерла от инсульта.

Было очень жаркое лето. Солнце вставало, как будто в желтой дымке — под Москвой горели леса. Крохотный прудик за деревней пересох, дно растрескалось, как будто пыталось вывернуться наизнанку, спасаясь от безжалостного непривычного солнца. Бабушка целыми днями была в огороде — все горело, нужно было поливать. Так и умерла, уткнувшись носом в огуречную грядку, в лопушистые шершавые листья, которые она спасала.

«Отмучилась», — равнодушно сказала соседка Клавдия Степановна.

— Нет, — произнесла Анастасия Сотникова таким странным тоном, что Кирилл посмотрел на нее с удивлением, — не сердце. Несчастный случай.

Почему-то он решил, что несчастный случай может быть только на дороге.

— Она водила машину?!

— Водила. Всегда. Она жила в Петергофе, там деду когда-то дали дачу, и она туда переехала после того, как он умер. Она даже на прошлой неделе приезжала ко мне на машине. Только она умерла вовсе не из-за машины.

Кирилл даже представить себе не мог бабушку, которая водит машину. Что же это за бабушка такая?!

— Она принимала ванну и уронила в воду фен. Короткое замыкание, и... все. Несчастный случай.

Бабушка принимала ванну? Уронила фен?!

— Сколько ей лет, вашей бабушке? Двадцать восемь?

— Нет, — наконец-то она улыбнулась по-настоящему, открыв ровные белые зубы, — семьдесят три. А почему вы так удивились?

Он удивился, так как в его представление о жизни никак не укладывалось, что бабушка может водить машину и укладывать волосы феном. Бабушка должна солить огурцы, полоть малину, варить картошку и на ночь расчесывать жидкие седые косы пластмассовой гребенкой.

Фен тут совсем ни при чем.

— Я до сих пор не могу осознать, что ее нет, понимаете? Мне кажется, что это невозможно. Почему ее нет? Я же на прошлой неделе с ней встречалась, мы пили кофе на Невском, в «Идеальной чашке», болтали три часа. Я ей рассказывала про Киру, и у нее было такое же лицо, как у вас на пляже. Я вас потому и заметила, что вы смотрели в точности как моя бабушка. — Она опять улыбнулась. — Кира — это тот мой приятель. Вы его видели. Его зовут как вас — Кирилл. Только почему-то все называют его Кирой.

Кирилл Костромин с неуместной поспешностью схватился за сигареты.

Господи, это еще откуда?! Это мерзкое, глупое, женское имя «Кира», которым его потчевали все детство и всю юность?! Он слышать его не мог. Он его ненавидел. И даже был уверен, что все его беды от этого дикого имени.

«Сегодня Кира дежурный по кухне!» — бодрым голосом объявляла утром мать.

«Кира, почему по математике опять тройка?» — строго спрашивал отец.

«А Кирка в лагерь не хочет! — наперебой кричали братья прямо ему в лицо и валились от хохота на продавленный диван. — Кира — дура, Кира — дура!»

И эта «дура», гораздо более оскорбительная, чем «дурак», всю жизнь помнилась ему так, что от ненависти и безысходности сводило затылок.

— ...попробуйте, Кирилл Андреевич. Это вкусно.

Оказывается, принесли еду. Салат лежал на сказочной красоты тарелке хрусткой аппетитной горкой, и ничего этого не было — ни продавленного дивана, ни братьев, ни Киры-дуры.

Вокруг был Питер, лето, чистые скатерти, столовое серебро — другая жизнь. Сытая, привычная, удобно устроенная. Его собственная.

— Бросьте вы его к черту, — сказал он хрипло, — это же кретину ясно — ничего у вас с ним не выйдет. Ну зачем вы приехали на этот пляж?

Компанию повеселить? Продемонстрировать собственную дурость? Всем наглядно показать, что «она любила его, а он любил родину»? Кира! Надо же такое придумать!

Вилка звякнула о фарфор.

— Я, кажется, не просила у вас совета, — произнесла Анастасия Сотникова отчетливо, — большое спасибо, что вы приняли мое приглашение, но это совершенно не означает, что вы можете говорить мне гадости.

— Да никакие это не гадости, — досадуя на себя, заявил Кирилл, — все гадости вам уже сказали на пляже. Вернее, показали. А вообще говоря, вы правы. Это не мое дело. Прошу прощения. Наверное, это у меня от безделья. Я сегодня полдня не работал.

Она моментально уцепилась за спасательный круг и увела разговор — выбралась на безопасное мелководье, за что Кирилл был ей благодарен.

— Кстати, что у вас за работа, Кирилл Андреевич? Вы ведь здесь в командировке?

— Работа как работа, ничего романтического.

— И все-таки?

— И все-таки совсем ничего романтического. У меня фирма. Называется «Строймастер». Это разное оборудование для строительства.

— Мне кажется, я слышала, — сказала Анастасия задумчиво, — вы филиал в Питере не открываете?

— Уже открыли. — Он улыбнулся. — Вчера. Вы не слышали, вы в газете прочитали.

— Да. Точно. Это ведь большая фирма «Строймастер», — она как будто удивилась, — по-моему, даже в «Новостях» показывали. Огромный склад где-то по дороге в Гатчину. Это ваш?

— Наш.

— Вы производите или только продаете?

На этом месте Кирилл Костромин засмеялся. Искренне и с удовольствием.

Настя посмотрела внимательно — и вправду почти хохочет.

Такой надутый, важный, щекастенький — и хохочет?!

— Это вы о том, что производства стоят, а весь бизнес занимается спекуляцией, уважаемая госпожа Сотникова? Там продал, здесь купил, а отечественный производитель в... — он чуть было не сказал «в заднице», но вспомнил, что он большой бизнесмен, на ужине с незнакомой дамой, и воздержался, — в сложном положении?

— Ну конечно, — ответила она, недоумевая, что его так развеселило, — в газетах только об этом и пишут.

— Мой вам совет, — сказал он, продолжая игру в «большого бизнесмена», — не читайте за завтраком большевистских газет. Вредно для душевного здоровья.

— Но ведь это правда!

— Да кто вам сказал?! Или вы на каком-нибудь отечественном производстве подвизаетесь?

— Нет, но...

— Вот именно, что нет. Нет никакого отечественного производства и не было никогда.

— Как не было? СССР — одна шестая часть суши, индустриальная держава, еще в тридцатые годы...

— Я ничего не знаю про тридцатые годы. Зато про восьмидесятые помню хорошо. А вы не помните? Мелкий частик в томате и треугольные пакеты с молоком по два в одни руки? Пальтишки из шинельного сукна? Фарцовщики у магазина «Березка»? Продуктовые заказы по ветеранским карточкам ваша блокадная бабушка не получала? Раз в полгода — на Девятое мая и на Седьмое ноября?

— При чем здесь это?

— При том, уважаемая госпожа Сотникова, что даже одной шестой части суши ни за каким хреном не нужны оборонные заводы по три в каждом городе. А других у нас отродясь не бывало. Правда, у вас в Питере имелся завод резиновых изделий «Треугольник». Но он и сейчас в большом почете, работает себе. Так что я никаких стенаний про российского производителя не понимаю. Я не знаю никаких российских производителей. «Красный Октябрь», что ли? Так он процветает. И остальные все, кто не танки делал или пулеметы, работают потихоньку и зарабатывают даже.

— У вас странная точка зрения.

— У меня нормальная точка зрения. Пройдет время, появится все, что нужно — ткацкие фабрики, пекарни, свечные заводики какие-нибудь. Их и сейчас уже полно. Может, и до автомобилей дойдет.

— А у вас где производство?

— В Пензенской области, — сказал Кирилл, вдруг осознав, что совершенно неожиданно и не к месту распалился, — мы делаем щетки и кисти. Я же вам говорил, ничего романтического.

— Вы как будто оправдываетесь. — Настя посмотрела испытующе. Он собрался было возразить, но не стал.

Что это его так понесло? В высокие рассуждения о производстве ударился, да еще от романтики старательно отказывался, как будто заранее ее предупреждал, что надежды на него в этом смысле нет никакой, хотя она вовсе не проявляла к нему интереса — смотрела в тарелку, ковыряла салат, печалилась о своей необыкновенной бабушке.

Этот ее Кира во всем виноват. С него все началось.

— Доедайте и поедем, — распорядился он, — одиннадцатый час.

— Да, — как будто спохватилась она, — неужели так поздно?

Доедать она не стала, и Кирилл, привычно расстроившись из-за брошенной еды, которую придется теперь выкинуть в помойку, попросил счет. У него с детства было очень трепетное отношение к еде.

Когда она стала совать ему деньги, он опять развеселился.

— Я вполне платежеспособен, — сказал он, глядя на нее с насмешливым превосходством. — Кажется, мы уже установили, что с моим отечественным производством как раз все в порядке. Или вы член американской лиги за равноправие женщин?

— Я не член лиги, — пробормотала она. Ему вполне удалось ее смутить. — Просто это я вас пригласила. Навязалась, можно сказать.

— Можно и так сказать, — согласился он, получая удовольствие от ее смущения и своего превосходства, — только заплачу все же я.

Он был хорош — самоуверен, снисходителен, любезен и загадочен. Самому себе он нравился. Он как бы со стороны заслуженно гордился собой — вот каким ты стал, Кирилл Костромин, вот как ты всему научился. Какая там «Кира-дура»!

Только немного странно было, с чего это он так старается — девица была совсем не в его вкусе.

Он шел за ней к машине, рассматривая ее полотняную прямую спину и стянутые в короткий хвост неопределенно-темного цвета волосы, и думал, что, пожалуй, провел вечер совсем неплохо.

Напрасно он так думал.

Уехать им не удалось. Ее машина не заводилась. Не помогли ни всемогущие «крокодилы», ни длительное совместное рассматривание чахлого мотора старушки-«Хонды». Ковыряться в нем Кирилл не стал бы даже под угрозой расстрела.

Хватит. Наковырялся в дикие дальнобойщицкие времена.

— Придется вам ее здесь оставить. — Ему до смерти хотелось в свой отель — выпить коньяку в лобби-баре, еще покурить в прохладе и покое огромного холла, подняться в свой номер и лечь спать. — Завтра вызовете какой-нибудь эвакуатор.

— Конечно, — согласилась Настя, и он понял, что она непременно заплачет, как только он отвернется. Впрочем, это были не его проблемы. — Конечно, так я и сделаю.

«Это не мои проблемы», — так говорил один его давний начальник. У него Кирилл Костромин учился жить и работать — бороться и перегрызать чужие глотки. «Это не мои проблемы», — сказал он однажды Кириллу, когда тот не уследил за кем-то из водителей, и через две минуты Кирилл Костромин стал безработным.

— Ну, давайте, я вас отвезу, — внезапно предложил он, сердясь на себя, — если уж в этом городе не существует такси!

— Нет-нет, — сказала Анастасия Сотникова и

все-таки шмыгнула носом. Глаза за стеклами очков у нее как будто увеличились и задрожали. — Спасибо вам большое, только везти меня никуда не надо! Я еду в Петергоф, в бабушкин дом. Это далеко, за городом, и вам совсем не по дороге. Я... доберусь как-нибудь. Спасибо вам большое, Кирилл Андреевич.

— В какой еще Петергоф! — сказал он злобно. — У вас же с машиной проблемы. Езжайте домой, не выдумывайте.

— Домой я не поеду, — ответила она твердо и зачем-то полезла в свой портфель. Она то и дело ныряла в него с головой, как в омут. — Спасибо за ужин, Кирилл Андреевич.

И выудила из портфеля носовой платок.

Рыдать собралась, понял Кирилл.

— Давайте я довезу вас до дому, — сказал он, нажимая на слово «дом», — конец света еще впереди. Это не конец света.

— Конец, — пробормотала она голосом придушенной мыши. Очевидно, ей стоило больших усилий держать себя в руках. — Домой я не могу ехать. Там... Кира. Я не могу его видеть.

— Черт бы вас побрал.

Он сунул руки в карманы — хотя много лет отучал себя от этой привычки — и еще постоял немного возле ее машины, погрузившейся в летаргический сон, и своей, вполне благополучной. Деваться ему было некуда.

— Хорошо, — сказал он, покорившись, — я довезу вас до этого вашего Петергофа. Только без разговоров. Садитесь и поедем. Быстро.

— Не надо, что вы, Кирилл Андреевич!..

— Ну да. Вы должны были это сказать, а я должен был ответить, что одну на улице я вас не брошу. Считайте, что я так и ответил. Поехали, госпожа Сотникова.

— Настя, — сказала она, шмыгая носом.

— Настя, — согласился он.

В Петергофе он никогда не был и представления не имел, далеко ли до него.

По вечернему городу ехалось легко. Девица — нет, Настя — молчала, только изредка говорила, где повернуть. Сидела она сгорбившись, стиснув коленями ладони с носовым платком.

— Не убивайтесь вы так, — сказал он, не выдержав, — ничего страшного. У вас что, машина в первый раз ломается?

— У меня в первый раз бабушка умерла. Мне... трудно это пережить. Да еще навалилось все сразу...

Весь жизненный опыт Кирилла Костромина свидетельствовал о том, что все плохое всегда наваливается сразу.

— Переживете, — сказал он неприязненно, — нужно уметь держать удар.

— Ну да, — согласилась она безразлично, — конечно.

Конечно, подумал Кирилл, внезапно снова раздражаясь, как же! Какой еще удар, если она выросла в семье, где блокадная бабушка до последнего своего дня водила машину и «не слишком любила возиться с детьми»! Она, эта Настя, наверное, и слова-то такого не знает — «удар». Потому и с павианом по имени Кира возится — старательно ищет проблем и приключений ввиду их полного отсутствия.

Да и черт с ней.

— За заправкой направо, — сказала Настя, — потом все время прямо. Мы почти приехали.

Почему-то он думал, что Петергоф — это

сплошь дворцы, аллеи, фонтаны и деревья, подстриженные под франтоватого пуделя, — и был странно удивлен, въехав в сонный зеленый городишко с двухрядной шоссейкой, узкими тротуарами и парковыми решетками по обе стороны дороги. Попалась какая-то церковь, неуместно большая и слишком русская для глаза, привыкшего к европейской четкости Питера. Что за церковь?

— Летом мы всегда здесь жили, — проговорила Настя, не отрываясь от окна, — нас было пятеро. Соня, Света, Сережка, Владик и я. Дом выходит прямо на Финский залив. Мы сидели в нем круглые сутки.

— Вы же говорили, что ваша бабушка не выносила детей!

— Ничего подобного я не говорила, — она посмотрела удивленно, — я говорила, что она за нами никогда не ухаживала. Все правильно. За нами ухаживала Зося Вацлавна, домработница. И няню специально на лето нанимали. А когда я совсем маленькая была, еще одна девчонка с нами жила, внучка бабушкиных старинных друзей. Ее дед вместе с нашим то ли воевал, то ли в тюрьме сидел, и бабушка ее привечала. А потом они куда-то переехали. Так что быт у нас был... вполне помещичий. Как Никита Михалков в своих фильмах показывает. Знаете?

Нет, он не знал. Он ненавидел большие семьи. Он ненавидел шум, грязь, бардак, мелкие склоки, крупные ссоры, продавленные диваны, вопящих детей, захватанные обои, обшарпанную мебель, пластилин на ковре, борьбу не на жизнь, а на смерть за кусок хлеба, посыпанный сахаром, за каждую секунду невозможного, отчаянно желанного уединения. Он ненавидел жизнь в коллективе и не понимал, почему он обязан в нем жить. Он ненавидел слово «взаимовыручка» — главное и любимое слово его отца — и не понимал, почему он должен выручать сестер и братьев, для которых лучшим развлечением было устройство разнообразных пакостей друг другу и ему самому. Он ненавидел чужую заношенную одежду, растоптанную обувь, он ненавидел сочувственные взгляды в районном универсаме, которыми его провожали все продавщицы, особенно когда он повзрослел и неожиданно стал симпатичным. Он ненавидел покупки — семь батонов, три черных, два килограмма овсянки, и так каждый день.

И все это было совсем непохоже на помещичий быт из фильмов Никиты Михалкова.

Его почему-то очень задело, что она из многодетной семьи, как будто она призналась в чем-то постыдном и неприличном.

— И сколько же вас у родителей?

— Кого — нас?

— Детей.

— Нас у родителей нисколько. У моих родителей я одна. У тети Нины, папиной сестры, Сережка и Светка. У тети Александры — Соня и Владик. Тетя Александра бабушкина сестра. Только она намного ее моложе. Почти на пятнадцать лет. Я же вам говорила. Двоюродные братья и сестры. Племянники и племянницы. Вы, наверное, не слушали.

— Наверное, — согласился он, чувствуя облегчение.

Ему как будто снова не стало дела до ее семьи. Можно было успокоиться. Интересно, с чего он вообще разволновался?

— Сейчас еще раз направо, и мы приехали.

Спасибо, Кирилл Андреевич. Я бы без вашей помощи сегодня совсем пропала.

Дом был огромный. Он не ожидал увидеть такой огромный дом, и вправду как в кино — с запущенным садом, с кованой железной решеткой вместо забора, с островерхой крышей, проглядывающей сквозь плотную резную зелень деревьев. И Финский залив открылся неожиданно, прямо под боком, за низкой порослью жестких кустов. Солнце валилось в него, зажигало темную воду, не давало смотреть.

— Господи, неужели ее больше нет? — пробормотала Настя и взялась за щеки. И с ужасом посмотрела на дом. — Как это, я приехала, а ее нет? Так не бывает. А, Кирилл Андреевич?

— Там кто-нибудь есть?

— В доме? Нет. Бабушка почему-то уволила Зосю Вацлавну. Месяца три назад. Скандал был ужасный, так мы и не узнали, почему она ее уволила. Бабушка гордая была, ни за что бы не сказала. Зося Вацлавна с ней жила, а новая, Муся, живет отдельно, я даже точно не знаю, в городе или в Петергофе.

— Город — это, надо понимать, Питер?

— Ну конечно.

— Давайте я вас провожу, — предложил он решительно.

Все равно уйму времени на нее потратил, три минуты ничего бы не изменили, а дом на самом деле выглядел холодным и мрачным, как будто скорбел о хозяйке и не желал никаких перемен.

— Спасибо, — ответила она с облегчением, — большое спасибо. Мне так неудобно, что вы со мной возитесь.

Он не стал говорить положенное по этикету

«ничего-ничего». Все правильно. Он возится с ней, и она должна быть ему благодарна.

По засыпанной гравием дорожке они пошли к высокому серому крыльцу, темневшему сквозь разросшуюся сирень. Гравий приятно хрустел под ногами, в сирени копошились какие-то поздние птицы, и все это очень напоминало кладбище.

Она подошла к крыльцу и остановилась.

— Только не говорите мне, что ключи от дома вы забыли в своей квартире, — попросил Кирилл. Голос его отчетливо и странно прозвучал в погребальной тишине сада. Что-то быстро прошелестело в кустах, как будто кто-то пробежал и замер, высматривая.

— Не забыла, — ответила Настя шепотом и, сделав над собой усилие, поднялась на крыльцо. Дверь открылась без всякого зловещего скрипа, просто открылась, и все. Внутри было черно. Не заходя, Настя пошарила рукой по стене, что-то сухо щелкнуло, но свет почему-то не зажегся.

— Света нет, — сказала она и оглянулась на Кирилла. — Почему-то нет света.

— Есть у вас свет, — ответил он уверенно, — фонарь же горит. Пустите.

Настя посторонилась, пропуская его в дом, и посмотрела на уличный фонарь над калиткой. Он и вправду горел, жидкий желтый свет был почти невидим в плавящемся вечернем солнце.

Как это он заметил?

— Где пробки?

— Что?

— Щиток с пробками где?

— А... в коридоре, справа, как войдете.

Он вошел в черноту дома и щелкнул зажигалкой. Длинный язык бензинового огня осветил бледный рисунок на обоях и черный бок старомодного счетчика. Над ним оказались четыре пробочных рыльца. Одна белая пуговка была длиннее других, и Кирилл нажал на нее.

В коридоре вспыхнул свет, где-то загудел холодильник, и Кирилл захлопнул зажигалку, гася ненужное, растворившееся в победительном электрическом свете пламя.

Наверное, не стоило спрашивать, но выбитые пробки навели его на мысль, от которой он не мог отделаться.

— Ваша бабушка здесь умерла?

— Да. Хотите кофе, Кирилл Андреевич? Я бы сварила. И лимон у нее есть. Мы всегда пьем... пили с лимоном.

Он посмотрел на часы. Так, чтобы она видела.

— Ладно, — согласился он, как будто после тяжелых раздумий, — варите. Что теперь делать.

Она сразу прошла на кухню, даже свой портфель в коридоре не оставила. Кухня была огромной, с гигантской старомодной плитой, с тяжелой мебелью — высокие стулья, темный буфет, круглый стол на выгнутых львиных ногах. Кирилл остался в коридоре. Эти пробки не давали ему покоя.

— Здесь можно курить?

— Конечно, — ответила она и что-то с грохотом уронила, — бабушка всегда курила и всем разрешала. Она говорила, что Ахматова всегда и всем разрешала курить в ее присутствии, а она ничем не хуже Ахматовой.

— Ну да, — пробормотал Кирилл неопределенно. — Мне бы еще руки помыть.

— Ванная дальше. По коридору и направо. На втором этаже тоже есть ванная.

— На второй этаж я, с вашего разрешения, не пойду.

Она не стала его провожать, и он вполне понимал ее. Именно в этой ванне умерла ее бабушка, уронив в воду злосчастный фен. Интересно, кто теперь будет жить в доме, похожем на склеп? Она сама? Или, может, ее родители или — кто там? — племянники и племянницы?

Кирилл прошел по коридору, заставленному книжными шкафами и круглыми столиками с сухими цветами — он никогда не видел таких коридоров, — и зажег свет. Эта комната — по-другому ее невозможно было назвать — тоже была огромной. Кирилла поразило окно, выходящее в сад, и еще то, что ванна стояла прямо посередине.

Ему никогда не приходило в голову, что можно принимать ванну, глядя в окно.

Помещичий быт, черт его побери.

Низкая табуреточка, длинный шкаф с узкими дверцами, три полотенца на крючке, масса дамских штучек — флаконов и банок. Эта самая бабушка, очевидно, и в старости очень любила себя. Чего-то не хватало, и Кирилл быстро понял, чего.

Он ополоснул руки и вытер их прямо о свои светлые брюки. До полотенец ему не хотелось дотрагиваться.

— Здесь все поменяли, — негромко сказала Настя, и он оглянулся. Она стояла в коридоре, в ванную не входила. — Мама с Мусей здесь все... убрали. Сразу же.

— Как же ваша бабушка без зеркала обходилась? — спросил Кирилл.

— Да она его разбила, — Настя махнула рукой, — вернее, не она, а Муся. На прошлой неделе. Сердилась ужасно, говорила, что примета плохая, что теперь что-нибудь непременно случится. И случилось...

— Чушь, — сказал Кирилл быстро, — не ерундите. Никаких таких примет нет.

— И, главное, зеркало такое здоровое было, — проговорила она и вдруг заплакала, бурно, сразу, слезы полились ручьем, — я его всегда... полотенцем завешивала, потому что оно мне... мешало, когда я в ванне сидела... Сидишь как дура и смотришь на свою красную рожу, а бабушка сказала — примета плохая...

Он не знал, как нужно утешать. Он не любил плачущих женщин и не понимал, что с ними делать.

— Зажгите свет, — велел он, — я ваши пробки посмотрю. А то выключится что-нибудь ночью, перепугаетесь.

— Где зажечь? — Она судорожно всхлипывала, утирала щеки узкой ладошкой.

— Везде, — сказал он и вышел из ванной.

По очереди нажимая на белые кнопки, он выключил и включил свет во всем доме.

Странное дело.

— У вас их часто выбивает?

— Что?

— Пробки часто вылетают?

— Не знаю. Нет. Это же просто поселок, здесь нет никаких... энергоемких предприятий. Кофе готов, Кирилл Андреевич.

В молчании они попили кофе из темно-синих чашек. *Его* бабушка когда-то мечтала о таких. У соседки Клавдии Степановны были, а у нее нет. Теперь он мог купить ей завод, который делал такие чашки, только ей не нужен был завод.

Впервые в жизни Кирилл Костромин пожалел,

что она умерла и он не может подарить ей темно-синюю чашку. Он никогда и ничего не дарил никому из родных.

— Я, пожалуй, поеду, — сказал он, поднимаясь. Больше ему ни секунды не хотелось оставаться в этом доме, с его тайнами и синими чашками. — Спасибо за кофе.

— Спасибо за участие, — сказала она и не поднялась, чтобы его проводить, — в город дорогу найдете?

— Как-нибудь, — пробормотал он.

Дверь тихо притворилась за его спиной, он сбежал с крыльца и остановился, прикуривая и выжидая, когда повернется ключ.

Ключ повернулся, и он зашагал по гравиевой дорожке к своей машине, дремавшей за кованой железной решеткой.

Усевшись, он первым делом включил приемник, который бодро запел про тополиный пух, жару, июль, заглушая все связные мысли.

Ему хотелось скорее уехать, и, не жалея машину, он дал по газам, перескочил через канаву и на большой скорости пролетел тихий переулок. В зеркале заднего вида крутилась желтая пыль, и Финский залив блестел свинцовой потемневшей водой.

В темном доме пахло сухими цветами и бедой. Он голову мог дать на отсечение, что там пахло убийством.

С пробками что-то не то.

Когда бабушка-старушка уронила в воду фен, выбить должно было совсем другую линию или все пробки сразу. Если бы выбило все, их все бы и включили, когда нашли тело. Скорее всего выбило только ту пробку, которая «отвечает» за ванную. Ее включили, когда обнаружилось, что случилось несчастье, а на соседнюю никто даже не посмотрел, она так и осталась выбитой. Непонятно только, почему.

Или кто-то выключил ее случайно, когда выключал ту, другую, чтобы создать видимость короткого замыкания? Но если ту *выключили*, значит, дело вовсе не в том, что бабушка уронила в воду фен.

Или все это просто случайность, и пробки вылетают постоянно, только девушка Настя об этом ничего не знает?

Впрочем, решил Кирилл, это опять не его проблемы.

Это ее проблемы, и пусть она их решает как хочет. Как сможет.

Жара навалилась на Москву, как борец сумо на боксера веса пера. Бумаги липли к рукам, а рубахи к спинам, на станциях метро продавали хлипкие вьетнамские веера, подростки в закатанных штанах и без маек неподвижно сидели в фонтане на Пушкинской площади.

Спастись было невозможно.

Кирилл устал и хотел в отпуск.

Он с удовольствием думал о том, как прилетит в Дублин, где всегда семнадцать градусов и шумит холодный океан. Думал о крохотных прокуренных пабах и густом темном пиве в тяжелой кружке. Думал о предстоящем двухнедельном одиночестве, которое ценил больше всего на свете. Думал о прохладе маленького дорогущего отеля в самом центре города и ирландском виски в низком и широком бокале.

И совсем не думал о делах.

Дел было очень много. Перед самым отъездом в отпуск Кирилл собирался еще наведаться в Питер, где дела шли не так хорошо, как хотелось бы. Впрочем, Кирилл знал, что дела никогда не идут так, как хотелось бы, и не разделял пессимизма своих замов, как раньше не разделял их оптимизма.

Он вылез из-за стола, заваленного бумагами, и некоторое время лавировал по кабинету, вылавливая прохладную кондиционированную струю. Попав в нее, он замер в неподвижности, как сомлевшая от жары собака в тени акации. Осторожно, стараясь не делать резких движений, он оттащил от липкой груди рубаху и снова замер, чувствуя, как холодный воздух льется за воротник.

Через полторы минуты кипяток в голове превратился во что-то похожее на человеческие мысли.

До отъезда надо бы поговорить с начальником отдела маркетинга по поводу предстоящей в сентябре строительной выставки в Германии. Компания «Строймастер» традиционно участвовала в этой выставке, и каждый год повторялось одно и то же — ровно за неделю выяснялось, что к ней ничего не готово: никто не знает, где стенды, которые в прошлом году были заботливо зачехлены и оставлены на складе, буклеты умерли в типографии, потому что запил наборщик, а имеющиеся безнадежно устарели, кроме того, их, конечно, не хватает, и неизвестно, хватит ли новых, даже если удастся привести наборщика в чувство, а весь отдел маркетинга вдрызг переругался на почве того, кто именно поедет в Дюссельдорф.

Ехать хотелось всем.

В этом году Кирилл, не полагаясь на начальника отдела, своей властью решил, кто едет, а кто не едет, распределил роли, раздал партии и велел докладывать ему каждую неделю. Первые две недели начальник бодро докладывал о делах, а потом все благополучно затихло, и Кирилл хотел знать, почему.

Стараясь двигаться внутри холодной струи, он подошел к двери и выглянул в приемную. Секретарши на месте не было, и стало ясно, что придется идти самому.

В отделе маркетинга царили спокойствие и благолепие. Кондиционеры работали на полную мощность, а сотрудники раскладывали пасьянсы. За это Кирилл Костромин своих сотрудников ненавидел.

Став хозяином и начальником, он перестал понимать, почему люди вместо того, чтобы зарабатывать на работе деньги, тратят время на бесчисленные перекуры, чаепития, пасьянсы и разговоры по телефону с такими же ничем не занятыми страдальцами, сидящими в чьих-то чужих офисах. Всем сотрудникам за хорошую работу он платил щедрые премии, а за плохую устраивал головомойки, но ничего не помогало. Вдали от начальничьего глаза сотрудники продолжали благодушно бездельничать, и Кирилла это бесило.

— Где Бойко? — спросил он сразу всех, переполошившихся как куры, любителей пасьянса.

После нескольких секунд всеобщего смятения ответила Леночка Брускина, которая считала, что начальник к ней неравнодушен, и мечтала предпринять что-нибудь такое, от чего он стал бы активно неравнодушен.

— А... Виктор Григорьевич уехал. Сразу после

обеда. Может, нужно что-то сделать, Кирилл Андреевич?

Сделать нужно было сто тысяч разных дел, но Кирилл не удостоил Леночку ответом.

— Куда уехал?

Сотрудники переглянулись. Шеф был что-то на редкость мрачен. На горизонте собирались тучи, и осторожно, словно пробуя силы, погромыхивал гром.

— Домой, — преданно глядя на Кирилла голубыми до отвращения глазищами, доложила Леночка. — Он плохо себя чувствовал. Сказал, что поедет домой и вызовет врача.

Ну да, конечно. Врача.

Распаляться не было никакого смысла.

Чувствуя свинцовую тяжесть в затылке, от которой невозможно было повернуть голову, — верный признак надвигающегося бешенства, — Кирилл все же сказал:

— А что, ни у кого нет никаких дел?

Все молчали, смотрели на него зачарованно, как под гипнозом.

— Если дел нет, все свободны. Можно разъезжаться по домам.

И осторожно, строго контролируя себя, притворил дверь.

Секретарши на месте по-прежнему не было — должно быть, она тоже чувствовала себя неважно. Сверяясь по записной книжке, Кирилл набрал домашний номер начальника отдела маркетинга, где, ясное дело, никто не ответил, а потом еще один, мобильный.

С мобильным дело пошло веселее.

— Ну что? — спросил он, когда ответили. — Как ты себя чувствуешь, Виктор Григорьевич?

— Да что-то у меня с давлением не то, — слабым голосом ответил насторожившийся начальник отдела, «Алло» он произнес куда бодрее, — и сердце колет и... давит с левой стороны.

— Врач был? — осведомился Кирилл.

— Врач? — переспросил начальник отдела упавшим голосом.

— Клизму поставил? — продолжал Кирилл Андреевич. — От твоей болезни самое лучшее средство — клизма. Это я тебе точно говорю, хоть я и не врач.

— Да у меня в самом деле давление, Кирилл Андреевич!

— Это у меня давление, — отрезал Кирилл, — а у тебя, Виктор Григорьевич, сегодня в машине на заднем сиденье сумка с ракетками валялась. По утрам ты в теннис не играешь, значит, сейчас поехал. Ты что, забыл, что мы вместе на стоянку заезжали?

Специалист по маркетингу молчал, как школьник на педсовете.

Все знали, что шефу свойственны сверхъестественная внимательность и умение замечать все вокруг, но, как на грех, именно сегодня Бойко об этом забыл. И дернул его черт сказать про врача!..

— Ты приезжай, — попросил шеф душевно, от чего у Виктора Григорьевича в желудке сделалось какое-то неприятное движение, — партию отложи и приезжай. Про Дюссельдорф потолкуем.

Нагнав на Бойко страху, он положил влажную трубку и вытер мокрый лоб. В Питере тоже тридцать три, и, похоже, до Ирландии и холодного океана он не доживет.

Он собирался уехать в субботу с утра, чтобы не угодить в чудовищные пятничные пробки. В пятницу, традиционный «день освобождения Москвы», выехать из города было невозможно. Мертвые пробки начинались от Кремлевской набережной и кончались где-то километров за сто от столицы.

Нужно позвонить матери, чтобы они не стали его искать, пока он будет в отпуске.

Звонить не хотелось.

— Мам, — сказал он холодно, — это я. Как ваши дела?

И старательно пропустил ответ мимо ушей.

— Мам, я в отпуск ухожу. На две недели. Я завтра уеду в Питер и оттуда улечу. Вернусь, позвоню.

— Опять за границу? — с тяжелым вздохом спросила мать.

— Да. Опять.

— И совершенно напрасно, — с ожесточением, продолжая давний бессмысленный спор, заговорила она, — что это за мода такая, на эту заграницу? Тебе что, дома плохо? Что там может быть хорошего? Сплошной разврат и разложение! Ты бы лучше...

— Мне тридцать два года, — перебил ее Кирилл и взял со стола крошечную трубку мобильного, мечтая, чтобы кто-нибудь ему позвонил, прямо сейчас, в эту секунду, — я сам знаю, что мне лучше.

— Кира, ты очень странный мальчик. Ты же рос в нормальной семье, что с тобой сделалось? Разве мы с отцом тебя так воспитывали? Что это за заграницы бесконечные, дела какие-то странные! Чем тебе плохо дома? Нужно любить свою родину и...

— Мама, я люблю свою родину. Я живу на сво-

ей родине и не собираюсь никуда уезжать, хотя
мог бы. По-моему, этого достаточно.

— Что значит — мог бы?! Ты что, думаешь об
отъезде?! Кира, ты просто сошел с ума! Я отрекусь
от тебя. Мы все отречемся от тебя! Ты не наш
сын, ты... ты... ты просто капиталист, без чести и
без совести. Как ты можешь даже произносить такое?

— Ничего такого я не произносил, — сказал
он с тоской, — все это ты произносишь, а не я.
Мам, я не хочу больше слушать всякую чушь.

— Чушь? — чуть не завизжала мать. — Я говорю тебе о чести и совести, а ты смеешь говорить,
что это чушь?! В кого ты превратился? Я учила своих детей быть трудолюбивыми, я учила вас чувст-
ву товарищества, взаимовыручки, ответственности за свои поступки, я учила вас отличать истин-
ные ценности от всего наносного и пошлого...

— Мама, я вовсе не пионер-герой, — перебил
Кирилл, — ты меня с кем-то путаешь.

— Ты погряз в мещанстве, — констатировала
мать торжественно, — ты просто вырос слабым и
не смог сопротивляться влиянию Запада. Ты всегда любил вещи больше, чем людей, и поплатился
за это. Неужели ты на самом деле думаешь, Кира,
что живешь правильно? Неужели ты можешь хоть
чем-то оправдать себя? Неужели твои грязные
деньги не жгут тебе руки?

— Пока, мам, — попрощался Кирилл, — я позвоню, когда прилечу из Дублина. Отцу привет
передавай.

— Отец о тебе и слышать не желает, — сообщила мать с гордостью, — ты — наша ошибка,
Кира.

— Роковая, — согласился Кирилл, положил трубку и подул на мокрые пальцы.

Он — ошибка. Его засосало мещанское болото. Странно, что она не сказала, что он должен очиститься, запеть «Марсельезу» и устроиться на завод, чтобы тяжким трудом смыть с себя позор бизнесменского прошлого.

Деньги — гадость. Достаток — зло. Мечтать о материальном — низко. Не имеет значения, во что ты одет, имеет значение только твое внутреннее содержание. Все, кто с этим не согласен, — недостойные ничтожества. Помыслы должны быть чисты и мысли возвышенны, только тогда ты имеешь право называться человеком.

Зачем тебе джинсы? Вовины брючки вполне ничего, ты в них еще год проходишь. Какое имеет значение, что все над тобой смеются? Они просто дураки и ничего не понимают, только и всего. Зачем тебе в парикмахерскую? Мама отлично тебя подстрижет, лучше всякой парикмахерской.

Конечно, лучше. В парикмахерской нужно было оставить целый рубль, а взять его, несмотря на все презрение к деньгам, было негде.

Яблоки раз в году, в августе, из собственного сада. Яблони были старые, яблочки мелкие и несладкие, с почерневшими бочками. Есть их было невкусно, но других не было. Шоколадкой его в первый раз угостили в школе, и он потом каждый день приставал к Наде Суриковой — может, даст еще. Колбаса только по праздникам, тоненький кусочек колбасы на толстом-претолстом куске хлеба. Всю весну и осень он ходил в школу в растоптанных ботах, таща в мешке «сменку», полотняные тапочки на резиновом ходу. Зеленые кримпленовые брюки, перешитые бабушкой из отцов-

ских, натирали кожу между ног, а других у него не
было. Цигейковая шапка была велика — почему-
то она была ему велика всю жизнь — и съезжала
на нос, мешая видеть. Примерно до третьего клас-
са отец привозил его в школу на велосипеде. Сидеть было неудобно, попка затекала, ноги свеши-
вались и болтались как макаронины, в штанинах
полоскался холодный ветер. Прохожие провожали их недоуменными взглядами — никто не ездил
зимой на велосипеде, да еще с ребенком. Родители одноклассников его жалели, одноклассники —
смеялись.

К семнадцати годам он укрепился в ненависти
к образу жизни, который вела его семья, и подал-
ся в хиппи — протестовать. В восемнадцать понял, что от протестов такого рода нет никакого
толка, и устроился на курсы водителей. Потом
некоторое время работал сменщиком у шоферов
большегрузных машин на дальних трассах.

Родители к его метаниям относились со снис-
ходительным пониманием — они готовы были
уважать свободу личности, занятой поисками своего «я», пока не выяснилось, что личность ищет
не столько свое «я», сколько где бы побольше за-
работать.

С тех пор все и началось и продолжалось по
сей день, когда выяснилось, что Кирилл — ошибка. Урод.

Ну и ладно. Урод так урод.

Он уедет в Питер, а потом в Дублин и думать о
них забудет до самого возвращения. Ему и без них
есть о чем подумать.

Тем не менее он думал о них.

Думал, когда разговаривал с проштрафившим-
ся Бойко, думал, когда приехал домой, думал, ког-

да выбирался из Москвы по узкому Ленинград-
скому шоссе.

Чем он им не угодил? Он хотел только одного,
чтобы семья оставила его в покое, а она никак не
оставляла. Если уставала мать, в дело вступали сестры и — реже — братья. Кстати, братья быстрее
всех поняли, что воспитывать Кирилла — дело
гиблое.

В вечернем Питере было свежо и солнечно и
не по-московскому просторно. Питер вообще был
просторней Москвы и как-то логичней, что ли.
Кирилл всегда приезжал сюда с удовольствием,
зная, что этот город действует на него, как аспирин на больную голову.

Так и сейчас. Пробираясь к «Рэдиссону» по
Владимирскому проспекту, он и думать забыл о
своей семье и о том, что он — урод.

Знакомый портье за блестящей конторкой
улыбнулся знакомой улыбкой и неуловимым движением подозвал носильщика в форме, хотя у
Кирилла был только один чемодан на колесах —
он никогда не брал с собой в поездки много вещей.

— Я в понедельник должен улететь в Дублин, — сказал Кирилл, пока портье торопливо
строчил в розовых бумажках, — а машину хотел
бы оставить на вашей стоянке. Я вернусь через
две недели и еще дня два у вас поживу. Это возможно?

— Конечно, Кирилл Андреевич, — не отрываясь от бумажек, заверил портье любезно, — записать, чтобы в понедельник вызвали такси? К которому часу?

— Я точно не помню. Утром. Я потом посмотрю в билете и скажу.

— Конечно. — Портье выхватил ключ, за спиной у Кирилла оказался носильщик с его чемоданом. Попавшийся навстречу господин австрийско-немецкой внешности улыбнулся широко и радостно. Кирилл вспомнил, что в прошлый приезд столкнулся с ним в бассейне. Кроме них, там никого не было в полседьмого утра, и они чувствовали себя почти что родственниками.

Это был привычный, удобный, красивый и богатый мир, который Кирилл очень любил и за пребывание в котором готов был бороться не на жизнь, а на смерть. Даже с собственной семьей.

Давно уже он не думал о ней так много.

Он открыл золоченый кран и некоторое время с удовольствием смотрел, как вода веером летит в блестящую ванну, быстро и весело наполняя ее, а потом стал расстегивать рубашку. Нужно сунуть вещи в пакет, чтобы завтра ему все постирали и погладили, все-таки целый день он просидел в машине, мокрый и жаркий.

Он долго лежал в ванне, добавляя то холодной, то горячей воды, и вылез из нее абсолютно счастливым человеком. Не вытираясь и не одеваясь, он прошлепал к телефону и позвонил начальнику своего питерского филиала, который ждал звонка, отвечал быстро и толково и ничем Кирилла Костромина не расстроил. Договорившись, что завтра в десять Кирилл Андреевич ждет его в «Рэдиссоне» к завтраку, они попрощались.

Визитки, вытряхнутые из кармана пиджака, лежали на покрывале, как карты.

В казино, что ли, сходить?

Кирилл ничего не понимал в азартных играх и слишком любил свои деньги, чтобы неизвестно зачем рисковать ими, и про казино подумал просто так, потому что слово лучше всего соответствовало вечерней отельной праздности.

Он перебрал визитки, которых было много, собираясь выкинуть ненужные, и перед ним вдруг мелькнула Анастасия Сотникова, набранная бодрым черным шрифтом.

Кто такая Анастасия Сотникова?

Да. Конечно.

Покойная бабушка, островерхий дом, Финский залив, зажженный солнцем, Аполлон по имени Кира, чахоточная машина и неизвестно почему вылетевшие пробки.

Девушку он помнил хорошо, а вот имя позабыл. Она очень старалась не плакать и сварила ему кофе. В таком кофе черти в аду, наверное, топят грешников. У нее были независимые плечи, тугой хвост темных волос, белые зубы и очки. Да, и портфель. В отличие от большинства знакомых ему девиц, она выглядела... как бы это сказать... очень интеллигентно.

Он даже не знал, что у него есть ее визитная карточка. В карточке было написано, что она менеджер по связям с общественностью. Организация именовала себя «Научно-производственное объединение «Орбита».

Кирилл усмехнулся. Интересно, кто придумывает эти названия? Чем, судя по названию, может заниматься НПО «Орбита»? Только запуском межпланетных спутников или на худой конец проектированием космических кораблей. На самом деле они скорее всего выполняют заказы на полиграфию или что-то в этом роде.

Кирилл задумчиво почесал нос кусочком белого картона. Выбросить? Вряд ли ему когда-нибудь понадобится Анастасия Сотникова, менеджер по связям с общественностью.

Или не выбрасывать?..

Он посмотрел на карточку, потянулся к телефону и быстро набрал номер.

Зачем он звонит?! Что он станет говорить, если, не дай бог, дозвонится?! Вечером в субботу в офисе никого не должно быть, поэтому он сейчас положит трубку и...

— Алло, добрый вечер, — приветливо сказали в трубке.

— Добрый вечер, — пробормотал Кирилл, не ожидавший ничего подобного, — с госпожой Сотниковой я могу поговорить?

— Конечно, как вас представить?

Представьте меня в ванне голым, хотелось сказать Кириллу, что было, в общем, недалеко от истины, но бодрый голос в трубке спрашивал о другом.

— Меня зовут Кирилл Костромин, — пробормотал он, злясь на себя все сильнее.

— Одну минуточку, пожалуйста.

Он решил, что положит трубку при первых же тактах гнусной мелодии, которая тотчас же потекла прямо в его ухо, но не успел.

— Да, — нетерпеливо сказал незнакомый женский голос.

— Меня зовут Кирилл Костромин, — выговорил он, глядя в потолок. Потолок был высокий и очень белый. — Вы меня помните?

— Конечно, — быстро ответил голос, и Кирилл чуть не упал с дивана. Это прозвучало, как будто она всю жизнь сидела у телефона, ожидая, когда он наконец позвонит. — Конечно, Кирилл Андреевич.

Нужно было говорить дальше, а он решительно не знал — о чем.

— Вот хорошо, что вы позвонили, — продолжал быстрый голос в трубке, — мне обязательно нужно с вами увидеться. Вы можете? Вы где? В Питере? Или в Москве?

— Со мной увидеться? — уточнил Кирилл осторожно. Ему показалось, что она принимает его за кого-то другого. За свою Киру, к примеру.

— С вами, Кирилл Андреевич. Вы можете со мной встретиться?

Он ничего не понимал.

— Могу, конечно. Я только что приехал. Если хотите, подъезжайте в «Рэдиссон». Знаете, где это?

— Знаю. На Невском. Как хорошо, что вы позвонили!.. Я приеду минут через двадцать. Мы не очень далеко, на Съезжинской.

— Я вас встречу внизу, — сказал Кирилл. Он не ожидал такого натиска. — У вас что-то случилось?

— Да, — сказала она, — я расскажу.

И положила трубку.

Она не вошла, а влетела в прохладный вестибюль и завертела головой, как сорока, отыскивая его.

Кирилл неторопливо сложил газету и поднялся из кресла. Газета была англоязычная и задумывалась неспроста.

— Госпожа Сотникова!

Она обернулась, придерживая локтем все тот

же необъятный портфель, и улыбнулась с облегчением, увидев его.

— Здравствуйте, Кирилл Андреевич.

— Здравствуйте.

У нее было бледное напряженное лицо, лоб
влажно блестел, и волосы, не стиснутые заколкой, оказались гладкими и блестящими. На его
газету она не обратила никакого внимания. Ему
стало смешно.

Когда в последний раз он таким способом
хотел произвести впечатление на барышню?

— Господи, это просто счастье, что вы позвонили! Я... совсем не знаю, что мне делать.

— А что вы должны делать? — спросил он неторопливо. — Хотите кофе? Или, может быть, по-
ужинаем? Раз уж у нас такая традиция?

— Какая традиция? — Она посмотрела ему в
лицо. Беспокойство было больше ее глаз, не помещалось в них, выплескивалось наружу.

— Что мы внезапно приглашаем друг друга
ужинать.

— Да, — сказала она, — можно и поужинать.
Только здесь дорого, наверное.

— Ничего, — сдержанно ответил он, — я справлюсь. Не волнуйтесь.

Народу в ресторане почти не было, но она все
равно ушла в самый темный угол.

— Мы играем в шпионов? — спросил он, усаживаясь и доставая сигареты. Она печально взглянула на него.

— Не знаю. Я ничего не понимаю, Кирилл
Андреевич. И мне страшно.

Кирилл внезапно заподозрил неладное:

— Вы вновь поссорились с вашим фактурным
возлюбленным? И он теперь вас преследует?

Она посмотрела, на этот раз удивленно.

— С кем? С Кирой? Нет, с ним все в порядке. Дело совсем не в нем.

— А в ком?

Неизвестно, чего он ожидал, но то, что с Кирой «все в порядке», ему не понравилось.

— В моей бабушке, — сказала она, понизив голос, — которая умерла. Помните, я вам рассказывала?

Он все отлично помнил.

— Я даже не знаю, как это сказать. Я мучаюсь уже две недели. Это какой-то кошмар. — Она наклонилась к своему портфелю, волосы упали на бледную щеку, и Кирилл как будто узнал это ее движение — сейчас она вытащит сигареты и будет долго копаться в поисках зажигалки. Она положила сигареты на стол и стала рыться в портфеле.

— Возьмите мою, — предложил он.

— Спасибо. Да где же она? Я же ее сунула! А, вот.

Она вынырнула из-под стола, зажав в кулаке желтую зажигалку.

— Вы только не подумайте, что я свихнулась окончательно. Я совершенно нормальная. И мне кажется, что моя бабушка не умерла от несчастного случая. Мне кажется, что ее... убили.

Это было так неожиданно, что Кирилл забыл прикурить свою сигарету. Он ничего не говорил ей про пробки и про свои сомнения, тогда в чем дело?

— С чего вы взяли?

— Я нашла фен, — выпалила она и посмотрела по сторонам, — тот самый, который бабушка уронила в воду. Из-за которого она умерла. Мама с

Мусей почему-то его не выбросили. Он лежал в шкафчике в ванной. В пакете.

— Ну и что?

— Кирилл Андреевич, это совсем не тот фен. У бабушки был *другой*.

— Какой другой?

— Я подарила ей фен на день рождения два года назад. Фирмы «Браун». Маленький белый фен. У нее не было другого. Она вообще никаких фенов долго не признавала, считала, что они портят волосы. Так вот. В пакете серый фен. Довольно большой. На нем написано что-то вроде «профешионал», я особенно не рассматривала. Я сразу поняла, что это *не тот* фен.

— Почему вы уверены, что ваша бабушка именно его уронила в ванну?

— Маме его отдали, как только бабушку... увезли. Я сто раз у нее спросила. Я ничего ей, конечно, не говорила, но она сказала, что его вытащили из ванны. Понимаете?

По горлу у нее прошло движение, и она сильно затянулась сигаретой.

— Никто из нас не жил вместе с ней. Это просто случайность, что я точно знала, какой именно у нее фен. Потому что это я подарила. — Она снова сильно затянулась и неожиданно спросила шепотом: — Что мне теперь делать, Кирилл Андреевич?

Она спрашивала его так, как будто он был Шерлоком Холмсом, а она перепуганной мисс Мэри или мисс Сарой, обратившейся к нему за советом. Что там он должен сказать по сценарию? Ватсон, это дело как раз на одну трубку?

— Я не знаю, что вам делать, — сказал Кирилл

Костромин, — прежде всего, это нужно проверить.

— Ничего не нужно проверять. Это не ее фен. Ее фена в доме нет, я все обыскала.

— Вы кому-нибудь рассказали об этом?

— Нет. Никому.

— Даже вашей Кире?

— Кира тут совсем ни при чем, — сказала Настя с досадой, — я никому не могу про это рассказать, кроме вас.

— Почему кроме меня?

— Потому что вы были тогда со мной в доме и... сочувствовали мне.

— Я не специалист по расследованию убийств.

— Я не прошу вас ничего расследовать. Вы только посоветуйте мне, что делать. Что я теперь должна делать?

— Не знаю.

Она замолчала. Пальцы, стискивавшие зажигалку, разжались, и Кирилл увидел, что рука у нее дрожит. Зажигалка пластмассово щелкнула, взметнулось невысокое пламя, осветило снежную скатерть и тонкие пальцы.

— Из милиции меня пошлют куда подальше, — сказала она и снова щелкнула зажигалкой.

— Пошлют, — согласился Кирилл.

Он все никак не мог осознать, что она толкует ему про убийство.

Зачем он позвонил?! Да еще газетку из стойки вытащил и посиживал с ней, сделав умное лицо, — все для того, чтобы показаться недоступным, хорошо образованным, соответствующим интерьерам роскошного отеля, процветающим и несколько утомленным столичным бизнесменом, милостиво согласившимся на свидание.

Черт знает что.

Хуже всего было то, что еще тогда, в доме, он понял, что дело нечисто. В доме пахло не просто бедой. В доме пахло убийством, хотя он совершенно не мог объяснить, почему.

И пробки выбило так странно.

Он не мог сказать ей, что у нее паранойя, так как носом чуял, что дело вовсе не в уроненном в воду фене.

— Ваша бабушка была богатой женщиной?

Настя нетерпеливо дернула головой:

— Я сто раз об этом думала. Я очень люблю детективы, а там всегда первый вопрос про завещание. У нее дом и квартира в Питере, на Каменноостровском проспекте. В ней живет тетя Нина, папина сестра. У бабушки двое детей, мой папа и тетя Нина. Папе она оставила свою «Волгу», тете Нине квартиру. Мне — дом. Сережке, это тети-Нинин сын, дедову коллекцию книг. Свете, это ее дочь, какие-то сапфировые серьги.

— Дом и коллекция книг — это разные весовые категории, — сказал Кирилл неторопливо.

— Ну конечно. Она очень меня любила, больше других внуков и племянников. У нее еще двое племянников, Соня и Владик. Бабушкина сестра, тетя Александра, намного младше бабушки, и ее дети почти мои ровесники. Владику бабушка оставила картины, Соне — бриллиантовое ожерелье, старинное и очень дорогое, а тете Александре библию. — Тут Настя улыбнулась. — Они никогда не ладили, бабушка и тетя Александра. Тетя считала, что бабушка живет непозволительно легкомысленно. Они всегда из-за этого ссорились и в последнее время почти не виделись. Бабушка говорила, что слишком стара, чтобы тратить драгоценное время на выяснение отношений.

— Значит, — заключил Кирилл, — если вы не убивали вашу бабушку, это сделал кто-то из любящих родственников. Правильно я понял?

Настя вдруг изменилась в лице так сильно, что Кириллу показалось, что она сейчас хлопнется в обморок. Он даже отодвинулся немного, чтобы успеть ее подхватить.

— Я боюсь об этом думать, — выговорила она, старательно складывая губы, как будто контролируя каждое слово, — я не могу об этом думать. Потому что если это правда, даже частично, значит, вся моя жизнь кончилась. Навсегда. Понимаете?

Он молчал, глядя на нее.

— Моя семья — самое главное в моей жизни. Все имеет смысл, только когда есть семья. Всю жизнь я очень люблю родителей, бабушку, тетю, Сережку, Соню, всех. Я не помню ни одного Нового года, когда бы мы не собирались у бабушки. Даже когда я в университете училась. Надо мной весь курс смеялся, потому что все в общежитии праздновали, шампанское пили, по углам целовались, а я у бабули на даче с мамой и папой гуся жареного ела. Иногда я от них устаю, иногда они меня бесят, особенно тетя Нина, которая всех учит жить, но я их люблю. Вернее, только их я и люблю. И если то, что вы говорите, правда, значит, вся моя жизнь — псу под хвост.

— А Киру? — спросил Кирилл, пропустивший мимо ушей большую часть ее речи.

— Что — Киру?

— Киру вы не любите?

— Господи, что вы все время меня о нем спрашиваете?

Он спрашивал потому, что этот Кира не давал ему покоя, просто в бешенство приводил.

У девушки с гладкими темными волосами, бледными щеками и зелеными петербургскими глазами не должно быть фактурного пляжного любовника. Тем не менее он был, и его наличие оскорбляло Кирилла.

— Кира совсем из другой оперы, Кирилл Андреевич, — сказала она и потянула со свободного стула его давешнюю газету, взятую «для форсу». Развернув, она стала зачем-то внимательно ее изучать. — Мне двадцать девять, на горизонте никого, на работе сплошь сорокалетние пузатые придурки, которые всем рассказывают, как у них не сложилась семейная жизнь, и... в общем, это совсем неинтересно. А вы читаете по-английски?

— С трудом, — почему-то честно ответил Кирилл, и она посмотрела на него с печальным изумлением.

Официант принес какие-то сверхсложные салаты, которыми славился этот ресторан, и некоторое время они молча ели, как будто обдумывая то, что только что сказали, а еще больше, чего не сказали друг другу.

— Слава богу, что вы приехали, — наконец произнесла она, — мне совершенно не с кем поговорить об этом. Не с Кирой же, в самом деле!..

Кирилл Костромин уже почти поверил в то, что приехал в Питер исключительно затем, чтобы встретиться с ней в этом ресторане — так она на него действовала.

Странный это был вечер. Ничего подобного с ним не случалось много лет, с тех самых пор, как он воображал себя посланцем Космоса, призванным спасти человечество от скверны. Да и тогда все это происходило не с ним, а с тем Кириллом, который был хиппи и носил старательно разрезанные в нескольких местах джинсы.

— Ну ладно, — снизошел он, доев салат до крошечки, — излагайте.

— Что? — не поняла она.

— Бросьте, госпожа Сотникова. Вы — девушка энергичная и умненькая. Прелюдию я выслушал, переходите к адажио.

— К какому адажио?

— Давайте дальше. Что вы надумали делать? Вы ведь что-то надумали, правда?

— Откуда вы знаете?

Он хотел было сказать «от верблюда», но верблюд никак не укладывался в образ столичного бизнесмена на ужине с молодой интеллектуалкой.

— Я очень умный, — заявил он, чувствуя себя именно таким.

— Понятно.

Это было сказано с ощутимой иронией, и он вдруг смутился.

Далась она ему, эта девица! С чего это он так хвост распушил? Ладно бы еще хороша была, а то ведь нет ничего, только что глаза зеленые и умненькая. Или он просто устал от макак, вроде Леночки Брускиной, которые годились только для одного, простого и понятного дела, а разговаривать с ними было так же невозможно и тоскливо, как в жару пропалывать щавель на колхозном поле. И, главное, так же бессмысленно.

— Ну так что, госпожа Сотникова?

— Почему вы все время называете меня госпожой? — спросила она и улыбнулась бледной улыбкой. — Может, мне тоже называть вас господин Костромин?

Он приложил столько усилий, чтобы иметь возможность называться господином Костроминым, что, даже случайно произнесенное, это обращение доставляло ему удовольствие.

— Вы можете называть меня Кирилл, раз уж мы с вами ужинаем второй раз.

— А вы меня — Настей. Мне так проще.

— Ладно. Настя. Что вы придумали?

— Я должна все выяснить, — заявила она решительно, как о давно продуманном, — до конца. Я должна знать, кто убил мою бабушку и за что.

— Это проще сказать, чем сделать. Или вы найме́те частного сыщика?

— Я не могу никого нанимать. Это касается моей семьи, и я не стану вмешивать в это дело посторонних. Ни в какое торжество закона я не верю. Я могу только разобраться сама.

— Все это очень красиво, — сказал Кирилл с раздражением, — но, по-моему, совершенно невозможно.

— Возможно. Я уговорила всех пожить неделю на петергофской даче. Как бы в память о бабушке и затем, чтобы разобраться с ее наследством. Ну, чтобы Сережка забрал свои книги, Владик картины, Соня бриллианты и так далее. Все согласились, потому что сейчас все за мной ухаживают. Я... с трудом все это пережила, заболела даже. Владик, по-моему, считает, что у меня временное помрачение рассудка, но он тоже согласился приехать. Тетя Александра сказала, что сестра ее не признавала, так она хоть после ее смерти поживет в хоромах, в которых та жила всю жизнь. За неделю я что-нибудь выясню. Обязательно.

— Ничего вы не выясните, — сказал Кирилл. Ее самоуверенность его раздражала.

— Почему?

— Какой номер у моей машины?

— Что?!

— Номер. Номер моей машины вы помните?

— Нет. А почему я должна помнить?

— Потому что вы рядом с ней полчаса стояли. И не запомнили? Вы же на номера смотрели и спрашивали, из Москвы я или нет?

Она молчала.

— Номер вашей «Хонды» Р468ХХ. Портфель вы кладете не на соседнее кресло, а запихиваете между сиденьями. Кстати, непонятно, как вам при этом удается ставить машину на «ручник». Когда вы за рулем, сигарету вы держите в левой руке.

— Господи, — пробормотала она, — как вы все это заметили?!

— Я начинал дальнобойщиком. Если трассу не знаешь, со стоянки лучше не выезжать. Вам как раз со стоянки выезжать нельзя. Вы ничего вокруг не видите, наблюдать не умеете, детали вас не интересуют. Какой из вас сыщик? Что именно вы станете выяснять за эту неделю? Кто из многочисленных родственников ненавидел вашу бабушку больше всех?

— Не знаю, — потерянно сказала она, — я об этом не думала.

— Кто еще упоминается в завещании? К кому перейдут дом и бриллианты в случае смерти нынешних наследников? Вашей, к примеру? Или этой Сони, которая получила ожерелье? Сколько оно может стоить? Тысячу долларов? Две? Десять? Где она станет его хранить, если оно на самом деле чего-то стоит? Кому из ваших так нужны деньги, чтобы из-за этого убить? Вы все это выяснили, обдумали и приняли решение, так?

— Нет, — сказала она. — Не так.

— Не так, — повторил Кирилл, — об этом я и говорю.

И попросил у официанта средиземноморский соус. Он любил озадачивать прислугу.

— Не лезьте вы в это дело, уважаемая госпожа Сотникова. Настя. Ни черта вы ни в чем не разберетесь, только дров наломаете.

— Вы правы, — согласилась она и стала с ожесточением кромсать нежное мясо, — конечно, вы правы. Только я все равно должна выяснить, кто убил мою бабушку. И за что.

— Ясно, — подытожил Кирилл, — как вам вино?

— «Шато-рез», лоза пятьдесят третьего года? — спросила она язвительно. — Так это называется?

— Послушайте, — возмутился он, — зачем вы мне грубите? Это не я вас, это вы меня приглашаете на свидание, уже во второй раз.

— У нас свидание? — ничуть не смутившись, уточнила она.

— Нет, — буркнул он.

— Так я и знала.

— Что вы знали?

— Что у нас не свидание.

— А вы думали, что у нас свидание?

— Мне не везет на свидания, — пожаловалась она, словно забыв, что они почти ссорятся. — Бабушка всегда меня ругала, говорила, что я слишком большое значение придаю этому вопросу. Те, с кем мне хочется пойти на свидание, меня почему-то не приглашают. А с кем не хочется, я не хожу. Хорошо, что вы в Москву уезжаете, а то бы я вас опять пригласила и чувствовала себя идиоткой.

Тут Кирилл Костромин перепугался.

У него со свиданиями тоже была большая проблема.

Никогда в жизни, с тех пор как ему исполнилось двадцать, его не интересовали многометровые ноги и голливудские груди. До двадцати они имели основополагающее значение, а потом перестали. Все это было хорошо как бы в дополнение к чему-то более человеческому, а ничего человеческого ему не попадалось.

Время от времени он, конечно, затевал какие-то более или менее бессмысленные романы с ногами и бюстами, но очень быстро уставал и расставался безболезненно и легко. Все его ровесницы давно были разобраны, а оставшиеся или никуда не годились сами по себе, или были ему неинтересны. Его пугали до полусмерти женщины-вамп, помешанные на карьере, и осатаневшие от одиночества и нищеты старые девы, бросавшиеся на него, как быки на матадора. С юными созданиями он маялся от скуки, слушать Децла не желал, не знал по именам знаменитых диджеев и не хотел получить в подарок «уникальное Пепси-радио». Однажды он провел выходные с девицей, которая искренне считала, что Иосиф Бродский — это древнееврейский философ. Между прочим, девица обучалась в престижнейшей юридической академии и слыла там за начитанную.

Хорошо хоть, она не считала, что он американский модельер. Повезло Бродскому.

Не то чтобы Кирилл Костромин был блестяще образованный интеллектуал, но все же ему хотелось иногда поговорить хоть о чем-нибудь, отличном от сезонных скидок в «МЕХХ», и о том, что вчерашняя премьера в «Кодаке» — «полный отстой». Впрочем, если попадались такие, которые посещали «МЕХХ» и «Кодак», можно было считать, что ему повезло. Хуже обстояло с теми, кто посещал дискотеку «От винта» и бар на Преображенке.

Настя Сотникова была первой женщиной за много лет, с которой он *на самом деле* разговаривал. И это его пугало.

— Кирилл Андреевич, я просто так сказала. Вы не беспокойтесь. Это мой родственник Владик считает, что у меня помрачение рассудка, а на самом деле я вполне дееспособна. Я не стану больше приставать к вам со свиданиями. Честно. Спасибо и на этом. Вам когда в Москву?

— В понедельник я улетаю в Дублин. Отсюда, из Питера. Вернусь через две недели, тогда и поеду в Москву.

— У вас отпуск или командировка?

— Отпуск.

— Господи, это такое счастье — отпуск. Когда вы вернетесь, я уже все буду знать.

— Ну да, — сказал Кирилл жестко, — или вас к этому времени похоронят рядом с бабушкой.

— Почему? — спросила она испуганно.

— Да потому, что, как только вы полезете со своими выяснениями в банку с пауками, паук-убийца от вас избавится. От вас избавиться легче легкого. Даже не на счет три, а на счет раз. Въедете вы на вашей дохлой машине в какую-нибудь речку, благо речек тут у вас полно, и дело с концом.

— Я не въеду, — проговорила она храбро, — я машину десять лет вожу.

— Да от вас и не требуется въезжать. Вас где-нибудь придушат, а машину под горку скатят, только и всего. Вы ведь даже приблизительно не представляете себе мотивов. А вдруг и вправду какие-нибудь деньги замешаны, отличные от тысячи долларов? Или произведения искусства? Вы бабушкины документы, дневники, бумаги смотрели? Наверняка ведь они в доме есть, если она в нем всю жизнь прожила.

— Нет, — сказал Настя, чувствуя себя круглой идиоткой, — ничего я не смотрела. Я посмотрю сегодня. У меня как раз будет время до понедельника.

— До понедельника! — фыркнул Кирилл.

— Кофе? — нежно спросил выткавшийся из воздуха официант. — Эспрессо? Капуччино?

— Мне, если можно, большую чашку, — попросила Настя и улыбнулась официанту, чего Кирилл никогда не делал. Официант улыбнулся в ответ вполне человеческой улыбкой, — и покрепче.

— Мне то же самое и минеральную воду «Перье». Холодную. С лимоном. И сигареты «Парламент».

— Конечно.

Настя посмотрела в спину официанта, который двигался как балетный танцор, а потом взглянула на Кирилла:

— Неужели вы и вправду считаете, что меня могут... убить?

— Убили же вашу бабушку, — он равнодушно пожал плечами, — почему не могут убить вас?

— Потому что это невозможно, — выговорила она отчетливо, — невозможно, и все.

— Возможно все.

— Нет, — сама себе сказала она, — нет. Не может быть.

В эту секунду, когда она сказала себе «не может быть», он принял решение.

Оно пришло само, как все важные решения в его жизни, и он должен был только сделать выбор — принять его или забыть о нем. За десять лет из водителя большегрузных машин он стал владельцем процветающей, агрессивной и хищной, как новорожденный динозавр, компании. Он умел быстро и правильно оценивать приходящие к нему решения.

Он ничего не потеряет, кроме времени. Если попытка будет неудачной, он впишет ее в графу «непредвиденные обстоятельства» и станет жить дальше. Если она окажется удачной — ну хоть на этот раз! — никакие Децлы, а заодно и Бивисы и Бадхеды женского пола ему больше не понадобятся.

«Ах, как намаялась я с тобой, моя попытка номер пять» — завывал кто-то у него в приемнике, когда он ехал в Питер.

И все-таки было очень страшно.

Несмотря на тридцать два года, на опыт, на отточенное за много лет умение контролировать ситуацию и оборачивать ее в свою пользу.

— Настя, — сказал он, в затылке стало тяжело, — бросьте вы эту вашу затею к черту. Поехали со мной в Дублин. В понедельник. Хотите?

К ее чести, она не стала корчить никаких рож и с возмущением выбегать из зала тоже не стала.

— Нет, — сказала она спокойно, — не хочу.

— Почему?

— Вы мне очень нравитесь, — объявила она решительно, — я не хочу с вами никакого отпускного романа. Я потом из него не вылезу много лет. Но за предложение спасибо. Вы мне польстили.

В затылке немножко полегчало.

Он ей нравится. Он нравится ей так, что она опасается, что влюбится в него. Если только он все правильно понял.

— Я не маньяк-убийца, — сообщил он на всякий случай, — и у меня нет жены и трех малюток.

— Как это вас никто до сих пор не слопал? — искренне удивилась она.

— Меня слопать трудно, — сказал он, быстро соображая, что делать дальше, — я очень осторожный. Близко никого не подпускаю.

Она кивнула:

— Правда, спасибо вам, Кирилл Андреевич.

— Пожалуйста, — ответил он, рассердившись, — не за что. Раз не хотите в отпуск, давайте попробуем с другой стороны.

— С какой стороны?

— С другой. Давайте проведем это ваше чертово расследование. Все равно без меня вы не справитесь. Отпуск нам не подходит, пусть будут трудовые будни.

— Какие будни, Кирилл Андреевич? — спросила она осторожно, рассматривая его, словно пытаясь на взгляд определить, не сошел ли он с ума. Он и сам хотел бы это знать. — Вы же послезавтра улетаете в Дублин.

— Я могу улететь в Дублин через неделю. За неделю мы выясним, что произошло с вашей бабушкой, вы проникнетесь ко мне уважением и благодарностью, и я этим воспользуюсь, чтобы вас соблазнить.

— Вы от меня без ума? — уточнила она.

— Вы мне даже не нравитесь, — сообщил он, —

но у вас есть чувство юмора, характер, зеленые глаза, и вы знаете стихи «каждый выбирает по себе». Этого мне пока достаточно.

— Я еще говорю по-английски, играю на пианино и пеку изумительные плюшки, — доложила она голосом первой ученицы, — могу наизусть продекламировать стихотворение «Памяти Добролюбова». Девятый класс средней школы. Пушкин написал «Евгения Онегина», а Лев Толстой «Анну Каренину».

— Вы точно уверены, что не наоборот?

— Сто пудов, — сказала она сосредоточенно, и он захохотал так, как никогда не хохотал в ресторанах — громко и от души.

Он вообще никогда не делал на публике ничего такого, что могло бы поставить его в дурацкое положение. Он все время контролировал себя как будто со стороны, ему всегда было дело до того, кто и что о нем подумает.

Спохватившись и даже вроде устыдившись, он хлебнул горячего кофе, поморщился и быстро запил водой.

— Ну что?

— Я не очень понимаю, как все это будет, Кирилл Андреевич, — сказала она неуверенно, — а вы?

— А я понимаю. Вы привезете меня в Петергоф и скажете родственникам, что я и есть... ваш Кира. Вряд ли кто-то из ваших с ним знаком. Или знаком?

Она отрицательно покачала головой.

— Ну вот. Видите, какой я умный. Мы вместе попробуем определить убийцу, при условии, что было убийство и что родственники имеют к нему отношение. Если в конце недели мы не перегрызем друг другу глотки, значит...

Значит, расчет был правильным, и ты сможешь успокоиться и перестать искать среди ног, бюстов и акульего щелканья зубастых пастей кого-то, кто был бы тебе просто приятен, с кем можно было бы поговорить, кто никогда не станет называть тебя Кирой, с кем можно будет разделить Дублин, и уют старого отеля, и субботнюю утреннюю лень, и бутылку пива — одну на двоих — перед телевизором, и суматоху сборов на работу, и накатывающую временами усталость и безысходность.

Может быть, он даже расскажет ей про то, как ненавидит бедность, и как весь класс смеялся над ним, когда на физкультуре он пытался всунуть ноги в войлочных башмаках в ременные крепления доисторических лыж, и как недавно в Австрии он купил себе самые дорогие горные лыжи. Купил просто потому, что ненавидел те, со свиными перекрученными ремнями вместо креплений.

Он никогда и никому об этом не рассказывал.

— То есть всю неделю вы будете жить со мной в бабушкином доме и делать вид, что вы и есть Кира, — уточнила она с дрожащей нервной улыбкой, — вы познакомитесь с моими родными и станете следить за ними, чтобы определить, кто из них убийца. Они будут думать, что вы мой... любовник, а на самом деле вы советский разведчик Максим Максимович Исаев.

— Ну да, — согласился Кирилл, — а через неделю мы с вами улетим в Дублин. Отдыхать. Если вы захотите, конечно.

— И если вы захотите тоже.

Он кивнул и закурил свой «Парламент», не веря в то, что только что сделал. Предложил себя в любовники девице, которую видел второй раз в жизни.

Да еще так... настойчиво предложил. И решился перенести на неделю отпуск, и ввязывался в дикую историю с поиском убийцы ее бабушки среди ее же родственников.

На это был способен тот Кирилл, что толкался в кафе «Сайгон» среди неформалов всех мастей. *Этот* Кирилл Костромин ни на что такое не был способен. По крайней мере, до сегодняшнего дня он знал совершенно точно, что не способен.

— А жить всю эту неделю мы с вами будем в одной комнате? — спросила она все с той же нервной улыбочкой.

Он посмотрел на нее и ничего не ответил.

— Хорошо, — вдруг сказала она громко, непозволительно громко для сытой ресторанной приглушенности, и он посмотрел по сторонам, не слышит ли их кто. — Без вас я действительно не справлюсь, а помощи больше ждать неоткуда. Хорошо.

— Я не частный сыщик, — произнес он с нажимом, — по правде говоря, эта часть соглашения интересует меня меньше всего.

И тут она улыбнулась ему и неожиданно сняла очки. От этого движения, совсем не интимного и нисколько не кокетливого, Кирилл Костромин вдруг стал реже дышать.

Без очков она казалась совсем молоденькой и немножко растерянной, как все близорукие люди. На щеках горели два ярких пятна — должно быть, разговор с ним, особенно в финальной части, дался ей нелегко. Изящные скулы, прямой нос, виски с тонкими ниточками вен. Ровные брови и очень зеленые глаза.

Анастасия Сотникова. Ничего особенного.

— Завтра я встречаюсь с партнером, — заговорил он решительно. Нужно было сделать над собой усилие, чтобы дышать нормально, и он его сделал. — Мы завтракаем здесь в десять. Когда начинают собираться ваши родственники?

— По-разному. Сережка приедет сегодня. Света завтра. Соню и тетю Александру привезет папа. Тоже, наверное, завтра.

— Вы сможете завтра днем за мной заехать? Кстати, этот ваш Кира кто? Тренер по плаванию?

— По теннису, — сказала она и сильно покраснела, до глаз, до бледных висков, — это ужасно, что вы все понимаете. Я так не могу.

— Значит, на своей машине я не поеду. Или никто не знает, что он тренер?

— Только бабушка знала.

— Это ничего не значит. Она могла рассказать любому. Вам придется за мной заехать. Машину я оставлю здесь.

Он терпеть не мог оставаться без машины. Он всегда был на машине. Без нее он чувствовал себя, как собака, привязанная к многопудовой гире. Вроде передвигаться можно, а вроде как и нельзя.

Во что он ввязался?!

— Вы привезете меня на дачу и скажете, что хотите показать меня родным, раз уж выпал такой случай и все собрались вместе. Кстати, можно не объявлять, что я тренер. Если кто-то знает, это выяснится само собой, а если нет, то лучше помалкивать. В теннис я все равно не играю. И постарайтесь все время ходить за мной или по крайней мере быть в поле моего зрения. Ну, как будто вы в меня влюблены и не в силах со мной расстаться. Черт его знает, может, вашу бабушку и в самом деле убили.

— Вы думаете, что меня тоже могут... убить?

— Не знаю, — ответил Кирилл тихо, — все возможно.

Чахоточная «Хонда» затормозила у кованых железных ворот, и Кирилл внимательно посмотрел на Настю. Она разжала ладони. На блестящем пластике руля остались быстро тающие влажные пятна.

— Я боюсь, — сказала она одними губами.

— Мы с вами на «ты», — напомнил он, — через неделю мы собираемся в отпуск. У нас все хорошо.

— У нас все плохо, — выговорила она, — я привезла вас потому, что думаю, что кто-то из моих родных убийца. Господи, это невозможно!

— Вы привезли меня потому, что в меня влюблены и хотите, чтобы семья со мной познакомилась. Только не переиграйте. Все равно в звезды мирового кинематографа мы с вами не годимся.

— Не годимся, — согласилась она.

Кирилл улыбнулся и, перегнувшись через портфель, втиснутый между сиденьями, потянулся и поцеловал ее в щеку. А потом еще раз, в ухо.

Прямо перед собой она увидела серые очень внимательные глаза, в которых не было никакого чувства, только настороженность. У него были приятные губы, не мокрые и не скользкие, и пахло от них хорошо — всю дорогу он мусолил «Орбит белоснежный», и это жевательное движение удивительно ему не шло.

Отстранившись, он некоторое время молча смотрел на нее, а потом выбрался из машины. Открыл заднюю дверь и потянул с сиденья объемистый желто-серый рюкзак.

— Ты машину в гараж загонишь? — спросил он, наклонившись к ее окну. — Или здесь оставишь?

— Наверное, в гараж, — ответила она немного дрожащим голосом, — папа приедет, ему негде будет встать.

— Настена, это ты приехала? — бодро закричали с участка, — Света, открой ворота, Настя приехала!

— Я не могу! Пусть Сережка откроет!

— Сережа! Сережа, открой, Настя приехала! Сережа! Ты что, не слышишь?

— Я сейчас открою, — раздался где-то поблизости решительный женский голос, и из кустов смородины выбралась молодая женщина в джинсах и майке. Выбравшись, она оказалась прямо перед носом у Кирилла.

— Здравствуйте, — сказала она и улыбнулась.

— Здрасти, — сказал Кирилл.

— Мусенька, привет, — за спиной у Кирилла произнесла Настя, — вечно тетя Нина какой-то шум поднимает. Я вполне могу сама открыть ворота.

— Я уже открываю, — ответила решительная Муся. Под мышкой у нее были грязные нитяные перчатки, волосы перевязаны косынкой, как будто банданой.

— Кирилл, это Муся, бабушкина помощница по дому. Муся, это Кирилл. Мой... друг.

— Я уже поняла, — сказала помощница по дому и улыбнулась. От глаз у нее разбежались морщинки. Кирилл с удивлением подумал, что она совсем не так молода, как ему показалось сначала, — теперь я Настина помощница по дому. Агриппина Тихоновна умерла. Настя вам, наверное, рассказывала.

— Рассказывала, — согласился Кирилл.

— Муся, почему Настя не заезжает? С кем ты там разговариваешь? А Настя где?!

— Тетя Нина, я здесь, не шумите!

Гравий захрустел по дорожке, дрогнули ветки старой сирени, и Кирилл даже отступил немного. После всех этих криков и громких указаний он ожидал почему-то увидеть маленькую верткую женщину в сарафанчике, а из калитки выступила статная красавица неопределенных лет — скорее молодая, чем старая. Она была гладкая, золотоволосая, как будто вся подогнанная, как корпус гоночной яхты.

— Настя? — спросила она строго, но посмотрела почему-то на Кирилла.

— Добрый день, — сказал Кирилл.

— Я сейчас заеду, — громко пообещала из машины Настя, — и нормально поздороваюсь. Тетя Нина, это Кирилл. Только ты сразу на него не бросайся, ладно?

— Это, конечно, не мое дело, — заявила золотистая и блестящая тетя Нина очень твердо, — но, по-моему, вы совершенно напрасно приехали, уважаемый. Я не знаю, зачем Насте понадобилось приглашать совершенно постороннего человека. Ей простительно, она все еще переживает смерть бабушки, но вы-то должны иметь понимание и такт!..

«Ого!» — подумал Кирилл.

— Перестань, тетя Нина! Я же тебя вчера просила!

Значит, вчера она выдержала еще и битву с родными, отвоевывая его присутствие! Это укрепило его в ненависти к большим семьям, а вслух он сказал со всей приятностью, на которую только был способен:

— Понимание и такт у меня начисто отсутствуют, — и улыбнулся, — и вы в этом скоро убедитесь, Нина Павловна.

Произошла некоторая всеобщая пауза, за которую Кирилл Костромин себя похвалил.

— Настя, заезжай, — спохватилась догадливая Муся, — ты в город сегодня-завтра не поедешь?

— Нет, наверное.

— Тогда Дмитрий Павлович сможет поставить машину у самых ворот.

Дмитрий Павлович — Настин отец. Есть еще мать Юлия Витальевна, тетя Александра, Соня, Владик, Света и Сергей, которые никак не могли решить, кому из них открывать ворота.

С ума сойти можно.

Кирилл Костромин предпочитал жить один. Это такое счастье, когда никому ничего не должен, когда все зависит только от тебя, когда не нужно давать объяснений, и спрашивать разрешения, и подстраиваться, и отчитываться, и «взаимовыручать» друг друга, как учили его родители.

Тетя Нина еще постояла некоторое время, но, так как Кирилл не обращал на нее никакого внимания, смотрел сквозь темные очки на Финский залив, как бы в порыве безудержного восторга, повернулась и пошла в сторону дома. Кирилл слышал за спиной удаляющийся шелест гравия.

— Зачем вы так резко? — тихо спросила рядом

помощница Муся, — Нина Павловна у нас женщина непростая. Вы уедете, а Насте теперь достанется.

— Не достанется, — сказал Кирилл, не поворачиваясь, — ей не пять лет.

Он не видел, как Муся пожала плечами, но она совершенно точно ими пожала и полезла обратно в черную смородину.

Кирилл медленно повернулся и посмотрел на дом.

Может быть, потому, что был день и солнце плавилось в небе, как кусок оранжевого мороженого, и залив блестел по-дневному приветливо, и деревья, изнемогшие от зноя, стояли не шелохнувшись, островерхий дом казался ожившим и помолодевшим, как будто обретшим второе дыхание. Пахло свежескошенной травой и близкой водой залива.

Дальше до поворота был только один дом, стоявший вплотную к разбитой дороге. Поначалу Кирилл решил, что он необитаем, но потом заметил новую собачью будку и примятую калиткой траву и посмотрел на окна. Он знал, что по окнам всегда можно определить, живут в доме или нет. Стекла не мыли много лет. Солнечный свет заливал мутную поверхность, делал ее слепой. Крепкие некрашеные рамы, избитые дождями, были серыми от лишайника.

Кто-то из окна смотрел на Кирилла. Он видел только силуэт, раздробленный пыльным стеклом. Силуэт был неподвижен и темен, как сфинкс.

Кто живет в этом доме? Почему смотрит так пристально? Почему сидит за пыльным стеклом, когда на улице жара и светит солнце?

Неуловимое движение, тень — и силуэт исчез. Привидение там, что ли, бродит?

Кирилл закинул на плечо лямку рюкзака, задрал на лоб очки, вошел в калитку и тихо прикрыл ее за собой. Муся в кустах пела себе под нос: «Лодочка вдоль берега медленно плывет».

— Значит, мужчина жизни — это вы, — произнес совсем рядом насмешливый женский голос, и Кирилл резко обернулся. Он не любил, когда его заставали врасплох, — а Настя вас так долго скрывала! Чем это вы так оскорбили мою мамашу? Она сказала, что вы хам.

Света, понял Кирилл. Двоюродная сестра, дочь яхтообразной Нины Павловны.

Ноги от коренных зубов, груди под тонкой футболкой вызывающе аппетитны, кожа безупречно свежа и в меру смугла, ногти на ногах и руках выкрашены в один цвет — приятный и непошлый, джинсовые шорты обрезаны так, что соблазнительно блестит в конце полоска незагорелой кожи.

Всемилостивый святой Петр, подумал Кирилл Костромин.

— Что это вас так проняло? — спросила Света, внимательно на него глядя. — Или вы желаете изменений в программе?

— Ка... ких изменений? — пробормотал он, запнувшись.

Торжество явственно обозначилось на красивом загорелом лице.

— А любых. Я женщина свободная и раскрепощенная. А вы?

— Кирилл, вас Настя ждет у крыльца, — проговорила рядом давешняя Муся, — может быть, кофе сварить? До ужина еще далеко, мы не готовили. Свет, а вас Нина Павловна звала.

Кириллу стало смешно.

— Не переживайте, — сказал он Мусе и опустил на глаза очки, — все будет нормально.

— Насчет изменений в программе вы подумайте как следует, — проговорила ему в спину невозможная Света.

— Я подумаю, — пообещал Кирилл.

Насти не было у крыльца, должно быть, бдительная Муся все придумала, и, сбросив легкий рюкзак на нижнюю ступеньку, он посмотрел по сторонам.

За домом визжала газонокосилка — интересно, кто там косит, родственник Сергей или специальный садовник? Как это называется, чтобы было красиво и необидно? Помощник по саду, наверное.

На террасе звенели чашки — кто-то уже сварил кофе и собирался пить. Старая сирень грела на солнце плотные темно-зеленые листья, стояла неподвижно, словно не дыша.

Кирилл посмотрел в глубину сада, пытаясь определить, где кончается одна усадьба и начинается другая, та, в которой обитают привидения, но не определил.

Привидения привидениями, но трава у калитки была примята вполне материально.

Приятно прохрустел гравий у него за спиной, и он спросил:

— На соседнем участке кто живет?

— Понятия не имею, — ответила Настя, — когда-то бабушка и дед дружили с соседями, меня тогда на свете не было, только фотографии остались, а потом... не знаю. Кажется, их дети куда-то уехали, то ли в Канаду, то ли в Израиль, а дом продали. Бабушка говорила, что там почти никогда никого не бывает.

— А собака?

— Какая собака?

— На том участке есть собака?

— Я не знаю, Кирилл, — ответила она удивленно, — а что такое с этой собакой?

— Ты никогда не видела там собаку?

— Нет.

— Странно, — сказал он и улыбнулся ей, — будка есть, а собаки нет.

— Может, они только собираются купить собаку.

— Тебе теперь попадет от тетушки? — спросил он. — Я вел себя плохо?

— Все это ерунда, — ответила она бодро, — разберемся. Пойдем, вещи отнесем.

— Кофе пахнет. Или мне теперь не дадут?

— Дадут. Я... мы с тобой живем на втором этаже. Пойдем.

«Мы с тобой» прозвучало многообещающе, но несколько неуверенно.

Кирилл подумал о том, как ей должно быть неловко. Ему тоже было неловко, но сам перед собой он делал вид, что ничего особенного не происходит. Все нормально, все в порядке вещей, ему тридцать два года, это была его инициатива, он контролирует ситуацию, он привык принимать решения.

...При чем тут умение принимать решения? Какое это имеет значение? Он волнуется, как жених в первую брачную ночь, и ничего не может с собой поделать. Он полночи не спал, все думал, как это будет, даже в бассейн пошел не в полседьмого, а около шести, поняв, что лежать больше не может ни минуты.

Он изучал соседний дом, выпендривался перед тетей Ниной, обозревал образцово-показательные груди двоюродной сестрицы и все время думал, что эту ночь он проведет в одной постели с Настей Сотниковой.

Мрачно глядя куда-то в область ее попки, он поднялся следом за ней по темной лестнице с полированными прохладными перилами.

На втором этаже тоже был коридор, вазы с сухими цветами стояли прямо на полу.

— Зачем такая прорва сухих цветов? — вдруг спросил он с раздражением. — Это что, мавзолей?

Настя удивленно взглянула на него и открыла дверь, из которой в полумрак коридора обрушился солнечный свет. От того, что она так спокойна, он разозлился еще больше.

— Проходи.

Комната была большой, квадратной, и в ней отсутствовали сухие цветы. Зато обнаружились веселые лимонные шторы, громадный письменный стол — а на нем компьютер! — старомодный гардероб, стеклянная дверь на балкон и кровать. При виде этой кровати Кирилл Костромин быстро сунул в рот сигарету.

— Пепельницу дать? — насмешливо спросила Настя, как ему показалось, издалека.

У кровати были не ножки, а драконьи лапы, попиравшие старый ворсистый ковер. Чугунное массивное изголовье расползалось немыслимыми изгибами и собиралось в замысловатые узлы. Покрывало было бескрайним, как целина. Венчал все сооружение полог той же ткани, обшитый по краю упругой оборочкой с розовыми помпонами.

Это была не кровать. Это был гимн сексу.

Кирилл отвел глаза.

— Вещи можешь положить в гардероб.

— Какие вещи?

— Свои. У тебя есть что положить в гардероб?

Он соображал с некоторым трудом:

— А... да.

— Ванная в коридоре. Я тебе потом покажу. Сережка, родители, тетя Александра и тетя Нина живут внизу. И еще Соня. Без Сони тетя Александра обойтись не может. Она ей даже ночью чай подает и лекарства. А здесь Света, Владик и... мы. Мы. Это замечательно.

— Ты здесь ночевала, когда приезжала к бабушке?

— Конечно. Это лучшая комната на втором этаже. Бабушка объявила, что она моя, как только я родилась, и с тех пор никого в нее не пускала. Родители здесь жили, когда я маленькая была. Со мной, естественно. А потом я стала жить одна.

— Ты теперь переедешь в Петергоф? — спросил Кирилл и все-таки закурил.

— Конечно. У меня в городе совершенно ужасная коммуналка, на Владимирском. Ездить далеко, но в коммуналке я больше жить не стану.

Он вытащил из рюкзака идеальную стопку вещей и поместил на свободное место в гардеробе.

— Мне трудно говорить вам «ты», — сказала Настя, поглядев на стопку мужских вещей в своем гардеробе, — очень трудно.

— Привыкнешь.

— Не знаю.

— Привыкнешь, — повторил он, потушил сигарету и неожиданно поцеловал ее в губы.

От его губ пахло табаком и мятой — «Орбит белоснежный», знай наших! — щека, которой Настя коснулась щекой, оказалась чуть влажной и шершавой. Шея была широкой, сильной и загорелой, и грудь в распахнутом вороте льняной рубахи — тоже загорелой и слегка влажной.

И все это, чужое, незнакомо пахнущее, странное, двигалось рядом с ней, дышало и не давало трезво оценить ситуацию.

Господи, неужели она целуется с человеком, который спросил у нее на стоянке: «Когда в последний раз вы выключали фары?» — и с величественной холодностью вынул из багажника сверкающие «крокодилы»?!

Произошло какое-то движение, Настя открыла глаза и поняла, что он снял с нее очки. Ей нужно было немедленно сказать ему, чтобы он перестал, что она не может говорить ему «ты», а уж целоваться тем более не может, она даже губы сложила, чтобы все это сказать, но как-то так получилось, что они опять целовались. Очень быстро она позабыла, *что* хотела ему сказать, обняла руками за шею и вздохнула легонько. Кожа вдруг стала болезненно чувствительной, как будто она слишком долго сидела на солнце. Она провела голой ногой по его ноге и замычала от удовольствия, чувствуя джинсовую шершавость. Он подхватил ее под попку, поднял, прижал к себе, не отрываясь, только теперь она была выше, держала в ладони его затылок и трогала подушечками пальцев густые светлые волосы у него на затылке.

Он откинул голову и посмотрел на нее. Глаза у него были очень внимательные. Насте моментально стало стыдно.

— Ну что? — спросил он. — Теперь легче?

— Что легче? — Господи, хоть бы очки надеть, закрыться от него!

— Легче называть меня на «ты»?

— Не знаю.

— Все дело в твоей кровати, — сказал он серьезно, посмотрел на ее шею, повернул голову, словно примериваясь, и поцеловал, — в присутствии такой кровати думать ни о чем невозможно.

Настя моментально оскорбилась. Только что она мечтала, чтобы он отпустил ее и она могла бы спокойно подумать. Теперь, когда он готов был ее отпустить, ей стало обидно.

— А я думала, что все дело во мне, — пробормотала она и, взявшись за его руки, попыталась расцепить их, — я, наверное, ошибалась. Пусти меня, Кирилл.

Он встряхнул ее, как мешок с мукой, и не отпустил.

— Как ты думаешь, если мы запрем дверь и выйдем отсюда завтра утром, это будет очень неприлично? Или сойдет?

Красный цвет полыхнул и затопил ее.

— Ты что? — прошипела она. — С ума сошел?

— Конечно, сошел, — сказал он уверенно, — разве нормальный человек может вместо Дублина поехать в Петергоф искать убийцу бабушки? Разве нормальный человек станет...

— Перестань, — попросила она, — я не могу тебя слушать.

— Я сам себя не могу слушать, — признался он.

— Я тебя боюсь, — сказала Настя. Ей хотелось потрогать его волосы, и она осторожно потрогала.

— Я тебя тоже боюсь. — Он разжал руки, и она съехала по нему на пол.

Откинув легкую штору, он по-хозяйски от-

крыл дверь и вышел на маленький круглый бал-
кончик. Прямо перед ним была макушка голубой
елки, и Кирилл осторожно подержался за нее рукой.

Нужно успокоиться. Ему тридцать два года, и
он контролирует ситуацию.

Ничего не получалось.

— Когда приедут твои родители и... тетя Александра?

— К вечеру.

Он посмотрел на свою ладонь. На ней остался
липкий след. Он понюхал — ладонь пахла смолой.

Он шагнул в комнату и прикрыл за собой дверь.

— Ты мне потом покажешь фен? Ты мне просто скажи, где он лежит, и я посмотрю. Хорошо?

— Хорошо. Ты знаешь, — сказала она решительно, — мне кажется, я зря все это сочинила.
А, Кирилл? Ну не может такого быть! Мы все любим друг друга, и бабушку все тоже очень любили,
по-разному, но любили, даже Муся.

— Почему — даже?

— Ну, Муся же не родственница. И работает
недавно.

— У тебя она тоже будет работать?

— Конечно. Я не смогу следить за таким доми-
ной как следует. Может, она не три раза в неделю
станет приходить, как к бабушке, а раз или два.

— Откуда у твоей бабушки были деньги? Дед
ведь давно умер, правильно?

— Правильно. Его посадили в сорок девятом,
выпустили в пятьдесят четвертом, и, по-моему, в
пятьдесят шестом он умер.

— Она работала?

— Она работала, как все интеллигентные женщины при обеспеченных мужьях. Научным сотрудником в Русском музее. — Настя улыбнулась. — Она любила свою работу. Диссертацию защитила, статьи писала. Одна ее статья даже включена во французский путеводитель по Санкт-Петербургу. Она очень гордилась.

— На домработницу и машину никак не хватит, — сказал Кирилл задумчиво.

— Наверное, что-то осталось от деда. — Настя умоляюще посмотрела на него, как будто просила немедленно согласиться, что деньги остались от деда, и ее драгоценная бабушка просто тратила их.

— Насть, — спросил он нетерпеливо, — что это были за деньги, если их хватило на сорок пять лет? Нет, больше! Вряд ли он из тюрьмы вернулся на свою должность, правильно?

Она молча смотрела на него.

— Значит, с сорок девятого года она жила одна. Вернее, с детьми. И все сохранила.

— Что?

— Дом, книги, картины, драгоценности. Это ведь все осталось. На что она жила?

— Я не знаю. Мы никогда об этом не думали. Я помню, что, когда родители предлагали ей денег, она говорила, что ей хватает. Ну, и они перестали предлагать.

— А дед кем был?

— До войны главным инженером Волховстроя. В войну возводил какие-то переправы и понтоны. А после войны здесь, в Питере, электростанцию строил. Потом его посадили, и он, конечно, больше не работал.

Кирилл все нюхал ладонь, пахнущую молодым лесом.

Иногда его оставляли у бабушки до осени. У него болели уши, и школу он пропускал. Потом он стал придумывать про уши, и его все равно оставляли, потому что родителям было недосуг проверять. Братьев и сестер забирали, и они оставались с бабушкой вдвоем.

Бабушка с утра уходила на ферму и в огород, а он был один, совсем один в ее большом неухоженном доме! Господи, какое это было счастье! Он мог читать, мог петь, мог слоняться *просто так,* и никто не делал ему замечаний, что он болтается без дела, а в их семье «каждый имеет свой ряд обязанностей». Этот «ряд обязанностей», сказанный поучительным отцовским тоном, снился ему в отвратительных снах.

Он читал толстую растрепанную книгу с редкими картинками, почти ничего не понимал, но все равно читал, потому что мог читать в любое время, а не в «час, отведенный для чтения». Потом оказалось, что это пьесы Островского, изданные в девятьсот четвертом году.

Приходила бабушка, приносила какое-нибудь лакомство — свежий белый калач или горстку ирисок с налипшими на них крошками и шелухой от семечек, и они пили чай, долго, со вкусом, и одинаково отдувались, и никуда не торопились, и молчали, потому что за лето до смерти уставали от разговоров. Потом он играл на щелястом холодном полу, катал грузовик, который бабушка одалживала у соседки, чьи внуки к тому времени давно уехали в город, дудел в деревянную дудку, пугая худого желтоглазого кота, укладывал в коробку пластмассового зайца с оторванной лапой. Заяц был совсем старенький, но он любил его, хотя братья и оторвали ему лапу, играя им в футбол.

И еще бабушка брала его в лес. Летом она не ходила в лес — ей не уйти было от дома, стирки, готовки на такую ораву детей, а осенью ходила и его брала с собой.

В лесу было просторно и тихо, слышно, как лист, падая, цепляется за ветки. Все было желтым и красным, и пахло остро и сладко — так, как сейчас от его ладони. Молодым лесом, близкими холодами, умирающими листьями, подмороженной травой. В траве стояли крепкие, как огурчики, холодные и плотные грибы. Корзинка тяжелела, и обратно ее всегда несла бабушка.

Иногда ему удавалось пробыть у нее месяц. Это было самым большим счастьем в его жизни. Она укладывала его спать под теплым боком громадной, как слон, печки, крестила, шептала что-то вроде «бедолажный ты мой, бедолажный», и утро начиналось прекрасно — осенним солнцем, лежащим на полу, горячим молоком, пластмассовым зайцем, бабушкиными бодрыми тяжелыми шагами.

Потом она умерла.

И черт побери, он так и не купил ей синюю чашку, как у Клавдии Степановны!..

В его ладони оказались тонкие теплые пальцы, и он вдруг сильно сжал их.

— Ты что-то задумался, Кирилл.

— Да, — сказал он, — я задумался. Ты смотрела какие-нибудь бумаги?

— Бумаги в кабинете. — Она вытащила пальцы, как будто ей стало неприятно. — Я тебе потом покажу.

— Ты все оставила на месте? — поразился он.

— А что? — спросила она воинственно. —

Я должна все спрятать? От тети Нины с Сережкой? От мамы с папой?

— От того, кто убил твою бабушку, — сказал он жестко.

— Кирилл, этого не может быть.

— Тогда поехали в Дублин, — предложил он, — мы еще успеем. Самолет завтра утром. Визу я тебе сделаю за час.

Она отошла в угол и стала смотреть в окно.

— Я забрала ее дневник, — проговорила она из угла, — он в столе. Ты можешь его посмотреть, там нет ничего особенного. Она всегда вела дневник, считала, что это признак дисциплины ума. Ничего такого она в нем не писала — что сделала за день, с кем встречалась, что купила. Тоненькие тетрадочки, по тетрадочке на каждый месяц. В Новый год она их торжественно сжигала в камине, чтобы начать все сначала.

— Ну? — спросил он.

— Дней за восемь до... до того, как она умерла, она записала: «Меня очень беспокоят Настя, Сережа и Людочка».

Кирилл помолчал.

— Настя — это ты, Сережа твой брат и сын тети Нины, а Людочка кто?

Настя печально покачала головой:

— Я не знаю. У нас нет никакой Людочки и никогда не было.

— А какие-нибудь подруги?

— Не знаю, Кирилл. На работе у нее была подруга Эсфирь Модестовна. Они созванивались каждый день. А больше я никого не знаю.

— Почему ты ее беспокоила?

— Из-за Киры. Он бабушке очень не нравился. Она нас с ним однажды увидела на Невском.

Вызвала меня к себе, закатила скандал, сказала, чтобы я и думать не смела о нем. Я слушала, кивала, потом разозлилась, мы сильно поссорились. Она даже говорила, что лишит меня наследства.

— А ты?

— А я — ну и пожалуйста. Я сказала: ты проживешь еще сто лет, и мне твое наследство все равно не достанется. Ну, она засмеялась и сказала, что я просто глупая девочка. А мне тридцать скоро!..

— Про брата ты тоже ничего не знаешь?

— Сережу она тоже очень любила. Он был вторым в списке. Он часто приезжал, и ночевал, и даже деньги у нее брал на какие-то книжки. Он арабист.

— Кто?!

— Арабист, — повторила Настя и улыбнулась, как будто Кирилл был умственно отсталый, — специалист по арабскому языку и странам Ближнего Востока.

— Он дипломат?

— Он ученый. Читает манускрипты, делает всякие научные переводы. Книжку написал «Арабская скоропись». Правда это не совсем книжка, а такая маленькая брошюрка, но все равно...

Кирилл не мог себе представить никакой более бессмысленной работы, чем изучение арабской скорописи. Ладно бы он ее изучал, чтобы торговать саудовской нефтью, но изучать ее просто ради интереса и потом еще написать про это брошюру казалось ему дикостью.

Впрочем, его дед был деревенский плотник, а вовсе не главный инженер Волховстроя. Может, в этом все и дело?

И арабист так беспокоил бабулю, что она записала это в дневнике.

— У него тоже был неудачный роман?

Настя посмотрела как-то странно:

— Я тебя с ним познакомлю, и ты сам решишь. Я про его романы ничего не знаю.

— Он голубой? — осведомился Кирилл.

— Сам ты голубой, — ответила Настя.

Синие чашки на белой скатерти, лохматые цветы в пузатой вазе, солнце на плиточном чистом полу, запах кофе и черной смородины — фильм продолжался как ни в чем не бывало.

— Что-то вы так задержались? — спросила тетя Нина, глядя только на Настю.

— Мам, они вообще могли до утра не показываться, — сестра Света выпустила из совершенных губ совершенное колечко дыма и сняла совершенные ноги с плетеного кресла, — и их бы все отлично поняли. Садитесь, голубки. Свободные места в разных концах зала. Вы как? Переживете?

— Кофе, — Муся, на этот раз без банданы, протянула Кириллу чашку. На блюдце лежала невесомая серебряная ложечка. — Сливки? Молоко?

— Нет, спасибо, — отказался он и в кресло не сел, пристроился на широкие деревянные перила за спиной у Насти. Ему не хотелось целую неделю выдерживать Светин прицельный огонь, а для этого нужно было сразу расставить все точки над i.

Он почти навязался Анастасии Сотниковой именно потому, что до смерти боялся таких, как ее сестрица. Груди он уже оценил, ноги видел, больше она его не интересовала.

Подумав про груди, он моментально вспомнил, как Настя прижималась к нему, когда они целовались, и сидеть стало неудобно. Он поерзал на перилах, чуть не свалив свою чашку, и тут увидел на крыльце бледного очкарика в подвернутых джинсах.

— Привет, — сказал очкарик, — вы Настюхин Кирилл?

Пришлось все-таки соскочить с перил, чтобы пожать очкарику холодную вялую руку.

— Кирилл Костромин.

— Сергей Петруничев, очень приятно. Настюха, как твоя машина? Влад тебе ее сделал?

— Сделал, Сереж. Все нормально, бегает.

— Эту машину давно пора выбросить на помойку, — заявила Нина Павловна с террасы, — я скажу Диме, чтобы он отдал тебе мамину «Волгу». Все равно она сгниет в гараже. Или Дима собирается на ней ездить?

Дима, надо понимать, — Настин отец и тетин брат.

— Я не знаю, теть Нин. А на «Волге» я все равно ездить не буду. Это не машина, а моторная лодка на колесах. В прошлом году...

— Все равно она новее, чем твой рыдван. Я не понимаю, почему родители тебе разрешают на нем ездить. Хотя, конечно, твоим родителям дела ни до чего нет.

— Тетя Нина!

— Но это же правда, — сказала гоночная яхта с некоторым удивлением, — им некогда, они у нас деловые очень. Ну, с Юлей ьсе ясно, а вот мой брат меня удивляет всю жизнь. Никогда не думала, что твоей матери удастся так его изменить. Молодым он был совсем другой.

— Мам, успокойся, — попросил бледный арабист и умоляюще посмотрел на Кирилла, — что с тобой?

— Да ничего, — сказала Света, вновь пристраивая ноги на пустующее кресло, Кирилл был совершенно уверен, что ноги были пристроены на его счет, — просто это была идиотская идея — собираться тут и устраивать семейный отдых на лужайке. Конечно, раз Настеньке надо, Настенька никому вздохнуть не даст, все по-своему сделает. Так что теперь все должны терпеть и улыбаться.

— Свет, я никого не заставляла, — проговорила Настя довольно миролюбиво, — я всех попросила приехать, только и всего.

— Ну да, — согласилась Света, — попросила! Да если бы мы не приехали, ты бы целый год в истерике билась, а мы бы все были свиньями. Настенька у нас кремень. Скала. Вся в бабулю, — это было сказано специально для Кирилла.

— Я сегодня с утра косил траву, — объявил Сергей тоном толстовского героя и по-толстовски же мечтательно вздохнул, — это такая красота. Чувствуешь себя чудесно, солнце светит, травой пахнет, над головой...

— Небо, — подсказал Кирилл. Ему было смешно.

— А? — переспросил очкарик растерянно.

— Над головой небо. Или я ошибаюсь?

— Нет, это невозможно, — громко объявила тетя Нина, — Настя, я тебя прошу, отправь его обратно в город, или мы всерьез поссоримся. Надо же, как люди умеют пользоваться чужим несчастьем!.. А Юля с Димой куда смотрят? Я должна сегодня же поговорить с Димой. Что это еще за беда на нашу голову!

Кирилл подмигнул растерянному арабисту, приткнул свою чашку на темный буфет, взял Настю за бока и одним движением пересадил из кресла на широкие перила, лицом к заливу и спиной к семье.

— Смотри, там какой-то корабль, — сказал он и дунул ей в шею, — здоровый. Вы не знаете, Сергей, здесь ходят военные корабли?

Очкарик сошел с крыльца и стал послушно смотреть на залив.

— Сторожевики, бывает, ходят. Мы с Настеной однажды утащили дедов бинокль на залив и целый день в него смотрели.

— В шпионов играли, — добавила Настя и сбоку посмотрела на Кирилла, очень близко.

Он слышал запах ее духов, ненавязчивый и прохладный, ее волосы лезли ему в нос, и было приятно, что он стоит так близко — руки на перилах, по обе стороны ее бедер, — и она не пытается вывернуться, как тогда, в комнате, когда он понял, что если он ее не поцелует сейчас же, то с ним обязательно что-нибудь скверное сделается.

— А потом мы его утопили, — сказал вдруг Сергей и засмеялся, — я имею в виду бинокль.

— Ты зачем-то полез с ним на камень и уронил, — перебила его Настя, — а там довольно глубоко...

— ...и мы потом ныряли по очереди, но так и не нашли...

— ...там не только глубоко, там ил и ничего не видно...

— ...и мы решили, что домой не пойдем, а ты стала реветь и сказала, что хочешь домой, а я знал, что мне попадет больше, потому что я старше.

— И мы все рассказали Зосе Вацлавне, помнишь? Бабушке боялись, а ей рассказали. Это домработница, — объяснила Настя Кириллу, хотя он прекрасно помнил, что это домработница. Объясняя, она слегка поворачивала голову в его сторону, так что ее губы почти касались его щеки, и в голове у него становилось как-то тяжело и пусто.

— Зося Вацлавна долго ахала, поила нас чаем, и мы вместе придумывали, что мы наврем бабушке, — подхватил Сергей.

— А бабушка сказала — ах, что за ерунда! Мне вовсе не нужен этот бинокль, я в него ничего рассматривать не собираюсь, а вот вы остались теперь без бинокля!

— Если бы я его утопила, — вдруг неторопливо произнесла Света — она бы меня на порог не пустила.

— Муся, почему я не могу дозвониться до города?

— Межгород не соединяется, Нина Павловна. Здесь так иногда бывает.

— Мам, куда ты звонишь? — спросил Сергей, не отрываясь от залива.

— Настиным родителям, разумеется.

— Они сейчас приедут, теть Нин. Ты все им скажешь лично. Только Кирилла я все равно никуда не отпущу. — Это было сказано так решительно, что Кирилл слегка отстранился и посмотрел на нее.

Она в самом деле не хочет, чтобы он уезжал, или продолжает игру в сыщиков и воров?

— Я никуда и не собираюсь, — пробормотал он и, не удержавшись, сунул нос в ее волосы. В последний раз женские волосы всерьез занимали его, когда он познакомился с Луной. У нее были длинные слабые платиновые пряди. Ничего общего с Настиными, темными и гладкими, похожими на прически на египетских фресках.

— Ужин будет в семь часов, — объявила Муся.

Сериал «Быт помещика» шел полным ходом.

— Накройте, пожалуйста, в доме, Мусенька, — безразлично велела Света, — здесь вечером противно.

— Сами накроем, — заявила Настя и все-таки вывернулась от Кирилла. — Теть Нин, вы привезли мясо?

— Конечно, — ответила та как ни в чем не бывало. Как будто не она только что организовала и провернула маленький поучительный спектакль для племянницы и ее ухажера, — в холодильник не клала. Оно в раковине на кухне.

— Делаем барбекю, — объявила Настя. — Сереж, доставай барбекюшницу, Свет, ты моешь овощи, а мы с тетей Ниной...

— Я понятия не имею, где она, — немедленно заныл арабист, — в прошлый раз Влад, а в этот раз...

— В этот раз ты, — приказала его мамаша, — тебе поможет молодой человек. — Кивок головой, подбородком вперед, в сторону Кирилла.

— Молодой человек поможет, — согласился Кирилл.

Настя, ее тетка и двоюродная сестрица живописной и вполне миролюбивой группкой устремились куда-то внутрь дома, где мелькала неутомимая Муся и откуда сразу послышался звон посуды, шум льющейся воды и, кажется, даже смех, а Сергей, хлопая себя по карманам, очевидно, в поисках каких-то ключей, пошел вдоль дома и пропал из виду.

Финский залив свинцовой лужей блестел между деревьями, прямо перед глазами. Кирилл залпом допил остывший кофе, очень крепкий и очень горький.

Гадость какая.

Кто из них мог убить? И мог ли вообще?

Под вечер прибыла еще одна небольшая толпа родственников.

Настины родители были странной парой. Он — добродушный разговорчивый толстячок, в меру лысый, в меру румяный, в меру приветливый и всегда готовый к услугам. Его жена оказалась сдержанной дамой с прической, явно сделанной в парикмахерской, и в шелковом костюме, который никак не вязался с жаркой воскресной вольницей.

Улыбнулась она, только когда увидела Настю.

— Мам, почему вы так долго?

— Отец поехал по каким-то гаражным делам и опоздал. Все как обычно. Как вы тут?

— У нас все нормально. Мама, это... Кирилл.

— Добрый день, — сказала Настина мать совершенно равнодушно и посмотрела на него Настиными глазами.

— Добрый день, — ответил он неловко. Как будто и в самом деле был претендентом на руку и сердце, привезенным для знакомства с семьей.

— Дима, в багажнике сумки. Молоко отдельно, не забудь про него.

— Я все достал, тетя Юля! — прокричал из-за кустов Сергей. Он ожесточенно размахивал картонкой над едва тлеющими углями. С той стороны клубами валил белый, вкусно пахнущий дым. — Поставил на крыльцо!

— Нужно убрать, — сама себе сказала Настина мать, — и молоко достал?

— Да, по-моему...

— Дим, посмотри, где молоко?

— Какое молоко?

— Ах, господи.

— Мам, молоко на крыльце. Пошли, отнесем все!

Тут Настя с матерью неожиданно поцеловались и пошли к дому.

— Юля, это неприлично, — сразу же заговорила на террасе невидимая Нина Павловна, — мы вас с утра ждем. Что такое-то? Это вечная история, как какие-то дела, так вас никогда нет!

— Добрый вечер, Нина.

— Добрый вечер. Я целый день пытаюсь вам дозвониться.

— Дима был в гараже, а я сегодня ездила на работу. У нас цейтнот.

— Да боже мой, какой еще цейтнот в аптеке! Ты видела этого? Которого привезла твоя дочь? Мы все в ужасе.

— Я все слышу, — предупредил Кирилл с лужайки.

Выглянула Настя, у нее было расстроенное лицо.

— Не обращай внимания, — сказал он, тоже чтобы все слышали, — так принято. Когда к даме приезжает кавалер, его принято обсуждать. Он должен всем не нравиться. Это залог успеха.

— Кирилл, на самом деле они вовсе ничего такого не имеют в виду.

— Я не понимаю, почему ты должна еще и оправдываться! — поддала пару Нина Павловна. — Юля, нам надо серьезно поговорить!

— Хорошо, — издалека обреченно согласилась Юлия Витальевна, — давай поговорим. Только не надо Насте действовать на нервы, ей и так трудно со всеми нами.

— Понятия не имею, как нужно жарить мясо на этой идиотской решетке, — пожаловался Сергей, появляясь на лужайке, — по-моему, чем больше я его жарю, тем больше оно сыреет.

— Это противоречит закону сохранения энергии, — сказал Кирилл, не поднимаясь с места. Отсюда ему было все видно и более или менее слышно, и он не хотел уходить, даже ради жареного мяса.

Сергей улыбнулся.

— Вы физик?

— Нет, — сказал Кирилл, насторожившись.

— А закон сохранения откуда?

— Из школы.

— А в какой школе вы учились?

Кирилл учился в 186-й школе города Москвы.

— Я учился в интернате на улице Савушкина, — быстро соврал он.

Там и вправду учился один из его многочисленных братьев, которого в восьмом классе неожиданно признали талантливым, и родители моментально определили его в физматинтернат. Брат без потерь окончил интернат и потом еще высоконаучный и очень сложный институт, и теперь прозябал в подмосковном НИИ в должности старшего научного сотрудника, клял проклятых капиталистов, отнявших у него науку и веру в светлое будущее, на работе бывал с двух до пяти, кропал статейки в авиационные журнальчики — играл сам с собой в гения, обойденного судьбой и задавленного жизненными обстоятельствами.

Кирилл был убежден, что он тунеядец.

— Это ведь специализированная школа, если я не ошибаюсь?

— Да-а! — согласился Кирилл. — Исключительно специализированная. В смысле, для талантливых, а не для даунов.

— Я это и имел в виду, — пробормотал смешавшийся Сергей, — значит, вы все-таки физик?

Очевидно, упорство в достижении цели было у них фамильной чертой, унаследованной от матери.

— Все-таки я не физик, — признался Кирилл, — наше мясо не сгорит?

— Оно даже не жарится! — заявил Сергей с некоторой гордостью, как будто хвастался тем, что не может справиться с мясом. — Наверное, его нужно куда-то сложить и нажечь еще углей. Я иду за миской.

По террасе пролетели чьи-то шаги, и с крыльца скатилась Муся.

— Сереж, где ключи от гаража?

— Не знаю. А что, должен знать?

— Конечно, — Муся подошла поближе и улыбнулась, — ты же брал барбекюшницу. Ключи у тебя.

— Да нет, — он похлопал себя по карманам, — нету.

— Мне нужно в погреб, — объявила Муся, — а ключей нет. Ты гараж запирал?

Сергей улыбался доброй бессмысленной улыбкой, делавшей его похожим на большого пса.

— Не знаю. Не помню. Пойду посмотрю. Муся, пошли посмотрим!

— А миска для мяса? — спросил Кирилл ему в спину, но Сергей его не услышал. Как привязанный невидимой веревочкой, он шел за Мусей вдоль дома, смотрел ей в затылок и улыбался.

Ну-ну.

Кирилл поднялся с низкой лавочки, отряхнул джинсы и тоже пошел вдоль дома в сторону гаража. Он чуть-чуть не дошел, присел и стал завязывать развязавшийся шнурок на ботинке.

— ...я чуть с ума не сошел, — произнес за георгинами Сергей, — ты за весь день ни разу со мной не поговорила.

— Нина Павловна бы от инфаркта умерла!

— Она и так и так умрет от инфаркта. Я все равно ей скажу. Так больше невозможно.

Муся пискнула что-то невразумительное, и воцарилась тишина, из которой явственно следовало, что за георгинами целуются.

Это и есть «роман» многоумного автора брошюры «Арабская скоропись»?

Настя знает, потому и не стала рассказывать. Бабушка знала? Если знала, может, именно поэтому Сергей ее и беспокоил? Она пришла в ужас от внучкиного любовника, ничего о нем не зная, значит, если она знала о романе внука с прислугой, ее гнев мог бы быть ужасен.

Так или не так?

Сидя на корточках, Кирилл задумчиво смотрел, как по носку ботинка ползет муравей. Обыкновенный, ничем не примечательный муравей, разве что живет в знаменитом Петергофе.

Кирилл сильно дунул, сдул муравья, выпрямился и оказался лицом к лицу с толстой женщиной в шали.

Секунду они смотрели друг на друга, а потом она завопила так, что у Кирилла что-то лопнуло в мозгу:

— Помоги-и-ите! Убива-а-а-ают! Воры-ы-ы-ы!!!

Пока тетю Александру откачивали на террасе, пока подносили ей валокордин, воду, лед в носовом платке, чтобы приложить к виску, Кирилл маялся в отдалении, не решаясь подойти.

Куда он попал? Это не семья, а зверинец какой-то!

— Как у меня не разорвалось сердце, — бормотала тетя Александра как бы в забытьи, — я шла по дорожке, и вспоминала, вспоминала... Как все были живы, и Павел, и Яков, и Галочка, как машина привозила гостей, как я играла среди георгинов, и вдруг!.. Из кустов!.. Прямо на меня!.. Боже, как я осталась жива!..

— Мама, не волнуйся. Мама, успокойся. Мама, выпей, — уговаривала ее бледная анемичная девица в точно таком же платье, как и у туши, распростертой на диване. — Мама, тебе вредно, не думай об этом. Мама, так нельзя.

— Тетя, это приятель нашей Насти, — с мстительным видом сообщила Нина Павловна, — Настя его пригласила на целую неделю.

— Боже, но почему?.. Почему он сидел в кустах? Как он там оказался? Он подстерегал меня?

— Маньяк подстерег свою жертву среди георгинов, — объявил Кирилл, которому хотелось посмотреть на представление из партера, а не с галерки, где он пребывал все это время, и по ступенькам вошел на террасу. — Приятель — это я. Меня зовут Кирилл. Прошу прощения, если напугал вас. Я не хотел. У меня шнурок развязался. Я не знал, что вы поблизости, иначе ни за что не стал бы завязывать.

Тетя Александра с дивана смотрела на него, изобразив на лице панический ужас. Кирилл был уверен, что ужас она именно изображает, а вовсе не испытывает.

— Сонь, как вы оказались в георгинах? — сердито спрашивала Настя, накладывая в платок следующую порцию льда. — Родители приехали, вас нет, я решила, что за вами завтра нужно будет поехать.

— Мама хотела пройтись, — отвечала анемичная девица, — они нас высадили у поворота, и мы пошли. Мама плохо ходит, ты же знаешь. Мы шли медленно, несколько раз останавливались, отдыхали, мама рассказывала, как все тут было раньше. Потом мы вошли на участок, и... все это случилось.

— Да ничего не случилось, — невозмутимо произнес Настин отец, — что вы в самом деле, тетя. Сейчас же не ночь и здесь не бандитская окраина! На своем участке, средь бела дня!..

— Он очень напугал меня, — возразила тетя Александра твердо, как будто Настин отец оспаривал ее право на испуг, — у меня чуть было не случился сердечный приступ. Сонечка, в понедельник вызови врача, мне нужно кардиограмму снять.

— Хорошо, мама.

— А где мой страховой полис? Мы что, не взяли страховой полис?!

— Взяли. Я взяла. Он у меня.

— Ты потеряешь! Положи на столик рядом с моей кроватью. Я надеюсь, что у меня будет отдельная комната?

— Конечно, тетя Александра, — успокоила ее Настя, — внизу. Рядом с ванной.

— Как внизу? Я буду жить внизу?! В этих сквозняках? Соня, ты что, не звонила Насте, что я могу жить только наверху?

— Звонила.

— Тетя Александра, я могу сейчас же всех поменять местами, и у вас будет комната наверху. Только как вы станете подниматься?

— Да. Я не подумала. Соня, не нужно вызывать местного врача. Нужно вызвать нашего кардиолога, из города.

— Они не поедут за город, тетя, — подала голос Нина Павловна.

— Соня, ты должна их уговорить! А если я умру? Здесь же нет никакой квалифицированной медицинской помощи! Соня, сегодня мы пропустили программу «Здоровье», ты опять мне не напомнила!

— Мы были на улице.

— Ну и что? Нужно было вернуться. Соня, налей мне чаю, я не могу из рук прислуги.

Кирилл смотрел во все глаза. Та часть головы, в которой что-то лопнуло, когда тетя Александра завопила, теперь неудержимо, как водой из пыточной трубки, наливалась болью. Голова у него болела приблизительно раз в десять лет.

Сергей потихоньку пожал руку Мусе, которая делала вид, что не обиделась на «прислугу». Настина мать улизнула на крыльцо и оттуда на лужайку. Настин отец галсами продвигался к двери. Настя с миской растаявшего льда в руках вышла на кухню. Нина Павловна, оставшись на передовом участке фронта почти в полном одиночестве, беспомощно посмотрела на Кирилла.

— Нина Павловна, — сказал он, — Настя просила найти в сарае самовар. Она говорит, что чайника нам мало. Я не найду. Вы не могли бы...

Нина Павловна вскочила, всем своим видом изображая готовность бежать за самоваром. Как будто не она весь день поливала его презрением.

— Нина! — слабым голосом произнесла тетя Александра.

— Самовар, тетя. Я сейчас достану самовар из сарая и вернусь.

И Нина кубарем скатилась с крыльца.

— Соня, где же чай?

— Сейчас, мама. Никто еще не пил, я не знаю, есть ли кипяток или нужно ставить.

— Давно бы узнала! Я не могу без чая, особенно когда волнуюсь.

— Мясо наконец-то сгорело? — спросил Кирилл у Сергея.

— Мясо? — переспросил тот, как будто не понимал, о чем идет речь. — Да. Наверное, сгорело. Впрочем, может быть, его еще можно спасти.

— Пошли спасем?

— Значит, вы и есть загадочный Настин кавалер, — провозгласила тетя Александра и отняла от виска влажный платок. — Соня, ты дашь мне, наконец, чаю? Как вы здесь оказались, молодой человек?

Кирилл вежливо молчал. Одно дело смотреть представление из зала, и другое — участвовать в нем.

— У нас в семье большое несчастье. Умерла моя сестра, Агриппина. Она жила в этом доме, и, хотя мы не ладили, я все равно скажу: упокой, господи, ее душу грешную. А вы зачем приехали? Узнали о наследстве?

— О каком? — спросил Кирилл.

— Ну как же! Настя получила все. Теперь она богатая невеста. Поэтому вы здесь, молодой человек?

— Как все? — удивился Кирилл. — Настя получила дом.

— Со всем его содержимым и участком, — подхватила тетя Александра, — этого разве мало?

— Я слышал еще про квартиру, — сказал Кирилл осторожно, — и про машину, и про украшения какие-то.

— Вот этого вам не видать! — тетя Александра потрясла перед Кириллом пухлым пальцем с перетяжками, как будто связкой сарделек. — Этого не видать! Квартира Нине, машина Диме, и вам больше ничего не достанется!

— А украшения?

— Послушайте, молодой человек, с этого нельзя начинать! Что вы все выспрашиваете? Поживиться хотите?

— Ваша дочь унаследовала какие-то украшения.

— Будь они прокляты, эти украшения! Моя дочь никогда не наденет на себя то, что принадлежало Агриппине! Я не позволю! Моя дочь... скромная разумная девушка, ей не нужны никакие проклятые стекляшки! Она ни за что не согласится оставить их у себя, я знаю...

— Не согласится оставить у себя бриллианты? — уточнил Кирилл. Это становилось интересным.

— Бриллианты нужны девицам вроде Нининой Светы, — продолжала тетя Александра с фанатичной убежденностью монаха-старообрядца, — но только не моей дочери!

— Чьей угодно дочери нужны бриллианты, — возразил Кирилл.

— Мама, чай. Боже мой, что с тобой? Почему ты такая красная?

— Я просто разговариваю, Соня. Я разговариваю с этим молодым человеком.

— Мама, тебе нельзя волноваться.

Пока она хлопотала возле матери, Кирилл смотрел на поднос. Вокруг синего молочника была белая лужица молока.

Если бы она шла и случайно выплеснула молоко, оно разлилось бы дальше и шире. Значит, она стояла под дверью, слушала, и у нее сильно дрожали руки.

Из-за чего она нервничала? Из-за матери, из-за бриллиантов или из-за того, что наследство разделили так несправедливо?

— Соня, ты что, не видишь, что мне капает прямо на платье! Господи, ты испортила мне платье! Ты что?! С ума сошла?!

Она кричала, и гневалась, и упрекала, и стенала, и поминала бога, а Соня все уговаривала ее не волноваться. Кирилл еще некоторое время посидел на перилах террасы и уже совсем собрался спрыгнуть в сад, подгоняемый все разрастающейся головной болью, когда поймал в буфетной дверце отражение Сониного лица.

На нем была написана такая неподдельная, настоящая, первоклассная ненависть, что он даже засмотрелся, забыв, что собирается спрыгнуть.

Анемичная Соня — Соня-служанка, Соня-дурнушка — яростно, всей душой ненавидела свою мать.

Примерно в середине пути на Кирилла вдруг напала невиданная робость.

Пока они целовались в светлых полуночных сумерках, пока — по очереди — прижимали друг друга к стене и тискали безумно и напряженно, все было хорошо. Он ни о чем не думал, и Настя не думала тоже. Он сильно ударился ногой о драконью лапу кровати и даже не заметил этого.

Он опомнился, только когда увидел над собой цветастый шатер с оборочкой.

Настя нетерпеливо стаскивала с него рубаху, и он вдруг перепугался.

Он сто лет не спал ни с кем, кто был бы ему не безразличен. Он забыл, как это бывает, когда к делу подключается голова. Ничего хорошего ее подключение не сулило — он немедленно начал осознавать то, до чего пять минут — секунд! — назад ему не было дела.

Последний раз он принимал душ сегодня утром в «Рэдиссоне». У него мятая и потная рубаха. Он забыл в Москве одеколон и купил на Невском увесистый конус «Фаренгейта», который так и лежал упакованным в целлофановую пленку на дне рюкзака. По шее перекатывалась витая золотая цепочка такой ширины, что, будь она еще чуть-чуть шире, на ней можно было бы повеситься. На цепочке имелось распятие, тоже весьма увесистое. И еще у него были трусы с рисунком из красных роз и сердец. Кирилл Костромин не предполагал никакого романтического приключения, когда собирался в Питер, а эта захватывающая дух красота единственная оказалась не в стирке.

Любая, отдельно взятая, деталь способна была остудить даже влюбленную женщину, а Настя не была в него влюблена.

— Ты что? — спросила она, насторожившись, и перестала тянуть его руку из плотного манжета рубахи.

— Ничего, — пробормотал он, думая о том, что его рубаха воняет потом, а под джинсами в изобилии присутствуют красные сердца и розы.

— Я делаю что-то не то? — помолчав, прошептала она. — Тебе... неприятно?

Не мог же он сказать ей про трусы!..

— Мне приятно.

С тех самых пор, как в универсаме он покупал три черных, семь батонов и два килограмма овсянки, а весь продовольственный отдел смотрел на него, он до смерти боялся попасть в смешное положение.

В гостиницах ему всегда было дело до того, что о нем подумает горничная. В ресторане он ел только то, что было принято есть — лосося, цветную капусту, лобстера, мидии, — хотя больше всего ему хотелось картошки с котлетой. В самолетах он никогда первый не накрывался пледом, ждал, когда это сделает кто-то еще. Он всегда заранее долго и нудно узнавал, принимают ли в магазине кредитные карточки, чтобы не выглядеть дураком перед кассиршей. До кассирши ему тоже было дело.

Нужно было срочно что-то придумать, чтобы Настя не решила, что он импотент, или интимофоб, или гомосексуалист — и подобное в том же духе.

— Кирилл, ты... больше ничего не хочешь?

— Хочу. Тебя.

Нет, он не может уйти в ванную. Тогда она точно решит, что у него расстройство желудка. Почему за весь день он так и не приготовился к тому, что произойдет, как только за ними закроется дверь? Он мечтал об этом со вчерашнего дня — и не приготовился!

— Слушай, — сказал он шепотом, — я, наверное, весь потный.

— Не весь, — невнятно пробормотала она в ответ, — только местами.

Он сверху видел ее макушку и черный разлив волос, а лица не видел. Столкновение с сердцами и розами приближалось.

Теперь он чувствовал ее всю, сверху донизу, от шеи до маленьких прохладных пальцев — на себе. Губы скользили, и следом за ними волосы, и он больше не вспоминал ни про сердца, ни про розы. Она была прохладная и свежая и странным образом не остужала, а распаляла его, и он весь покрылся «гусиной кожей», когда она зачем-то укусила его в предплечье.

У него сильно и больно колотилось сердце, и, кажется, кожа на груди взмокла именно с той стороны, где сердце.

Неужели он не ошибся? Неужели все на самом деле так хорошо, что он почти не помнит, где они и что с ними?

Неужели все дело только в том, что нужный человек оказался в нужное время в нужном месте?

— Подожди, я сам, — пробормотал он, когда она стала возиться с его джинсами. В голове копошилось какое-то смутное и неопределенное воспоминание о том, что она почему-то не должна стягивать с него джинсы, и он стянул их сам, и ногой отпихнул от себя вместе с неопределенным воспоминанием.

Теперь они оба вдруг заспешили так, как будто в их распоряжении было не все время в мире, а семь секунд, оставшиеся до конца света, и нужно было очень глубоко дышать, но это получалось плохо, потому что воздух стал раскаленным и липким и не проходил в горло.

Светлые сумерки, заливавшие их жидким стеклянным светом, стали сгущаться у него в голове, и он уже почти не мог видеть, и не мог дышать, и не мог ждать.

Да. Так. Все правильно. Все совершенно правильно. Еще чуть-чуть.

Чуть-чуть...

Стекло завибрировало, и разлетелось, и осыпалось миллионом сверкающих брызг, а потом еще и еще раз, и сознание вдруг вернулось, и оказалось, что это так просто — быть без сознания.

— Если в отпуске мы две недели не будем вылезать из кровати, — сказал Кирилл, удивляясь тому, что это говорит именно он, — ты меня просто убьешь. Напомни мне, чтобы я перед отлетом написал завещание.

— А куда ты летишь? — спросила она слабым чахоточным голосом. Ее голова лежала у него на бедре, и рукой он придерживал ее затылок, чтобы голова не скатилась куда-нибудь.

— Мы, — поправил он. Странное дело. Оказывается, ночь так и не наступила, за окном были все те же светлые сумерки. Но ведь он совершенно точно знал, что все вокруг было темно. — Мы с тобой летим в Дублин. Забыла?

Она зевнула, повернула голову и поцеловала его в бедро смачным поцелуем. Он напрягся.

— В этом твоем Дублине, — сказала она и прихватила его зубами, — автобус называется не «бас», а «бус». Представляешь?

Он не представлял.

— И еще они говорят не Дублин, а Даблин и всем коллективом играют в регби.

— Каким коллективом?

— Ирландским. Вся страна Ирландия повально играет в регби.

— И пьет ирландское виски.

— И запивает ирландским пивом. — Она оторвалась от его бедра, и он шумно перевел дыхание. — Ты любишь ирландское пиво, господин Костромин?

— Черт его знает.

Лучше бы она оставалась там, где была, потому что теперь она приподнялась на руках и нависла над ним, и ему все было видно, и он чувствовал ее запах и мечтал почувствовать вкус, и ее волосы скользили по его животу, и...

Нет, это невозможно.

За бока, как давеча из кресла, он приподнял ее над собой — руки и ноги свесились, как у щенка, — подтащил повыше и посмотрел в лицо. Она была вся розовенькая, довольная, глаза сияли, рот улыбался, от былой интеллигентной тонкости не осталось и следа.

Господи, помоги мне!..

Он подержал ее еще немного, потом уронил на себя, сунул руку в волосы, укусил за подбородок, и все началось сначала и продолжалось долго.

— Видишь, как хорошо бывает иногда проявить благородство и помочь бедной девушке с машиной, — хвастливо сказала она, когда снова стало можно разговаривать.

— Это точно, — подтвердил он, — учитывая, что я никогда не проявляю благородства.

— Никогда-никогда? — уточнила она.

— Никогда. Это был первый случай в моей жизни, когда я его проявил.

— Не может быть.

— Может.

— Тогда почему ты его проявил?

— Сам не знаю, — признался он. — У тебя был совершенно идиотский вид на пляже. Помнишь? И еще ты меня раздражала. Я не люблю, когда люди сами ставят себя в идиотское положение.

— Тогда тебе придется немедленно меня бросить, — задумчиво сказала она, — я все время ставлю себя в идиотское положение.

— Ну конечно, брошу, — пообещал он, улыбаясь.

— Я тебе брошу! — заявила она с угрозой.

Он засмеялся:

— Конечно, брошу. Я специалист по кратковременным связям.

— И... много у тебя связей?

Не было у него никаких связей. У него было много работы, мало времени, и все попытки завести любовницу неизменно терпели крах, и он устал от этого и уже почти не верил, что на его долю что-то еще осталось, когда ему попалась Настя Сотникова с ее очками, портфелем и «Хондой».

Никто и никогда не говорил ему в постели, что автобус в Ирландии называется не «бас», а «бус».

Ему было очень спокойно и безудержно весело.

Все будет хорошо. От Москвы до Питера всего семьсот километров. Подумаешь.

— Вот сейчас я полежу немного, — пообещал он, — и все расскажу тебе про свои связи. А может быть, даже продемонстрирую наглядно.

— Как? Опять?

— Опять, — подтвердил он и зашелся самодовольным смехом, — только ты потом про завещание мне напомни. Йес?

Человек с той стороны двери прислушался и постоял немного, выжидая. Не было никакой опасности, что те двое, которые резвились в постели, обнаружат его. Они слишком заняты друг другом и своими постельными делами, чтобы просто так выйти среди ночи в коридор, но все-таки осторожность не мешала.

Дело почти сделано. Осталось немного. Как некстати этот балаган с родственниками, затеянный полоумной девицей, что резвится сейчас за дверью со своим любовником!

Кстати, с любовником дело обстояло не слишком понятно. Он не нравился старухе, которой до всего было дело, она все время повторяла, что он «дрянь», и это было странно, потому что старуха отлично разбиралась в людях и была не по годам наблюдательна. За что и поплатилась. Тем не менее любовник оказался хладнокровным, несколько настороженным молодым мужиком с чувством юмора и в очень дорогой льняной рубахе. Машины у него не было, но зато неброские летние ботинки, валявшиеся у входной двери, точно стоили долларов сто пятьдесят.

Старухино определение — дрянь — не подходило ему вовсе. Он мог быть сволочью или бандитом, но никак не дрянью, и это было странно.

Впрочем, все очень скоро закончится. Никто не помешает.

Справедливость должна быть восстановлена, даже если во имя этого еще кому-то придется умереть.

Таков закон. За все надо расплачиваться.

По темной лестнице Кирилл сбежал на террасу и зажмурился.

Солнца было так много, что оно нигде не помещалось, лезло в темные стекла старинного буфета, в синие чашки, в изгибы плетеной мебели, сверкавшие, как золотые, в самовар, все-таки добытый вчера Ниной Павловной из сарая.

Солнце путалось и переливалось в темных волосах его любовницы, которая чинно разливала кофе.

Подумав про Настю «любовница», Кирилл ощутил необычайный жизненный подъем и быстро плюхнулся в ближайшее кресло.

— Доброе утро! — провозгласил он. Вразнобой ответили Настины родители, Муся, Сергей и невесть откуда взявшийся развеселый парень в одних только шортах. Остальные промолчали.

— Это Владик, — быстро представила Настя, — сын тети Александры. Он приехал вчера поздно ночью. Владик, это Кирилл, мой... приятель.

Она все время спотыкалась, когда представляла Кирилла своим родственникам.

— Салют! — сказал Владик и через весь стол протянул Кириллу руку. Рука была большая, прохладная, с бугорками мозолей.

Странное дело, подумал Кирилл, пожимая руку. На чем же этот Владик приехал, если он его даже не услышал? На подводной лодке приплыл?

Впрочем, вполне возможно, что он не услышал бы, даже если бы Владик прилетел на аэроплане и совершил посадку на балконе Настиной комнаты.

Он просто был занят. Очень, очень занят.

Утром Настя обнаружила на полу его джинсы, а внутри — трусы.

— Красота какая, — сказала она, рассматривая сердца и розы, — где ты это взял?

Он покраснел, чего с ним не бывало никогда в жизни, и кинул в нее подушкой.

— Нет, правда, — продолжала она, ловко увернувшись от подушки, — такое просто так на дороге не валяется. Это еще поискать надо!

Эти трусы он купил в супермаркете на Мальте. Разбираться ему было некогда, он просто схватил упаковку, расплатился и выскочил к поджидавшему его такси. По приезде на курорт неожиданно выяснилось, что он забыл на диване в своей квартире пакет с бельем, и нужно было срочно восстановить утраченное. Он вовсе не собирался никому демонстрировать этот шедевр дизайнерской мысли.

— А трусов с зайчиками из «Плейбоя» у тебя нет? — продолжала веселиться она. — Тоже, наверное, очень живенько...

Он решил, что с него хватит.

Ему очень ловко удалось схватить ее под коленки, так что она оказалась висящей у него через плечо головой вниз, и он долго и с удовольствием объяснял ей, что расцветка его трусов не имеет основополагающего значения.

Об этом думать нельзя. Нельзя. По крайней мере до ночи.

А может, удастся днем?..

— ...давно не собирались вместе.

— Для того чтобы собрались, бабушке пришлось умереть, только и всего. — Это красотка Света, нарядившаяся по утреннему времени в короткий топик, который кончался сразу под грудью, и юбку, состоявшую из одних разрезов.

— Бабуля прожила веселую жизнь, — жизнерадостно сказал Владик, — и умерла вовремя, никому никаких хлопот не доставила. В параличе не валялась, маразмом не страдала. Молодец. Железная тетка.

— Владик! — сказала тетя Александра нежно. — Ты не должен так говорить о сестре своей матери. Это неуважительно.

— Сестра моей матери меня уже никогда не услышит, — сказал Владик радостно, — прости, Настюха. Я, правда, бабку не так любил, как ты, но все же она молодец.

Утром тетя Александра выглядела еще более бледной и еще более одутловатой, как и ее дочь. Почему-то на этот раз они были в разных нарядах. На матери был роскошный лиловый халат с неземными цветами и птицами, а на дочери вытянутый спортивный костюмчик с полинявшей мышиной мордой на животе.

— Кто будет овсянку? — громко вопросила Нина Павловна, внося на вытянутых руках пузатую кастрюлю. — Сережа, освободи мне место!

— Муся, ты когда ехала, не обратила внимание, магазин на углу открыт?

— Я ехала в восемь, Юлия Витальевна, а он с девяти.

— Настя, зачем тебе домработница в восемь часов утра? — с недоумением спросила тетя Александра. — Теперь, когда нет Агриппины?

— Я одна не справлюсь, тетя.

— Она просто сошла с ума, когда оставила этот дом тебе, — проворчала тетя Александра как бы себе под нос, но так, чтобы все слышали. Впрочем, кажется, ее на самом деле слушал только один Кирилл. — Разве может девчонка уследить за домом?!

— Мама, Насте уже тридцать. Она вовсе не девчонка. — Это Соня. Голос равнодушный, лицо бледное, как кислая сметана, под глазами мешки.

Что такое? Она защищает Настю или, наоборот, говорит ей явную гадость?

— Ну конечно, девчонка! Даже ты еще девчонка, а тебе тридцать пять!

Словно молния сверкнула, по лицу Сони пробежала судорога, и все вернулось на место — бледное озеро кислой сметаны.

— Тетя, — вступила Настя, — мне еще только будет двадцать девять. А Соне всего тридцать три.

— На следующий год тридцать четыре, — сказала Соня безразлично.

— А мне через восемь лет — сорок, — объявил Кирилл. Все вдруг уставились на него, как будто он сказал какую-то непристойность.

— Вы тут совсем ни при чем, — отрезала тетя Александра, а Нина Павловна сунула ему под нос миску с овсянкой.

— Попробуйте! — предложила она весело, и Кирилл моргнул. — Моя овсянка — самая лучшая в мире.

— Нина, зачем ты хвастаешься? — строго одернула ее тетя Александра. — Меня, например, от твоей овсянки всегда пучит.

— Пучит? — переспросил Кирилл.

— Кофе налить? — вмешалась Настя. — Мой кофе тоже самый лучший в мире.

— В твоем кофе нужно топить преступников и убийц, — сказал Кирилл, глядя в ее веселые зеленые глаза, — высшая мера наказания.

— Не хочешь, не пей.

— Хочу.

— Тогда пей и молчи.

— Как трогательно! — протянула Света и качнула туго упакованным в топик бюстом. — Ну просто кино.

— Ты завидуешь, Светка, — сказал Владик, — у ребят все хорошо, а ты комплексуешь. Как все стервы.

— Владик, прекрати, — велела Нина Павловна.

— Это некрасиво, — подтвердила тетя Александра. — Хотя я думаю, что Владик хотел сказать, что Света всегда одета так... вызывающе. У молодых женщин сейчас начисто отсутствует достоинство. Одни совершенно открыто живут с любовниками, другие одеваются как кокотки.

— Лучше одеваться, как кокотка, чем как Соня, — сказала Света, — Влад, у тебя есть сигареты? Я вчера целую пачку высадила.

— Есть, солнышко. «Мальборо» подходит?

Тетя Александра заволновалась:

— Света, я требую, чтобы ты разговаривала со мной уважительно! Нина, скажи своей дочери, чтобы она придержала язык! Соня всегда одевается скромно, и тебе, Света, надо бы быть поскромнее. Да еще сигареты! Ты что? Лодочник?! Соня, где моя чашка? Налей мне молока. Только разбавь водой, цельное молоко очень вредно. Света, не смей курить в моем присутствии! Меня стошнит.

— Может, принести тазик? — предложил Кирилл и, получив пинок в лодыжку, долго соображал, от кого — Настя была далеко. С ним рядом сидела Нина Павловна и — чуть в отдалении — Настин отец.

— Я сегодня готовлю обед, — объявила Настина мать торопливо, — продукты мы привезли, только хлеба нужно купить.

— Я могу сходить, — предложил Сергей, до этого пребывавший в загадочном молчании.

— Хорошо бы скамейку починить, — подхватила Настя, косясь на тетю Александру, которая хватала ртом воздух и щипала на груди халат, словно он ее душил, — ту, которую дед сделал. Она все перекосилась.

— Еще бы она не перекосилась! — фыркнула Света. — Сколько ей лет? Сто? Ее не чинить, а сжечь надо.

— Жечь ее я не стану, — твердо сказала Настя, — Кирилл, почините с отцом скамейку.

— Я хочу посмотреть свои картины, — объявил Владик и как ни в чем не бывало закурил прямо под носом у своей мамаши, которую тошнило от запаха табака. Мамаша не сказала ни слова. — Настюха, ты не знаешь, там есть хоть что-то стоящее?

— Не знаю, Влад. Все картины в гостиной и в кабинете. Можешь смотреть сколько хочешь.

— А забрать?

— И забрать, конечно, — сказала Настя с некоторым недоумением, — это же твои картины.

Они все обращались к Насте, как будто именно она завещала им картины и машины. Они спрашивали у нее разрешения и даже когда не спрашивали, все время как бы оглядывались на нее. От того, что она была центром семьи, или от того, что она была ближе всех к бабушке?

— Надо же, как люди весело жили! — продолжал Владик. — Картины собирали, скамейки сколачивали, бриллианты покупали. А мы? С работы на работу, с работы на работу, и все.

— Весело, да, — согласился Дмитрий Павлович, — отца после войны посадили, а он, между прочим, генерал инженерных войск был. Сорока еще не исполнилось. Он пять лет просидел, вернулся инвалидом и через два года умер. Не жизнь, а рай.

— Я, между прочим, думаю, — сказал Владик, доверительно понизив голос, — что это бабуля его отравила.

Кирилл быстро посмотрел на него. Нина Павловна со стуком поставила на блюдце свою чашку. Тетя Александра перестала закатывать глаза, а Сергей выпустил Мусину руку, которую пожимал под столом.

— Ты что? — спросила Настя напряженным голосом. — Спятил?

Владик ни на секунду не утратил своей безмятежной вальяжности, продолжал мечтательно курить и щуриться на дым, как и полагается после летнего завтрака на террасе.

— А что? — спросил он, ни к кому в отдельности не обращаясь. — У нее же был этот, как его? Ну на всех фотографиях они вместе. Мам, как его звали?

— Владик, я не понимаю...

— Ну конечно, ты понимаешь. Ну этот Яков, который вместе с дедом воевал, а потом его дед в Ленинград привез. У бабули был с ним роман, и она деда спровадила в тюрьму, а сама осталась с Яковом. А?

— Влад, ты несешь что-то непотребное, — отрезала Нина Павловна, странно взволновавшись. — Что за чушь? Откуда ты ее взял? Тетя, это вы ему рассказали?

— Я?! — вскрикнула тетя Александра, как вчера в георгинах. — Я?!

— Мама вышла за папу в сорок шестом году, ей было девятнадцать лет, — продолжала Нина Павловна, — в сорок седьмом родилась я, а в сорок девятом Дима. Под Новый год папу арестовали, Диме было три месяца. А Якова Иосифовича посадили еще раньше. Какой роман? О чем ты говоришь? Мама потом много лет помогала его семье. У него жена была и дочь. По-моему, чуть постарше меня.

— Галочка, — изрекла тетя Александра, — отлично ее помню.

— Да, — сказала тетя Нина, — Галина. Господи, да его внучка, Галина дочь, здесь много лет подряд жила летом. Ты что, ее не помнишь?

— Смутно, — признался Владик.

— Тогда романы были не в моде, Владик, — сказал Настин отец, — тогда все строили коммунизм и мечтали, чтобы однажды ночью никого не забрали.

— А я все-таки думаю, что бабуля постаралась, — сказал Владик добродушно. — Дед был намного старше, а Яков — красавец. И вообще, вы же ничего помнить не можете! Сколько вам было лет, тетя Нина, дядя Дима? Может, эту Галочку, дочь Якова, бабуля и родила? Тогда все сходится — и что она за ней ухаживала, и что они здесь жили, и что она потом своего ребенка бабуле пристроила!

— Она не пристраивала. Они потом переехали, и все. Я даже не помню, как ее звали, ту девочку, — отрезала Нина Павловна, — черт тебя побери, Владик. Ты все время говоришь какие-то гадости. Как это у тебя получается?!

— Нина, — вмешалась Настина мать, — ты с обедом мне поможешь? А то я буду возиться до вечера. Заморю всех голодом.

— Ты можешь, — ответила Нина Павловна. Щеки у нее горели нездоровым румянцем.

Настя смотрела в сторону, Света ухмылялась, Муся бесшумно убирала со стола. Сергей делал вид, что читает газету, а на самом деле смотрел, как двигаются над посудой загорелые Мусины руки. Он единственный, кто не принимал в дискуссии никакого участия.

— Пойду смотреть свое наследство, — сказал Владик и потянулся длинным загорелым шикарным телом. По всем законам природы, подумал Кирилл, он должен быть братом грудастой Светы, а вовсе не бледной Сони. А Сергей как раз составил бы отличную пару с Соней.

И все получилось наоборот.

— А я отдала ожерелье в мастерскую, — неожиданно сказала Соня в пространство, — чтобы узнать, сколько оно стоит.

Кирилл замер.

— Ты собираешься его продать, Сонечка? — спросил Настин отец после некоторого молчания.

— Да, — ответила Соня, и кислая сметана стала еще кислее. — Все равно я не стану его носить.

Все смотрели на нее и молчали, а она меланхолично стряхивала с вытянутых на коленях штанов прилипшие лохмотья шерсти.

— Да, — повторила Соня и перестала возить рукой по штанам, — я его продам. Если оно чего-то стоит, конечно.

Кирилл вытащил из-за сарая довольно новую доску, осмотрел ее со всех сторон и потащил к ветхой лавочке, стоявшей в глубине сиреневых кустов. Солнце палило, залив лаково блестел за деревьями.

Кириллу нужно было подумать, и он ушел от многочисленных Настиных родственников в сирень, где никто не мог ему помешать.

Тетя Александра. То ли просто полоумная, то ли, наоборот, очень себе на уме, играет в какую-то игру и делает это довольно ловко. Семья абсолютно уверена в том, что она идиотка, и старается не обращать на нее никакого внимания.

Ее сын и дочь — невозможно поверить, что они брат и сестра.

Владик. Сытый, гладкий, очень довольный собой охламон, на вид вполне безобидный, как все молодые люди его типа. Иметь с ним никаких дел нельзя, кинет при первой возможности и будет очень удивляться и добродушно негодовать, если с него станут что-то спрашивать. Бабкины картины он моментально продаст за бесценок и купит себе что-нибудь бессмысленное — например, мобильный телефон. Нужно спросить у Насти, где он работает, если работает. Впрочем, вполне возможно, что его содержат мать и сестра. И еще надо узнать, на чем и в котором часу он приехал. Его приезд не давал Кириллу покоя.

Соня. В тридцать три года выглядит на сорок, ни на шаг не отходит от матери, терпит все ее выкрутасы, носит кримпленовые платья и турецкие спортивные костюмы, которые, даже новые, годятся только для того, чтобы понаделать из них тряпок для мытья пола. Ее брат даже не видел картин, которые ему оставила бабушка, — по край-

ней мере так говорит — а она успела забрать свое ожерелье и уже отдала его ювелиру.

Какому ювелиру? Откуда у Сони может быть ювелир, который возьмется оценивать старинную вещь? Где она его взяла? Кто ей посоветовал? Почему ее мать так настойчиво убеждала Кирилла, что дочь не нуждается ни в каких бриллиантах? Вполне возможно, что в бриллиантах она и не нуждается, зато туфли и джинсы ей бы точно не помешали. Почему она так спешит с оценкой этого ожерелья? Ни секунды больше не может прожить без денег?

Нина Павловна. Стремительна, неудержима и очень уверена в себе. Окружающих в грош не ставит. Сына не замечает, а дочери как будто немного опасается. С Настиной матерью разговаривает несколько свысока, как будто та убогая дурочка. Настю поучает, ее отца поглаживает по лысине с пренебрежительной нежностью. На предположения Владика, что бабушка отравила деда, по-настоящему отреагировала только она — рассердилась и вознегодовала. Или она действительно знает больше других и боится, что это станет известно, или просто — как это называется? — дорожит фамильной честью. Тетю Александру терпеть не может.

Сергей. Ничего интересного, кроме того, что он влюблен в Мусю. Любопытно, сколько времени это продолжается? Бабушка написала в дневнике, что ее «беспокоит Сергей». Почему? Из-за Муси? Или еще из-за чего-то?

Света. Совсем ничего интересного. Куча диких женских комплексов на многометровых ногах и с шикарным бюстом.

Юлия Витальевна, Настина мать. Полная за-

гадка. Молчаливая, неприветливая, очень сдержанная. С сестрой мужа явно не ладит, тем не менее кинулась ей на выручку, когда Владик стал излагать свои теории. С Настей нежна. Кирилл только что слышал, как они хохотали на кухне, убирая посуду. С мужем ровна и доброжелательна. Аристократка или просто ее никто и ничто не интересует, кроме ее драгоценной дочери?

Впрочем, ее драгоценная дочь Кирилла Костромина тоже очень интересует.

Он ухмыльнулся идиотской ухмылкой.

Почему, черт побери, он должен думать о каких-то дурацких родственниках? Вчера никаких таких родственников не было в его жизни, и он не желает о них думать. Он хочет вспоминать, как все было ночью, и планировать, как все повторится опять. И будет повторяться всю неделю, а потом начнется снова в крохотном отеле в центре Дублина, где все время дует холодный ветер с океана и накрапывает дождь, и никогда не бывает больше семнадцати градусов. Да, и еще автобус называется не «бас», а «бус».

Он засмеялся и вытер пот со лба. И снова принялся пилить. Мелкие опилки желтым дождиком сыпались на довоенные ботинки, которые он тоже нашел в сарае, пожалев свои, купленные перед самым отъездом.

Она сильная личность, эта Настя Сотникова. Вся семья крутится вокруг нее. Она справляется с родственниками, даже когда они начинают выходить из-под контроля. Они слушаются ее, даже когда думают, что не слушаются, и именно она не дает мелким склокам перерасти в скандал и кровопролитие.

И это именно она обнаружила, что бабушка

уронила в воду совсем не тот фен. И именно она решила провести расследование. И она собрала всех своих родных вместе, чтобы определить, кто из них убийца.

Ему внезапно стало так жарко, что пот залил глаза. Он выпрямился и вытер лицо собственной майкой, которую повесил на куст старой сирени.

Нет. Стоп.

Она все затеяла сама. Она не может быть замешана.

Или может?

По всем детективным правилам он не должен был никого исключать. А Настю?

Он снова стал ожесточенно пилить, доска прощально хрустнула и отвалилась. Он выдрал из скамейки трухлявую перекладину с гнилыми зубами ржавых гвоздей и швырнул ее в траву. И стал прилаживать новую.

А Настя?

Она-то как раз получила больше всех — ни в какие сумасшедшие Сонины бриллианты он не верил. Из коммуналки на Владимирском проспекте она одним махом угодила в Петергоф, в островерхий дом, где трудно сосчитать количество комнат.

Тогда зачем вся пикантная затея с расследованием? Никто, кроме нее, не знал, что смерть бабки — не простая случайность, никто и ни в чем не стал бы ее подозревать.

Или кто-то знал и подозревал?

В дневнике было написано: «Меня беспокоят Настя, Сергей и Людочка». Настя сказала, что бабушка беспокоилась из-за Киры, но это Настя так сказала.

Кирилл вогнал последний гвоздь в твердое дерево и перевел дыхание.

Нужно спокойно подумать. Он закурил.

Он умел наблюдать и слушать и знал кое-что, из чего следовало, что Настя ни при чем. Только вот достаточно ли этого?

Затрещали кусты, как будто ломился кабан, раздался удивленный присвист и снова треск.

Даже не оборачиваясь, Кирилл Костромин знал совершенно точно, что навестить его за работой пришел знаток Ближнего Востока.

— Вот это да! — сказал Сергей. — Пока мы там трепались, вы уже все сделали!

Он подошел и присел на обновленную лавочку рядом с Кириллом.

— Где это вы так научились скамейки ремонтировать?

Не отвечая, Кирилл дотянулся до своей майки и набросил ее на плечи.

— По-хорошему бы надо еще столбы поменять, — сказал он тоном деревенского плотника, — вы не знаете, здесь есть какое-нибудь не слишком гнилое бревно?

— Понятия не имею, — ответил Сергей удивленно, как будто Кирилл спрашивал его, не зарыт ли где-нибудь в саду самогонный аппарат. Кирилл вздохнул.

— А у кого спросить?

— У Насти, наверное. Или у дяди Димы. Настя тут все знает, а дядя Дима каждой весной в саду копается, чистит, листья сгребает. Бабушка не любит никаких грядок. Не любила то есть. Она любила, чтобы был простор, трава, старые деревья. Весной чтобы сирень цвела, летом пионы, а осенью астры. Зося Вацлавна тоже в саду часто копалась, а я — нет. Я больше по книгам.

— Вам бабушка книги оставила?

— Да. Она смешная была. Думала, что они мне пригодятся для научной работы.

Кирилл потушил сигарету. Сергей сам заговорил о том, что очень интересовало Кирилла, и этим нужно было пользоваться.

— Пойдемте в дом, спросим у Насти про бревно.

— Слушайте, Кирилл, — вдруг начал Сергей решительно, — я хочу вас спросить. Бабушке вы почему-то страшно не нравились. Вы что? Женаты? У вас куча детей? И вообще говоря, вы кто? Инженер?

— Инженер?

— Ну да. Вы же физматшколу заканчивали.

— Нет, я не инженер.

Сергей поднялся с обновленной лавочки и сделал шаг вперед, не давая Кириллу пройти.

— Я понимаю, конечно, что все это не мое дело, и вообще я всегда веду себя глупо, как говорит моя матушка, но я хотел бы знать, что у вас с Настей? Она моя сестра, и я...

— У меня нет детей и жены тоже, — сказал Кирилл. Несмотря на то, что объяснение под кустом сирени напоминало сцену из романа, он испытывал уважение к бледному арабисту и не хотел ему грубить.

— Тетя Александра все утро повторяет, что вы гоняетесь за Настиным домом и вообще аферист.

— Я не аферист. У меня... бизнес, и я вполне самостоятельный человек. Думаю, что пока рано бить мне морду. Когда будет пора, я скажу.

Несколько секунд они смотрели друг на друга, а потом Сергей улыбнулся.

— Очень глупо, — сказал он, и скулы у него покраснели. — Ужас. Фу.

— Давайте на «ты», — предложил Кирилл, — так проще. Только не надо никаких сокращений от моего имени.

— Ладно, — согласился Сергей осторожно. — На «ты» так на «ты».

Кирилл Костромин был на «вы» почти со всеми из своего окружения. Ему нравилось чувствовать себя как бы на некотором отдалении от остальных. Непонятно было, почему ему захотелось быть на «ты» с совершенно чужим человеком.

— Насте сейчас хуже всех, — сказал Сергей задумчиво, — она была ближе всех к бабушке и... переживает ужасно. Бабушка всех нас любила, конечно, но Настю особенно.

Это мы уже слыхали, подумал Кирилл.

— Если остальных любила, почему же все Насте оставила?

— Как — все? — не понял Сергей. — Она ей дом оставила, потому что ей жить негде. Матери квартиру, Соне...

— Да, бриллианты, — перебил Кирилл, — а что это она так к ювелиру заторопилась? Бриллианты оценить непросто, это целое дело. Особенно старинные. А она моментально отнесла их куда-то, сказала, что продаст. Она что, на бабушку из-за матери сердита?

— А черт их разберет, — вдруг резко сказал Сергей, — я в их жизни ничего не понимаю. Пока был дядя Боря, все было хорошо. Он у нас большой начальник был.

— И он тоже начальник?

— А кто еще начальник?

— Ну... дед. Волховстрой, генерал и все такое.

— А-а, — протянул Сергей, — деда никто из нас не помнит, я имею в виду детей, а дядя Боря ушел от тети Александры всего лет десять назад. Он был партработник. Черная «Волга» у него была, водитель, дача, квартира на Невском, все как положено. А он возьми да и брось супругу и детей, да и женись на секретарше. Тетя Александра тогда, по-моему, и свихнулась окончательно. То есть она, конечно, всегда чокнутая была, но дядина выходка ее подкосила.

— В каком смысле чокнутая?

— Ну, она всех нас воспитывала в духе марксизма-ленинизма, всегда делала всем внушения, даже бабушке, хотя бабушка никакого марксизма отродясь не признавала. Мы, по ее мнению, должны были много трудиться на благо, во имя и так далее, а Влад с Сонькой у нее только в заграничных шмотках ходили и у папаши из буфета джин воровали, и мы его потом все вместе так шикарно пили из рюмок. Нам, идиотам, даже в голову не приходило, что его надо водой разбавлять или чем там? Тоником, что ли?

— Тоником, — подтвердил Кирилл.

— Влад был в десятом классе, когда его за фарцовку чуть под суд не отдали, насилу дядя Боря кого-то уговорил. Он все же был не первый секретарь обкома...

— А потом?

— А потом он ушел, из квартиры они съехали в какую-то коммуналку, дачи не стало, заказов не стало, ателье не стало, ничего не стало. Тетя Александра никогда в жизни не работала, а жить на что-то надо было. Она попыталась у бабушки просить, а та ей отказала. Я подробностей никаких не знаю, но вроде бы бабушка ей сказала, что она не инвалид и не многодетная мать, вполне может сама себя прокормить, а Соне с Владиком обещала помогать и на самом деле помогала. До самого последнего времени. Не зря она Соне ожерелье завещала. Она очень ей сочувствовала.

— Почему?

Сергей пожал плечами:

— Ну как — почему? Потому что Соньке, после того как дядя Боря исчез, хуже всего пришлось. Тетя Александра, конечно, ни на какую работу не пошла, а Сонька стала спасать семью — медицинский бросила, устроилась медсестрой в больницу на две ставки и еще уборщицей. Домой сутками не приходила. Ухаживала за самыми тяжелыми, за которых никто не брался, — за деньги, конечно. Ну и содержала и мать, и Владика отчасти. Бабушка ей какие-то вещи покупала, я ни разу не видел, чтобы она носила. То ли у нее все тетя Александра отбирает, то ли она сама не хочет, но работает она с утра до ночи, а потом сидит возле матери, даже глаз не поднимает. Как монашка. Ну, ты же сам утром видел!

— А Владик им совсем не помогает?

— Не знаю, — вдруг сказал Сергей с раздражением, — что-то ты все у меня выспрашиваешь? Может, ты все-таки аферист?

— Да не аферист я! — возразил Кирилл с умеренной досадой. — Просто я все время боюсь попасть впросак. Я же ничего не знаю про ваших родственников, а с Настей мне даже поговорить некогда. Вот где она сейчас? А?

— На кухне, скорее всего. С мамой и Мусей, — Муся была помянута необыкновенно нежным тоном.

— Вот именно. Не пойду же я к ним с вопросами! Твоя матушка тогда меня моментально вышлет на сто первый километр.

— Это уж точно, — согласился Сергей, — вышлет.

— А что это Владик рассказывал про то, что бабушка деда отравила?

— Да не знаю я! Он вообще все время врет. И потом, ему нравится «эпатировать публику». Он так и говорит. Он сюда из города на велосипеде приехал. И не потому что спортсмен, а потому что машины у него нет, а на электричке ездят одни плебеи и уроды.

Значит, не аэроплан и не подводная лодка, а всего лишь велосипед. Поэтому Кирилл ничего и не слышал.

В окне, мимо которого они проходили, вдруг показалась голова Нины Павловны, которая громко закричала:

— Дима!!

Кирилл сильно вздрогнул и посмотрел наверх.

— Дима!!!

— Димы нет, — сказал Кирилл вежливо, и тут уж вздрогнула Нина Павловна. Она посмотрела на них сверху вниз и отдала распоряжение:

— Сережа, немедленно найди дядю Диму. Вчера он забыл в машине молоко.

— Он не забыл, — сказал Сергей, — я его на крыльцо поставил.

— Дядю Диму? — удивился Кирилл.

— Тетя Нина! — откуда-то с другого конца дома завопила Настя. — Молоко в холодильнике на террасе, я же маме сказала!

тя Александра, — у меня всю жизнь очень, очень нежная кожа. Соня, мне пора принять мочегонное. Принеси из пакета, знаешь, где у меня лекарства.

— Мочегонное на ночь примешь, мама.

— Нет, сейчас! До ночи у меня почки откажут. Соня, принеси сейчас же!

Сергей посмотрел на Кирилла. Ему было стыдно так, что даже уши засветились в темноте.

— Такие препараты просто так не принимают, мама.

— Соня, мне нужно выпить мочегонное. Сейчас же. Я лучше знаю, что мне нужно.

— А хотите слабительного? — предложил Кирилл. — В некотором смысле вполне заменяет мочегонное и главное — эффект. Эффект удивительный.

Не выдержав, Сергей осторожно хихикнул, Соня осталась безучастной, а тетя Александра стала медленно, но неумолимо подниматься из кресла — как гора.

— Вон!!! — завизжала она, поднявшись, и Кирилл попятился. — Вон отсюда! Соня, воды мне!! У меня инсульт! Где Наська?! — От злости она брызгала слюной и плохо выговаривала отдельные звуки. — Наська где?! Чтобы сию минуту... даже духу не было... милиция... бандиты...

— Мама, успокойся. Уходите отсюда сейчас же! Сергей, зачем ты его привел?!.

— Мы вообще-то в библиотеку шли, — пробормотал перепуганный Сергей, подвигаясь к двери, другой, не той, через которую они вошли, — простите, тетя.

— Соня, воды, воды мне!! И милицию... и Наську....

— Мы должны идти, — сказал Кирилл, как будто черт тянул его за язык, — мы только что узнали, что у нас назначена другая встреча. Было очень приятно.

Сергей сильно дернул его за руку, так что почти втащил за собой, Кирилл от неожиданности чуть не упал, и Сергей захлопнул тяжелую дверь, вовсе не предназначенную для такого непочтительного захлопывания.

— Ты что? — спросил он, когда завывания тети Александры остались за закрытой дверью. — С ума, что ли, сошел?

— Не сошел, — Кириллу было неловко, что он поднял такой шум, — вы ее распустили совершенно. Или она на самом деле чокнутая?

— Да тебе-то что?! — тоже почти закричал Сергей. — Ты что, перевоспитать ее хочешь?!

— Да мне плевать на нее! Я просто...

— А плевать, тогда молчи, и все!

— Да не все! Что это еще за богадельня, твою мать!.. Все боятся, слова сказать нельзя! Она несет черт знает что, а все слушают, как будто должны ей!..

— Да ты-то тут при чем?!

— Да, — сказал Кирилл, вдруг осознав, что он действительно ни при чем, — это точно. Прошу прощения, я не нарочно.

Сергей сбоку посмотрел на него, и они помолчали.

— Ну что? — спросил Кирилл. — Теперь нужно идти Настю спасать? Или лучше сразу в милицию сдаться, чтобы все успокоились?

— Соня все уладит, — ответил Сергей, — она всегда все улаживает. Да черт с ними! — вдруг добавил он энергично. — Давай лучше книги смотреть, мы же за этим пришли. Ты что читаешь? Детективы небось?

Кирилл усмехнулся:

— А ты не читаешь?

— Читаю. И бабушка читала. Вон две полки сплошь детективы. В прошлом году мы с ней ревизию делали. Те, что совсем никуда не годятся, в сарай вынесли, а какие получше, здесь оставили. Выбирай.

Кирилл наугад вытащил пухлую книжку, растрепанную не от чтения, а от плохого качества бумаги. «Кровавые твари», вот как называлось это произведение, и на обложке были нарисованы красотки, у которых с ногтей капала кровь. На заднем плане — ясное дело — маячил значок доллара и дымящийся пистолет.

— Блеск! — оценил Кирилл. — А Дика Фрэнсиса нет?

— Ого, — сказал Сергей почему-то весело, — ты у нас, значит, образованный. Дик с Агатой на отдельной полочке. Это вам не «Кровавые твари». Тут ищи.

— А где книги, которые тебе бабушка оставила, — спросил Кирилл, вытащив Агату, — тоже здесь?

— Здесь, — согласился Сергей легко, — хочешь посмотреть?

Черт его знает.

Он производил впечатление человека, очень далекого от какой бы то ни было реальной жизни, но Кириллу вдруг стало казаться, что это обманчивое впечатление. Он даже стал прикидывать, как долго ему удастся скрывать от Сергея, что он вовсе не тот Кирилл и что их дома, бриллианты и книги интересуют его вовсе не потому, что он готовится выгодно жениться.

— Вот этот стеллаж весь мой.

Кирилл присвистнул:

— Ве-есь?!

— «Ве-есь», — передразнил его Сергей. Глаза у него за стеклами очков были веселые, как будто он брал Кирилла в сообщники. — Смотри. Ты же хотел смотреть.

Это были совсем другие книги — тяжелые, толстые, в прохладных кожаных переплетах с вытисненным сложным орнаментом, с латунными замками и завитушками по углам.

— Они... старинные?

— В основном начала века. Это хорошие старые книги, но не настолько старые и не настолько редкие, чтобы их можно было продать на аукционе «Сотбис». Тебя ведь именно это интересует?

Кирилл расстегнул латунную пряжку и не открыл, а как будто вошел внутрь книги. Листы были плотные, чуть пожелтевшие, вроде не бумажные, полные таинственных значков.

— Что это такое?

— Где?

— Ну... вот.

— Что вот? — не понял Сергей.

— Что это за язык? — повторил Кирилл, чувствуя себя придурком.

— Это арабская вязь. Ты что, никогда не видел? Кстати, ты открываешь ее неправильно. Ее нужно смотреть с обратной стороны. У арабов все наоборот.

Этого еще не хватало. Книги были на арабском языке.

— Они все такие?

— Какие такие?

От неловкости Кирилл разозлился.

— Я спрашиваю, — сказал он спокойно, как на летучке в своем кабинете, когда выяснялось, что очередной директор завода в очередной раз проворовался и ему грозит очередная отставка, — эти книги все на арабском языке?

— Все, — подтвердил Сергей удивленно, — все до одной. Потому мне их бабушка и оставила. Я занимаюсь арабским языком.

— И бабушка занималась?

— Нет. Почему?

— Тогда откуда у нее столько арабских книг?

— А, это еще дед собирал. Он тоже по-арабски не читал, зато Яков читал. Ну, про которого Влад за завтраком врал, что он бабушкин любовник. Это в основном его книги.

Опять Яков!

— А как они у вас оказались?

Сергей присел на корточки и стал выкорчевывать из полочной тесноты еще одну книгу.

— Я даже толком не знаю. Вроде бы Яков ими очень дорожил, они были у него в семье еще до революции, и, когда он понял, что его непременно посадят, отдал их деду на хранение. И сгинул. И дед тоже сгинул. Время такое было.

Ну да. Время.

Время все спишет. Война, блокада, репрессии, ночные аресты, истерические парады, лагеря, тюрьмы, пересылки, десять лет без права переписки, трудовой подъем, гордость, энтузиазм, хлеб по карточкам, ответ в анкете — «из бедняков», перелицованные платья, счастливые улыбки, «широка страна моя родная», арестантские вагоны, ад трущоб, роскошь дворцов, детские дома, где каждую неделю мрут от туберкулеза и поножовщины — а что делать, время такое.

— Яков читал по-арабски?

— Понятия не имею. У бабушки теперь не спросишь. Только у тети Александры, но она, как только тебя увидит, сразу в заливе утопится.

— Да, жди! Утопится она! — Кирилл еще поизучал книгу, а потом спросил осторожно: — А ты почему стал арабским заниматься?

— Не знаю, — Сергей пожал плечами, — меня это всегда интересовало. Я вот тут сидел на полу, рассматривал книжки, и мне ужасно хотелось узнать, что такое в них написано. Это ведь совсем не похоже на буквы. Посмотри. Это же не шрифт, а произведение искусства, целая картина.

Значит, он рассматривал книжки. Вряд ли он брал их сам, скорее всего ему бабушка давала. Значит, что-то было связано с ними такое, что непременно нужно было продолжить, не дать пропасть, и бабушка старалась и преуспела — внук выучил арабский язык.

Зачем? Из-за Якова?

Выходит, Владик не просто так языком чесал, а с каким-то дальним прицелом?..

— Эту книжку я особенно любил, когда маленький был. Смотри, красота какая.

Он каким-то странным движением, как будто наизнанку, открыл книгу и стал перелистывать, тоже как-то странно.

Ах, да. У арабов же все наоборот.

Кирилл взял у него тяжелый том, и он вдруг сам собой открылся на середине, прошелестев желтыми, как слоновая кость, страницами. Между ними была щель. Глубокая щель до самого переплета.

— Ты что, страницы выдирал, когда маленький был?

— Нет, — встрепенулся Сергей, — ничего не выдирал. А что?

— Ничего. Просто тут страницы вырваны.

Сергей выхватил у него из рук книгу и уставился в нее. Потом провел пальцами по неровному краю.

— Вот черт. Я ее месяца полтора назад смотрел, и ничего там не было вырвано.

— Как не было?

— Так. Не было. Это кто-то недавно выдрал. Сволочи, какую книгу испортили!

— Да кто испортил-то?! — спросил Кирилл громко. Арабские книги и какая-то нелепая таинственность, связанная с ними, начинала его тревожить. — Кому они нужны, эти книги, если никто из ваших по-арабски не читает и на «Сотбис» их отволочь не собирается?!

— Я не знаю. Ах, черт побери, ей сто лет скоро, а из нее страницы дерут! Ну, если это Светка или Влад — убью, ей-богу!

— Они часто смотрят эти книги?

— Да никогда в жизни они их не смотрели! Просто Влад вообще из всех книг страницы дерет. Читает, читает, потом выдерет листы из начала и в них окурки заворачивает, чтобы под носом не воняли. Я пойду его найду, что это такое, честное слово! Свинство какое-то!..

— Подожди, — велел Кирилл, — не беги никуда. Что это за книга?

— Это хорошая старая книга...

— Да, да, — нетерпеливо сказал Кирилл, — это я уже знаю. Как она называется?

— Арабские сказки. Тут же написано.

— Ты точно знаешь, что она раньше была целая?

— Ну конечно, знаю! Я ее не читал никогда и в руки редко брал, она стоит очень неудобно, но листал сто раз, и она никогда пополам не разваливалась. Придется теперь реставрировать. Слушай, ты побудь тут пока, а я пойду позвоню Валере Зайкову, спрошу, смогут ли они мне ее...

— Стоп, — приказал Кирилл, — подождет Валера Зайков. Каких страниц нет?

— Что значит, каких?

— Ну, в какой сказке и какие номера, — сказал Кирилл нетерпеливо, — я же не понимаю!

Сергею не хотелось отвечать на глупые вопросы плохо образованного Настиного приятеля, который не знал даже, как правильно открывается арабская книга. Он вздохнул как врач, на прием к которому пришла старушка в маразме.

— Ну какое это имеет значение?.. — он перелистал страницы в обратную сторону. — Так... сейчас. Сказка называется... «Логово паука», или можно перевести «Паучья сеть», или просто «Паутина». В арабском языке вообще некоторые понятия...

— Мне не надо понятий, — перебил Кирилл, — о чем в ней говорится? Ну хотя бы в двух словах?

— М-м-м... О том, что паук ревностно охранял свои сокровища, и все, кто пытался их у него отобрать, умирали страшной смертью, и... и... и вот однажды прекрасный юноша по имени Саид... Слушай, Кирилл, это долго читать, а мне нужно

Валере позвонить. А то он уйдет, и я тогда до завтра ничего не выясню.

— Не нужно ничего выяснять. Ты раньше читал эту сказку?

— Да нет! Я уже сто раз сказал!..

— Какие страницы вырваны? Откуда? Из середины?

Сергей снова вздохнул и уставился в книгу.

— А никакие, — вдруг сказал он и засмеялся с удовольствием, — все целы.

— Как целы? — не понял Кирилл.

— Ну так. Все страницы целы. Вот сто двадцатая, а следующая сто двадцать первая. Точно.

Кирилл посмотрел на него:

— А что тогда вырвано из середины?

— Да ничего не вырвано. Господи, никому не нужны эти книги, кроме меня! Просто я зверею, когда вижу, что с книгами плохо обращаются. Хорошо, что я Владику по носу не стукнул под горячую руку.

— Посмотри еще раз, — сказал Кирилл настойчиво, — не может быть. Там явно не хватает страниц.

— Все страницы на месте, — веско проговорил Сергей и поправил очки на бледном носу, — все до единой. Она, наверное, просто рассохлась.

— Она не могла рассохнуться, — сказал Кирилл сухо. — Она не склеена, а сшита. Нитки крепкие. Видишь?

— Вижу, ну и что?

— Ну и то, что из нее явно что-то выдрано. Я хочу знать — что?

— Ни-че-го, — ответил Сергей по слогам и стал совать ему под нос книгу, — страницы подряд, никаких пропусков.

Кирилл посмотрел на замысловатый узор, который вроде бы был буквами, и, как Сергей, провел пальцами по узкой щели, которая разделяла книгу на две неравные части.

Черт знает что.

Сначала фен, теперь попорченная арабская книга, задвинутая на самую нижнюю полку.

Если страницы идут подряд, значит, вырван не кусок текста, а что-то другое. Картинка? И почему книга после этого как будто развалилась? Может, была не одна картинка, а несколько?

Спрашивать у Сергея бесполезно — он ничего не вспомнит, потому что, во-первых, он смотрел ее внимательно, только когда был маленьким, и во-вторых, совершенно уверен, что книга «рассохлась». Сто лет не рассыхалась, а потом взяла и рассохлась посреди сказки о пауке.

Нужно найти Настю.

Что за дела творятся в этом доме?

— Настя в кабинете, — неприветливо сказала ему Нина Павловна и показала локтем куда-то в глубь дома. Руки у нее были в муке. — Они с Мусей убираются. Что вы сделали с тетей Александрой? Она слегла и сказала, что больше не выйдет из комнаты, пока вы в этом доме.

— Ничего особенного, — ответил Кирилл рассеянно, — уверен, что она выживет.

— Если хотите кофе, — буркнула Нина Павловна, — можете налить. Мы только что сварили. Александра Тихоновна — несчастный человек. Очень сложный и очень несчастный. Мы стараемся зря ее не раздражать. Она уверена, что жизнь обошлась с ней несправедливо. Муж от нее ушел, с сестрой она все время ссорилась, теперь вот без наследства осталась.

— Ничего, — сказал Кирилл, наливая горячий кофе в большую кружку, — Соня отдаст ей свое.

— Почему вы так думаете?

— Потому что у меня есть глаза, — отрезал Кирилл. — Соня уже отдала ожерелье ювелиру. Зачем?

Нина Павловна перестала месить тесто и посмотрела на Кирилла:

— И зачем?

— Затем, что сами по себе бриллианты вашей тете ни к чему. Она не принцесса Диана и приемы не посещает. А вот деньги — дело другое. Как только Соня продаст ожерелье, нежная мать немедленно занеможет и спасти ее от смерти смогут только Сонины деньги. Все просто.

Нина Павловна зачем-то кинулась к раковине и стала тщательно мыть руки. Золотистая прядь вырвалась у нее из-за уха, и она нетерпеливо заправила ее мокрыми пальцами.

— Я уверена, — сказала она четко, — что до этого не дойдет.

— Уже дошло, — Кирилл отхлебнул кофе, который оказался таким же горьким и крепким, как утром. — Настя варила?

Почему-то ему очень хотелось, чтобы кофе сварила Настя и чтобы Нина Павловна это подтвердила.

Нина Павловна кивнула нетерпеливо.

— Нет, — сказала она, как будто сама себе, — мы этого не допустим.

— Вы все уже допустили. Эта ваша Соня — раб. Как в древней истории. С ней можно сделать все, что угодно. То есть абсолютно все. Если завтра тете Александре придет в голову заставить ее повеситься, она повесится. Просто чтобы не огорчать маму.

— Что за ужасные вещи вы говорите!..

— Вы не видите ее со стороны. А я вижу, потому что я человек посторонний.

Нина Павловна присела к столу, как будто вдруг очень устал.

— Они трудно жили после того, как Борис Петрович... ушел из семьи. Очень трудно. Владик стал неуправляемым, бросил школу, попал в компанию. Соня работала, конечно. На ней была вся семья. От тети, конечно, не было никакого толку. Профессии нет, стажа нет, кто ее возьмет на работу?

— А никто и не возьмет, — согласился Кирилл, — особенно если не пытаться никуда устроиться.

— Послушайте! — вдруг вспылила Нина Павловна. — Вы меня в чем-то упрекаете? Я чем-то перед вами провинилась?

— Не передо мной, — сказал Кирилл мягко, — на ваших глазах вздорная баба замордовала собственную дочь, а вы даже пальцем не пошевелили.

— Соня никогда и никого не просила помочь! Она всегда говорит, чтобы мы к ней не лезли, она справится сама, ей одной легче.

— А вы верите, потому что в таком случае от вас ничего не требуется. Вы предложили, она отказалась. Все в порядке. Ей тридцать три года, а на вид как будто шестьдесят три. У них даже платья одинаковые. А сын Владик тем не менее почему-то ничем не озабочен, и его велосипедик на рынке долларов на триста пятьдесят потянет. Это ведь его велосипедик перед домом стоит?

— Нина, что тут происходит? — спросила в дверях Настина мать.

— Молодой человек объясняет мне, что мы неправильно живем, Юля.

Кирилл оглянулся с досадой.

— Я не знаю, что правильно, а что неправильно. Я знаю, что работорговлю давно отменили, а в вашей семье она процветает, и это никого не удивляет.

— А в вашей семье все в порядке? — спросила Нина Павловна язвительно.

Да. Его семья.

Он много лет не имел никаких дел со своей семьей. Он едва выдерживал пятиминутный разговор с матерью. Он понятия не имел, как и на что живут его родители, братья, сестры... Он избавился от них раз и навсегда, и их проблемы его не касались. Он раздражался, даже когда кто-то из них просто звонил ему домой — он знать их не хотел.

У него была своя жизнь. Потому что слишком долго у него никакой *своей жизни* не было.

Кажется, он начал оправдываться.

— Я должен найти Настю, — сказал он холодно, испугавшись, что они могут подслушать его мысли, — спасибо за кофе.

— Пожалуйста, — с некоторым недоумением ответила Настина мать и посторонилась, пропуская его. Он отлично представлял себе, как они сейчас станут говорить о нем.

Ну и ладно. Черт с ними.

Очень сердитый, он пошел в глубину дома, соображая, за какой именно дверью может быть этот проклятый кабинет, в котором Насте вздумалось наводить порядок, и услышал обрывок фразы, сказанный супермоделью Светой:

— ...больше не хочу! Я не желаю больше никаких темных дел, хватит с меня и этого! И не звони мне сюда! Все равно я не могу отсюда разговаривать!

Пискнул телефон, послышалось судорожное всхлипывание, и Кирилл понял, что она сейчас выскочит из комнаты прямо на него. Он заметался в панике, дернул первую попавшуюся дверь и только успел прикрыть ее за собой, как Света выскочила и понеслась по коридору. Он в щелку смотрел ей вслед.

Этого только не хватало. У нее тоже тайны.

Он нажал на дверь, собираясь выйти в коридор, как вдруг что-то зашевелилось сбоку и сзади — очень большое и темное. От неожиданности он попятился, задел ногой шаткий столик, со столика с ужасающим грохотом посыпались какие-то пузырьки, банки, пилюли раскатились по полу, заскакали по паркету. То огромное и темное, что шевелилось у него за спиной, вдруг еще выросло, взмахнуло чем-то и, кажется, даже заревело. Поскользнувшись на рассыпавшихся стекляшках, Кирилл прижался спиной к двери, нащупывая ручку взмокшими пальцами, и понял, что огромное и темное было тетей Александрой, прилегшей отдохнуть с тряпкой на голове.

Секунду они смотрели друг на друга, потом тетя набрала воздуху в мощную грудь и завопила:

— Спаси-и-и-ите! Убиваю-у-у-у-ут!!!!

Кирилл пошатнулся от силы страсти, которая звучала в ее голосе, и бросился бежать, как не бегал никогда с тех самых пор, когда папа Луны явился за дочерью в сопровождении наряда милиции.

Где-то открылась спасительная дверь, из которой хлынул солнечный свет, и показалась Настя — в шортах, майке и с косынкой на голове. Нормальная, обычная, прекрасная Настя. В полном рассудке.

— Что случилось?!

Кирилл налетел на нее и быстро затолкал обратно. В коридоре за его спиной творилось нечто совершенно невообразимое.

— Вы откуда, Кирилл? — спросила Муся с любопытством. Она тоже была в косынке и с тряпкой в руке, и тоже вполне нормальная — по крайней мере на вид.

— Настя — быстро сказал Кирилл, — я, кажется, опять напугал тетю Александру.

Настя всплеснула руками:

— Господи, да что ты к ней привязался? Пусти, я пойду.

— Нет. Мусенька, посмотрите, пожалуйста. Если можно.

— Это она вопит? — спросила Настя с любопытством. — Что ты с ней сделал? Сунул ей под халат лягушку?

— Не совал я ей лягушек! Муся, пожалуйста!

— Ну конечно, — сказала Муся, сочувственно улыбаясь, — конечно, я посмотрю, не волнуйтесь.

Она пристроила тряпку на край ведра и решительно открыла дверь, впустив из коридора шум, вопли, топот и трубный вой тети Александры.

Дверь закрылась, и снова стало тихо. Просто удивительно, как в этом доме закрытая дверь уменьшала и удаляла проблемы. Как в сказке.

— Что случилось?

— Ничего. Я по ошибке забрел в ее комнату, а она решила, что на этот раз я точно пришел ее убивать. Тем более я там что-то уронил. Я вовсе не хотел ее пугать, я тебя искал. — И тут он неожиданно разозлился: — Я же просил, чтобы ты все время была у меня на глазах! А ты какие-то полы где-то моешь, с утра не могу тебя найти!

Настя посмотрела с любопытством, подошла к нему и обняла за талию. Вытянула шею и смешно принюхалась.

— «Фаренгейт», — заключила она, — м-м-м... Люблю «Фаренгейт».

— Я дам тебе попользоваться, — пообещал Кирилл и поцеловал ее в макушку. Ему хотелось поцеловать ее куда-нибудь еще — в щеку или в губы, — он даже наклонился, но она увернулась и пришлось целовать ее в ухо.

— Ты починил скамейку, — сказала она и потерлась о его щеку, — спасибо.

— А твоя тетя Нина напоила меня кофе.

— Она сказала, что ты, конечно, хам, но с чувством юмора и храбрый.

— Храбрый потому, что связался с тобой?

— Храбрый потому, что не боишься тетю Александру.

— Это я раньше ее не боялся.

— А теперь? — она спросила уже шепотом.

— А теперь боюсь, — прошептал он в ответ.

Они целовались долго и со вкусом. Кирилл был уверен, что догадливая и преданная Муся постарается долго не возвращаться с поля брани.

Не отрываясь от него, Настя подпрыгнула, уцепилась руками и ногами, повисла на нем и медленно съехала обратно.

— Я не люблю целоваться, — сказал он, когда пришлось перевести дыхание, — и никогда не любил.

— Это заметно, — согласилась Настя.

— Нет, правда.

— Правда заметно.

Он отстранился и посмотрел на нее:

— Я... плохо целуюсь? Неприятно?

Она засмеялась и сунула руки ему под майку.

— Ты дурак. Я шучу. У меня тоже есть чувство юмора.

— Нет у тебя никакого чувства юмора.

Он поймал в ладонь ее затылок, притянул к себе ее лицо и очень близко посмотрел в глаза — зеленые и серьезные.

Нет. Она не может быть ни в чем замешана. Она не должна быть ни в чем замешана.

— Не будем больше целоваться? — спросила она, и он поцеловал ее.

Будь оно все проклято — этот дом, толпы родственников и расследование, которое она затеяла!

В дверь деликатно постучали, и Настя шарахнулась от него, бессмысленно тараща глаза. Когда Муся вошла, она усиленно протирала пыль с торшерной ноги.

— Мы там уже мыли, Насть, — сказала Муся, — впрочем, лишний раз помыть никогда не помешает.

— Что это вы уборку затеяли? — спросил Кирилл, просто чтобы сказать что-нибудь и перестать таращиться на Настину попку, обтянутую шортами.

— Я решила, что здесь нужно навести порядок после... бабушки. — Настя разогнулась и обвела кабинет глазами, как будто увидела в первый раз. — Мне не хочется, чтобы везде лежали ее вещи и чтобы их все хватали, смотрели, обсуждали. Лучше убрать. И еще я решила перенести сюда компьютер. Здесь удобнее работать, чем в спальне.

— Насть, фотографии куда?

Кирилл посмотрел — Муся в обеих руках держала целую стопку увесистых плюшевых и кожаных альбомов.

— Положи пока на диван. Я не знаю, куда. Наверное, в книжный шкаф, в нижнее отделение. Влезут они туда?

— Сейчас посмотрим.

Кирилл сел на кожаный диван и наугад открыл один альбом.

Молодой мужчина в военной форме смотрел куда-то вдаль орлиным взором. И еще он, немного постарше, за обширным, как колхозное поле, письменным столом. Вокруг была невозделанная пашня — кучи бумаг и нелепых пузатых телефонов. На этой фотографии он выглядел озабоченным и очень человечным, может быть потому, что не старался придать лицу орлиное выражение.

— Это дед, — сказала Настя издалека, подошла и присела рядом, — это сорок пятый год, он только демобилизовался. А это уже сорок восьмой. Видишь, какой грустный? Наверное, уже знал, что его посадят.

Грустный? Кирилл посмотрел на желтую фотографию. Нет, он не грустный. Человек на фотографии был чем-то озабочен, причем решительно озабочен, словно ему предстояло сделать трудный выбор.

— А это Яков. Он и вправду был красавец, прав Владик, черт бы его...

Подошла Муся и тоже стала смотреть.

Фотография была «парадная» — тот же орлиный взор, устремленный как пить дать в коммунизм, прическа волосок к волоску, губы сложены решительно и непримиримо к врагу. Человек на фотографии был похож решительно на всех героев того времени. Ему можно было запросто пробоваться на главную роль в фильме «В шесть часов вечера после войны». Он был красив ненатурально, сказочно, глянцево, как были красивы румяные и чистые актеры, игравшие офицеров на войне. Только человек на фотографии как раз и был офицер, а не актер.

— А это они с дедом на какой-то то ли рыбалке, то ли охоте в Волхове.

По правилам того времени они не улыбались в объектив, смотрели серьезно, но видно было, что у обоих хорошее настроение, и, как только кончится эта морока с фотоаппаратом и назойливым фотографом, который все выбегал из-за шаткой треноги, подбегал к ним и что-то суетливо поправлял, они расслабятся, закурят и станут говорить друг другу, что у них был здорово глупый вид.

Время ни при чем. Время всегда просто время. И эти парни на фотографии просто парни — генерал инженерных войск и его друг. И обоим предстоит сгинуть, пропасть навсегда, и это уже неважно, что одному посчастливится вернуться. В этот дом вернулся совсем другой человек — не тот, который, сдерживая смех, серьезно смотрел в камеру и ждал, когда фотографу надоест суетиться, и он сделает свое нехитрое дело.

Как никогда больше не вернется в Питер тот Кирилл Костромин, что старательно, с высунутым языком вырезал на джинсах ровные полоски.

— Это они с бабушкой и Яковом на каком-то

военном параде. Уже, наверное, тетя Нина родилась. Надо посмотреть, какой это год. Странно, что бабушка не написала.

Белые платья, счастливые лица, вольный ветер. В руках у девушки какие-то цветы, шарф летит по воздуху за спинами мужчин, один из которых ее муж. Она держит под руки обоих, у нее радостное, уверенное, молодое лицо и... Настины глаза. Тоже была зеленоглазой?..

Почему-то Кириллу не хотелось на них смотреть, как будто он знал что-то важное, а они не знали, и он не мог предупредить их, прорваться сквозь время и фотобумагу.

— А это папа с тетей Ниной. Смотри, какой толстый. А она в бантах и очень серьезная. Наверное, у нее куклу перед съемкой отобрали. А это опять Яков с семьей.

Жена Якова странно не сочеталась ни с ним, ни с его друзьями — Настиными бабкой и дедом. У нее было простенькое крестьянское лицо, с широким носом и выпирающими скулами. Никакого белого платья и летящего шарфа, никакой с трудом сдерживаемой жизнерадостности, никакого огня в глазах. Просто женщина неопределенного возраста в чем-то темном и невыразительном. Он по сравнению с ней просто греческий бог. Интересно, он любил ее или женился потому, что не мог жениться на той, с зелеными глазами и широким улыбающимся ртом?

И тогда опять выходит — прав Владик?!

— А это тетя Александра. Кирилл, смотри, какая хорошенькая! Муся, посмотри! Я забыла эту фотографию.

Тете Александре было лет шестнадцать. Она была пухленькая, хорошенькая, в оборочках и ямочках, в кудрях и белом воротничке. Она стояла под березкой, тоже мечтательно смотрела вдаль, в опущенной руке — шаль с бахромой. Красота.

— Это папа, тетя Нина и Галя, дочь Якова, здесь, в Петергофе. Яков с дедом уже сидели. Ну да. Пятьдесят первый год. Это бабушка и жена Якова, я не помню, как ее звали, хотя бабушка говорила... Это папу в пионеры принимают. Надо маме показать. Это какие-то его друзья. Это диспут в институте, это они с мамой на лыжах катаются. Это тети-Нинина свадьба...

— А куда делся ее муж? — спросил Кирилл, не отрываясь от фотографий. — Тоже сбежал? Как у тети Александры?

— Нет, что ты! — ответила Настя с укором. — Он погиб. Утонул. Он был военный моряк. Капитан первого ранга. Он тут еще есть, наверное. Я его хорошо помню. Мы его очень любили, и бабушка, и все. Вот он. А это мы маленькие совсем, лето у бабушки проводим — Соня, Сережка, я и... А это, наверное, как раз внучка Якова, ее тогда к нам привозили. Владика нет, он, наверное, еще маленький был. А Светка еще не родилась. Или уже родилась? А это я в первый класс иду. Смотри, вот опять бабушка.

— Ты смешная, — сказал Кирилл, рассматривая фото, — а где банты?

— Я бантов терпеть не могла, — ответила Настя гордо, — и никогда не носила. Мама все хотела на меня навязать, а я вытаскивала. И только бабушка сказала: отстаньте от ребенка, может быть, у него с детства хороший вкус. У меня то есть. Господи, сколько фотографий! И никто их не смотрит.

— Почему? — спросила Муся. — Вот мы, например, смотрим.

— В последний раз я смотрела эти фотографии, наверное, лет десять назад. Или даже больше. Бабушка их тоже почти не доставала. Она говорила, что нельзя жить прошлым, и приводила в пример Ахматову. Ей казалось, что она похожа на Ахматову.

— Мы так никогда не закончим, — заметила Муся тихонько, и Настя спохватилась:

— Кирилл, ты смотри, если хочешь, а нам надо тут все закончить. Немного уже осталось. Только пол протереть и каминную полку. Я не помню, мы ее мыли или нет?

— Нет, — сказала Муся и подхватила свою тряпку.

— Муся, — спросил Кирилл и перевернул страницу альбома, открывая следующую, — вы не знаете, у кого-нибудь здесь есть собака?

Настя и Муся переглянулись, как будто быстро обменялись какой-то секретной информацией. Его всегда раздражали такие женские переглядывания, означающие, что они знают что-то такое, что недоступно пониманию низших существ. В данном случае низшим существом был Кирилл.

— Собака? — переспросила Муся с сомнением.

— Собака, — подтвердил Кирилл. — Это такое млекопитающее, покрытое шерстью и на четырех ногах. Как правило, еще имеет хвост. При появлении чужих подает сигнал голосом, в просторечье — брешет. Никогда не видели?

Настя принялась изо всех сил тереть каминную полку, а Муся сказала с улыбкой:

— Ничего не знаю ни про каких собак. Да у

нас и соседей-то никаких нет. Только тот дом, но там то ли никто не живет, то ли очень редко приезжают. Я их никогда не видела. А что?

— А собаки на том участке не видели?

— Нет.

— Вы сегодня приехали к восьми часам?

Настя перестала ожесточенно тереть мраморную крышку и уставилась на Кирилла с любопытством.

— А почему ты про все это спрашиваешь?

— Про собаку из-за будки. Почему будка есть, а собаки нет? — Это было вранье. Он точно знал, что собака есть, и хотел понять, не видел ли ее кто-то еще. — А про время потому, что я в семь часов вставал, и входная дверь была открыта. Я думал, что это Муся, а она только к восьми приехала.

Настя вытаращила зеленые глазищи и уже открыла было рот, чтобы объявить, что ни в какие семь часов Кирилл Костромин не вставал, но взглянула на него, и рот послушно захлопнулся.

— Не знаю, — заволновалась Муся, — когда я пришла, все было закрыто. Я дверь отпирала, это я точно помню. Правда, на террасе уже была Нина Павловна, но она с другого крыльца выходила.

— А в саду никого не было?

— Нет. Не было. Я не заметила.

— Настя! — закричал из-за закрытой двери голос Сергея. — Настена!!

— Да! — неожиданно громко завопила в ответ Настя, и Кирилл вздрогнул. — Я здесь!

Она подбежала к двери, распахнула ее и закричала еще громче:

— Сереж, я здесь! Что случилось?

— Спустись!

— Зачем?!

— Черт побери, — сказал Кирилл себе под нос, — как в лесу.

— Надо!

— Наверное, там наши мамы на кухне что-то... — Настя обвела взглядом кабинет и остановилась на Мусе: — Мусенька, я прошу тебя, подожди меня.

— Я все сама закончу, — сказала Муся, улыбаясь, — иди, что за глупости?

— Я с тобой, — заявил Кирилл и положил альбом в стопку, — ты одна с ними не справишься.

— Справлюсь. Ты лучше в гамаке с книжечкой посиди.

— Я с тобой, — повторил Кирилл с нажимом. — Муся, мы пошли.

Они вышли в коридор, продолжая препираться. Муся смотрела им вслед, потом перевела взгляд на зеркало, висящее над каминной полкой, и улыбка медленно сползла с ее лица.

Нина Павловна и Юлия Витальевна действительно ссорились. Обстановка была предгрозовой, и дело явно подвигалось к шторму.

— Если тебе лень чистить картошку, — говорила Нина Павловна, орудуя длинным плоским ножом, — давай я почищу. Мы не свиньи, и нечищенную картошку есть не будем.

— Дело не в том, что мне лень, Нина, — отвечала Юлия Витальевна преувеличенно спокойно, — просто на такую ораву мы будем чистить картошку полдня.

— Ничего, — Нина Павловна с мстительным стуком бросила нож, подхватила противень с пирогами и сунула его в духовку. Когда она выпрямилась, лицо у нее было красным от негодования и жара. — Я быстро управлюсь.

В углу обнаружился Настин отец, который усердно тер что-то на блестящей металлической терке.

— Нина, — сказал он успокаивающе и перестал тереть, — не надо ничего чистить. Юля делает очень вкусную картошку. В плите.

— Плита все равно занята, — объявила тетя Нина, — а ты не вмешивайся. Это наше дело. Трешь свой лимон и три себе.

— Если обязательно чистить, — продолжил Настин отец как ни в чем не бывало, — лучше молодежь попросить. Света с утра скучает, а Сережа опять в книжки уткнулся. Пусть хоть в отпуске...

— Ты за моими детьми не смотри, — огрызнулась тетя Нина, — ты лучше свою дочь контролируй!

— Что ее контролировать! — отчеканила Юлия Витальевна. — Она уже все полы перемыла, какие-то вещи разобрала...

— А ее ухажер опять поцапался с тетей, — перебила Нина Павловна, — Дима, хоть ты ему скажи, что так нельзя себя вести в чужом доме!

— Я больше не буду, — пообещал Кирилл в дверях, и все трое уставились на него с изумлением.

— Тетя Нина, — затараторила Настя, — картошку чистить не нужно, мы ее запечем в масле, и дело с концом. Это же молодая картошка, зачем ее чистить! Мам, мы в кабинете почти все разобрали.

— Опять небось все выбросила, — проворчал Дмитрий Павлович. Он тер на своей терке лимон, мутный сок капал в широкую тарелку так смачно и кисло, что Кирилл сглотнул. — Юль, ты бы посмотрела, что она там наделала. Все на помойку отнесла или только частично?

— Пап, не бухти, — попросила Настя, — я жить, как вы, не могу, меня барахло во всех углах раздражает.

— Ну конечно. Тебя раздражает барахло. Очень богатая — старое барахло выбросить, новое купить.

— Пап, я нашла твою фотографию. Где тебя в пионеры принимают. Ты там толстый такой.

— Я не толстый, — возразил Дмитрий Павлович, — я упитанный.

— Ты у нас всю жизнь упитанный, — согласилась Юлия Витальевна.

— Не всю, — обиделся Дмитрий Павлович, — после армии я был очень стройный.

— Аполлон, — подтвердила тетя Нина, — от девчонок отбою не было.

— Юля, что делать с лимоном?

— Ничего. Оставь. Я засыплю сахаром.

— Будет лимонный пирог, — ни с того ни с сего громко объявил Дмитрий Павлович. — Так. Я пошел в гараж. Настя, потом поможешь мне прокачать тормоза. Я тебя тогда позову.

— Вы бы ту машину отдали Насте, — приказала тетя Нина, — у нее не машина, а гроб на колесах. Юля, почему вы не хотите отдать мамину «Волгу» Насте?

— Потому что я не стану на ней ездить, — отрезала Настя, — у нас хлеб есть?

— Нет. Сережка сходит. Или Владик съездит на своем велосипеде. Юля, Настина машина никуда не годится, а «Волга» еще вполне ничего.

— Я же не могу ее заставить!

— Можешь! Ты мать!

— Кажется, — пробормотал Кирилл, — мы когда-то это уже обсуждали.

— Можно еще разок обсудить, от нас не убудет. Кстати, тетя Александра утверждает, что вы хотели что-то украсть в ее комнате.

— Украсть? — поразился Кирилл.

— Украсть, — подтвердила Нина Павловна с удовольствием.

— Зачем тебя туда понесло? — спросил Настин отец, неожиданно переходя на «ты». — Что ты у нее в комнате забыл?

— Я ошибся дверью, — сказал Кирилл тоном раскаявшегося хулигана и двоечника, — я искал Настю и ошибся дверью.

— С тетей Александрой надо быть поаккуратней, — сказал Дмитрий Павлович, — она у нас...

— Человек сложный, — закончил за него Кирилл, — ее надо палкой вокруг дома гонять, а не осторожничать.

На него накинулись все сразу — Настя, ее родители и тетя Нина:

— Кирилл, так нельзя!

— Что это вы взялись ее воспитывать!..

— Ты бы лучше от нее подальше!

— Вы нам только проблемы создаете!

— Давайте я вам лучше прокачаю тормоза! — крикнул Кирилл в общем шуме, и все моментально смолкло.

— Пошли, — согласился Настин отец, — или лучше ты приходи минут через десять, а я пошел.

— Обед минут через сорок, — в спину ему сказала Юлия Витальевна.

— Хорошо, если часа через два, — поправила

ее Нина Павловна. — Настя, найди Сергея и отправь его за хлебом. Или Владика. А Светлана пусть накрывает на стол. Кстати, где наша Муся? Она-то почему ничем не занимается?

— Она убирается в кабинете, тетя Нина. Сейчас закончит и придет.

Кирилл неслышно вышел из кухни. Ему нужно было быстро проверить предположение, которое пришло ему в голову, пока любящие родственники тихо беседовали о предстоящем семейном обеде.

Он быстро пошел по коридору, слушая, как Настя зовет Сергея, чтобы послать за хлебом, а тот отвечает, что ему не дают почитать и пусть за хлебом сходит Владик.

Владика нет, он уехал кататься на велосипеде. Тогда Света. Она тоже не может, потому что уже два часа принимает ванну, а потом еще будет укладывать волосы. Дядя Дима чинит машину, Кирилл ему помогает, а Соня возле матери, которая чуть не отправилась в мир иной.

Муся с пылесосом в руке попалась ему навстречу и бегло улыбнулась, прислушиваясь к препирательствам Сергея и Насти.

— Я могу сходить! — заговорила она уже в конце коридора.

Не семья, а черт знает что.

Усмехнувшись, Кирилл вошел в кабинет, где от чистоты легко дышалось, и ветер с залива раздувал занавески, и, присев на корточки, вытащил из книжного шкафа увесистый альбом. Некоторое время он смотрел его, потом захлопнул и сунул на место.

Все стало еще непонятней, чем было, и он не

мог придумать никакого более или менее подходящего объяснения.

Он вдруг сильно забеспокоился, и в затылке стал потихоньку скапливаться тяжелый горячий свинец.

Он не знал, что делать дальше, и это было самое скверное.

Кирилл сидел в машине и по команде Настиного отца из ямы давил и отпускал тугую педаль, когда неожиданно затрезвонил мобильный, о котором Кирилл совсем позабыл.

Звонил его зам, чтобы поинтересоваться, как он проводит время в Дублине, и сообщить о том, что в питерском филиале все вроде бы налаживается.

— Какая у вас погода? — спросил зам бодро. — У нас все время тридцать градусов!

— И у нас, — неосмотрительно согласился Кирилл.

Зам помолчал — все в офисе знали, что в Дублине семнадцать и дождь, поскольку в отсутствие начальства не вылезали из Интернета, где посмотреть погоду было проще простого.

— Как вам отдыхается?

— Хорошо, спасибо. Игорь Борисович, вы маркетинговый отдел контролируете?

— Пока все в порядке.

— Что в порядке? — спросил Кирилл, раздражаясь. — Даже когда я был на месте, там никакого порядка не было! Они должны были найти все стенды и проконтролировать типографию. Это сделано?

— По-моему, да...

— По-вашему или да?

— Нажимай! — закричал из ямы Настин отец, и Кирилл послушно нажал на педаль.

Интересно, в яме слышно, о чем он разговаривает, или нет?

Зам начал что-то путано объяснять про типографию, про компьютеры, которые вчера целый день висели, про короткий день в субботу и еще про то, что начальник маркетингового отдела все должен сам знать.

— Хорошо, — подытожил Кирилл, — давайте так. Вы спросите у начальника отдела маркетинга, который все знает, а я спрошу у вас. Завтра перезвоните, пожалуйста.

Он всегда старался быть вежливым с подчиненными. Он знал совершенно точно — начальничья вежливость, особенно в определенные моменты, пугает и устрашает подчиненных куда сильнее, чем самая грубая ругань.

— Отпускай! — раздалось из ямы, и Кирилл снял ногу с педали.

— Вы меня поняли, Игорь Борисович? — спросил он в телефон и, удостоверившись, что тот все понял, попрощался.

Черт бы их всех побрал.

Работа требовала ежеминутного контроля, а у него не было человека, на которого он мог бы положиться. Замы были просто замы, никакой ответственности за судьбу фирмы они не несли и не хотели разделять ее с Кириллом. Им было и так хорошо. Зарплату он платил исправно, задачи ставил выполнимые и вполне понятные, а все остальное их не касалось. Если бы он предложил открыть филиал не в Питере, а в Курске или на Луне, они бы согласились. Если бы он прогорел, они бы не стали горевать. Ну, ошибся шеф, всякое бывает даже у таких пройдох, как он. Никто, кроме Кирилла, не хотел думать о том, что будет завтра и какие новые рынки им придется осваивать, чтобы не отстать от конкурентов, и что это будут за рынки, и как им придется на них работать. Это никого не касалось. Только его одного.

И это было трудно.

— Нажми! Ты что, спишь там?

— Не сплю. Я нажал.

— Сильней нажми!

Кирилл вдавил педаль изо всех сил.

— Отпускай!

Прошло несколько секунд, потом послышалось бормотание, шевеление, и Настин отец вылез из ямы.

— Кажется, сделали. Спасибо.

— Не за что.

— Как — не за что? За помощь.

Он старательно вытер волосатые короткопалые руки и посмотрел на Кирилла внимательно:

— Как там отдел маркетинга без тебя поживает?

— Как-то не очень. — Выходит, в яме все хорошо слышно.

— А ты кто?

Кирилл вздохнул:

— У меня бизнес.

— Что-то моя дочь никогда про твой бизнес не говорила.

— Может, она стеснялась?

— А что, он у тебя какой-то постыдный? Порнографический журнал, что ли, издаешь?

Кирилл засмеялся, вновь чувствуя себя женихом на смотринах у строгого родителя.

— Нет. Не издаю. Вы мне лучше скажите,

Дмитрий Павлович, почему все так трясутся над тетей Александрой?

— Потому что она несчастная, — удивился Настин отец, как будто Кирилл спрашивал у него, почему трава зеленая, — у нее нет мужа, проблемы с сыном, со здоровьем...

— Кто сказал, что у нее проблемы со здоровьем? Она сама?

— Ну... это известно. Не знаю. А что она тебе далась? Ты бы отстал от нее, если не хочешь неприятностей Насте. Тетя ее теперь поедом есть станет.

— А с сыном у нее какие проблемы?

— Владик... бесшабашный такой. Пока папа был большой начальник, ему все прощали, когда папы не стало, прощать перестали, а он к этому не привык. Ему пятнадцать лет было, когда Борис ушел, и Влад как с цепи сорвался. Тетя меня вызывала каждый день, чтобы я с ним беседовал. Я беседовал, но что толку было от моих бесед! Он никого не слушал. И меня не слушал. А Борис сказал, что он больше про них ничего знать не желает, ни про жену, ни про детей. Он хотел все сначала начать, с чистого листа, так сказать.

— Ничего себе лист, — проговорил Кирилл тихо, — двое детей и жена, ни на что не годная.

Настин отец пожал плечами.

— Когда он ушел, это стало не его проблемой. — Кирилл улыбнулся, услышав эту фразу. — Владик несколько раз пытался с ним встретиться, на работу к нему бегал, его выгоняли, он на улице караулил, а Борис ему говорил, что не хочет разговаривать с ним — целая история. Соня как-то уговорила Владика перестать за ним бегать. Не знаю как. Но зато после этого Владик совсем неуправляемый стал. Да. Куда же я теперь «Волгу» дену? — вдруг спросил он сердито и с грохотом ссыпал инструменты в большой деревянный ящик. — Мне моя «девяточка» больше подходит.

— Продайте, — посоветовал Кирилл.

— Продайте!.. — пробормотал Настин отец. — Вам, молодым, только продавать и покупать. А если я продавать не хочу?

— Тогда пусть в гараже стоит.

— Сгниет в гараже-то!

— Тогда продайте.

— Ты что? — спросил Настин отец подозрительно. — Смеешься надо мной?

— Нет, — быстро сказал Кирилл, — а Соня? Она почему смогла Владика уговорить? Она на него имеет большое влияние?

— На Владика никто не имеет никакого влияния. Тетя его обожает и гордится им, как будто он нобелевский лауреат. А он газету на компьютере верстает. Добро бы газета была солидная, а то про какую-то рок-музыку! Тираж три экземпляра или около того. Однажды его в милицию забрали, я уже сейчас не помню, за что. Тогда он еще газету не верстал, а без дела шатался. Он ночь в отделении просидел, мы его по всему городу искали, и наконец Соня нашла. Она поехала за ним, но не домой привезла, а куда-то еще, на чью-то дачу, что ли. Они там были целый день и разговаривали. О чем, мы так и не узнали, только Влад после этого как-то... посмирнее стал. Не то чтобы за ум взялся, но притих. Она его и на работу пристроила. У них в больнице кто-то лежал, она их познакомила и уговорила взять его на работу. Она такая, наша Соня, — заключил Дмитрий Павлович неожиданно, — только с виду бледная и худая, а на самом деле — кремень. И мама ее любила.

Мама — это Настина бабушка Агриппина Тихоновна, сообразил Кирилл не сразу.

— Вы не знаете, Дмитрий Павлович, это ожерелье действительно дорогое?

— Нет, — резко сказал Настин отец, — не знаю и знать не хочу. Меня это не касается. Я вообще считаю, что обсуждать это глупо. Мама оставила каждому то, что считала нужным. Мы не бомжи, нам из-за наследства ссориться не пристало.

— Да вы и не ссоритесь, — заметил Кирилл.

— И не станем. Юля просила каких-то гвоздей, — пробормотал он, — нужно захватить, а то такой шум поднимется...

Он пошел к длинному верстаку, занимавшую одну из гаражных стен, и стал греметь инструментами, продолжая что-то бормотать себе под нос.

Гараж у Настиной покойной бабушки был знатный. Железные кованые ворота, смотревшие на улицу, были такой ширины, что из них вполне могла выехать карета, запряженная шестью лошадьми. В гараже было три машины: Настина «Хонда», блестящая ухоженная «Волга» и «девятка» Настиного отца. Машины стояли просторно, далеко друг от друга, так что при желании вполне можно было втиснуть еще одну. С улицы гараж не казался таким громадным. По всему периметру тянулись полки, на которых были разложены инструменты — все в идеальном порядке. Настя быстро приведет их в чувство, подумал Кирилл. Впрочем, может, и не приведет. Вряд ли она станет лежать под машиной, даже получив в наследство такой шикарный гараж.

Сам Кирилл с далеких дальнобойщицких времен под машиной никогда не лежал, всей душой возненавидев это занятие, и был счастлив, что может покупать себе машины, под которыми в принципе не нужно лежать.

— Ну что? — спросил Настин отец издалека. — Все осмотрел? Тогда пошли.

Они вышли из каменной прохлады гаража в раскаленное солнечное пекло, и Кирилл зажмурился.

— Пойду гвозди забивать. И есть уже хочется. Тебе не хочется?

— Хочется, — согласился Кирилл.

— Надо наших поторопить. Юлька есть никогда не хочет, — сказал он про свою жену и улыбнулся, — и всех, кто хочет, презирает. Ты скамейку сам починил?

— Сам.

— Молодец.

Он пошел к дому, а Кирилл остался на дорожке, чувствуя себя двоечником, которого неожиданно похвалил завуч.

У него было важное дело, но сделать его он собирался, только когда все семейство соберется за обедом и не сможет ему помешать. А пока...

— Ну что? — спросил насмешливый женский голос, и Кирилл обернулся как ужаленный. — Всем продемонстрировали, какой вы хороший мальчик?

Света. Черт бы ее побрал.

Не шевеля ни единым мускулом, она качалась в гамаке — руки за головой, совершенные ноги скрещены в щиколотках, золотистые волосы нимбом вокруг лица.

— Посидите со мной. Всем уже ясно, что вы

святой. Скамейки починяете, папаше помогаете, с мамашей любезны. Сделайте перерыв.

— Какой еще святой? — себе под нос пробормотал Кирилл, подошел и сел рядом на теплую деревянную лавочку.

Света была безмятежна, как летний день, и никто бы не поверил, что она рыдала и говорила в трубу, что больше не хочет никаких темных дел. Тем не менее она рыдала и говорила.

— Ну, — сказала она, когда он вытащил сигареты, — что же вы?

— Что? — спросил он, не прикурив.

— Вы что, не собираетесь предложить сигарету даме?

Даме, может, и предложил бы, подумал Кирилл. Ему вдруг стало весело. Он вспомнил, что Настя Сотникова ни разу не взяла у него из пачки сигарету, все время ныряла за ними в свой необъятный портфель.

Он закурил сам и протянул Свете пачку вместе с зажигалкой.

— Да, — констатировала Света, — с манерами у вас проблемы. Я вас перевожу из ангелов в кандидаты. Будете кандидат в ангелы.

Она потянулась — он все держал перед ней пачку — как большое грациозное животное, вынула из-за головы золотистую от загара, длинную руку и, наконец, взяла у него сигареты.

— Полы вы тоже помыли вместо Муси?

— Какие полы?

— В бабушкином кабинете.

Он промолчал, разглядывая свою сигарету.

— Я всегда думала, зачем старухе кабинет? — Света закурила и, оттолкнувшись ногой, качнула гамак. — Ну что старуха может делать в кабинете?

Она же не писала книг или картин! Она там сиде-ла по полдня. Что она там делала?

— Может, ей вид из окна нравился, — предположил Кирилл, — или она там йогой занималась.

— А теперь там станет сидеть Настасья, — не слушая его, продолжала Света, — уж и порядок навела. Почему жизнь так несправедлива?

— А она несправедлива?

— Конечно. У нее все, у меня ничего. Почему?

— А чего вам не хватает?

— Мне всего не хватает, — вдруг сказала Света хищно и перестала качаться. — Работу свою ненавижу, но должна работать. Деньги обожаю, но их у меня нет. Мужика приличного и то нет. Смешно?

— Не очень, — сказал Кирилл.

— Вот, может, вас отобью у Настасьи. Хоть развлекусь.

— Не отобьете.

— Почему?

— Потому что мне не хочется, чтобы вы меня отбивали.

— Мало ли чего вам не хочется!

— Отбить можно того, кто хочет, чтобы его отбили, — сказал Кирилл назидательно, — а я не хочу. Поэтому не отобьете. Если хотите, давайте будем разговаривать нормально. Как люди. Если не хотите, то я пойду, пожалуй. Мне испанские танцы танцевать лень и не интересно.

— Значит, вы меня боитесь, — заключила Света гордо.

— Боюсь, — признался Кирилл, — вас не бояться — глупо. Ну что? Станем разговаривать?

— О чем мне с вами разговаривать? — вдруг крикнула она. Лицо сморщилось, губы набухли, нос стал неуместно большим, и Кирилл понял, что она сейчас зарыдает.

— Подождите, — сказал он торопливо, — не рыдайте. Я не хотел вас обидеть.

— Да неужели вы думаете, что меня может обидеть всякая... всякая дрянь вроде вас?! — снова закричала она и быстро вытерла слезы. — Неужели вы думаете, что я не понимаю, зачем вас сюда принесло?! У вас же на лбу написано, что вы решили поживиться! Вас здесь никогда не было, пока не было наследства, а теперь вы тут как тут, во все лезете, всех выспрашиваете, во все вмешиваетесь, шуточки какие-то отпускаете! Настасья дура, она не понимает, но я-то все вижу! Все!

— Я не понял, — осторожно проговорил он, — вы так за сестру переживаете? Хотите принять удар на себя?

— Какой удар? — всхлипывая, спросила Света.

— Меня.

— Вы не запудрите мне мозги, — сказала она и стала глубоко дышать, отчаянно стараясь больше не рыдать, — я не Настасья. У меня есть глаза. Бабушка была права — вы редкая сволочь. Не зря она ее предупреждала. Но разве Настя послушает!

Она говорила Кириллу, что он сволочь и дрянь, с таким удовольствием, что он подумал — это она себя убеждает. Ей легче будет смириться с фактом существования мужчины в жизни сестры, если этот мужчина окажется дерьмом.

Он даже похвалил себя за проницательность.

— Вы за Настю не волнуйтесь, — посоветовал он, — все будет в порядке.

— Зачем вы приехали?

— Затем, что меня пригласили.

— Нет, вы приехали, чтобы разнюхать, подходит вам это или не подходит.

В какой-то степени так оно и было, но Кирилл не собирался признаваться в этом Свете.

— Почему, почему Настасья такая дура?! И ей так везет! Все ее любят, дома ей оставляют, на работе ценят, а она просто дура!

— А вас кто не любит?

— Никто! Меня никто не любит. Меня любил только папа, но он погиб, и больше никого не осталось. Даже Сонька, идиотка, и та счастливее меня!

— Знаете что, — сказал Кирилл, — нельзя всех окружающих считать идиотами и придурками. В этом ваша ошибка. А Соня, насколько я могу судить, человек абсолютно несчастный. Так что успокойтесь. Вы целый день в гамачке полеживаете и ванны принимаете, а она мамашу сторожит и гадости всякие от нее выслушивает.

— Раз выслушивает, значит, заслужила, — ответила Света, — дайте мне сигарету!

— Возьмите сами. Я вам не гарсон в ресторане.

Она вытряхнула сигарету из его пачки. Ее глаза, уже абсолютно сухие, горели диким огнем, как у рыси.

Вот на кого она похожа. На рысь. Только кисточек на ушах не хватает.

— Наша святая Соня три года назад втюхалась в жуткую историю, — быстро сказала Света и выдохнула в лицо Кириллу дым. Он помахал рукой и чуть-чуть передвинулся на лавочке. — У них в госпитале лежал какой-то мужик. Она за ним ухаживала, мыла его, судна выносила — все очень романтично. И влюбилась. Дура. Наверное, на нее судна повлияли. И он в нее влюбился! Представляете?! — Света захохотала так, что поперхнулась дымом и долго кашляла, перегнувшись в гамаке. — Влюбился! В нашу Соню!

— Ну и что? — спросил Кирилл.

— Как будто в нашу Соню можно влюбиться! Господи! Ходячий шкаф с лекарствами, швабра, крыса! Вы видели ее лицо?! А нос? Этот крысиный хвостик вы видели?! Да ее надо в Кунсткамере показывать как образец урода, и надпись сделать, что это живая особь, а не фантазия этнографа! И она поверила, что он в нее влюбился, этот, который с суднами! И стала к нему на свидания бегать, и замуж собралась, и нам рассказала, какой он хороший, в Афганистане воевал или в Чечне, что ли! Хорошо хоть адрес свой ему не дала, дура!

— Да почему дура? — устав от Светиных эпитетов, спросил Кирилл. Нечто в этом роде он и предполагал, когда услышал, что тетя Александра говорит своей дочери про то, что она ее «тогда не пустила», и дочь ее теперь за это ненавидит. Теперь стало более или менее ясно, куда она ее «не пустила».

— Да потому что он был уголовник! — в лицо ему выкрикнула Света и опять захохотала. — Он был самый обыкновенный уголовник, а никакой не герой-«афганец»! Он у них прятался от ментов.

— Что?!

— То, — передразнила Света, очень довольная произведенным эффектом. Настин ухажер был явно ошеломлен и, пожалуй, испуган. Отлично. Пусть теперь думает, что попал в криминальную среду. Такие, как он, боятся всего на свете, так что, может, завтра его здесь и не будет. — Этого козла повсюду искали, а он в это время с Сонькой в госпитале отдыхал. Если бы вы знали, какой у нас был грандиозный скандал! Сонька хотела отравиться, тетя Александра была в истерике, Влад бегал от одной к другой, вытаращив глаза, моя мать у них жила, тетя Юля доставала антидепрессанты, бабушка всеми руководила отсюда — полный вперед.

— Постойте, — спросил Кирилл, быстро соображая, — откуда это стало известно, что он уголовник? Его забрали в милицию?

— Нет. Не успели. Его фотографию в газете поместили. Он был знаменитый уголовник, не так, чтобы мелочь какая-то. И по фотографии его узнали.

— Кто? Кто узнал его по фотографии? Соня?

— Соня, — согласилась Света с удовольствием, — она увидела эту фотографию и побежала в аптеку, димедрол покупать, чтобы отравиться.

— Зачем в аптеку? У нее на работе мало димедрола?

— Она была не на работе, а дома. Да это не имеет никакого значения! Господи! Владик ее засек с этим димедролом, вызвали «Скорую», сделали промывание желудка и отвезли в психушку. Вот вам и Соня, божий одуванчик. Из-за уголовника димедролом травилась!

— И больше она с ним не виделась?

— Ну конечно, не виделась! Когда она вернулась на работу, его и след простыл. Сбежал. Смылся. Исчез. Оставил с носом не только Соньку, но и ментов.

— Был скандал?

— Да не было никакого скандала! Кому какое дело в больнице, психическая санитарка или нет!

Как задницы вытирала, так и продолжает вытирать.

— Разве она санитарка?

— Да что вы привязались! — возмутилась Света, поскольку Кирилла все время тянуло в другую сторону, не в ту, в какую хотелось Свете. — Она медсестра, а это одно и то же.

Кирилл вытащил из пачки еще одну сигарету и прикурил ее от предыдущей, чего никогда в жизни не делал, любя свое драгоценное здоровье.

— Газета как называлась?

Света посмотрела с недоумением. Рассказав про Соню, она вдруг совершенно успокоилась и даже повеселела, словно обрела почву под ногами.

«Пусть я какая угодно, но я-то никогда не влюблялась в уголовников и не травилась из-за них димедролом» — вот как она выглядела.

— Газета? — переспросила она. — Какая газета? А, газета... Я не помню точно. То ли «Милицейские новости», то ли «Вестник милиции», то ли «Милицейский боевой листок». Нет... «Милицейская газета», вот как она называлась! А что?

Кирилл пожал плечами.

— Так что вы с нами лучше не связывайтесь, — посоветовала Света весело, — мы, видите, какие? С уголовным элементом общаемся, а потом нас в психушки забирают. Поэтому Соня гадости не зря выслушивает. Если бы она на Востоке жила, ее бы после такого в бочку с дерьмом посадили на всю оставшуюся жизнь.

— Она и так в ней сидит, — сказал Кирилл, морщась, — а почему тетя Александра говорит, что это *она* ее не пустила?

— Да потому, что именно тетя обнаружила, что он уголовник. Вот и все.

Ему хотелось вскочить и побежать, но он заставил себя сидеть спокойно. Все равно сделать ничего нельзя. По крайней мере, пока. Черт побери, почему он не приехал на машине! Все равно конспиратор из него — никакой, не зря он говорил Насте, что на голливудского мастера перевоплощения явно не тянет.

Так. Ладно. Попробуем зайти еще с одной стороны.

— Значит, Соня вовсе не Соня, а Изольда. Только Тристан малость подкачал, — сказал он шутливо, и Света уставилась на него с изумлением, — что вы так смотрите?

— Вы что? — спросила она. — Высокообразованный?

— Я низкообразованный, — признался Кирилл, — а вы, юная леди? Вы какая?

Прием сработал моментально. В одну секунду Света позабыла о Соне, перестала таращиться и улыбнулась обольстительной улыбкой.

— Я всякая, — призналась она и облизнула губки, — я разная. Вы хотите узнать, какая я?

— Хочу, — сказал Кирилл храбро, — вот, например, я очень хочу знать, где работают такие красивые девушки?

Это был не тот вопрос, которого она ожидала, но тем не менее она ответила:

— Девушки работают на ску-у-учной, по-о-ошлой работе. Я работаю в архиве. Сижу в компании толстых совковых теток и перекладываю никому не нужные старые бумажки. Зарабатываю гроши, трачу жизнь неизвестно на что. А вы думали, я фотомодель?

— Думал, — соврал Кирилл. Он был уверен, что она бухгалтер, и был удивлен, что ошибся, да еще так сильно, — такие девушки, как вы, не должны работать в архивах. Это просто преступление.

— Вот именно, — промурлыкала Света.

Разговор поворачивал именно в ту сторону, в какую должен был повернуть.

Все мужики одинаковы. И этот тоже — типичный представитель, как это называлось в школе на уроках биологии. Он повыпендривался, продемонстрировал свою независимость и оригинальность, гордо помахал хвостом и пошел за пучком моркови, как самый обыкновенный ишак.

Еще чуть-чуть, и ничего не подозревающий ишак потрусит прямиком в ловушку, потряхивая своими ишачьими ушами и хрупая морковь. Там, в ловушке, он и останется и станет обиженно реветь, когда наконец сообразит, что выхода нет.

Теперь нужно вызвать умиление и жалость.

— Я пошла в архивный институт, потому что так хотел папа, — призналась Света тихо, — он считал, что это самая лучшая профессия для женщины — спокойная, уютная, стабильная. Теперь вот папы нет, а я так и сижу в архиве.

— Но вы же там не круглые сутки сидите! — проревел ишак, еще чуть-чуть продвигаясь в направлении ловушки. — Вы же как-то отдыхаете, наверное. С молодыми людьми на взморье? А?

— Я не знаю никого, кто был бы мне интересен. Господи, это такое счастье, когда можно просто поговорить о чем-нибудь, но ведь никто из них не умеет разговаривать! Как-то Влад меня пригласил в свою компанию. Я думала, что с ума сойду. Я даже до конца вечера не осталась, а ведь это были не какие-то нищие студенты, а вполне процветающие молодые люди. У него друзья остались еще с тех времен, когда был дядя Боря, и они все неплохо устроились. То есть, конечно, их родители устроили. А меня вот никто не устраивает.

Она говорила тихо и печально, смотрела мимо Кирилла и в точности повторяла его многотрудные мысли, так что ему на мгновение стало противно. Грудастая и ногастая Света не должна была — не могла! — думать так же, как он, и тем не менее думала, и его это раздражало, как будто уравнивало с ней.

— А что же Влад? — спросил он. — Не может вас познакомить с кем-то подходящим?

— Беда в том, — призналась Света тоном принцессы Дианы, дающей последнее интервью, — что мне никто не подходит. Даже друзья Влада. Хотя среди них попадаются интересные экземпляры. Я могу вас сводить, когда закончится эта чушь с родственниками и вы перестанете изображать святого.

«Когда закончится чушь с родственниками, я немедленно улечу в Дублин с Настей, — подумал Кирилл сердито, — и о тебе больше не вспомню. Никогда».

— Ну как? Подходит?

— Подходит! — согласился Кирилл с энтузиазмом, и Света улыбнулась улыбкой победительницы — ишак уже не шел, а несся карьером. — Значит, у Влада преуспевающие друзья.

— Он дурачок, — сообщила Света доверительно, — думает, что он им нужен потому, что он такой хороший. А он им нужен потому, что больше за пивом некого послать. Все остальные взрослые мальчики, им за пивом бегать не пристало, а ему в самый раз. А он, глупый, гордится ими, пыжится, все хочет быть с ними на равных, а куда там на равных, когда у всех «БМВ», а у него велосипед!

Свету, приглашенную Владом, «бээмвэшные» молодые люди тоже рассматривали как своего рода удобство вполне определенного рода, да еще доставленное прямо к порогу, но вспоминать об этом было нельзя. Тем более в компании ишака.

Она на секунду зажмурилась. В голове стало темно и зашевелились отвратительные рептилии, которые днем всегда прятались по углам.

— Он хороший мальчик, — продолжала она торопливо, — немножко без царя в голове, но мужчину это только украшает, правда? Дядя Боря жестоко с ним обошелся. Ему было пятнадцать лет, когда отец ушел, и Влад с трудом это пережил. Дядя Боря просто бросил его, и больше никогда не появлялся, и не помогал, и даже не разговаривал с ним. Влад ужасно переживал.

Дядя Боря бросил не только бедняжку Влада, но еще Соню и тетю Александру, но Света про них почему-то не вспоминала, хотя они, наверное, тоже переживали.

— Так что я вас приглашаю, — сказала Света, и Кирилл понял, что отвлекся, — согласны?

Кирилл многозначительно улыбнулся специальной улыбкой, предназначенной для таких случаев, Света, расценив ее по-своему, качнулась к нему и прямо перед носом у него оказался немыслимой красоты бюст с открытой полоской незагорелой кожи.

— Обед, — объявил у них за спиной Настин голос, — после обеда можно будет продолжить.

Кирилл отшатнулся от предложенного бюста,

хотя этого не стоило делать. Теперь он точно выглядел соучастником преступления, который знает, что виноват, но усердно пытается продемонстрировать, что ничего не происходит.

Такой вид делал Кира на пляже, когда Кирилл увидел Настю в первый раз.

Твою мать...

Все серьезней, чем он думал сначала.

— Вот и хорошо, — радостно проговорила Света и одним движением поднялась из гамака, оказавшись очень близко к Кириллу. Это было глупо, но он еще отодвинулся. — Есть очень хочется. Просто страшно. Не дай бог поправлюсь в этом отпуске, — и она провела рукой по золотистому упругому животу.

— Папу никто не видел? — спросила Настя таким тоном, что Кирилл понял, что жизнь его кончилась раз и навсегда. — Я что-то не могу его найти.

— Мы не видели, — сообщила Света, отчетливо выговорив слово «мы», — пойдемте обедать, Кирилл.

— Сейчас, — сказал Кирилл и не двинулся с места.

Настя пожала плечами и пошла по дорожке в сторону гаража, и он рванулся за ней, понимая, что это глупо, глупо, а он всю жизнь только и делал, что избегал идиотских положений.

Света засмеялась ему вслед, но ему было наплевать на Свету.

Он догнал Настю и затолкал ее в сирень. Они стояли в сирени, смотрели друг на друга и молчали.

— Я должен сказать — это не то, что ты думаешь! — заявил наконец Кирилл.

— Ничего ты не должен. Я все понимаю. Она красивая, а я нет. Она раскованная, а я нет. У нее ноги, а у меня...

— А у тебя нет?

Она вдруг так стукнула его кулаком в грудь, что он охнул и отступил немного назад.

— Ты можешь делать все, что угодно, — сказала она, как будто выплюнула слова ему в физиономию, — я расслабилась и решила, что тебе интересна. Я забыла, что ты просто выполняешь мою просьбу. Пошли обедать, Кирилл. Нас сейчас все станут искать.

— Твоя Света рассказала мне массу всего интересного, — сказал он, понимая, что говорит что-то не то.

— И потому ты решил немедленно схватить ее за грудь.

— Я ее не хватал!

— Значит, мне показалось.

— Настя, послушай. Я вовсе не собираюсь иметь с ней никаких дел. Просто она так себя ведет, что...

— А ты как себя ведешь?

— Нормально, — ответил он растерянно.

Ерунда какая-то. Он говорит совсем как Кира там, на пляже. Он в точности повторяет его слова. Нужно немедленно, сию же секунду сделать что-то, объяснить, сказать, чтобы она поняла.

Он не Кира. Он всю жизнь успешно избегал идиотских положений и со всего размаху вляпался как раз в такое. И — что самое смешное! — вляпался на пустом месте.

— Настя, посмотри на меня. Это просто игра. Она играла, а я подыгрывал, потому что это было в моих интересах.

— Я знаю все эти игры, Кирилл. Пусти, я пойду.

— Никуда ты не пойдешь, черт тебя побери совсем! — Он вдруг пришел в ярость. — Я что, теперь даже разговаривать ни с кем не имею права?! Что ты на меня напала?! Я приехал сюда из-за тебя, идиотки, потому что ты решила, что мы играем в детективов, и я еще должен неизвестно в чем оправдываться!

— Да не надо ни в чем оправдываться! — тоже заорала она. — Ты мне вообще никто и сиди себе со Светой, если хочешь!

Говорить этого не следовало.

— Тогда я сейчас уеду, — сказал он, — и не смей со мной так разговаривать!

— Уезжай, — ответила она, — видеть тебя не хочу.

Они ссорились, как добропорядочные супруги, пятнадцать лет прожившие в счастливом браке.

Осознав это, Кирилл Костромин схватил ее под мышки, поднял и прижал к себе. Она брыкалась и выворачивалась.

— Ты ревнивая, — заявил он с удовольствием, неожиданно приходя в сознание, — ты очень ревнивая. Это потому, что глаза зеленые.

— Никакая я не ревнивая, — пробормотала она, старательно отворачиваясь. И обняла его за шею.

— В моей жизни было триста тридцать пять разнообразных Свет, — сказал он, — может быть, даже триста тридцать шесть. И не было ни одной Насти Сотниковой. На самом деле я думал, что и не будет. Поэтому ревновать меня — глупо.

— Вовсе не глупо, — возразила она и потерлась о него. — Ты так хорошо пахнешь. Только если я еще раз увижу, как она лезет к тебе своим бюстом, я выцарапаю ей глаза.

— Договорились, — согласился Кирилл и прижал ее к себе покрепче. Ему было приятно, что она так его ревнует, хотя это, наверное, тоже глупо.

— Знаешь, — сказал он после того, как они поцеловались, — это очень непедагогично, но я хотел тебе сказать, что...

— Что?

— Настя!! — закричали из дома. — Настя, куда вы пропали? Сереж, ты не видел Настю?!

— ...что для меня это важно, — буркнул он.

От Питера до Москвы семьсот километров. Он всегда был уверен, что это очень немного.

Или много?

— Настя!

— Мы здесь! — закричала она ему в ухо, и он чуть не уронил ее. — Мне все время хочется повиснуть на тебе и висеть, — сказала она быстро, — или потрогать тебя, или чтобы ты меня поцеловал. Или хотя бы просто посмотреть. Как поживают сердца и розы?

Сердце провалилось в живот или еще куда-то глубже, и там, куда оно провалилось, сразу стало горячо и больно.

— Нет никаких сердец и роз, — сказал он, — хватит.

— Настя!!!

— Пошли, — вдруг велела она совершенно обычным голосом, — а то хуже будет.

И вылезла из сирени.

Ему понадобилось некоторое время, чтобы прийти в себя. Он закурил, десять секунд помусолил сигарету и выбросил. Посмотрел вокруг. Солнце светило, и над головой было небо, как справедливо заметил он знатоку восточных языков. Кроме того, под ногами еще была трава.

Почему он должен мучиться, а она вылезла из сирени как ни в чем не бывало? Вот вопрос.

Кирилл засмеялся, потянулся и посмотрел на соседний дом, едва видный за старыми деревьями. И все вспомнил.

Он должен быстро сделать то, что собирался. Из-за Насти все вылетело у него из головы.

Проломившись, как кабан, он вылез с другой стороны сиреневых зарослей и вошел в дом, поднявшись по садовому крылечку. Вся семья шумела на террасе, и на кухне кто-то возился, очевидно, Муся.

Кирилл быстро прошел по сумрачному коридору и, оглянувшись, открыл дверь в Сонину комнату. Осторожно прикрыл ее за собой и прислушался.

Ничего.

Как он и предполагал, вещей у Сони оказалось так мало, что просмотреть их ничего не стоило. Ни косметики, ни маникюрного набора, ни зеркальца. Два нелепых платья из ткани, раскрашенной немыслимыми узорами. Такие продавали в универмагах в середине семидесятых годов. Не иначе любящая мамочка подарила свои. Водолазочка на случай холодов тошнотворного кисельного цвета. Пижама или спортивный костюм с вытянутой мышиной мордой на животе — то, что он искал.

Мышиную морду он оставил на месте, а штаны со вздутыми пузырями коленей поднес к свету.

Штаны были в собачьей шерсти. Не зря она так старательно отряхивала их за завтраком.

Значит, собака все-таки есть.

Где-то поблизости есть собака, которую никто не видел.

Кирилл аккуратно вернул вещи на место, выбрался в коридор и нос к носу столкнулся с Настей, которая несла поднос и, увидев его, чуть не упала.

Он перехватил поднос и быстро зажал ей рот рукой.

— Ты что? — спросила она с возмущением, оторвав его руку. — Ты теперь решил обокрасть Соню?

Он приложил палец к губам.

— Отвези меня в Питер, — быстро сказал он, — давай придумаем предлог, и ты меня отвезешь. Какой сегодня день? Понедельник?

— Понедельник, — согласилась она, тараща глаза.

— Отвезешь?

— Насовсем? — спросила она и забрала у него поднос.

— Ты ненормальная. — Он все-таки поцеловал ее. — Часа на два. Нет, на три.

— Настя, — с возмущением заявила Нина Павловна, появляясь в коридоре, — это просто неприлично!

В холле «Рэдиссона» было прохладно, и Кирилл с удовольствием подышал, выгоняя из легких раскаленный уличный жар.

Ну и лето. Такое лето в Питере случается, наверное, раз в пятьдесят лет.

— Зачем ты меня сюда приволок? — пробормотала Настя неуверенно. — Что мы тут станем делать?

— Заниматься любовью без компании твоих родственников, — ответил он и, дождавшись, когда она стыдливо покраснеет, подтолкнул к дивану, — посиди пока у фонтанчика, а я поговорю.

— Не хочу я сидеть у фонтанчика.

— Тогда постой. Там, кстати, плавают живые рыбки. Дети в восторге.

— Я тебя убью, — прошептала она. — Ты бы меня предупредил, я бы хоть переоделась.

— Во всех ты, матушка, нарядах хороша, — провозгласил он.

Впервые в жизни ему было наплевать на то, что подумают о нем окружающие, и это странное чувство свободы было таким полным, что он готов был сам залезть в фонтан к живым рыбкам.

Влюбился ты, что ли?

Да нет. Не может быть.

— Здравствуйте, — улыбнулся ему знакомый портье, доставая ключ, — рад вас снова видеть, Кирилл Андреевич. В воскресенье утром пришел факс. Вы уже уехали.

Кирилл быстро посмотрел — факс был с работы и ничего не значил. Он смял его и бросил в корзину.

— Я заберу машину. — Ему казалось, что с тех пор, как он уехал из отеля, прошло много лет, а не один день. — И мне нужно в бизнес-центр.

— На второй этаж, пожалуйста. Сегодня привезли ваши билеты.

Кирилл открыл длинный белый конверт. Билетов было два, и он быстро сунул их в рюкзак.

Настя за его спиной улыбалась деревянной улыбкой и старалась дышать как можно тише. Она тоже увидела эти два билета, и на миг ей стало нехорошо.

Выходит, он сразу все знал. Он знал, что она полетит с ним в Дублин еще до того, как она согласилась. Впрочем, она еще и не соглашалась, а билетов уже было два.

Не мог же он всерьез приглашать ее в Дублин?! Но билетов-то два...

— Пошли, — он подхватил рюкзак и ее — тем же движением, что и рюкзак, — сначала зайдем в бизнес-центр. Или тебе нужно в номер?

— Не нужно, — пробормотала она, и он посмотрел на нее, услышав странное в ее голосе.

С ним кто-то поздоровался, и он поздоровался в ответ, сверкнув непривычной официальной улыбкой. Он был очень на месте среди всех ковров, зеркал и тихой музыки и казался частью этого мира, знакомого ей только по фильмам. И льняная рубаха — которая там по счету? — и светлые джинсы оказались вдруг очень стильными, и рюкзак приобрел значительность, и волосы были подстрижены именно так, как надо, и все это Настю пугало.

В своем летнем костюмчике из средненького магазина она чувствовала себя замарашкой. Да еще хвост заколола вверх, потому что было жарко шее.

Он ничего не замечал.

В лифте, похожем на салон президентского «Боинга», который Настя однажды видела на выставке, он быстро укусил ее сзади за шею и спросил деловито:

— Когда приключилась вся эта катавасия с Сониным поклонником?

— Что?!

Лифт тренькнул, разошлись золотые двери, он шагнул и выволок ее следом.

— Когда выяснилось, что за ней ухаживал уголовник?

— Кирилл...

Он вздохнул.

— Мне нужно выяснить некоторые подробности, — сказал он терпеливо, как на летучке, — для этого я хочу знать, когда все случилось. Потом мы пойдем в номер, ляжем на диван, и я отвечу на все твои вопросы. Давай вспоминай.

Длинноногая красотка в умопомрачительном пиджаке приближалась к ним из-за стеклянной перегородки и улыбалась всеми зубами, а у нее за спиной мигали компьютеры, и серьезные дяденьки в офисных костюмах, не отрываясь, смотрели в экраны. Было еще несколько лысых и очкастых молодых людей в мешковатых шортах, тоже очень серьезных.

— Очнись, — попросил Кирилл, — давай. Вспомни. Ты можешь.

Она посмотрела на него.

— И вспоминать нечего, — пробормотала она, краем глаза следя за красоткой и чувствуя себя все хуже, — три года назад. Летом. В июне началось, в июле закончилось. А что ты хочешь?..

— Здравствуйте, — сердечно сказал Кирилл красотке, — мне нужно посмотреть «Милицейскую газету» за июнь—июль девяносто восьмого года. Это можно как-нибудь устроить? И еще за август, пожалуй.

Может, красотка и удивилась, но никак этого не продемонстрировала.

— Если она есть в Интернете — конечно, — сказала она дружелюбно. — Если нет, тогда не знаю, чем смогу помочь.

— Если нет, найдите библиотеку, в которой есть подшивка. Хорошо?

— Конечно.

— Номер пятьсот семь. Меня зовут Кирилл Костромин. Вы позвоните, когда найдете?

Красотка быстро черкнула что-то на бумажке, встряхивая белоснежными манжетами.

— Конечно.

— Спасибо.

Настя считала, сколько раз было произнесено слово «конечно» в двадцатисекундном разговоре, но почему-то сбилась.

— Пошли. — Он снова потянул ее, но она вырвала руку.

— Что ты все время меня тащишь!

— Я побуждаю тебя к ходьбе, — объяснил он серьезно, — сегодня у тебя с этим процессом проблемы. Хотя, как правило, ты не ходишь, а летаешь. Наша остановка. Выходи.

Номер был роскошный. Такой роскошный, что Настя, оглядевшись по сторонам, храбро спросила:

— А фонтан с живыми рыбками где? Неужели ты живешь в номере без фонтана?

— Ваша ирония неуместна, — ответил он и захохотал, — и постарайся не отравить мое гомерическое веселье своим постным видом. Не надо никаких ассоциаций с Джулией Робертс из фильма «Красотка».

— Откуда ты знаешь? — буркнула она.

— Я очень умный. Я тебе уже об этом говорил. Сначала мы будем разговаривать, потом валяться, а потом пойдем в бассейн и ужинать.

С этой секунды все стало легко.

— Ну уж нет, — заявила Настя, прыгнула на

него сзади и обняла руками и ногами. И сунула руки под льняную рубаху — неизвестно какую по счету. И уткнулась носом во влажную шею. И поцеловала за ухом.

И все разговоры пришлось отложить.

— Давай не поедем обратно, — предложил он, поглаживая атласную спину, — давай жить здесь.

— Мы не можем, — сказала она серьезно и, приподнявшись на локтях, посмотрела ему в лицо близорукими, очень зелеными глазами, — у нас дело.

Он и сам знал, что «у них дело», и это было серьезное дело. Гораздо серьезнее, чем он предполагал сначала.

— Расскажи мне, — попросила она, — можешь?

Кирилл приподнялся и, пошарив рукой, перекидал за спину подушки. Уселся и подтянул Настю к себе.

— Дать сигареты? — спросила она и улыбнулась от того, что уже знала — без сигареты он не может думать.

— Самое плохое, — начал он, прикурив, — что я пока толком не понял, что может быть мотивом. Деньги? Основная часть наследства досталась тебе, но ты вряд ли убила свою бабушку.

— Нет, Кирилл, — сказала она тихо, — я ее не убивала.

Ей отчаянно не хотелось его слушать. Что бы он ни сказал — все было плохо. В деле была замешана ее семья, близкие люди, которых она любила. Одних меньше, других больше, но любила. *Она* затеяла все, и *ей* теперь предстоит принимать решения, но джинн уже вырвался из бутылки, и загнать его обратно она не сможет, как бы ей этого ни хотелось.

Она жалела, что выпустила джинна, мечтала, чтобы его вовсе не было, и твердо знала, что доведет дело до конца.

Ради бабушки.

Только вот как понять, нужно это бабушке или она предпочла бы, чтобы внучка жила в нормальном, спокойном, привычном мире, ничего не зная о том, что один из самых близких людей — убийца?

— Есть несколько сложных моментов, к которым я пока не знаю как подступиться. Начнем с более или менее очевидных. Первый. В соседнем доме кто-то живет.

— Никто там не живет!

— Живет. Я видел человека, который наблюдал за мной.

— Человека?! — переспросила Настя с изумлением.

— Просто силуэт в окне. У меня стопроцентное зрение, я начинал водителем, и мне никогда ничего не мерещится. На соседнем участке стоит совсем новая собачья будка, а собаки нет. Где она? Зачем ее прячут в доме? Почему она не бегает по улице?

— Может, это домашняя собака?

— Для домашней собаки незачем строить будку на улице. Второй момент. Твоя бабушка написала в дневнике, что ее беспокоят Настя, Сергей и Людочка. Предполагается, что мы знаем, из-за чего ее беспокоили Настя и Сергей. Настя — из-за Киры, а Сергей — из-за Муси. Правильно?

— Ты и про Мусю догадался?

— Я не догадывался, просто увидел, как они целуются у гаража. Я сидел в георгинах, а потом меня застукала тетя Александра и решила, что я собираюсь покуситься на единственное богатство бедной девушки.

— Кирилл!

— Ну вот, — продолжил он торопливо, — совершенно непонятно, кто такая Людочка. Я специально не спрашивал, но никто ни разу не упомянул в разговоре такое имя. Странно еще, что она упомянута вместе с вами. Как будто она родственница. Вспомни еще раз, у вас точно нет в семье Людочки?

— Нет, — сказала Настя задумчиво, — точно нет.

— Третий момент. Из одной арабской книги, которая досталась в наследство Сергею, вырваны листы. Так, что даже переплет развалился. Сергей эту книгу не читал, только картинки смотрел, когда был маленький, но полтора месяца назад брал ее в руки и утверждает, что она была целая. Кто и зачем вырвал листы из никому не нужной арабской книги? Что это за листы? Текста на них не было, потому что страницы идут подряд. Значит, иллюстрации? Какие?

— Ты думаешь, это имеет отношение? — спросила Настя с сомнением. — А она не могла просто так... испортиться?

— Просто так испортиться она не могла, — сказал Кирилл твердо, — если это совпадение, то какое-то странное. Эти книги простояли сто лет, и никто их не трогал. Почему на сто первом году из них стали что-то выдирать? Книги интересуют только Сергея. Больше того, только Сергей что-то в них понимает. Значит, их мог вырвать или сам Сергей, или еще кто-то, ком он про них рассказывал. Кому и что он мог про них рассказывать? Кроме того, он был слишком натурально изумлен и рассержен, когда обнаружилось, что в книге не хватает страниц. Значит, этот кто-то вырвал их без его ведома. Четвертый момент. Света разговаривала по телефону и сказала, что не хочет больше никаких темных дел. Хватит с нее и одного.

— Светка?! — ахнула Настя.

— О чём могла идти речь? Я подумал было, что о работе, потому что ни на какие серьезные дела у вашей Светы духу не хватит, но потом оказалось, что она работает в архиве, а там вообще никаких дел нет, ни серьезных, ни несерьезных.

— Господи, Светка?! — повторила ошеломленная Настя.

— Момент пятый. Владик сохранил всех старых друзей, то бишь сынков некогда высокопоставленных папаш. Они все процветают, по крайней мере, по Светиным меркам. Если Владик околачивается возле них, значит, у него есть какие-то деньги, или он оказывает какие-то услуги. Если у него есть деньги, то откуда? Из газеты про рок-н-ролл? В таких местах платят от силы полторы сотни. Если услуги, то какого рода? Ты не знаешь, он водит машину?

— Нет, по-моему.

— Раз не водит, значит, использоваться в качестве шофера для поездок к любовницам не может.

— В качестве шофера? — переспросила Настя.

— Ну конечно, — сказал Кирилл спокойно. — Водитель — это почти член семьи. Он знает, во сколько шеф ушел, во сколько пришел, сколько выпил, куда ездил и сколько там пробыл. Иногда это удобно для шантажа. Когда есть жена, например.

— Черт тебя побери, Кирилл.

— Момент последний, самый сложный. А может, и самый простой. Соня. Ты не знаешь, в истории с уголовником бабушка была на ее стороне или на стороне семьи?

— Ну... конечно, она была в ужасе. Она что-то про честь фамилии твердила, про женскую гордость, про то, что бросаться на первого встречного — недостойно. Это был, наверное, единственный случай, когда она была солидарна с тетей Александрой.

— Тогда вот тебе и мотив, — сказал Кирилл и потушил в пепельнице сигарету. — Ты только пока не пугайся.

— Ка... какой мотив? — запнувшись, спросила Настя.

Ей вдруг стало страшно и стыдно: она лежит голая в пятьсот седьмом номере «Рэдиссона» и слушает рассуждения чужого мужика о том, что кто-то из ее семьи может быть замешан в убийстве. Она села, придерживая на груди одеяло, и решительно обмотала его вокруг себя.

— Ваша Соня человек волевой и страстный. Она спасла семью от голодной смерти. Она уговорила Владика не бегать за отцом. Она заставила его угомониться, когда дело дошло до милицейского отделения. Она все тащит на себе и носит платья образца семидесятых годов. Она ненавидит свою мать.

— Она ей жизнь посвятила, а ты говоришь — ненавидит!

— Посвятила потому, что так понимает свой долг. Если она поймет, что ее долг в чем-то другом, ее будет не остановить. Зачем она отдала бриллианты оценщику? Зачем ей деньги так срочно, ведь она столько лет без них живет? Откуда у нее на пижаме собачья шерсть?

— Господи, какая еще шерсть! — пробормотала Настя с ужасом.

— Обыкновенная. Собачья.

— Может, у них на лестничной клетке собака, и Соня с ней дружит.

— У тети Александры аллергия. Если бы она один раз в жизни увидела, что Соня «дружит» с собакой, от Сони бы мокрого места не осталось. И от собаки тоже. Нет. Вчера или сегодня Соня куда-то ходила, где была собака. Утром за завтраком она отряхивала штаны, значит, ходила или ночью, или до завтрака. Муся приехала в восемь, и дом был закрыт. Встала Нина Павловна, мимо которой даже блоха не проскачет незамеченной. Выходит, Соня вернулась раньше. Куда она ходила?

— И куда?

— Я не знаю. Думаю, что к соседям, если у них есть собака.

— Нет никаких соседей, и нет никакой собаки.

— Настя, есть.

— Нет.

— Ладно. Нет. — Он помолчал, прикуривая следующую сигарету. — И еще.

— Как — еще? — спросила она испуганно.

— Я хочу посмотреть газету, в которой был напечатан портрет уголовника, который за ней ухаживал.

— Зачем?!

— Потому что я уверен, что не было никакого портрета и никакого уголовника тоже.

Настя смотрела на него, и ее рука, придерживающая одеяло, вдруг разжалась. Одеяло упало, и она нетерпеливо отпихнула его ногой.

Зазвонил телефон. Одной рукой Кирилл взял трубку, а другой поднял с пола одеяло и сунул ей.

— Да.

— Господин Костромин, это Юлия из бизнес-центра.

Кирилл перехватил трубку и нажал на телефоне громкую связь.

— Я слушаю, — сказал он.

— Очень сожалею, но «Милицейской газеты» в Интернете нет. — Голос гулко отдавался во всем телефонном теле, Настя завороженно смотрела на него.

— Очень жаль. А подписку нашли?

— Как раз об этом я и хотела сказать. Боюсь, что такой газеты вообще не было в девяносто восьмом году. В списках СМИ она не зарегистрирована. Может быть, вам нужна «Криминальная газета» или «Милицейские новости»? Есть еще «Милицейский журнал», «Петроградский милиционер» или «Новости милиции».

— Нет. сказал Кирилл. — Спасибо.

— В названиях других изданий ключевые слова отсутствуют. Их не нужно смотреть?

— А вообще есть такая «Милицейская газета»?

— Есть. Она зарегистрирована в двухтысячном году. Это специальное издание московской милиции. В розничную продажу не поступает. Тираж — четыре тысячи экземпляров. Четыре полосы. Периодичность раз в две недели. Основное назначение — публикация нормативных актов.

— Большое спасибо, — поблагодарил Кирилл, глядя на Настю, — вы нам очень помогли.

— Счет записать на ваш номер?

— Да. До свидания.

Он нажал «отбой», взял Настю за локти и подтянул к себе.

— Видишь как. — Он заправил ей за ухо темную шелковую прядь. — Нет не только уголовника и фотографии в газете. Газеты тоже нет.

На столе под желтым светом сильной лампы лежали в ряд четыре листа плотной бумаги. Два появились недавно, а два других были всегда.

Бумага была желтой и старой, очень толстой. Книга жалобно охала, когда из нее вырывали листы, как будто не хотела с ними расставаться.

Ничего не поделаешь, придется расстаться. Время пришло, и ничего остановить уже нельзя.

Почему они нашлись так поздно, эти проклятые бумажки?! Бумажки, на которые была потрачена целая жизнь!

За такие бумажки не жалко не только одной — не жалко двух десятков жизней.

Только бы понять, что они означают.

Но как?! Как это понять?!

Длинные пальцы прошлись по всем четырем листам, сладострастно чувствуя шероховатость и неровность старой бумаги. Самое главное, что они здесь, все четыре. А уж сложить головоломку как-нибудь получится.

Арабские письмена сложным орнаментом окружали нелепые картинки. На одной из них был фонтан в райском саду и невиданная птица, взгромоздившаяся на дерево. На другой — придворные в халатах и саблях, склонившиеся перед ханским ложем. Ладони сложены почтительно, на головах — чалмы. На третьей целомудренно обнаженная купальщица, боязливо оглядываясь, входит в озеро, а из-за дерева за ней подглядывает прекрасный юноша. На четвертой тот же юноша сражается со странным уродом, то ли пауком, то ли мухой размером с минарет, который нарисован тут же.

Как понять, что там, за этими картинками?

В детстве старуха читала сказку о том, как из кусочков льда нужно сложить слово «вечность» и получить в свое распоряжение все богатства мира. Глупая девчонка вместо того, чтобы дать Каю спокойно сложить это всемогущее слово, стала рыдать и все испортила. Кай должен был вернуться с ней в чердачную каморку над улицей, к своей нищей бабушке и двум розам в горшках!

Господи, какая несправедливость! Всего-то и нужно было — сложить одно слово, и в кармане был бы весь мир, и в самый последний момент удача отвернулась от мальчишки.

Но он хотя бы знал, какое слово ему нужно сложить, а что можно сложить из четырех листов плотной арабской бумаги, на которых нарисованы купальщица, трон, дерево с птицей и паук?!

Что это может быть? Слово? Картинка? Предложение?

И на каком языке?

Длинные пальцы переложили листы. Теперь первым был ханский трон, затем дерево, затем паук и купальщица.

Может быть, это шарада? Обыкновенная шарада, какие раньше печатали в журнале «Наука и жизнь»?

До слова «вечность» один шаг. И никто, никто не помешает его сделать. Обратно, в нищету с двумя розовыми кустами в горшках, — нельзя.

Все, что угодно, только не это. Пусть даже смерть.

Оказывается, смерть — это очень легко. Старуха умерла, и стало свободно, очень свободно, и цель сразу приблизилась, и не нужно было ни на кого оглядываться, прятаться, бояться.

Никаких снов, никаких кошмаров, никаких угрызений совести — ничего. Только свобода и предвкушение счастья.

Листы снова переместились, арабские значки как будто насмехались, выстраивались странными рядами, и не понять было, что они скрывают.

Или это все-таки головоломка? Может быть, нужно разрезать картинки на части и складывать части? Но на какие?!

И надписи, надписи — что они могут значить?

Если в ближайшее время ничего не удастся выяснить, придется привлекать к этому делу посторонних. Привлекать, а потом — избавляться.

Но это уже совсем не страшно.

Убить просто. Проще, чем прочесть арабские значки и сложить слово «вечность».

Настя смотрела в спину Кирилла Костромина, чувствуя себя спаниелем, которого хозяин отдал на время чужому человеку — «передержать».

Была у спаниеля хорошая веселая жизнь на травке, были в ней простые радости и мелкие неприятности, вроде Киры, а остался один Кирилл Костромин, от которого теперь зависит все.

Ну, вычислит он человека, который убил ее бабушку, как уже — на раз, два, три! — он вычислил подлог с газетой, и что дальше?

Дальше придется как-то жить.

А как?

Да, газета.

— Кирилл.

Он дернул плечом, это означало, очевидно, что она ему помешала. Ну, помешала так помешала. Все равно у спаниеля теперь нет никаких прав, придется смирно дожидаться, когда этот человек, новый хозяин, обратит на нее внимание.

— Нет, — говорил он в мобильный телефон, — нет, Игорек, не нужно. Мне бы просто выяснить, чем они занимаются. В общем и целом. Да так. Я ничего не знаю. Вряд ли криминал, но, может, что-то такое... Настя, какая фамилия у Светы?

— Петруничева, — покорно проинформировал спаниель.

— Петруничева Светлана, Игорь. Архив как называется?

— Я точно не знаю. Это Институт патентоведения, а там архив.

— Институт патентоведения. Узнаешь? Да. Спасибо. Чем быстрее, тем лучше. Звякни мне тогда на мобильный. Как там твоя Далила? Ну, ладно, Алина... Хорошо, хорошо, я больше не... Ты привет передавай. Да. Да. Пока.

Прицелившись, он зачем-то швырнул крошечную трубку в кресло, подошел и сел рядом с Настей.

— Это мой приятель из МВД, Игорь Никоненко, — объяснил он, — Вернее, он не столько мой приятель, сколько Паши Степанова. Паша строитель, дома строит, офисы, все подряд. У меня материалы покупает. Он нас как-то познакомил, и я иногда к Игорю обращаюсь, если мне нужно что-нибудь проверить. Недавно женился на сногсшибательной красотке. Он ее то ли от смерти спас, то ли через улицу перевел. В общем все очень романтично, как в кино.

— Ты бы хоть штаны надел, — сказала Настя тусклым голосом.

— Зачем? — искренне удивился Кирилл. — Или ты планируешь немедленно воспользоваться моим... гм... моей наготой?

— Чем?

— Тем. В бассейн пойдем?

— Подожди, Кирилл, — попросила Настя, — ты мне объясни сначала, что там с этой газетой и как ты догадался...

— Я не догадался. Я сложил два и два, получил пять и понял, что это неправильно.

— Я знаю, что ты очень умный, — сказала она язвительно, и у него отлегло от сердца. Она была так подавлена, что он было забеспокоился. — Ты мне не раз об этом сообщал. Для тех, кто не так умен, как ты, нужны объяснения.

Кирилл вытащил из пачки предпоследнюю сигарету.

— С этим-то как раз все просто. Смотри. Кому меньше всех надо, чтобы Соня вышла замуж и стала варить мужу борщи, а заработанные деньги тратить на кашку для новорожденных малюток? Разумеется, матери и брату. Брат стрекозел, мать ехидна, и оба живут за ее счет. Может, не только на ее деньги, но если она выйдет замуж, подавать тете Александре молоко, подогретое до тридцати пяти и восьми десятых градуса, будет некому. Кроме того, у Сони есть богатая бабушка, которая то и дело ей что-то подбрасывает, и, я так понимаю, все это прикарманивает Владик под каким-нибудь жалостливым предлогом. В перспективе бабушка умрет, и есть надежда, что Соня получит некоторое наследство, потому что бабушка ее любит и жалеет. Следовательно, наследство тоже уплывет.

— Ты говоришь ужасные вещи, — сказала Настя, мрачно глядя перед собой.

Он взглянул на нее и продолжил:

— Неожиданно у дурнушки Сони объявляется какой-то кавалер. Соня в него моментально влюбляется, поскольку никогда в жизни за ней никто не ухаживал, и всем о нем рассказывает. Кавалер лежит у нее в госпитале какое-то довольно долгое время, потому что роман продолжает развиваться. То, что происходит дальше, — ерунда от первого до последнего слова. Значит, так. Тете Александре попадается на глаза «Милицейская газета» с портретом уголовника, которого разыскивает милиция. Она приходит в ужас и показывает газету Соне. Соня в это время не дежурит в больнице, а отдыхает дома. Увидев газету, она моментально травится димедролом, причем родственники *дают ей возможность* отравиться и вызывают «Скорую». Соню откачивают и увозят в психиатрическую лечебницу, как всех пациентов с попыткой суицида. На работу она возвращается не скоро, правильно?

— Правильно.

— Теперь смотри. Подозрительно все. Во-первых, это слишком уж сумасшедшее совпадение — первый и единственный Сонин кавалер оказался уголовником. Во-вторых, ни один уважающий себя уголовник не станет прятаться от ментов в военном госпитале. Это ведь не Спасо-Домиановская обитель на Белом море, и врачи — не божьи старцы не от мира сего. У них обязательно есть оперативные милицейские фотографии, и обо всех подозрительных случаях они должны сообщать немедленно, а он благополучно пребывал в этом госпитале довольно долгое время, и никто его не трогал и ни о чем не спрашивал. В-третьих, фотографию обнаружила именно тетя Александра. Как к ней попала «Милицейская газета»? Вот ты когда-нибудь читала хоть что-то в этом духе?

— Нет.

— Конечно, нет. И тетя Александра слишком любит свое спокойствие, чтобы читать про грабежи и убийства, и тем не менее почему-то именно эту газету она прочитала. Почему никто не остановил Соню, когда она побежала за димедролом, хотя и мать, и брат знали, какой это для нее удар? Почему ее вообще выпустили из дома? Потому что нужно было дать ей возможность принять этот димедрол, вызвать «Скорую» и спровадить в психбольницу, откуда быстро не выпускают. Сколько она лежала? Ну, месяц-то точно, да?

— Да.

— Вот и все. Когда она вернулась на работу, никакого мужика там и в помине не было. Он, наверное, до сих пор не знает, из-за чего его неожиданно кинула тихая медсестрица, с которой все так хорошо сложилось.

— Гадость какая, — выговорила Настя и приложила ладони к щекам, — гадость, гадость.

— Конечно, гадость, — согласился Кирилл, — а газетку любящий брат состряпал на своем редакционном компьютере. Часа два потратил, наверное. Искать существующее милицейское издание ему было лень, поэтому он придумал название, сканировал более или менее подходящие материальчики из «Московского комсомольца» или у вас какой? Питерский? Приляпал фотографию, благо Соне ума хватило всем про него рассказать, и сфотографировать его в этом госпитале было проще простого. Можешь у нее спросить, не навещал ли ее на работе брат Владик как раз накануне всех событий. Скорее всего навещал. Газетку состряпали, показали Соне, а дальше все прошло без сучка, без задоринки. Естественно, никто проверять эту газету на подлинность не стал. Газета и газета, а в ней черным по белому... Вот и все дела. Так что в этом случае все мотивы как раз налицо.

— Какие мотивы, Кирилл?

Он вдруг обозлился:

— Слушай, Сотникова. Я тебе не тупоумный следователь. У меня нет никакого желания возводить напраслину на твоих драгоценных родственников. Поэтому не смотри на меня волком. Я ничего не выдумываю. У меня плана по раскрытию особо тяжких преступлений нету. Я говорю то, что вижу и знаю. Если ты не хочешь, чтобы я продолжал, я продолжать не стану.

Настя поднялась с дивана и подошла к низкому столику, на котором стояла вазочка с розами. Покрывало волочилось за ней, как шлейф. Она вытащила розу и стала обрывать лепестки.

Оборвет и долго смотрит, как он падает. Оборвет — и смотрит.

— Я хочу, чтобы ничего этого больше не было, — сказала она наконец. — Ну, чтобы совсем не было и чтобы все стало как раньше. Чтобы все ссорились и мирились, но верили друг другу. Как я теперь стану с Соней разговаривать, когда знаю, что ее так ужасно обманули? А Владик? Выходит, он никакой не шалопай и рубаха-парень, а просто негодяй?

— Или дурак, — предположил Кирилл, пожав

плечами, — вполне возможно, что он вовсе ничего такого плохого не думал. Просто его мама попросила. Да вообще ему без Сони... неудобно. С Соней гораздо удобнее. Ты оборвала все розы.

— Да.

— Не страдай.

— Не могу.

— Дальше будет только хуже, — сказал Кирилл серьезно, — это я тебе обещаю.

— А мотивы? — спросила Настя, присела и стала собирать лепестки в кучку. — Ты что-то говорил про мотивы...

— Если Соня, не дай бог, догадалась, что был подлог, она могла решить отомстить. За свою погубленную жизнь. Сначала бабушке, которая, как и все, была против нее, потом матери и брату. И тогда понятно, почему ей так срочно понадобились деньги.

— Почему?

— Потому что после того, как она отомстит, ей придется прятаться. Уехать куда-нибудь. Сменить фамилию. Начать другую жизнь. Без денег это невозможно.

— А соседний дом с собакой?

— Не знаю. Я догадываюсь, но не хочу тебе говорить. Подождем пока.

— Ну и не надо, — проговорила Настя торопливо, — а то я точно с ума сойду. Только вот еще. Ты сказал, что есть несколько неочевидных моментов. Эти все очевидные. А другие?

— Я не знаю, Насть, — сказал он неохотно, — они никуда не укладываются, и я не понимаю, как к ним относиться. Может, это все мои домыслы.

— Нет, Кирилл. Скажи.

— Да нечего говорить! — Он прикурил последнюю сигарету и ловко метнул в корзину пустую пачку. Пачка попала куда надо, Настя проводила ее глазами. — Я не знаю, как быть с фотографиями, зеркалом и событиями трехмесячной давности.

— А что было три месяца назад? — изумилась Настя.

— Ты не помнишь?

— Не-ет.

— Три месяца назад твоя бабушка уволила старую домработницу. Зачем? Что тогда случилось? Может, она о чем-то узнала, чего не должна была знать? Или твоей бабушке предстояло какое-то серьезное событие, а домработница ей мешала? Или она ее поймала за чем-то подозрительным? Или та просто суп пересолила, а бабушка была не в духе? Ты не помнишь, что происходило в эти три месяца?

— Нет.

Кирилл вздохнул.

— Ну конечно, ты не помнишь. А еще в русские разведчицы готовилась!

Настя обошла его, села на диван и прижалась щекой к его голой спине.

— Что нам делать, Кирилл?

Он пожал плечами, взял ее руки и положил себе на живот. Живот был твердый и успокаивающе теплый.

— А если... это и вправду Соня? Ты сумеешь ее остановить?

— Я не могу ее остановить, — сказал Кирилл мягко, — я могу ее только опередить. Для этого мне нужно выяснить, кто прячется в соседнем доме.

— Ты... выяснишь?

— Конечно, — ответил он.

Когда Кирилл осторожно, жалея машину, пробирался по разбитому проселку к дому, небо над Финским заливом налилось свинцовой тяжестью и странно приблизилось, как будто туча пузом легла на темную воду. С той стороны тянуло сырым ветром, и в воздухе пахло близкой грозой.

— Сейчас дождь пойдет! — крикнула Настя, выбравшись из «Хонды», и побежала к железной калитке. — Давай быстрей машину в гараж!

— Да я и так быстро, — пробормотал Кирилл себе под нос.

Ветер мел пыль вдоль пустой улицы, поднимал маленькие вихри, низко нагибал кусты старой сирени, открывал близкий залив, взъерошенный и угрожающий.

Из свинцового брюха тучи вдруг сверкнула белая молния и вывалился гром. Гром бабахнул по воде, как пушка на Петропавловской крепости.

Кованые гаражные ворота распахнулись, выскочила Настя, забралась в машину и лихо развернулась, подняв облако пыли, которое унес ветер.

— Черт побери, — то ли с восхищением, то ли с осуждением громко сказал Кирилл, наблюдая за ее маневрами.

Перед въездом в гараж она с визгом затормозила, «Хонда» как будто присела немного и плавно перевалилась через железный порожек.

Кирилл заехал гораздо менее эффектно.

— Пошли, пошли, — торопила Настя, пока он запирал машину, — никто не сопрет твою тачку из запертого гаража. Сейчас хлынет, а нам еще до дома бежать.

Они были примерно на полпути к дому, когда дождь догнал их. Он упал белой отвесной стеной, и сразу стало темно, как будто вместе с дождем на сад упала ночь.

Топая, как стадо горных козлов, вспугнутых леопардом, они преодолели крыльцо и вломились в дом. Вода с волос стекала на лицо и капала у Кирилла с носа. Он вытер ее рукой.

— Настя, боже мой, на кого ты похожа! — заговорила Юлия Витальевна, показавшаяся в коридоре. — И почему так долго? Ты же сказала, что поедешь на два или три часа, а сейчас полвосьмого! А во сколько ты уехала?

— Во сколько?

— В три. Быстро переодеваться! Ты простынешь, если...

— Юлька, перестань паниковать, — перебил ее невидимый Дмитрий Павлович, — ей уже не три года! Настя, надо предупреждать, когда опаздываешь!

Он выглянул в коридор из гостиной, которая утром напомнила Кириллу католический собор в Риме. В руке у него была газета, а на кончике носа — очки. Настя, прыгая на одной ноге, стягивала мокрую туфлю. Допрыгав до Кирилла, она схватилась за него и стянула туфлю.

— А ты чего? — спросил Дмитрий Павлович Кирилла. — У тебя же есть мобильный. Позвонили бы и предупредили.

Из кухни показалась Света. В каждой руке у нее было по глиняной тарелке. На одной тарелке были сухари, а на второй сушки. Лицо злое и напряженное.

— А чего им звонить? — спросила она и повернула на террасу. — Им и без вас весело и приятно, — продолжила она уже с террасы.

Дмитрий Павлович прошуршал газетой и скрылся.

— Сейчас будет чай, — объявила Юлия Витальевна, — и не шумите, Нина прилегла.

— Пошли, Кирилл. — Держа его руку мокрой ладошкой, Настя побежала вверх по лестнице. На темном полированном дереве оставались маленькие мокрые следы, которые Кирилла почему-то умиляли.

Внизу зазвонил телефон, отозвавшийся неожиданно радостной трелью в Настиной комнате.

— Возьмет кто-нибудь, — нетерпеливо сказала она, втащила его в комнату и захлопнула за собой дверь, так что вздрогнули лимонные шторы. И прыгнула на него.

Он не ожидал ничего подобного и даже покачнулся немного.

— Когда у тебя такой важный вид, а ты с головы до ног мокрый, — прошептала она, и его ухо моментально загорелось, как будто к нему приложили рефлектор, — я просто не-мо-гу.

Льняная рубаха кучей влажного тряпья свалилась на пол. Кирилл наступил на нее. Джинсы застряли на бедрах, и он выдрался из них, как будто от этого зависела жизнь. Кончики ее волос были совсем мокрыми и очень темными, капли падали на бледную грудь, скатывались ниже, и он просто не мог этого выносить. Она двигалась, коротко дышала, спешила, даже укусила его за ключицу и так распаляла его, что он с трудом соображал.

Почему темно? Уже ночь?

Он перехватил ее руки, ставшие слишком активными, а он не хотел, чтобы все закончилось так быстро.

— Нет, — сказала она и вырвала руки, — нет!

И снова набросилась на него.

Он очень старался контролировать ситуацию. Он даже закрыл глаза, отдаляя себя от нее, потому что понимал, что долго не протянет в эпицентре ее яростных эмоций. Он честно пытался вспомнить названия Великих озер.

Ничего не помогало. Не помогало, черт побери все на свете!..

Она толкнула его на кровать, на целинное покрывало, так поразившее его в первый раз, и рухнула сверху.

Это был даже не ураган и не шторм, а конец цивилизации.

Какие там Великие озера!..

Нет никаких Великих озер.

Есть только это мгновение, темнота в глазах и за окнами, залитыми дождем, и жар, и недоумение, и страх, что все закончится и больше не повторится или повторится, но как-то не так.

Никто и никогда не набрасывался на Кирилла только потому, что он был в мокрой рубахе.

В минуту просветления он вдруг понял, что дело не в мокрой рубахе, а в том, что она влюблена в него, и даже засмеялся от радости, и тут же забыл об этом, потому что забыл вообще обо всем.

За лимонной шторой в мокром саду упал и развалился на части гром, и вместе с ним развалился на части Кирилл или то, что было им недавно, потому что между двумя ударами сердца он перестал существовать, и осталась только буйная безудержная радость.

Со следующим ударом сердца он вернулся.

Лил дождь и налил на полу небольшую лужицу. Тянуло холодом и запахом мокрых цветов. Настя медленно дышала ему в шею.

С тех пор как они поднялись по лестнице, прошло семь минут, а вовсе не три столетия.

Он поднял тяжелую руку — как будто чью-то чужую — и положил ее Насте на голову.

— М-м-м?.. — сонно промычала она и потянула на себя покрывало, устраиваясь спать.

— Подъем, — прошептал он, — нас ждет чай с родственниками.

— М-м-м? — опять промычала она.

— Чай, — сказал он и легонько потянул ее за волосы, — чай, миледи.

— Какой еще чай? — забормотала она недовольно. — Ты что, с ума сошел?

И вдруг вскочила, поддав головой его руку.

— Чай! — завопила она и спрыгнула с кровати. — Господи боже мой, я совсем забыла, нас же ждут пить чай!

— Об этом я и говорю, — сказал он и захохотал.

— Не смей! Где мои брюки?!

— Понятия не имею. А мои где?

— Да ладно, все равно все сырое, потом найдем. Вставай, что ты лежишь! Они сейчас подумают, что...

— Что мы украдкой целуемся на лестнице, как юнкер с гимназисткой, — подсказал Кирилл.

— Кирилл, вставай! Где твои вещи?

— Мои вещи в твоем гардеробе.

— А? А, ну да, — она подбежала к гардеробу, лихорадочно водя щеткой по мокрым волосам, — вот черт возьми!..

В него полетело какое-то барахло, которое он ловил и складывал на покрывало.

— Ну что ты лежишь?!

— Я устал, — объяснил он с удовольствием, —

я устал потому, что ты на меня напала, бросила на кровать и хорошенько мною попользовалась.

— Я тебя не бросала!

— Еще как бросала.

Пыхтя, она кое-как напялила майку, натянула шорты и швырнула под зеркало щетку, которую все время держала в руке.

— Я скажу всем, что ты в душе, — сообщила она уже из-за двери. По лестнице затопали босые пятки, и все смолкло.

Кирилл полежал еще немного — может, он любит принимать душ по полчаса, — а потом поднялся. Голова была тяжелой, как будто он нанюхался душных цветов.

Почему он непременно должен идти пить какой-то чай, да еще делать вид, что задержался в душе?! Почему он не может проспать весь остаток дня, а потом полежать на диване с книжицей под названием «Кровавые твари» и Настей Сотниковой под боком?

Черт бы подрал все семьи на свете!

Ровный шум дождя, отдаленные голоса на террасе, осторожный скрип половиц, как будто по ним прошел кто-то совсем невесомый — старый дом жил своей жизнью, загадочной и непонятной.

Кирилл вдруг подумал, что уж дом-то точно знает, что произошло с его старой хозяйкой, и скорее всего знает, что еще только должно произойти.

Знает — и молчит.

Из кухни вышла Муся с подносом в руках и издалека улыбнулась Кириллу. Следом за ней выскочила Настя. У нее был озабоченный и преувеличенно деловой вид. Такой вид всегда принимали сотрудники Кирилла, когда он в очередной раз заставал их за пасьянсом.

— Мусенька, ты уронила, — сказала Настя и сунула какой-то сверточек в карман Мусиного фартука. — Что ты так долго, Кирилл!

— Я не долго.

— Возьми, пожалуйста, на плите второй чайник. И пошли, пошли!..

Когда он с чайником в руке вышел на террасу, вся семья чинно пила чай и, кажется, даже никто не ссорился.

Тетя Александра взглянула на него, раздула ноздри, но ничего не сказала. Мышки-Сони на террасе не было.

— Как там в городе? — спросил Сергей.

— Все нормально, Сереж, — ответила за Кирилла Настя, — Кирилл, тебе чай с мятой или обычный?

— Где вы побывали? — Света болтала тонкой ложечкой в синей чашке, не поднимала глаз и усмехалась загадочно. — Достопримечательности осматривали?

— Хотели в Кунсткамеру, — объяснил Кирилл, — но она по понедельникам не работает. Эрмитаж тоже закрыт. Мы в Зоологическом музее отдохнули.

Владик радостно захохотал и толкнул в бок свою мамашу, которая величественно покачнулась — как стог с сеном.

— Не балуйся, сынок, — попросила она кротко.

— Мам, у тебя голова болит? — спросил Сергей у Нины Павловны. — Может, попросить чего-нибудь у Сони? У нее наверняка есть от головы.

— Тетя, а где Соня? — подал голос Дмитрий Павлович. — Юля, ты звала ее к чаю?

— Ну конечно.

— Может, мне сходить? — спросила Настя, всем своим видом выражая немедленную готовность бежать за Соней.

— Ее никогда не дождешься, — сказала тетя Александра и поджала губы, — с ней вечная история, никогда ее нет.

— Я здесь, мама.

Голос был такой странный, что Кирилл быстро обернулся, не донеся чашку до рта.

— Что случилось? — быстро спросила Нина Павловна, и все вдруг смолкло, даже Света перестала звякать ложечкой о чашку.

Серое личико перекосилось, как будто мятая бумага, обозначилась густая желтизна вокруг глаз, губы затряслись, и Соня сказала, рассматривая носки своих тапок:

— Ожерелье поддельное. Мама, налить тебе молока?

— Ты же знаешь, — сказала тетя Александра холодно, — что я не пью чай с молоком. Это портит цвет лица. Что это за глупость? Почему ты решила, что оно поддельное?

— Потому что я только что поговорила с ювелиром. — Держась очень прямо, Соня прошла к свободному креслу рядом с матерью и села, так ни на кого и не взглянув. — Он сказал, что нет никаких сомнений. Что ожерелье старое, но в нем нет ни одного ценного камня. Стекляшки.

— Сонечка, хочешь чаю? — быстро спросила Муся и посмотрела на Настю.

— Да. Спасибо.

— Вот это да! — радостно сказал Владик. — Выходит, что бабуля оставила тебе стекло?! Ну, молодец! Ай да бабуля! Кремень старуха!

— Я всегда говорила, — вступила тетя Александра с трагическим злорадством в голосе, — что моя сестра гадкая женщина. Змея. Всю жизнь как сыр в масле каталась, и никто ее не интересовал! Она даже из гроба над нами издевается. Сонька, не смей реветь. Нам от нее ничего не надо. Моя дочь не побирушка, чтобы на чужие бриллианты рот разевать!

— Это были никакие не бриллианты, мама, — выговорила Соня очень четко. — Это было просто стекло.

И заплакала. Слезы лились из ее глаз, капали с носа и подбородка, и Кирилл быстро подумал — как по-разному плачут женщины. Большинство плачет «для красоты» или от жалости к себе. Меньшинство — от искреннего огорчения или усталости. Соня плакала так, как будто у нее горе. Самое настоящее горькое горе, и поправить ничего нельзя. Она даже слез не вытирала и нисколько не заботилась о том, чтобы выглядеть «прилично».

Она плакала, как человек, потерявший последнюю надежду.

— Сонька, не рыдай! — прикрикнула тетя Александра. — Все равно тут тебе никто не сочувствует. Все довольны.

— Зачем вы так говорите, тетя! — воскликнула Нина Павловна. — Сонечка, подожди. Может, мама не знала, что это... что в ожерелье нет бриллиантов. И вообще...

— А ты уверена, что этот твой ювелир не ошибается? — спросил Дмитрий Павлович.

— Да, — некрасиво шмыгая носом, сказала Соня. Настя подала ей салфетку, и она утерла глаза.

— Юля, налей валерьянки, — распорядилась

Нина Павловна, — что ты, сама сообразить не можешь! Ты же видишь, она никак не успокоится!

— Истеричка, — пробурчала тетя Александра, полные руки в манжетах лилового халата тряслись.

Настина мать встала и быстро вышла с террасы.

— Откуда ты его взяла, этого ювелира? Может, он и вправду ничего не понимает? — жалостливо спросила Настя. — Может, еще кого-нибудь попросить оценить?

— Нет, — сказала Соня, комкая салфетку, — хватит. Я так и думала. Я так и знала. Просто я надеялась, а вдруг на этот раз...

— Что? — спросила тетя Александра пронзительно. — Что такое?! Что это еще за раз? Что на этот раз? Что ты опять выдумываешь, дура?! Тебе мало того, что ты уже с нами сделала? Ты хотела...

— Тетя, отстаньте от нее, — приказал Дмитрий Павлович очень твердо, — прекратите.

Вернулась Настина мать, в руках у нее были два стаканчика.

— Сонечка, выпей. И не переживай, может быть, еще все обойдется.

— Ничего не обойдется, — сказала Соня тихо.

Тетя Александра быстро перехватила стаканчик с валерьянкой и опрокинула его в себя. Быстро задышала, так что богатырская грудь заходила ходуном, сморщилась и покраснела пятнами.

— Что это такое? — прохрипела она, тыча рукой в стаканчик. — Что?!

Юлия Витальевна смотрела с изумлением. Потом, видя, что тетя наливается синевой, осторожно понюхала пустой стакан.

— Это пустырник с валерианой, — сказала она и еще раз понюхала.

— Там... там... спирт?!

— Ну да, — Настина мать пожала плечами и обвела глазами молчащих родственников.

— Я... я не могу спирт... я не пью спирт... я не принимаю препаратов на спиртовой основе!.. Я... не могу дышать!..

Юлия Витальевна усмехнулась совершенно хладнокровно.

— Запейте водой, — посоветовала она, прошла и забрала стакан. — Соня, я сейчас тебе налью.

— Нет, — сказала Соня, — мне не нужно. Все в порядке.

— Мы видим, что все в порядке! — подала голос Нина Павловна.

— Я... не дышу, — хрипела тетя и хватала себя за белую кожу на горле, — все горит!.. Ты специально!.. Ты же знаешь, что я не принимаю!..

— Вообще-то я думала, что это для Сони, — ответила Юлия Витальевна уже из коридора.

— Кто вам посоветовал отдать ожерелье именно этому ювелиру? — спросил Кирилл, и все посмотрели на него.

Он усмехнулся. Все время получалось, что он вступает как-то некстати.

— Вам-то что за дело? — вскинулась тетя Александра, моментально позабывшая, что «не может дышать». Владик фыркнул и пролил чай. — Сонька, не смей ему ничего говорить!

— Да что за глупости! — вдруг сказал Сергей возмущенно. — Я посоветовал, Кирилл. Это наша служба, они иногда и для нас, и для Русского музея всякие старинные вещи оценивают. И никакого тут нет секрета, — громко добавил он в сторону тетя Александры, — и я не понимаю, что тут...

— А не понимаешь, и замолчи! — приказала тетя. — Господи, за что мне такое наказание?! За что мне такой позор?!

— Да какой позор?..

— А такой!.. — перебила она. — Хотела за чужой счет в рай въехать? Не вышло! И не выйдет! Матери ничего, а дочери — все! Это тебе, чтоб знала свое место! Где это видано, чтобы дочь бриллианты получила, а мать — шиш?! А?! Вот и сиди теперь со своими стекляшками, кусай локти, знай, что и тебя бабушка-то надула! Ничего тебе не оставила, один пшик! А ты губы раскатала на дармовые деньги! Какая!.. Бриллианты у нее! Видали?

— Стоп! — сказал Кирилл Костромин так, как говорил только на совещаниях, когда выяснялось, что со склада в неизвестном направлении вывезли двадцать два стеклопакета. Тетя Александра вздрогнула и уставилась на него. — Или вы немедленно замолчите, или я сейчас же запру вас в вашей комнате. Там вы сможете завывать сколько угодно. Вам ясно?

Тетя опять бурно задышала, но семья вокруг нее странно и угрожающе молчала, и Кирилл повторил очень спокойно:

— Я спрашиваю — вам ясно?

Тетя заморгала. Кирилл смотрел на нее. Настя подошла к нему и встала у него за спиной.

Тетя Александра подышала еще немного — и кивнула.

— Отлично, — сказал Кирилл одобрительно, — вам ясно. Соня, не горюйте. Еще ничего не произошло.

— Произошло, — сказала Соня тихо, — я знала, что ничего не будет. У меня всегда так бывает.

— Ничего не бывает! Завтра мы с Сергеем поедем в эту вашу ювелирную контору и все подробно выясним.

— Нет, — твердо сказала Соня, — никуда вы не поедете. Я не хочу, чтобы в это дело вмешивались посторонние. Если бабушка решила оставить мне стекляшки, значит, так тому и быть.

— Сонечка, перестань, — заговорила Настя, волнуясь, — пусть Кирилл съездит. Он во всем разберется, он очень хорошо... соображает и понимает больше нас.

— Ну да, — сказала Света лениво, — особенно в чужих бриллиантах.

— Брось ты, — дружелюбно посоветовал Соне Владик, — ну хочешь, я их у тебя куплю, эти стекляшки? Сколько попросишь, столько и дам. Ты только не расстраивайся так. А я их Лильке подарю. Или Галке. Или ты сама их станешь на Новый год на елку вешать.

— Конечно, — ответила Соня и улыбнулась Владику, — я постараюсь не расстраиваться.

Кирилл вдруг понял, что не задал самый главный вопрос:

— А когда стало известно, что ожерелье поддельное?

— Мне позвонили, — объяснила Соня неохотно, и улыбка, предназначенная Владику, стекла с ее лица, — позвонили и сказали, что... — и она опять шмыгнула носом.

— Когда позвонили? — спросил Кирилл мягко.

— Полчаса назад. Минут двадцать. Я точно не помню. Я чай собиралась пить.

— Попей чайку, — посоветовала Нина Павловна, — попей, девочка. Что это Юля лекарство никак не принесет!

— Я схожу! — Кирилл быстро встал. — Я ее потороплю.

Юлия Витальевна попалась ему в коридоре, посмотрела удивленно.

Кирилл махнул рукой. Пока они разберутся с валерьянкой, да с тетей Александрой, которая громоподобно затрубила, как только он выскочил за дверь, он успеет выяснить все, что нужно.

Стараясь не топать, он помчался вверх по лестнице, пробежал по коридору и распахнул дверь в комнату Светы.

Если Настя застанет его здесь, меньшее, что его ожидает, — смерть в страшных мучениях, подумал он самодовольно.

В комнате был чудовищный беспорядок, как будто Света по нескольку часов в день занималась тем, что конструировала в своей комнате свалку поужаснее. Интересно, куда смотрит бдительная Муся? Впрочем, Света прожила в этой комнате всего два дня, так что Муся вряд ли уже обнаружила, во что она ее превратила.

На столе, среди кофейных чашек с застывшей гущей и сморщенными хвостами окурков на дне, Кирилл отыскал мобильный телефон. Нажимая по очереди две кнопки, он посмотрел последний номер, по которому звонили с этого телефона. И время посмотрел тоже.

Все было так, как он и предполагал, и он похвалил себя за сообразительность.

Он кинул телефон на стол и выскочил за дверь.

Кто из родственников мог позвонить Соне с этого мобильного телефона и, назвавшись ювелиром, сообщить, что ожерелье поддельное?

Кто угодно, кроме Насти, которая, когда зазвонил телефон, стаскивала с Кирилла мокрую рубаху.

Или Соня сама позвонила себе, чтобы убедить родных, что ее наследство — простые стекляшки? Как теперь это проверить?

Нужно срочно что-то придумать, чтобы предотвратить беду, которая надвигалась неслышно, но неотвратимо, как туча на Финский залив.

И еще.

Черная тень в окне соседнего дома беспокоила его все сильнее.

Дождь шел весь вечер, и все рано разошлись по своим комнатам, как мокрые куры. Настя не отходила от Сони, и Кирилл слышал, как тетя Александра отчитывает их обеих — кажется, за то, что они включили телевизор, по которому шло «неприличное кино».

«...все равно не стану смотреть канал «Культура», — услышал он обрывок возмущенной Настиной речи и улыбнулся.

Сергей сидел в гостиной и, вздыхая, листал какую-то книгу.

— Куда я их дену? — спросил он, когда Кирилл заглянул. — Наверное, здесь придется оставить. Не тащить же их в город! У меня в квартире книги даже в прихожей стоят. А таким книгам покой нужен, их на пол в прихожей не положишь!..

Кирилл вошел и прикрыл за собой дверь.

— Слушай, — сказал он Сергею, — давай завтра съездим в этот ваш Русский музей, спросим, что там за дела с Сониным ожерельем?

— В какой еще Русский музей! — возмутился Сергей. — Я же тебе говорил, что это антикварная контора, которая просто проводит оценки. При чем тут Русский музей?!

Кирилл хмыкнул. По правде говоря, ему было совершенно наплевать, как именно называется контора, но было смешно, что Сергей так вступился за честь Русского музея, который, конечно, не мог заниматься такой ерундой, как Сонино ожерелье.

— Почему бабушка не знала, что оно поддельное? — спросил Сергей задумчиво. — Не могла же она на самом деле оставить Соне просто стекло? Это... совсем не в ее духе. И к Соне она относилась хорошо. Вот если бы она тете Александре оставила, это было бы понятно, да и то как-то...

— Вот именно, — сказал Кирилл, — поэтому стоит съездить и поговорить.

— Без ведома Сони? — уточнил Сергей.

— Ну, она же возражает.

— Если она возражает, значит, ехать никуда не нужно. — Сергей твердо посмотрел Кириллу в глаза. — Это ее дело. Если ей понадобится помощь, она нам сама скажет.

— Ну да, — согласился Кирилл, — она скажет. Ей мамаша в очередной раз напомнит, что она позор семьи, и она это ожерелье с Дворцового моста в Неву кинет.

— А если мы станем что-то выяснять, тетя ее поедом съест, — возразил Сергей, — это уж точно.

Не отвечая, Кирилл облокотился на низкий подоконник и стал смотреть в сад. Дождь все валился с темного неба, и на дорожке стояла большая лужа, в которой отражались желтые огни.

Почему Сергей не хочет ничего выяснять? Что он знает про ожерелье? Зачем ему согласие Сони, когда ясно как день, что она его ни за что не даст?

Именно на это и рассчитывал тот, кто позвонил ей. Этот человек знал ее так же хорошо, как себя, и был совершенно уверен, что она не допустит, чтобы родственники занимались выяснением этого вопроса, потому что она уверена, что это — «позор».

Она ведет «позорную» жизнь — работает в больнице, работает еще где-то, ухаживает за полоумной мамашей, ублажает шалопая-брата, носит пижаму десятилетней давности и влюбляется в несуществующих уголовников.

И явно что-то скрывает.

— Ты не вспомнил, что было в той книге, из которой вырвали листы? — спросил Кирилл, продолжая рассматривать лужу.

— В какой книге? А... ничего там не было. Я же тебе говорил.

— Слушай, — сказал Кирилл холодно и, повернувшись, сел на подоконник, — я не понимаю, в чем дело. Ты же не идиот. Или идиот? Из книги явно вырваны страницы, а ты мне в двадцатый раз говоришь, что не вырваны. Я же держал ее в руках. Из нее вырваны страницы так, что даже переплет развалился. Ты что? Сам их вырвал?

— Н-нет, — сказал Сергей, запнувшись. Вид у него был удивленный. — Просто нет никакого смысла выдирать листы из арабской книги!.. В этом доме, кроме меня, никто не понимает по-арабски. Зачем кому-то выдирать листы?!

— Вот и я спрашиваю. Зачем?

— Не знаю. А что? Это важно?

Это было гораздо важнее, чем Сергей мог себе представить, но Кирилл не стал говорить ему об этом.

Оказывается, вести расследование труднее,

чем читать в романе о том, как его ведет гениальный сыщик.

И расследование-то получается каким-то дурацким. Например, гениальный сыщик понятия не имеет, правду говорит Сергей или врет талантливо и красиво.

Интересно, в этом доме есть что-нибудь выпить?

— Здесь есть спиртное?

— Где — здесь?

Кирилл вздохнул.

— Где-нибудь. Не за забором в соседнем магазине, а, например, в холодильнике?

— Не знаю, — сказал Сергей, — наверное, есть. Конечно, есть. Вон в шкафу что-то вроде бара. Бабушка там держала вино и еще какие-то бутылки. Открой, посмотри, если хочешь.

Ну да. Вино. Вряд ли он станет пить вино, которое держала в шкафу бабушка. Но это все же лучше, чем ничего.

Кирилл распахнул темную дубовую дверь с резным стеклом и присвистнул.

«Вино», которое держала в шкафу бабушка, представляло собой плотный ряд очень дорогих первоклассных бутылок. Все было, как следует — виски, джин в плоской бутылке, коньяк, наоборот, в круглой, широкоплечий мартини и пузатое соломенное кьянти.

Стаканы стояли тут же — безупречно соответствовавшие каждой бутылке.

Ну и бабушка. Знаток жизни.

Кирилл решил, что виски будет в самый раз.

— Тебе налить? — спросил он, отвернув холодную пробку.

— Нет, — сказал Сергей и улыбнулся смущенной улыбкой. Бросил свою книгу на диван, подошел к Кириллу и осторожно, как на заморское чудо, посмотрел на его стакан.

— Ты чего? Никогда не видел виски?

— Видел. — Он снова улыбнулся. — Понимаешь, со мной от выпивки что-то странное делается. Я весь покрываюсь красными пятнами и чешусь, как шелудивая собака. Даже от пива. — Он вдруг заговорил почти шепотом: — Я всегда только делаю вид, что пью. Я из одного стакана «глотаю», а в другой выплевываю, как будто запиваю.

— Зачем? — поразился Кирилл.

— Мне неловко, — признался Сергей, — ужасно. Я никогда никому об этом не рассказывал. И так все считают, что я...

— Ботаник, — подсказал Кирилл, — это теперь так называется.

Сергей покосился на него — не смеется ли, но Кирилл не смеялся.

— Я и тебе говорю только потому, что ты чужой человек. А наши, если узнают, засмеют.

Кирилл неожиданно пришел в раздражение от того, что он — чужой человек.

— Я понимаю, можно скрывать, что ты — запойный алкоголик. А тут-то чего скрывать?

— Мама всегда напоминает мне, что я не похож на отца. Он был... русский офицер. Чувство долга, любовь к отечеству, в плечах косая сажень, перед обедом стопку и так далее. Я совсем другой.

— Ну и что? Я тоже совсем другой. На отца не похож. И что мне теперь делать?

— Что тебе делать, не знаю, — сказал Сергей довольно резко, — а я не хочу, чтобы все знали, что я даже глотка выпить не могу. Ладно бы у меня удушье начиналось, как у тети Александры, а то — чесотка! Смешно.

— Это смешно в десятом классе, когда все начинают пить портвейн, а ты не начинаешь, — сказал Кирилл, все еще раздраженный «чужим человеком», — в нашем возрасте это не смешно.

— Все равно я не хочу, чтобы об этом знали.

— Да никто и не узнает! Мог бы мне не сообщать, раз уж это такая страшная тайна.

Он закрыл шкаф и сел на ковер перед камином. Виски согревалось у него в ладони, приятно пахло. Пахло еще чем-то, то ли остывшим пеплом, то ли жженой бумагой, и Кирилл посмотрел в камин.

Он глотнул виски и посмотрел еще раз.

— Сереж, — спросил он рассеянно, — ты не знаешь, когда топили камин?

— Зимой, — буркнул Сергей — Чего его топить, когда все время тридцать градусов? Хорошо хоть дождь пошел, а то бы мы точно завтра угорели от жары.

Вряд ли горстка серого пепла лежала на чистой подставке с зимы.

Поставив стакан на ковер, Кирилл ткнул пальцем в рассыпающуюся пепельную горку. На пальце остался серый след.

Что там сожгли? Когда? Кто?

По всем детективным правилам в уголке непременно должна была остаться несгоревшая бумага, а на ней — загадочный обрывок, многозначительный и все объясняющий.

Кирилл посмотрел — обрывка не было.

В коридоре громко разговаривали и препирались — Настя провожала Мусю домой и предлагала ей остаться, раз уж на улице такой дождь, а Муся не соглашалась, тихо, но уверенно.

Сергей снова бросил свою книгу на диван и поднялся.

— Пойду посмотрю, — пробормотал он, не глядя на Кирилла, и выскочил за дверь.

Пошел провожать даму сердца и целоваться с ней под дождем. Очень романтично и очень в духе человека, который не выносит спиртного и при этом делает вид, что пьет из одной рюмки, а сам выплевывает в другую.

Зашла Настя, посмотрела на Кирилла и села рядом на ковер.

— Что ты пьешь?

— Виски из запасов твоей бабушки. Хочешь?

— Нальешь?

Он сунул ей свой стакан.

— Можешь глотнуть отсюда. Насть, ты не знаешь, когда топили камин?

Она осторожно пригубила виски и посмотрела в камин.

— Вроде давно, а что? После бабушки точно не топили, а когда она топила, не знаю.

— Ты в нем ничего не жгла?

— Нет, Кирилл. А что такое?

Он взял ее за шею под волосами и повернул голову в сторону камина.

— Там пепел. Видите, дорогая наблюдательная мисс Марпл? Откуда пепел, если камин не топили?

— Не знаю. Откуда?

Он засмеялся и погладил ее шею под волосами.

— И я не знаю. Вот видишь, у тебя спрашиваю.

— Ты думаешь, это имеет отношение... к нашим делам?

Кирилл притянул ее голову к себе на плечо и заставил сидеть тихо.

— Вполне возможно. Очень трудно определить сразу, что имеет отношение к нашим делам, а что не имеет.

— А Сонино ожерелье имеет? Пусти, Кирилл, мне так неудобно.

Он отпустил ее шею, и руке сразу стало холодно.

— Куда ты побежал с террасы? Ты что, думаешь, что это какая-то ошибка, и на самом деле оно ценное?

— Я не знаю, ценное оно или нет. Просто я был уверен, что в полвосьмого никто не станет звонить из ювелирной конторы. Скорее всего они работают как раз до четырех, да и то не каждый день. Мой мобильный у меня в кармане. Другой мобильный есть только у Светы. Она говорила по мобильному, когда я ее подслушал. Я проверил Светин мобильный, и оказалось, что именно с ее телефона звонили сюда в полвосьмого.

— Как?!

— Да так. Мы с тобой слышали звонок, когда ты бросила меня на кровать. Или за несколько секунд до этого.

— Я тебя на кровать не бросала!

— Теперь остается выяснить, кто именно звонил. В принципе это мог быть кто угодно. Тетя Нина, например. Когда мы пришли, твоя мать сказала, что она лежит. Она на самом деле лежала или звонила по Светиному телефону?

— У тебя паранойя.

— Или Сергей? Где в это время был Сергей? Я предложил ему поехать к ювелиру, но он отказался. Сказал, что без Сониного согласия ничего предпринимать не станет. Почему? Очевидно, что

Соня никакого согласия не даст. Почему он не хочет ничего выяснять?

— Потому что не хочет Соня, — сказала Настя, враждебно глядя на Кирилла.

Его самоуверенность и легкость, с которой он говорил о ее родных, обвиняя их в очередной гадости, казались ей отвратительными. Он не смел говорить о них так, как будто они пауки в банке, готовые истребить друг друга, а он осторожно поднимает за лапку то одного, то другого и с удовольствием и знанием дела объясняет ей, почему он дергается так, а не иначе.

— Я не знаю, в какой семье ты рос, — сказала она угрожающе, — но в нашей семье не принято делать что-то против воли другого. Если Соня не захочет, чтобы мы вмешивались, мы вмешиваться не будем. Ни Сергей, и никто.

— Это очень удобно, — согласился Кирилл и залпом допил виски из нагревшегося стакана. — Человек, который звонил ей, был совершенно уверен, что так и будет. Соня решит, что ожерелье и вправду поддельное, а дальше дело техники. Не будет у нее ни денег, ни ожерелья.

— Слушай, — сказала она, вдруг сообразив, что про звонок со Светиного мобильного он ничего не выдумывает, — значит, это не ювелир звонил?!

— Потрясающая сила мысли, — пробормотал Кирилл, — просто сногсшибательная. Нет. Не ювелир.

— Тогда кто?

— Иди ты к черту, Сотникова. Не знаю кто. Кто-то из твоей драгоценной семьи, в которой ничего не делается против воли другого. И в камине тоже что-то сожгли. И страницы из книги выдрали. И фен в воду сунули. И я совершенно не понимаю, зачем. Зачем все это нужно проделывать? Ты не догадываешься?

Настя на коленях подползла к шкафу, открыла его и, рискуя вывалить на себя все содержимое, на ощупь добыла бутылку с виски.

— Может, за лимоном сходить? — сама у себя спросила она. — Нет. Не пойду. Давай напьемся, а, Кирилл?

— Давай, — согласился он с готовностью, — а по какому поводу? Из-за всеобщего человеческого свинства?

— Из-за того, что в моей семье тоже свинство, — проговорила она с отвращением и налила стакан почти до краев, — давай. Ты первый.

Когда он довел Настю до постели, было уже совсем поздно. Быстро напиться у них почему-то не получилось, и они напивались долго и старательно. Под конец бутылки Настя не то что не могла стоять на ногах, но двигалась с некоторым трудом и все больше зигзагами.

Он поставил ее у кровати и отвернулся, чтобы положить на стол ее очки, а когда повернулся, оказалось, что она уже лежит, накрывшись покрывалом, как была, в шортах и шлепанцах.

Тогда он подумал, что раздеваться и впрямь совершенно ни к чему. Спать в джинсах куда удобнее. Он так и лег в джинсах, но потом обнаружилось, что все-таки без них. Рубаха вроде была на нем, но точно определить не удалось. Он потянул покрывало и долго соображал, как именно ему накрыться, чтобы оказаться рядом с Настей, и все время оказывалось, что он накрывается как-то не так и между ними несколько слоев плотной ткани.

Тогда он решительно встал с кровати и потянул за покрывало. Настя поехала вместе с ним.

— Куда? — пробормотала она, подсовывая покрывало себе под ухо. — Я сплю. Я не хочу никуда ехать.

Кирилл перестал тянуть и некоторое время постоял в задумчивости. Замычав, Настя подтянулась повыше, и проклятое покрывало свалилось, наконец, на пол. Кирилл лег и накрыл их обоих одеялом. Сразу стало тепло, и Настя повернулась и обняла его. От ее волос пахло виски.

Почему? Она не лила себе виски на голову.

— Господи, как хочется спать, — пробормотала она, — хорошо, что мы напились, правда?

— Отлично, — согласился Кирилл. Ему было жалко, что она спит. Как будто он обнаружил, что у него украли что-то очень личное. Так оно и было. Проклятая бутылка с виски украла у него ночь.

Зря они напились.

Настя ровно и почти неслышно дышала ему в шею. Все трудные и неповоротливые мысли, которые ему не удавалось додумать до конца, под действием виски стали легкими и скользкими, как маленькие речные змейки. Нет, как летние тени над теплой водой. Лежать рядом с Настей было приятно.

Они молодцы, что напились.

Какой-то дурак вдруг стал дрелью сверлить голубое небо у них над головой. Дрель визжала и вибрировала.

Посверлит-посверлит и перестанет. А потом опять.

Кирилл открыл глаза и уставился в цветастый полог.

Дрель опять заработала, и он сильно вздрогнул.

В нагрудном кармане рубахи, которую он так и не снял, звонил мобильный телефон. Звонил и заходился припадочной дрожью. В инструкции это называлось «режим вибрации».

Кирилл схватился за карман и, путаясь непослушными пальцами, с трудом вытащил трубку.

— Выключи будильник, — пробормотала Настя, — надоел.

— Алло, — сказал Кирилл, — алло!

— Кира, добрый вечер, — заговорили в трубке бодро, — это мама.

— Мама? — переспросил Кирилл, наскоро приспосабливая губы к произнесению звуков.

— Мама. Где ты находишься?

— Я нахожусь в кровати, — сказал Кирилл, отчаянно пытаясь сообразить, что происходит, — я в ней сплю.

— Спишь?! — изумились в трубке, как будто он сказал, что пляшет голым на крыше небоскреба на Пятой авеню. — Как спишь?!

— Мама, что случилось? — Сквозь легкие и скользкие алкогольные тени в голове вдруг пробилось сознание, что ему звонит его мать, а время два часа ночи. — Мама!

— Мама пришла? — сонно спросила рядом Настя и натянула на голову одеяло.

— Кира, как ты можешь спать?! — воскликнула мать, и Кирилл понял, что опять ничего не понял.

Алкогольные тени стали пугающе быстро таять. Под ними оказались зазубренные горные пики, на которые он стремительно падал.

— Мама, что происходит? Что случилось?

— Ты что, не знал, что Зинаида должна сегодня родить?!

Какая Зинаида? Кого родить?

Со всего размаху он врезался черепом в горные пики, по всей голове разлетелись каменные осколки, но он стал соображать.

Зинаидой звали одну из сестер. Он понятия не имел, когда она должна родить.

— Мама, у вас проблемы? Почему ты звонишь ночью?

— Зинуша родила мальчика, — сообщила мать гордо, — у нас родился первый внук. Мы ждали, что ты приедешь.

— Куда приеду? — Он сел в постели, придерживая голову рукой, чтобы не отвалилась. Камни громыхали и перекатывались внутри. — Зачем приеду?

— Поздравить Зинушу и Виктора, разумеется. Не мог же ты и вправду забыть, что твоя сестра должна родить.

Ни о чем он не забыл. Он просто этого не знал.

— Приезжай, Кира, — добрым голосом говорила в трубке мать, — вся наша семья соберется. Все наши дети. Приезжай, сынок. Отец не возражает.

— Мам, все в порядке? — спросил Кирилл еще раз. Он так и не понял, зачем она звонит.

— Да-да, все отлично. Она родила, мальчик — богатырь. Четыре килограмма. Я уже всем позвонила, и все обещали утром приехать. Так что мы тебя ждем.

— Мам, я в отпуске, — пробормотал он, — далеко. Я не приеду. Ты... поздравляй ее от меня. И этого... как его... Виктора. Когда вернусь в Москву, я им пришлю подарок. Хорошо?

— Что — хорошо?! — переспросила мать, переходя в обычную для их разговоров друг с другом тональность. — Что хорошо, Кира? Это же твоя сестра, и она только что родила! Вся семья собирается вместе, а ты говоришь про какой-то подарок!

— Мама, я не в Москве. Я говорил тебе, что уезжаю в отпуск. Ты что? Забыла?

— Я тебе не поверила, — сказала мать совершенно серьезно. — Как ты мог уехать, если знал, что Зинуша должна родить?

— Но ведь это не я должен был родить!! — завопил Кирилл. — Два часа ночи, мама! Я сплю! Я выпил и сплю! Ты меня не слышишь?

— Ты пьян, — констатировала мать, — вот оно в чем дело. Ты пьян.

— Я *был* пьян, и мне было хорошо, — пробормотал Кирилл. Во рту было сухо. Так сухо, что казалось, сейчас лопнет кожа на небе. — Все, мам. Спокойной ночи. Если надо, я завтра могу ей позвонить. Поздравить.

— Куда позвонить? Она в больнице.

— Ну, когда выйдет из больницы. Все, да?

— Теперь ты стал пить, — произнесла мать тоном епископа времен святой инквизиции, обвиняющего очередную ведьму, — все к этому шло. Сначала деньги, потом заграница, теперь алкоголизм. Сына мы потеряли.

— Ну и бог с ним, с сыном, — проскулил Кирилл.

— Кира, ты должен бросить пить. Ты себя окончательно погубишь. Ты должен бросить пить, отказаться от своих денег и зажить нормальной человеческой жизнью. Ты гибнешь, Кира. Господи, все мои дети выросли нормальными людьми, и только ты один нас предал! Ты продал все идеалы за деньги, Кира, и теперь поплатишься. Ты еще горько пожалеешь, что не слушал нас, а мы...

— Мам, я не могу тебя слушать. Я спать хочу.

— Немедленно приезжай! — выкрикнула мать. — Приезжай или считай, что у тебя нет семьи, а мы будем считать, что у нас нет сына! В конце концов нам нужно объясниться. Ты должен пообещать, что не сделаешь деньги целью своей жизни. Ты должен пообещать, что сменишь работу. Ты должен понять, что есть вещи, куда более важные, чем материальная выгода.

— Мама, я все продал и всех предал. Последняя машина, которую я купил, стоит тридцать тысяч долларов. Следующую я куплю за пятьдесят, а потом за сто. Потому что это *моя* жизнь, мама! Потому что я уже пожил вашей, и я ее ненавижу! Не-на-ви-жу!!! Я вкалываю как бешеный с утра до ночи, а вы все сидите в помойке и толкуете друг другу, что деньги для вас не главное! Они не главное, когда они есть, мама! Вот для меня они почти уже не главное. Я могу жить как хочу, потому что для меня они много лет были главным! Они мне снились во сне — целые горы денег, и я хотел их больше всего на свете. И мне наплевать, что именно вы с отцом об этом думаете! И мне наплевать, если это не укладывается в ваше представление о порядочности!

— У меня больше нет сына по имени Кирилл, — сказала мать четко и ясно, — можешь забыть наш телефон и адрес.

— Пока, — попрощался Кирилл.

Нужно было срочно выпить воды, чтобы горячие камни не прожгли дыру в костях и не вывалились из головы на пол.

Откинув штору, он вышел на балкон, где стояли цветочные горшки и маленькое жестяное ведерце с грибом на голубой эмали. Дождь налил в ведерце воды, и Кирилл долго пил ее, отплевываясь от плавающих цветочных лепестков. Вода пролилась на грудь и живот, и ему полегчало.

— Что случилось? — спросила Настя, когда он шагнул в комнату. — Почему ты орал?

— Моя сестра родила мальчика, — буркнул он, — я ее поздравлял.

— Это она звонила?

— Звонила моя мать.

— А почему ты орал?

— Потому что я устал от них, — сказал Кирилл злобно и через голову содрал мокрую рубаху, — я устал от них, как только родился. Я никогда их не понимал, а они никогда не понимали меня.

— Почему?

— Настя, я не могу говорить об этом в три часа ночи. — Он с размаху сел на кровать. — Потому что я ненавижу бедность, а у меня всю жизнь были одни штаны. Я на танцы не ходил из-за этих проклятых штанов!

— При чем тут штаны?

— При том, что я не понимаю никакой идейной бедности!

— У вас была идейная бедность?

— У моих родителей восемь детей, — сказал он злобно, — у меня еще четыре сестры и три брата. Они, видишь ли, хотели много детей! Они так решили, когда поженились. Они задались целью воспитать совершенно особенных людей. Необыкновенных. Свободных от мещанских предрассудков. И воспитали кучу уродов. Меня в том числе.

— Ты не урод.

— У нас все было не как у всех. Новых детей не заворачивали в пеленки, потому что в дикой природе дети растут совершенно голыми. Они лежали голые и синие на коричневых клеенках, это я помню очень хорошо. Старшие дети должны были все делать согласно расписанию, составленному отцом. С утра мы выбегали во двор и делали зарядку — дождь так дождь, снег так снег. Когда я начал соображать, стал прикидываться больным, но отец был убежден, что свежий воздух лечит все болезни, и я тоже выбегал. Ты можешь себе представить, как посреди московского двора кучка сумасшедших зимой и летом делает приседания и обтирается снегом?! На нас смотрели, как на дрессированных макак, а мы знай себе приседаем! Дома у нас был турник, и, проходя под ним, каждый должен был три раза подтянуться. Шесть раз прошел, восемнадцать раз подтянулся. Дома никто не носил никакой одежды, только трусы. Это изобретение не моих родителей, а каких-то еще убогих, у которых тоже было штук пятнадцать детей, и они написали книжку про воспитание. Это очень вдохновило моих родителей. Они тоже решили писать, но почему-то не написали. Никогда в жизни у меня не было ничего своего, понимаешь? Я спал в чьей-то кровати, и накрывался чьим-то одеялом, и носил чьи-то штаны, и играл в чьи-то игрушки! А взаимовыручка! Я ее ненавидел! Отец считал, что старшие обязаны помогать и наставлять младших, а на самом деле мы просто друг друга лупили. За все. За кусок мармелада, за хлеб с маргарином и просто от злости, потому что *невозможно* жить вчетвером в тринадцатиметровой комнате. Ты хоть представляешь себе, что такое восемь детей и двое взрослых на двух зарплатах и пособиях?

— Нет, — призналась Настя, глядя во все глаза.

— Мы ели только кашу. Варили кисель из пачек. Шоколад не покупали никогда. Колбасу почти никогда. Когда хотелось машину, или медведя, или грушу, родители говорили, что все это совершенно лишнее. Человек не должен быть рабом вещей или еды. У матери одного моего одноклассника было три пары сапог. Я долго не мог понять, как это. Зачем одному человеку три пары сапог?! Нам всегда говорили, что мы живем хорошо и правильно, что мы растем свободными и счастливыми, но никто, кроме нас, не ходил в школу в фетровых ботах и не раздевался дома до трусов! А мы должны были раздеваться. Даже когда приходили из школы или из собеса, мы все ходили в трусах, включая отца. Мне было пятнадцать лет, когда я понял, что больше никогда не выйду из ванной в одних трусах! Был жуткий скандал, но поделать со мной ничего было нельзя, нас никогда не лупили, потому что родители считали, что лучший метод воспитания — это убеждение, а убедить меня уже было невозможно. Никто не жил так, как мы, и родители говорили, что все остальные живут неправильно, а я с трех лет был убежден, что это мы живем неправильно!

— Кирилл, успокойся.

— Мать всегда говорила, что главное — это чувство товарищества и наша дружба, но мы ни фига не дружили! Нам всего не хватало, мы из-за всего дрались. Мы сами пришивали себе пуговицы и штопали носки — трудовое воспитание! Можешь себе представить, как штопает одежду пятилетний ребенок? А мы ведь в ней потом ходили! Мы долго жили в трехкомнатной квартире — десять человек! А потом нам дали еще одну, тоже трехкомнатную на той же лестничной клетке, и мы бегали из квартиры в квартиру через площадку. Соседи нас ненавидели, потому что мы орали и шумели, но, по родительской теории, они жили неправильно. Они не знали, что мы равнодушны к мещанским ценностям, вроде тишины по вечерам и неприкосновенности личной жизни. Летом мы ходили в походы. Мы надевали рюкзаки и тащились на электричку, и ехали за сто километров от Москвы, и перли вдоль какой-нибудь реки дней десять. По утрам приседали, подтягивались на подходящей ветке, варили на костре кисель из пачек. Только в походе мы все спали в одной палатке и чесались, потому что от комаров не было никакого спасения. Я мечтал, чтобы меня отвезли к бабушке, но должен был идти в поход. Чувство товарищества и коллективизм! Бабушка топила печь. Отец бы ей запретил — в дикой природе ведь не топят печь, но тогда негде было бы готовить, а сырую картошку они есть почему-то не догадались. Бабушка укладывала меня у печки. Там был узкий лежачок, и я спал там один — больше никого нельзя было втиснуть. Я засыпал и мечтал, что вырасту, перееду жить в деревню и буду каждый день топить печь и греться около нее. Буду сидеть один и греться. Сколько захочу.

— Кирилл, прекрати.

Он перевел дыхание и огляделся.

Не было обшарпанной родительской квартиры, полной детей и облезлых спортивных снарядов. И бабушкиного деревенского дома тоже не было. И завтра утром никто не заставит его делать приседания на глазах у многотысячного московского двора.

Все в порядке.

Ночной ветер вздувал легкую штору, и с листьев капали тяжелые капли. Настя сидела, завернувшись в одеяло.

— Принеси мне попить, — попросила она, — что ты там пил?

— Воду из ведерка, — сказал он.

— Сойдет. Я поливаю из него цветы.

Он принес ведерко и подержал, пока она пила.

— Теперь ты с ними не дружишь? — спросила Настя, отдышавшись.

— Я никогда с ними не дружил. Попила или еще?

— Вообще говоря, они ни в чем не виноваты, твои родители. Просто они жили так, как им казалось лучше и проще.

— Настя, я не хочу это обсуждать. Мать сказала, чтобы я забыл номер их телефона, но это уже бывало. Если повезет, она не будет мне звонить месяца три. А потом все наладится. То есть она опять примется звонить и втолковывать про мои грязные деньги и капиталистический образ жизни.

— А сестра?

— Какая сестра?

— Которая родила.

— Я ее поздравлю. Вернусь в Москву и пришлю подарок.

— Ты думаешь, этого достаточно?

— Настя, я не поддерживаю с ними никаких отношений. Не могу. Не хочу.

— Когда ты захочешь, может быть, будет уже поздно.

— Вероятно. Или я не захочу. Ты так и будешь сидеть с ведром или можно его унести?

Она сунула ему ведро, и он вышел на балкон.

Капли гулко шлепались на крашеные доски, одна попала Кириллу на спину, и он поежился. Сад как будто вздыхал, и было совсем тепло. Утром опять придет жара. Листья легко прошелестели, и Кирилл, задрав голову, посмотрел на верхушки деревьев. Они стояли неподвижно и казались темнее темного неба.

Ветер?

Снова зашелестело, и он вдруг быстро присел, оказавшись за решеткой балкона.

Внизу по дорожке кто-то шел. Сквозь листву было не рассмотреть — кто, но Кирилл слышал шаги и слышал, как падали капли с потревоженной старой сирени.

— Ты что? — шепотом спросила Настя у него за спиной.

Он приложил палец к губам:

— Там кто-то есть. Внизу. Я слышу.

— Кто-то забрался в сад?

Кирилл покачал головой:

— Не знаю. Сейчас посмотрю. Сядь на кровать и сиди тихо.

Прошелестело уже довольно далеко, и Кирилл понял, что нужно торопиться.

Он перепрыгнул через решетку, повис, перехватил руками за нижнюю перекладину балкона, качнулся раз, другой и спрыгнул в траву. Ему не хотелось, чтобы утром на песке отпечатались две его босые ступни, как буква «аз» в книге первопечатника Ивана Федорова.

Человек ушел в глубину сада, к старой калитке, которая выходила в душные густые кусты, продолжение какого-то парка. Ею редко пользовались. Муся на своем велосипеде предпочитала делать круг, чтобы заехать в ворота.

Кто мог среди ночи забраться в сад? Воры? Даже ворам вряд ли бы хватило ума тащиться грабить дом, полный народа. А что можно украсть из сада? Лопату? Не слишком гнилое бревно, которое Кирилл собирался найти, да так и не нашел?

В траве стояли лужи, которые чавкали под ногами, и Кирилл стал пробираться осторожней. Он ничего не видел, кроме темных веток, и ничего не слышал, только капли глухо падали в мокрую траву.

Куда ушел человек?

Впереди что-то хрустнуло, и Кирилл замер.

Человек не ушел. Он был впереди и, очевидно, тоже остановился, прислушиваясь.

Кирилл не шевелился. В верхушках деревьев по-ночному тревожно прошелестело, и его с ног до головы обдало холодными каплями. Он смахнул воду с лица и снова замер.

Ничего.

Кирилл оглянулся на темный дом, почти не видный за деревьями. Света нигде не было, и отсюда невозможно было разобрать, открыта или закрыта дверь, выходящая на садовое крыльцо.

Шаги раздались снова, гораздо отчетливее, чем раньше, очевидно, человек решил, что отошел уже достаточно далеко и теперь в безопасности. Кирилл тоже двинулся вперед, наступил на какую-то палку и чуть не взвыл от боли.

Впереди за кустами мелькнуло желтое пятно света. Мелькнуло и пропало, выхватив из темноты черную плотную густоту веток и листьев, за которой сидел Кирилл.

Быть партизаном оказалось непросто.

Свет опять мелькнул, и Кирилл стал пробираться поближе, чтобы хоть что-нибудь рассмотреть.

Послышались приглушенные голоса и еще один странный звук, который Кирилл не смог разобрать. Голосов тоже было не разобрать. Говорили двое, но кто?

Пролетел ветер, обдав его водой с ног до головы, но в этом ветре послышалось еще что-то, заставившее его оглянуться. Дом почти скрылся за деревьями. Только крыша серебрилась под редкими звездами. Где-то там, в глубине этого дома Настя сидит на своей огромной кровати и напряженно, до звона в ушах слушает тишину.

Что в ней происходит, в этой тишине?

Кирилл подобрался еще поближе, хотя так и не видел к кому. Голоса звучали отчетливей, но слов он расслышать не мог. Ему показалось только, что один голос несколько раз произнес что-то вроде «в последний раз».

И вдруг все смолкло. Мелькнул быстрый желтый свет.

Кирилл стал осторожно раздвигать ветки, но ничего не увидел, кроме черных кустов и отвесной стены деревьев с той стороны сада.

Над головой у него как будто что-то коротко свистнуло, и от удара в затылок он уткнулся лицом в черную траву, мельком удивившись, почему это вдруг трава со всей силы бросилась ему в лицо.

Он пришел в себя довольно быстро и несколько секунд пытался сообразить, что произошло.

Его стукнули по голове, вот что.

Он все прекрасно помнил: свою игру в партизан, мелькающий свет, шелест в кустах и темную громаду дома за спиной.

А потом он получил по голове. Идиот.

Он осторожно сел, проверяя себя на целость и сохранность. По лицу что-то текло, он потрогал ладонью, пытаясь определить, кровь или грязь. В затылке было тяжело, и казалось, что в голову напихали чего-то лишнего.

Вот вам и гениальный сыщик. Мало того, что он позволил кому-то стукнуть себя по голове, он еще обнаружил перед неведомым противником свои интересы. Он так ничего и не узнал, зато противник теперь определенно в курсе, что Настин ухажер за ним следит.

Он испортил все, что только можно было испортить.

Кирилл встал на четвереньки и выбрался из кустов, не заботясь больше ни о какой конспирации. Даже если за ним кто-то наблюдает, это ничего не изменит.

Если только он не должен умереть прямо на садовой дорожке.

Умирать Кириллу Костромину не хотелось.

Стараясь не оглядываться и не бежать, он дошел до дома и поднялся на садовое крыльцо. Дверь была заперта. Значит, тот человек уже вернулся в дом. Или вообще вышел не из дома.

Кирилл запрокинул голову и посмотрел на Настин балкон. Балкон был в неизмеримой дали, и он не представлял себе, как на него залезть.

Очевидно, удар по голове был довольно сильным.

Кирилл забрался на шаткие перильца крыльца и постоял, балансируя и отчаянно пытаясь не свалиться. Потом, придерживаясь рукой за стену, дотянулся до нижней перекладины балкона и повис на ней, болтая ногами.

Каждый, кто проходил под турником, обязан был три раза подтянуться. Шесть раз прошел — восемнадцать раз подтянулся.

Он оттолкнулся от стены, перехватил руками и перенес себя через решетку балкона. На той стороне он угодил прямиком в цветочный горшок, который покатился по крашеным доскам с грохотом идущего в атаку танка.

— Кирилл!

— Тихо! Не кричи.

— Что с тобой?! Что ты там делал так долго?!

— В луже лежал. Только не кричи ради бога!

— Господи, ты же весь грязный! Что у тебя с лицом?!

— Я упал, — сказал Кирилл, — и еще наступил в какие-то твои цветы. Мне нужно в душ.

— Проводить тебя? — спросила Настя дрогнувшим голосом, рассматривая его, как будто он только что неожиданно вернулся с передовой.

— Не надо меня провожать. Я сам дойду. Где мои штаны?

Ему было неловко перед ней и стыдно, что неизвестный противник переиграл его и он теперь должен смывать с физиономии грязь, ощупывать свою шишку и делать вид, что так и надо, будто это просто часть его хитроумного плана.

Настя протянула ему джинсы.

— Кто там был?

— Не знаю. Я так и не понял. Не смотри на меня с таким ужасом. Ничего не произошло.

— Я тебя все-таки провожу.

— Нет. Сиди здесь. Я приду через пятнадцать минут.

Под действием горячей воды то лишнее, что было у него в голове, как-то уменьшилось, но все-таки много лишнего еще осталось. Он пощупал — ничего особенного, просто шишка, надувающаяся, как детский воздушный шарик.

Он натянул джинсы, выключил свет и осторожно пошел по темному коридору, останавливаясь у каждой двери.

У Светы было темно и тихо. Владик бодро похрапывал.

И что это означает?

Ничего.

Кирилл спустился по лестнице и постоял, прислушиваясь. Тишина, только дом вздыхал во сне — поскрипывал половицами, подрагивал сухими цветами в мавзолейных вазах.

Свет нигде не горел, и Кирилл подумал, что за стеной человек, которого он не увидел, так же, как он, напряженно прислушивается к тишине, а может быть, стоит у двери, прижавшись ухом и выжидая.

В замочную скважину двери, которая выходила на садовое крыльцо, был вставлен ключ.

Так он никогда не разберется в этом проклятом деле!

Он наклонился — по голове прошел колокольный звон — и стал шарить руками по полу. Где-то здесь должна быть куча старой обуви, в которую все суют ноги, когда выходят из дома, чтобы не тратить время на шнурки и застежки. Он перебрал почти все, когда наткнулся на совершенно мокрую старую кожу.

Значит, человек все-таки выходил именно здесь.

Кирилл потянул башмак за пятку, пытаясь определить хотя бы, женский он или мужской, и в жидком предутреннем свете понял, что это старые демисезонные туфли, которые носила Нина Павловна.

Черт.

Он вернул башмак на место и бесшумно поднялся по лестнице. Посреди темного коридора маячило белое привидение в саване.

Кириллу вдруг стало нечем дышать, и он схватился за перила, чтобы не покатиться с лестницы назад.

— Где ты ходишь?! — прошипело привидение. — Я тебя жду, жду!

Дыхание вернулось к нему, и, схватив Настю за руку, Кирилл потащил ее за собой в комнату.

— Зачем ты вышла? Я же тебе сказал — сейчас приду!

— Тебя нет и нет. Вот я и вышла. Зачем ты ходил вниз?

— Дверь проверял. Все заперто. Еще я нашел мокрые ботинки.

— Какие мокрые ботинки?

Кирилл стащил джинсы и с наслаждением лег на кровать. Его голове горизонтальное положение явно подходило больше, чем вертикальное.

— Под дождь сегодня... вчера вечером попали только мы с тобой. Все остальные были дома. Если ботинки мокрые, значит, кто-то выходил после дождя. Сергей выходил провожать Мусю, но у него белые кроссовки и стоят у главного крыльца, с которого Муся выходила. У садового крыльца только одна пара мокрых ботинок.

— Чья?

— Твоей тети Нины, — буркнул Кирилл, — и не переживай, это на самом деле ничего не значит. У Владика и твоего отца какой размер обуви?

— У папы сорок первый, а про Владика не знаю.

— Зачем нужно было тащиться в сад? — сказал Кирилл задумчиво. — Для чего? Почему нельзя было поговорить днем и где-нибудь в третьем месте? Что за идея — ночью выбираться из спящего дома, осторожничать, чтобы никого не разбудить, прятаться, а потом еще лупить меня по голове!

— Тебя... ты... тебя лупили по голове? — с трудом выговорила Настя и села, как будто у нее подкосились ноги.

— Меня ударили по голове, — поправил Кирилл, морщась. Уязвленное самолюбие тоже сделало кислое лицо, напоминая ему о том, как он попал впросак.

— А дальше? Что было дальше?

— Я упал мордой в грязь. Все. Больше ничего не было. Плохо только, что теперь противник знает, что я им интересуюсь. До сегодняшней ночи я был просто охотник за приданым. А теперь он будет осторожней.

— Или она, — сказала Настя.

— Или она, — согласился Кирилл.

Настя пристроилась рядом с ним, побрыкала ногами, расправляя одеяло, и положила на себя его руку. Ему немедленно захотелось спать так, что в глазах все поплыло.

— Может, мне поговорить с Сережей? А, Кирилл? Рассказать про фен, и про бабушку, и про то, что мы думаем, что она не просто так уронила его в воду? И спросить про эту дурацкую книгу?

— Не смей, — пробормотал он, старательно

тараща слипающиеся глаза, — а если это он? Ты станешь опасна, и он от тебя избавится. Завтра я...

— Что?

Но он молчал. Настя приподнялась и посмотрела на него. Он дышал ровно и почти неслышно, и рука, которую она положила на себя, стала очень тяжелой.

Она осторожно потрогала его голову, пытаясь определить размеры ран, но ничего не обнаружила.

Кто? Кто ночью ходит по ее саду и затевает что-то непонятное и страшное? Кто из близких и дорогих способен на преступление?

Откуда ждать удара? Когда он будет нанесен?

Настя лежала, рассматривала полог, слушала тишину дома, а потом заплакала и плакала, пока не рассвело.

Кирилл проснулся в двенадцать часов, да и то только потому, что Настя тянула его за ногу и что-то громко говорила. Со сна он не мог разобрать — что именно.

Голова болела так, что хотелось сунуть ее под какой-нибудь пресс, чтобы сдавило как следует и она болела бы не так сильно.

Похмелье?

Ах, да. Вчера ночью в саду его стукнули по затылку.

— Насть, подожди, — попросил он, плохо слыша себя, — я ни слова не понимаю.

— Голова болит? — спросила она, стоя в ногах кровати. Хоть бы подошла и пожалела его, что ли!

— Болит, — признался он жалобно, надеясь, что она подойдет и пожалеет. — Очень.

— У тебя мобильный телефон раз пять звонил. Я сунула его за диван. А семье сказала, что ты вчера бутылку виски выпил и теперь встать не можешь.

При мысли о вчерашнем виски Кириллу стало совсем худо.

— Мы его вместе пили, — с трудом выговорил он.

— Принести тебе кофе?

— Нет! — Только кофе ему не хватало! — Нет, спасибо. Я сейчас встану, схожу в душ и... съем чего-нибудь.

— Три корочки хлеба? — спросила Настя, не приближаясь.

Он оскорбился:

— Разве ты не должна ухаживать за мной и стать мне родной матерью? В конце концов, у меня был несчастный случай на производстве.

Настя улыбнулась, подошла поближе и потрясла его ногу, завернутую в одеяло.

— Как орудие производства? Болит?

— Болит, — признался Кирилл, — даже встать страшно.

— Принести аспирин? У мамы, наверное, есть. Или у Сони? Давай я принесу. Ты полежи пока спокойно, не вставай, я сейчас.

Лучше бы она его поцеловала. Впрочем, нет, не лучше. Он зарос щетиной по самые глаза, на затылке у него шишка, а вчерашний перегар можно поджечь и стать лучшим за всю историю человечества исполнителем номера «Глотатель огня».

Кирилл Костромин всегда старался выглядеть пристойно в глазах окружающих.

Едва Настя вышла, он поднялся и, охая, как больной старик, напялил джинсы и вынул из гардероба чистую майку. Он был уверен, что ему поможет душ, но до него нужно было еще добраться.

Приглушенно зазвонил мобильный, и Кирилл долго пытался сообразить, где он, и не сразу вспомнил, что Настя говорила что-то про диван. Телефон нашелся под толстой диванной подушкой.

Звонил Игорь Никоненко.

— Слушай, Кирилл, — начал он, едва поздоровавшись, — я думал, что от этого твоего Института патентоведения с ума сойду. Там сто подразделений, одно другого хуже. Светлана Петруничева работает в архиве группы патентных поверенных. Обычный работник, не хуже и не лучше других. В архиве самая молодая. Ничего особенного за ней не числится.

— Никакой уголовщины, ты это имеешь в виду? — спросил Кирилл, неуверенно пристраивая голову к вышитой подушечке. Держать ее самостоятельно он был не в силах.

— Никакой. А что? Должна быть уголовщина?

— Я не знаю.

— Ты там только самодеятельностью не занимайся, — проворчал Никоненко, понизив голос, — вы с Пашей очень любите, я знаю. Зачем она тебе, эта Петруничева?

— Мне просто нужно выяснить кое-какие обстоятельства, — объяснил Кирилл туманно.

— Ну да, — согласился Никоненко. — Есть одно обстоятельство, но оно к твоей Петруничевой прямого отношения не имеет.

— Какое?

— У этой группы патентных поверенных есть начальник. Его зовут Петр Борисович Лялин. Сорок пять лет, на этой работе три года. Во всех отношениях положительный мужчина.

— Ну и что?

— Месяца три назад внезапно разбогател. Зарплата у него что-то около трех с половиной тысяч русских рублей, а он себе недавно машинку купил. «Шкода-Октавия», тысяч за пятнадцать североамериканских рублей. И сделал все как-то не слишком грамотно, налоговики по крайней мере проявили интерес.

Кирилл отодрал голову от подушечки и разлепил глаза.

— И что?

— Больше ничего не знаю, Кирилл. Честно. Я даже сегодня с утра звонил Леве Захарову в Питерскую налоговую полицию. Он мне сказал, что у них висит какая-то мутная история с торговой маркой «Красно Солнышко», и в этой истории вроде бы замешана эта группа патентных поверенных, но, что за история, не рассказал. Вот и все. То ли сам не знает толком, то ли еще что-то.

— Спасибо тебе, капитан, — сказал Кирилл, добавив в голос побольше чувства.

— Я уже неделю как майор, — пробормотал Никоненко. — Так что звони, Кирилл. И самодеятельностью все-таки не занимайся.

Кирилл только и делал в последнее время, что занимался какой-то непонятной самодеятельностью, но Никоненко он на всякий случай пообещал ничего такого не делать.

Ему нужно было подумать. Для этого требовались две вещи — сигареты и голова. Ни первого, ни второго в данный момент в наличии не было.

Сигарет можно стрельнуть у Насти, а голову попробовать оживить при помощи душа.

Он добрел до ванной, стащил одежду, что тоже потребовало небывалых усилий, и бессмысленно покрутил все краны, старательно отводя глаза от зеркала. Он был уверен, что собственная отекшая, желтая щетинистая физиономия приведет его в еще худшее расположение духа.

Наконец ему показалось, что воду удалось открыть, и, придерживаясь за стену, он шагнул в застекленную кабинку душа.

Ай да бабушка! Ай да научная сотрудница Русского музея!

Даже в квартире Кирилла Костромина ванная был просто ванной. В ней, конечно, располагалась масса новомодных экзотических штучек, вроде джакузи, черного кафеля и широколистных тропических цветов, но отдельной душевой кабинки у него не было. А у бабушки была.

Жесткие водяные струи лупили Кирилла по голове, возвращали возможность думать.

Он совсем выпустил из виду вопрос, который пришел ему в голову одним из первых, — на какие деньги бабушка божий одуванчик жила пятьдесят лет после ареста мужа? Явно не на зарплату старшего научного сотрудника и вряд ли на гонорар от французского путеводителя.

Если у нее были деньги — а деньги у нее явно были! — то где они? Кому она их оставила? Она умерла от несчастного случая — или не от случая, — но смерть ее была внезапной и неожиданной. Даже если денег осталось мало, все равно они должны быть, она ведь не собиралась немедленно умирать!

Она помогала Соне, поддерживала Владика, содержала домработницу, устраивала в ванной душевую кабинку и назначала любимой внучке Насте встречи в дорогих кофейнях — и так из года в год. Все так и продолжалось бы, если бы она не умерла.

Тогда где же деньги?

Логично, что она не упомянула их в завещании — она не собиралась их завещать, она собиралась на них жить так же легко и свободно, как всегда.

Может, они зарыты в саду, в полном соответствии с романами Роберта Льюиса Стивенсона? И ночной противник, ударивший Кирилла по голове, собирался их выкопать?

Кирилл хрипло засмеялся и поперхнулся агрессивной горячей водой.

Странно, что этот вопрос не заботит никого из родственников. Или заботит, только гениальный сыщик этого не замечает? Или все они всерьез считают, что бабушка жила на пенсию и еще на то, что оставил ей чрезвычайно экономный дедушка, арестованный в сорок девятом году?

Кирилл добавил холодной воды и постоял, привыкая. Потом добавил еще.

Он должен осторожно выспросить у всех по очереди, нет ли каких-то семейных легенд о кладах и драконах, и, если есть, попытаться определить, кто интересовался ими в последнее время.

Он должен узнать как можно больше о группе патентных поверенных, в которой работает красотка Света, и о скандале с торговой маркой... как ее там? «Любо-дорого»? Нет, «Красно Солнышко».

Он должен выяснить, кто звонил Соне вчера вечером со Светиного мобильного телефона. Он должен выяснить, сколько на самом деле стоит ожерелье.

Он должен выяснить, кто прячется в соседнем доме. Он предполагал все, что угодно, и ему даже думать не хотелось, как именно он станет подтверждать свои подозрения.

Зря он хвастался Насте своим недюжинным умом.

Вода, бившая ему в лицо, стала совсем ледяной, и он мужественно терпел несколько секунд, прежде чем выскочить из-под душа.

Кожа из сухой и горячей превратилась в прохладную и упругую, в голове все расправилось и определилось, и можно было жить дальше. Кирилл очень гордился умением приводить себя в порядок.

Он перешагнул порожек душа, всем телом чувствуя вернувшуюся радость бытия, и кофе ему захотелось, и яичницы с сосиской, и еще чего-нибудь, такого же бодрого и утреннего, когда дверь в ванную широко распахнулась, и на пороге появилась красотка Света.

— Вот вы где, — сказала она с веселым злорадством, — а я вас везде ищу!

От неожиданности Кирилл не сразу сообразил, что должен делать и как именно ему теперь спасаться, а когда сообразил, Света уже величественно шагнула в ванную.

— Настя говорит, что у вас похмелье, — сообщила она, разглядывая его, — я вам аспиринчика принесла. Хотите аспиринчика?

Кирилл засуетился, полотенце куда-то подевалось, джинсы лежали слишком далеко, он дернул на себя чей-то халат, свалил его на пол вместе с хлипкой вешалкой, под халатом наконец обнаружилось полотенце, которое он судорожно обернул вокруг себя под безудержный Светин смех.

— Вам никто не говорил, что нельзя входить в ванную, когда там чужой мужчина? — Он отчаянно старался говорить со спокойным достоинством, но у него не получалось.

— Да ла-адно! — и Света махнула наманикюренной ручкой. — Мы с вами свои люди. Почти родственники.

— Я вам не родственник.

Внезапно она стала его раздражать.

Он не дрессированный пудель Артемон. Фокусы для уважаемой публики показывать не желает и демонстрировать предсказуемую реакцию тоже не станет.

Света подошла поближе и помахала у него перед носом блестящей упаковкой.

— Аспирин! — провозгласила она. — Хотите? Ему показалось, что она сейчас скажет: пляшите.

— Нет, — сказал он, — не хочу. Спасибо.

После чего решительно подошел к зеркалу, потеснив Свету голым плечом, размотал полотенце и стал вытирать голову.

— Как там погода? — спросил он, выглянув из полотенца. — Вроде опять жарко?

— Жарко, — согласилась Света после некоторой паузы и вдруг отвела глаза. Кирилл усмехнулся.

— Жаль, что мы с Настей все проспали, — продолжил он светским тоном. Бросил полотенце и стал причесываться. — У меня, знаете ли, есть мечта. Мне хочется увидеть, как начинают работать фонтаны. Настя обещала меня сводить. Вы когда-нибудь видели, как включают фонтаны?

Он аккуратно пристроил щетку на стеклянную полку, повернулся к Свете и попросил:

— Подайте мне, пожалуйста, мои штаны. Они прямо у вас за спиной.

После чего она пулей вылетела из ванной, и Кирилл понял, что этот сет он выиграл «всухую». Нет, «в мокрую», но выиграл.

Чувствуя себя гордым победителем, он натянул джинсы и майку, спустился вниз и был остановлен Ниной Павловной, которая сказала строго:

— Что это такое? Настя говорит, что вчера вы напились!

— Доброе утро, — пробормотал Кирилл.

— Доброе. Вы что? Алкоголик?

— Я? — удивился Кирилл.

— Не притворяйтесь! Я знаю, что вы вчера вдвоем с Сергеем выпили бутылку виски. Вы что? С ума сошли?

— Я не сошел, — признался Кирилл, придя в замешательство.

Он точно знал, что вчера они выпили эту проклятую бутылку вдвоем с Настей, а не с Сергеем.

— Мой сын никогда не позволял себе напиваться, а тут вдруг напился! Это вы его заставили?

— Да с чего вы взяли, что он напился?! Мы просто...

— Настя сказала, — заявила Нина Павловна. — Послушайте, молодой человек. Мы все более или менее смирились с вашим присутствием в этом доме. Больше того, вчера мне очень понравилось, что вы... защитили Соню от нападок тети, но это не означает, что вы можете тут заниматься всякими безобразиями да еще впутывать в них Сергея.

Кирилл смотрел на нее во все глаза. К такому повороту событий он не был готов.

— Нина Павловна, чайник вскипел, — выглянув из кухни, сказала Муся и улыбнулась Кириллу, — хотите кофе, Кирилл?

Настя скатилась со второго этажа и схватила его за руку.

— Что ты на него напала, тетя Нина? — затараторила она, не глядя на него. — Все в порядке. Кирилл, что ты хочешь, овсянку или омлет?

— Ты еще будешь его ублажать! — закатив глаза, простонала Нина Павловна.

— Не ублажать, а кормить. Поджарить омлет, Кирилл?

— Пусть сем себе жарит, — распорядилась Нина Павловна и пошла к двери.

— Кто надевал мои туфли? — заговорила она уже оттуда. — Они же совсем мокрые! Мне теперь не в чем выйти!

— Мы что, напились вдвоем с Сергеем? — спросил Кирилл у Насти.

— Не могла же я сказать, что ночью пила с тобой виски! — нервно оглядываясь, зашептала она. — А ты как будто не понимаешь! Сделал такое лицо, что я чуть в обморок не упала!

— А зачем говорить-то? — продолжал Кирилл. — Ну пила и пила, им-то что за дело?

— Кирилл, замолчи. Ты не знаешь мою семью. Хорошо, что мама ничего не унюхала, она бы потом со мной неделю воспитательную работу проводила.

«Всемилостивый святой Петр, избави меня от жизни в большой семье, — подумал Кирилл. — Я уж лучше как-нибудь сам по себе».

Настя налила ему большую кружку горячего кофе и стала взбалтывать омлет в керамической мисочке. На громадной плите в плоском медном тазу кипело варенье, и пахло летом, черной смородиной, жарой — всем самым лучшим, что только есть в жизни.

— Что ты так смотришь? — спросила Настя и вылила омлет на сковороду. — Хочешь варенья?

Когда на этой самой кухне они пили кофе в первый раз, она плакала, и ночь за окнами была черна, и дом был суров, нелюдим и мрачен. А сейчас — распахнутые окна, солнечный свет на плиточном полу, веселый начищенный бок медного таза, близкие голоса в саду, и кофе кажется совсем не горьким, и лета осталось еще много, и жизнь продолжается, и, может быть, все будет хорошо.

От Питера до Москвы всего семьсот километров.

Он терпеть не может большие семьи.

Он никогда не рассказывал девицам о своем детстве и ни с кем из них не выпивал на двоих бутылку виски на ковре перед камином.

Он поставил на стол свою кружку, подошел к Насте, которая сосредоточенно смотрела на омлет, собрал в кулак ее волосы и потянул к себе.

— У тебя здесь есть Интернет? Или придется опять в Питер ехать?

— Есть. Дозвониться сложно, но можно попробовать. А что? Тебе нужно работать?

— Я в отпуске не работаю принципиально. — Гладкие волосы у него в ладони скользили и блестели, как будто перетекали между пальцами. — Мне нужно кое-что посмотреть.

— Давай посмотрим, — согласилась она и ловко переложила омлет в коричневую плоскую тарелку. Оглянулась по сторонам и продолжила шепотом: — Я утром ходила к дальней калитке и нашла в кустах доску. Я думаю, что тебя стукнули именно этой доской. Голова болит?

— Нет.

— Ты врешь.

— Я не вру. Тебе вовсе незачем было таскаться в кусты. Не нужно никому демонстрировать свою осведомленность и заинтересованность.

— Меня никто не видел.

— Я тоже думал, что меня никто не видит, когда сидел в кустах, — возразил Кирилл сухо, — тем не менее по голове получил. Настя, все серьезнее, чем нам кажется. Намного. И еще я думаю, что времени у нас мало.

— Что это значит?

— Тот человек теперь знает, что я за ним слежу. Он может думать, что я засек его случайно, когда курил на балконе, а может считать, что я его выследил. Он начнет действовать решительно, а мы пока не представляем себе, что это будут за действия.

Он доел омлет и налил себе еще кофе. Пожалуй, Настин кофе вполне можно пить, а не только использовать для утопления грешников.

— А Соня что?

— Ничего. Вяжет тете Александре пояс от радикулита. Про ожерелье молчит, как будто его вовсе нет. Владик острил утром, но папа велел ему заткнуться.

— Заткнуться? — переспросил Кирилл.

— Ну... не совсем заткнуться, но он сказал, чтобы Владик от нее отстал. Он и отстал.

— Насть, — спросил Кирилл, — а что за истории о том, будто бабушка отравила деда, чтобы закрутить роман с Яковом? Откуда Владик вообще это взял? Это что, когда-то обсуждалось или кто-то вспоминал? Он же не мог просто так придумать?

— Не было никакого романа! — ответила Настя сердито. Вскочила и помешала варенье длинной деревянной ложкой. — Конечно, он все придумал! Он все время врет и выдумывает.

— Что он врет и выдумывает?

— Все! Как-то выдумал, что на работе у них была лотерея и он выиграл машину. Конечно, никакую машину он не выиграл, а все придумал.

— Зачем?

— Я не знаю! Наверное, ему это нравится. И про бабушку с Яковом он тоже все придумал. Я помню, когда мы были маленькие, бабушка рассказывала нам, какой он был герой на войне и все такое. Про деда она никогда не рассказывала. И еще она говорила про ту девочку, которая у нас жила, что мы не должны ее обижать, она нам почти что родственница и жизнь у нее очень трудная.

— Про внучку Якова?

— Ну да. Никто теперь даже не помнит, как ее звали.

— А почему у них была трудная жизнь? Разве у твоей бабушки с двумя детьми жизнь была легче?

Настя достала из пузатого буфета синее блюдце и стала снимать пенки с варенья, иногда останавливаясь и постукивая ложкой.

— Не знаю, Кирилл. Ты задаешь вопросы, которые никогда не приходили мне в голову. Она не жаловалась на жизнь. И не рассказывала никаких историй, знаешь, про блокаду, про голод, хотя она все это пережила и в блокаду потеряла всю семью. Они в Александро-Невской лавре похоронены. Прадед, прабабушка и бабушкин братик, ему всего лет десять было, когда он умер. Бабушка как-то выжила. А тетю Александру накануне войны увезла к себе в Сибирь другая прабабушка. Ей тогда годик был или около того. Она маленькая сильно болела, решили, что ей климат не подходит, и увезли. И она осталась жива. И бабушка осталась жива. Когда бабушка вышла замуж, Александра стала жить с ней и с дедом.

— Черт побери, — сказал Кирилл, — выходит, детей было не двое, а трое?

Настя печально посмотрела на него:

— Ну да.

— А почему они ссорились? Твоя бабушка и тетя Александра?

— Тетя считала, что бабушка живет как-то слишком легко. Бабушка и вправду никогда не грустила, не носила темных платков и довоенных платьев. У папы и тети Нины всегда была нянька, а бабушка ездила в Кисловодск, потом купила машину и поехала в Крым, любила одеваться, любила поесть, ничего не боялась. Она говорила, что она свою дань заплатила, больше с нее никто ничего не смеет требовать.

— В каком смысле?

— В смысле деда. Она считала, что у нее забрали самого дорогого человека — мужа. Ты знаешь, по-моему, она его очень любила. Он умер, когда ей было двадцать девять лет. Как мне. Замуж она больше никогда не выходила, и романов у нее никаких не было. Она говорила, что эта часть жизни перестала ее интересовать, когда не стало деда.

— Он был намного старше?

— Не очень. Лет на десять.

— А Яков?

— Что Яков?

— Ты что-нибудь знаешь про его семью, про его дочь... как ее? Галя? И почему его книги оказались в шкафу твоей бабушки?

— Какие книги, Кирилл?

— Арабские. Арабские книги, которые бабушка завещала Сергею, когда-то принадлежали Якову. Почему он оставил их в доме твоей бабушки, а не в своем? Может, он ее любил? Безответно?

— Я не знаю. — Настя покрутила ложкой в варенье и решительно выключила газ. — Она никогда не рассказывала ничего подобного. А почему ты стал про все это спрашивать?

— Я хочу понять, что произошло, — объяснил Кирилл терпеливо. Он ополоснул под краном чашку и поставил ее на полку. — Я пока не понимаю. Я не понимаю, на что она жила и где теперь эти деньги. Она не оставила денег никому из родственников, потому что она не собиралась умирать и они были нужны ей самой. Что это за деньги? Где они? Сколько их?

Настя смотрела на него растерянно.

— Господи боже мой, — выговорила она наконец, — ты бы лучше узнал, кто стукнул тебя по голове. Это явно была не бабушка. И не Яков.

— Я узнаю, — пообещал Кирилл. — У тебя есть срочные дела? Если нет, подключись к Интернету, а я приду минут через двадцать.

— Я не поняла, — сказал Настя язвительно, — ты мной распоряжаешься?

— Распоряжаюсь, — согласился Кирилл, — я распоряжаюсь, а ты меня слушаешься. Кстати, ты Сергея не забыла предупредить, что это он со мной вчера напился?

— Нет, — буркнула Настя, — не забыла.

— Молодец. А про то, что меня по голове стукнули, никому не говорила?

— Не говорила. Я же не совсем ненормальная.

Он поцеловал ее долгим поцелуем, который моментально напомнил им обоим, что ночь они провели совершенно бездарно, а до следующей далеко, и он ушел.

Настя накрыла варенье чистой салфеткой, чтобы не забрались мухи, и улыбнулась человеку, попавшемуся ей на пороге кухни.

Человек проводил ее глазами.

Удалось услышать только часть разговора, и эта часть показалась ему тревожной.

Почему они говорили о старухиных деньгах? Любимой внучке мало оставленного дома, и она намеревается еще подобраться к деньгам? Если так, ей придется столкнуться с серьезным противником. Она даже не подозревает, насколько серьезный противник стоит у нее на пути.

Ее нужно опередить. Сегодня же.

Если все выяснится, от нее можно будет избавиться быстро и легко.

Как только ее кавалер куда-нибудь исчезнет, она поедет в город и больше не вернется.

И никто — никто! — не сможет тогда помешать.

— Вам что-то нужно? — сухо спросила Нина Павловна из кустов. — Вся смородина мокрая. Кому нужна такая прорва смородины? Когда была Зося Вацлавна, она ее сушила и отправляла каким-то родственникам. А мы что станем с ней делать?

— А куда делась Зося Вацлавна? — спросил Кирилл. Крупные черные грозди, больше похожие на виноград, чем на смородину, были влажными и теплыми. Кирилл сорвал веточку и объел с нее ягоды.

У его бабушки смородина была мелкой и твердой, как сухой горох. У братьев и сестер не хватало терпения дожидаться, когда она созреет, и они, как козы, обгладывали бедные ветки, пока они были еще зелеными, а потом мучились животами.

Зато они были детьми, свободными от мещанских ценностей.

Интересно, сестра Зинаида своего ребенка тоже станет держать голого на коричневой клеенке и обливать холодной водой «для закаливания» или ей хватит ума купить ему фланелевый комбинезон, уютного зайца и памперсы?

— Зося Вацлавна? — переспросила Нина Павловна с удивлением. — Мама с ней рассталась. А почему она вас интересует?

— Просто так, — сказал Кирилл. Он набрал полную горсть смородины и высыпал ее в круглую корзину, стоявшую тут же. И стал набирать следующую.

Нина Павловна внимательно смотрела на него.

— Ваш сын стал учить арабский язык, потому что так хотела бабушка?

— Она давала ему какие-то книжки, когда он был еще маленький. Красивые книжки с картинками. Они ему нравились, и он, когда вырос, стал учить язык.

— Она хотела, чтобы он учил именно арабский язык?

— Да ничего она не хотела! Просто ей нравились красивые, необыкновенные профессии. У вас много знакомых, которые говорят по-арабски?

— Нет.

— Ну вот. Ей казалось, что это очень шикарно — говорить по-арабски. И она Сережку приохотила.

— А как вообще эти книги попали в ваш дом?

Сергей сказал, что они принадлежали Якову и он боялся, что они пропадут.

— Наверное, так оно и было.

— А почему он не оставил их собственной семье? У него же была семья? Я даже фотографии видел, Настя мне показывала.

— Не знаю, — сказала Нина Павловна задумчиво, — у него была совсем другая семья. Не такая, как у мамы с папой. У мамы все родственники военные врачи, профессора, в Германии учились, дети на трех языках говорили. А Яков свою жену привез из командировки, то ли из Мордовии, то ли из Вятки. Очень простая женщина. Я даже не знаю, добрая она была или нет. Обыкновенная женщина.

— А почему он на ней женился, раз уж она была такая обыкновенная и простая?

— Откуда же я знаю? — как будто даже обиделась Нина Павловна. — Я тогда еще не родилась. А мама об этом никогда не рассказывала. Она к жене Якова относилась покровительственно и немного свысока. Помогала ей, когда папу и Якова арестовали.

— Нина Павловна, а на что вы жили, когда арестовали отца? И потом, когда он умер?

Нина Павловна вылезла из смородины и вытерла черные руки о шорты.

— Почему я должна отвечать на все эти вопросы? — сама у себя спросила она, но все же ответила: — После папы что-то оставалось. По крайней мере, так говорила мама. Его арестовали, был обыск, и здесь, и в городе, но ничего не нашли, и имущество не конфисковали. Когда я была маленькая, мне нравилось думать, что мама нашла клад.

— Что?! — переспросил Кирилл.

Ему моментально представилась его ночная одиссея, шорохи в темном саду, быстрый огонь и удар по голове.

Клад?! Какой еще клад?!

— Мы с Димкой думали, что мама нашла клад. Я очень смутно помню, но была какая-то семейная легенда про клад. Вроде бы папа и Яков закопали его в саду.

Это было сродни удару по голове. По крайней мере ощущения были сходными.

Вот вам и Роберт Льюис Стивенсон.

— Мы даже одно время играли в кладоискателей. Как у Марка Твена. Мы с Димкой были Том и Гек, а Галя, дочка Якова, индеец Джо. Мы добывали сундучок и отбивались от индейца Джо. Мама нас увидела и страшно рассердилась. Сказала, чтобы мы не смели играть в дурацкие игры. Сказала, что не желает слушать про клад и чтобы она больше ничего подобного не видела. И мы больше не играли.

— А... что за легенда?

— Господи, какая-то чушь о том, что во время войны в каком-то замке в Восточной Пруссии папины саперы во главе с Яковом нашли то ли мешок с золотом, то ли сундук с жемчугом, то ли кучу драгоценностей. Яков принес все это папе, и клад тайно вывезли в Ленинград. Это даже не легенда, а история, приключившаяся во время войны. Ерунда.

— Почему вы думаете, что это ерунда?

Сигарет у Кирилла не было, но он все-таки похлопал себя по карманам, проверяя. От его хлопанья сигареты в карманах не появились, а без сигареты он не мог думать.

— Курить вредно, — язвительно сказала наблюдательная Нина Павловна.

— Я знаю. Почему вы думаете, что это ерунда?

— Послушайте, Кирилл. Вы хорошо представляете себе то время? Я, например, плохо представляю. Но даже я понимаю, что вывезти что-то из Германии было очень трудно, если не невозможно. Кроме того, отец был честнейший человек. Он никогда и ничего не сделал бы такого, что...

— ...что противоречило бы интересам государства и его большевистской совести, — закончил Кирилл. — Из Германии вывозили все, Нина Павловна. Я про это даже фильм смотрел. Ничего такого невозможного в этом не было. Относительно честности тоже большой вопрос. Ваш отец мог быть каким угодно коммунистом, но вполне возможно, что он был при этом обычным человеком, и ему нравились золотые монетки или жемчуг или что там еще.

— Почему мы все это обсуждаем? — вдруг возмутилась Нина Павловна. — И перестаньте собирать эту чертову смородину! Вы набрали уже целую корзину. Что мы будем с ней делать?

— Варить варенье. А больше никаких историй про сокровища вы не знаете?

— Не знаю. И это тоже не история. Это просто детские выдумки.

— А тетя Александра никогда не вспоминала про клад?

— Нет, не вспоминала. Все-таки почему мы это обсуждаем?

Он чуть было не сказал — потому, что ваша мать была убита, и еще потому, что его сегодня ночью кто-то стукнул доской по голове, но не стал. Говорить об этом было еще рано, хотя иногда Кирилл Костромин предпочитал идти ва-банк.

— Куда корзину отнести, Нина Павловна? На кухню?

— На террасу. И пусть Муся смородину пересыплет на поднос, чтобы просохла. Как этот дождь пошел некстати!

Кирилл поставил корзину в центр круглого стола на террасе и, разыскав Мусю, передал ей распоряжение Нины Павловны.

Потом некоторое время караулил Соню, слоняясь возле кухни. Он слышал голоса — ее и тети Александры. Тетя Александра, как водится, была чем-то недовольна и говорила, что Соня хочет ее смерти, а Соня отвечала тихо и безразлично, Кирилл не мог разобрать, что именно.

Наконец, послышались шаги, и дверь стала открываться, и Кирилл быстро свернул в кухню. Через несколько секунд туда вошла Соня с подносом в руках.

— Добрый день, — поздоровалась она, не глядя на Кирилла, — вы уже встали?

Пожалуй, это был намек на иронию, и Кирилл ответил как можно любезнее:

— Встал. С большим трудом.

Соня тускло улыбнулась пакету с молоком.

— Сами виноваты. Никто не заставлял вас напиваться.

— Мое моральное падение беспокоит всю семью, — пробормотал Кирилл. Соня в первый раз посмотрела на него.

— Не столько ваше падение, сколько Настя. Вы ведь ее... за ней ухаживаете. И пьете. Это плохо.

«Ухаживаете». Так могла сказать только Соня.

Кирилл быстро закрыл дверь в кухню. Соня посмотрела на него с удивлением.

— Соня, — сказал он решительно, — мне нужно, чтобы вы поехали со мной в Питер.

— Зачем? — На лице у нее было такое изумление, что Кирилл на мгновение усомнился в успехе своего плана. В конце концов он совсем ничего о ней не знал, но ему нужно было подтвердить подозрения. Подтвердить или опровергнуть.

— Эта история с вашим ожерельем...

— Нет никакой истории, — сказала она, и лицо у нее стало холодным и отчужденным. — Забудьте об ожерелье. Я не желаю, чтобы вы вмешивались.

Она налила молока в маленькую кастрюльку и поставила ее на плиту.

— Соня, я не собираюсь ни во что вмешиваться. Я только хочу, чтобы вы вместе со мной и с Настей поехали к ювелиру.

— Я не поеду.

Это было сказано так, что он понял — она не поедет. Силы воли ей было не занимать.

Кирилл хотел спросить — это вы убили вашу бабушку? Или тот человек, что прячется в соседнем доме?

— Если вы не поедете по своей воле, — сказал он холодно, — мне придется вас связать и отвезти силой. Вряд ли кто-то из ваших родственников сможет мне помешать.

Молоко поднялось, перевалило через край, залило огонь. Кирилл схватил кастрюльку, обжигая пальцы, и переставил ее в раковину.

— Видите, что вы наделали, — проговорила Соня. На глаза у нее навернулись слезы. Тяжелая капля капнула на плиту и зашипела, превращаясь в пар.

— Отойдите, — велел Кирилл и, взяв ее за руку, усадил на стул.

— Нужно вытереть плиту.

— Я вытру.

— Что я теперь подам маме? Молока больше нет.

— Налейте ей минеральной воды. Это тоже очень полезно.

— Она не пьет минеральную воду. Господи, почему я не могу ничего сделать нормально!

Кирилл посочувствовал бы ей, если бы был уверен, что она нуждается в сочувствии.

— Значит, так, — заявил он, решительно соскабливая с плиты коричневую присохшую пленку, — через час я жду вас в машине. Мы поедем в Питер. Вы знаете, где ювелирная контора?

— Знаю, но в Питер мы не поедем.

— Вот что, Соня. — Он бросил тряпку и присел перед ней на корточки. Она поспешно вытерла глаза. — Никакого звонка от ювелира не было. Если вы не хотите ничего проверять, значит, вы сами его и организовали. Это так?

Он смотрел ей в лицо, очень близко.

Он готовился к этой секунде, когда он скажет про звонок, и был уверен, что не проглядит никаких изменений в ее лице. Он был уверен, что ее реакция все ему объяснит.

Он и не проглядел никаких изменений. Потому что их не было. Объяснять было нечего.

— Вы говорите какие-то глупости, — сказала она безразлично, — как это не было, когда я сама подходила к телефону?

Или она превосходная актриса, перед которой

Сара Бернар просто девочка из массовки, или она на самом деле уверена, что звонил ювелир и жизнь ее в очередной раз обманула.

Пациент скорее жив, чем мертв.

Пациент скорее мертв, чем жив.

Гениальный сыщик в очередной раз подтвердил свою гениальность.

— Я говорю совершенно точно, что никакой ювелир вам вчера не звонил. Звонили со Светиного мобильного телефона. Просто чтобы вас обмануть.

— Как — со Светиного мобильного? — оторопело спросила Соня. — Кто звонил? Света? Зачем?

— Я не знаю. Поэтому давайте съездим в Питер и разберемся. Я могу придумать для вашей матушки какой-нибудь подходящий предлог. Например, что я собираюсь обратиться за помощью в клуб анонимных алкоголиков, а вы должны дать мне рекомендацию.

Она моргала глазами, и в бесцветном лице появилось что-то овечье.

— Соня! — закричала тетя Александра. — Я дождусь сегодня молока или нет?

— Нет! — закричал в ответ Кирилл. — Я его выпил! Хотите пива?!

Воцарилось молчание. Соня смотрела на него.

Вот дура, подумал Кирилл безнадежно.

— Ну хорошо, — вдруг сказала она и пожала костлявыми плечиками, — только пусть Настя поедет тоже.

— Настя поедет тоже, — пообещал Кирилл. — У меня еще небольшое дело. Через час. Подходит?

— Если мама будет хорошо себя чувствовать.

— Мама будет чувствовать себя прекрасно, — уверил ее Кирилл, не ожидавший такой скорой победы. — Только я прошу вас, не говорите никому, зачем мы едем. Насте нужно в магазин, а вы решили поехать с ней за компанию.

— Я не хожу по магазинам.

— Напрасно, — искренне сказал Кирилл, — будем считать, что с этого дня ходите. Не скажете?

— Не скажу, — пообещала она, и он понял, что она действительно не скажет.

— Отлично, — подытожил Кирилл и неожиданно потряс ее острый локоть. Она с недоумением посмотрела на локоть, а потом на него.

— Я только не понимаю, — проговорила она медленно и снова посмотрела на локоть, который он уже выпустил, — вам-то зачем все это нужно?

«Затем, что я хочу выяснить, не ты ли прикончила свою бабушку», — подумал Кирилл.

— Затем, что я не люблю никаких темных историй, — произнес он вслух, — а это темная история.

Он выскочил из кухни. Дверь в гостиную была приоткрыта, и ему показалось, что за дверью кто-то есть.

Сергей опять читает свои книжки? Или Муся опять вытирает свою пыль?

Фотографии, вспомнил он. Фотографии и пепел в камине.

Он разберется с этим, когда вернется из Питера.

Настя сидела за компьютером, смешно сдвинув очки на кончик носа. Лимонные шторы шевелились и плавали по ветру.

— Что ты так долго? — недовольно спросила

она, оглянувшись. — Я сто лет назад соединилась. Что ты хочешь смотреть?

— Через час мы едем в Питер, — сообщил он, — пусти, я сяду.

— Кто это «мы»?

— Соня, ты и я. Мы едем к ювелиру, который будто звонил вчера. Мне пришлось сказать ей, что он звонил со Светиного мобильного телефона.

— А она? — ахнула Настя.

— Она долго не соглашалась, а потом согласилась. Самое главное, чтобы она теперь никому об этом не рассказала. Хотя даже если расскажет, мы успеем быстрее. Если это она придумала всю комбинацию, ей теперь придется придумать какую-нибудь другую.

— Зачем ей придумывать, что ожерелье фальшивое? — спросила Настя.

— Затем, например, чтобы не делиться деньгами с матерью и братом. Получить их и начать новую жизнь. Я тебе уже говорил.

Он поднял ее со стула, поцеловал в шею и пересадил на кровать. Подумал и поцеловал еще раз.

— Шла бы ты отсюда, — сказал он жалобно и сел за компьютер, спиной к ней, — я плохо соображаю, когда ты сидишь на кровати.

— Я сидела на стуле, — возразила она и улыбнулась. Подошла и положила руки ему на плечи. — У тебя много девиц?

— Самое время выяснить, — пробормотал он и потерся щекой о ее ладошку. — У меня тьма девиц. Кстати, тетя Нина рассказала мне, что они с твоим отцом, когда были маленькие, считали, что бабушка нашла клад.

— Какой клад?!

— Который твой дед и Яков привезли с войны.

Тетя Нина сказала, что это просто детские выдумки. Однако бабушка их разогнала и в кладоискатели играть не разрешила.

— Господи, — сказала Настя с изумлением, — ты и вправду веришь, что был клад?!

— Ну конечно. — Он задрал голову и серьезно посмотрел на нее. — Конечно, был, Настя. Они действительно что-то нашли в Восточной Пруссии. И действительно привезли это в Ленинград. И твоя бабушка об этом знала. И именно на эти деньги она всю жизнь жила. Твой дед был генерал. Он мог вывезти из Германии все, что угодно. Янтарную комнату. Дрезденскую галерею. «Мадонну» Рафаэля. Тетя Нина сказала, что это ерунда, выдумки. Однако это очень конкретные выдумки. Замок был в Восточной Пруссии. Клад нашли саперы и отдали Якову. Яков отдал его деду. Дед переправил его в Питер. Это совсем не похоже на легенду. Ты когда-нибудь слышала легенду, в которой клад находят саперы и точно указано, где расположен замок? Дед был в Кенигсберге?

— Был, — сказала Настя, запнувшись, — он был в Кенигсберге. Но из этого ничего не следует, Кирилл!

— Есть еще один человек, кроме меня, — сказал он жестко, — который считает, что из этого следует все. И он не ошибается. И я тоже не ошибаюсь. Странно, что он до сих пор ничего не предпринял. То ли выжидает, то ли боится.

— Этот человек — Соня? — спросила Настя и убрала руки с его плеч.

— Я не знаю. Это кто-то из твоих родных, кто слышал про клад и сложил два и два. И я не буду сейчас тебя утешать.

— Не надо меня утешать.

Она вышла на балкон и перелила воду из детского эмалированного ведерка в лейку. И стала с преувеличенным вниманием поливать цветы. Кирилл сердито посмотрел на нее сквозь лимонную штору.

Он ничего не мог с этим поделать. Он не мог ей помочь и знал, что она должна справиться сама.

Неделю назад в его жизни не было никаких проблем, кроме отдела маркетинга, который не мог разобраться с немецкой выставкой. Он был искренне и непоколебимо равнодушен ко всему, что не касалось его драгоценной персоны. Он любил свой эгоизм, свое спокойствие и свой мир, в котором он был один. Он так старательно его строил, этот замкнутый рай для одного, что на пушечный выстрел не подпустил бы никого, кто мог бы, пусть случайно, в него проникнуть.

Он даже старался никого и никогда не подвозить на машине, просто потому, что это была *его* машина, его личное пространство, часть его охраняемой территории, на которой он не желал видеть чужих.

А теперь он сидит за компьютером и мается от того, что ничем не может помочь случайной девице, у которой проблемы с родственниками, а утром он маялся от того, что не мог придумать, как ему затащить ее в постель, не дожидаясь ночи.

Поисковая система относительно быстро нашла упоминания торговой марки «Красно Солнышко», и Кирилл стал читать, время от времени поглядывая в Настину спину за лимонной шторой.

История взлета и падения торговой марки «Красно Солнышко» излагалась во всех статьях примерно одинаково.

Жил-был ничем не примечательный молочный комбинат номер четыре, и производил он ничем не примечательные пакеты с молоком. Так бы он их и производил, пока не помер бы от происков конкурентов, если бы его не купили несколько энергичных парней.

Купивши молочный комбинат, парни почему-то не стали увольнять сотрудников и переделывать старое здание под автосервис с сауной, теннисным кортом и солярием. Вместо этого они поставили финское оборудование, кое-как подперли рушащиеся стены, с почетом проводили на пенсию дедка-сторожа, который первым выносил с территории все подряд, и наняли дюжих молодцев с рамками и детекторами. Добры молодцы взялись сторожить хозяйское молоко, как цепные псы — амбар. Двух или трех теток, так и не приспособившихся к новым порядкам, в одночасье уволили, а остальные остались работать.

Только вместо неприметных пакетов серого цвета молочный комбинат стал производить веселенькие разнокалиберные пакетики с солнышком на всех возможных поверхностях. Молоко теперь называлось «Красно Солнышко» и покупалось хорошо, поскольку было вкусным, да и пакетики душу радовали.

Дальше все пошло как по нотам и в соответствии с любым учебником по маркетингу.

Появились сливки «Красно Солнышко». Потом детские сырки. Потом йогурты. Потом соки.

Потом был «молочный фестиваль» «Красно Солнышко», где все было как следует — певцы в экстазе скакали по эстраде, певицы потряхивали бюстами, лотерея раздавала копеечные сувениры — все равно приятно! — воздушные шары взлетали, и клоун в нелепом круглом костюме с лучами во все стороны угощал детей йогуртом, а пенсионеры получали купоны на скидки.

Еще добавилась телевизионная реклама, старое здание отремонтировали, навели красоту, пристроили еще одно, а потом прикупили молочный завод номер пятнадцать, сотрудникам справили одинаковые формы, выдержанные в основных цветах упаковки «Красно Солнышко», открыли фирменный магазин и проспонсировали детский праздник — в общем, окончательно загнили и обуржуазились.

Тут-то все и случилось.

Одним прекрасным утром в суд явился тихий мужчина с портфелем. В портфеле был иск к хозяевам «Солнышка», которые нагло эксплуатируют чужое название. Название и картинка с солнышком давным-давно принадлежат вовсе другой фирме, которая жаждет восстановления справедливости и воцарения законности на всей территории страны и так далее.

Хозяева кинулись в Институт патентоведения, где когда-то давным-давно получали авторское свидетельство на свое «солнышко». Там развели руками и объяснили им, что та самая, совсем другая фирма свое «солнышко» зарегистрировала раньше, и поделать ничего нельзя. На резонный вопрос, почему это выяснилось только теперь, в группе патентных поверенных сообщили, что поверенные тоже люди и проверить каждую марку не могут. Зарегистрировать они могут все, что угодно, или почти все, что угодно, а проверять — не их дело.

Суд выиграл тихий мужчина с портфелем. Название и картинка, в рекламу которых были вложены бешеные деньги, отошли подателям иска. Податели подхватили марку, как знамя из рук упавшего бойца, и ринулись на рынок, не вложив ни копейки в раскрутку.

По сведениям газеты «Коммерсант», хозяева молочного завода номер четыре — и номер пятнадцать, придя в себя после гибели Помпеи, подумывают все же построить автосервис с сауной на крыше.

Кирилл информацию дочитал до конца и полез в гардероб, где на нижней полке лежал его аккуратно сложенный рюкзак. В рюкзаке должны были быть сигареты.

Года два назад он сам чуть не вляпался в подобную историю. К нему тоже пришли несколько тихих мужчин с портфелями и сказали, что название «Строймастер» и его фирменный знак — дородный дяденька в комбинезоне и с мастерком — Кирилл украл у них и должен немедленно вернуть.

Он тогда вышел из этой истории без потерь, потому что у него с самого начала были очень хорошие юристы, на которых он никогда не жалел денег. Юристы слыли занудами и перестраховщиками, и именно их занудство спасло Кириллу бизнес.

Он просмотрел материалы еще раз.

Торговую марку «Красно Солнышко» регистрировал Институт патентоведения, и именно группа патентных поверенных, в которой работала Света, выдала два регистрационных свидетельства. Из статьи следовало, что одно свидетельство было получено раньше другого, и именно это погубило ребят, производивших молоко и йогурты. Просто они ничего не знали о том, более раннем свидетельстве.

Кирилл немного подумал. Светин начальник, Петр Борисович Лялин, по словам Игоря Никоненко, разбогател именно в период «красно-солнечной» эпопеи.

Кто хвастался своим умением складывать два и два?

Если у него получится, он все проверит сегодня же. Если нет — завтра. Только бы до завтра еще ничего не произошло.

Соня подошла к его машине и остановилась в нерешительности, как будто ей предстоял полет на космическом корабле, а она, как назло, позабыла надеть скафандр.

— Это что? — спросила она, тускло улыбнувшись. — Ваша машина?

Он посмотрел. Это точно была его машина, и сомневаться было как-то странно.

— Да, моя, — подтвердил он, — или вы думаете, что я ее угнал? Садитесь. Настя сейчас выйдет.

На середине дорожки, ведущей к гаражу, показались Нина Павловна и Юлия Витальевна, и Кирилл быстро сел за руль. И захлопнул за собой дверь.

— Сонечка, куда ты собралась? — закричала Нина Павловна. Соня нервно оглянулась и даже как будто попятилась.

Тут Нина Павловна увидела машину, а в ней — Кирилла.

— Господи боже мой. Юля!

— Я вижу, — сказала Юлия Витальевна.

Они подошли и стали смотреть на машину. Потом переглянулись.

— Это моя машина, — во второй раз объяснил Кирилл, опустив стекло. — Что происходит, я не понимаю?

— Он не понимает, — зловещим тоном произнесла Нина Павловна, и они опять многозначительно переглянулись.

— Вы кто, молодой человек? — спросила Настина мать. — Ваша фамилия Чубайс?

— Моя фамилия Костромин, — сказал Кирилл, сообразив наконец, в чем дело, — и машина эта моя. Я ее не украл и не забрал за долги, угрожая пистолетом.

— А как она называется? — спросила любопытная Нина Павловна.

— «Субару», — буркнул Кирилл.

— И сколько она стоит?

— Нина!

— Нина Павловна, я не жулик. Я давно работаю и хорошо зарабатываю. Вы об этом меня спрашиваете?

— Мама говорила, что вы никчемный тип, никуда не годный.

— Она ошибалась. — Кирилл вовсю злился на Настю, которая наскоро советовалась с Мусей, что привезти из города. Как будто Петергоф был за триста километров от человеческого жилья. Давно бы уж уехали, если бы не она!

Он нетерпеливо посигналил, заставив дам вздрогнуть и посмотреть на него с негодованием.

— Соня, садитесь.

— Сонечка, а ты куда? Тебе зачем в город?

— У меня развалился фонендоскоп, — сказала

Соня, и Кирилл взглянул на нее внимательно. — Я не могу маме давление померить. Мне нужно взять из дома запасной. Кирилл обещал меня... подвезти. Тетя Юля, вы присмотрите пока за мамой, ладно? Она не любит одна оставаться, еще пойдет куда-нибудь и свалится.

— Ну конечно, — согласилась Юлия Витальевна, и было непонятно, к чему это относится: к тому, что она присмотрит или что тетя непременно свалится.

Прибежала Настя, проскользнула между теткой и матерью и открыла переднюю дверь.

— Вот и я, — объявила она, запыхавшись, — мы решили, что вечером можно поджарить курицу на вертеле.

— На чем? — переспросил Кирилл.

Просто так переспросил. Потому что она ему очень нравилась.

— На вертеле. Напомни мне, чтобы я купила три курицы.

— А вертел?

— Да ну тебя, Кирилл! Соня, что ты не садишься? Мам, вы чего пришли?

— Проводить вас, — ответила Юлия Витальевна и улыбнулась ей, — во сколько вы вернетесь?

— Часов в шесть. Мам, только в десять минут седьмого панику поднимать не надо. И попроси папу, чтобы он попробовал, работает гриль в нашей плите или нет. Его только на Рождество включали. Соня, садись!

— А твой кавалер, оказывается, не такой никчемный, как говорила мама, — встряла тетя Нина, — и машина у него замечательная.

Настя посмотрела на машину. Кирилл закатил глаза.

— Мы сегодня поедем или так и будем обсуждать мою машину?

Обежав «Субару», Настя открыла Соне дверь и подпихнула ее вперед. Соня оглянулась на тетушек, но все же села. Настя плюхнулась на переднее сиденье, и Кирилл нажал на газ.

— Что ты так долго! Я думал, меня из-за этой машины в милицию сдадут. Соня, куда мы едем? Вы знаете адрес?

Она молчала, и Кирилл повторил:

— Соня? — и посмотрел на нее в зеркало заднего вида.

Она сидела, напряженно откинувшись выпрямленной спиной, и водила ладошкой по обивке.

Настя оглянулась и посмотрела на нее:

— Соня!

— Что? — Та отдернула руку от обивки, как будто ее застали за чем-то неприличным.

— Куда мы едем? Где эта ювелирная контора?

— А... на Университетской набережной. Я покажу. Только я хотела сказать, — она упрямо поджала губы и посмотрела в сторону, — я хотела сказать, что не верю вам, Кирилл. Никто не мог звонить со Светиного телефона. Я не понимаю, зачем вы это выдумали. Чтобы утешить меня?

— Утешение — хоть куда, — пробормотал Кирилл, — сейчас мы все проверим. Ваш ювелир скажет нам, звонил он или не звонил. Подделка или не подделка ваше ожерелье.

— Я не хотела вмешивать в это дело посторонних, — сказала Соня мрачно, — а вы меня заставили. Зачем? Чтобы все убедились, что бабушка меня тоже терпеть не могла?

— Сонечка, что ты говоришь? — спросила Настя и повернулась к ней всем телом, ухватившись руками за кресло. — Бабушка тебя любила, и мы тебя любим.

— Я знаю, — перебила Соня, — я знаю, как вы меня любите.

— Мы тебя любим, — повторила Настя тихо, — у тебя мама очень трудный человек, но...

— При чем тут мама!

Она ненавидела, когда ее проблемы разыгрывались в спектакль. Она не умела и не желала ни с кем их обсуждать.

С тех самых пор, как отец аккуратно собрал свои вещи в четыре чемодана — каждый немного больше другого, — и вызвал шофера, чтобы забрать их, и присел на диван отдохнуть, как будто после трудной работы, и привычным движением включил телевизор, и спросил у Сони про институт, и улыбнулся ей всегдашней улыбкой. А потом из комнаты выскочила мать и стала бегать вокруг стола и кричать, что она зарежется, а он сказал «ты мешаешь мне смотреть», а маленький Владик бегал за ней и рыдал так, что Соне казалось, у него вот-вот лопнет что-нибудь внутри, а она не сумеет помочь, она же не настоящий врач! Потом мать стала бросаться к окнам и кричать, что она прыгнет, и они оттаскивали ее уже вдвоем, Соня и Владик, а отец все сидел на диване с напряженным и грозным лицом и смотрел в телевизор, а потом встал и вышел, оставив свои чемоданы, и мать побежала за ним, упала и покатилась по лестнице прямо ему под ноги, и все соседи смотрели из своих дверей, а некоторые выскочили и стали поднимать мать с цементного пола лестничной площадки, а отец брезгливо перешагнул через нее и вежливо поздоровался с кем-то из соседей, старомодно приподняв шляпу.

Все это было только началом грандиозного спектакля, который тянулся много месяцев и закончился тем, чем закончился — Соня бросила институт, Владик как будто обезумел, а мать превратилась в постоянно всем недовольную истеричную старуху.

С тех пор Соня не любила спектаклей и никогда в них не участвовала. Она знала, что стоит ей только сделать неверный шаг, ошибиться, и кошмар повторится снова — она опять будет выставлена на всеобщее обсуждение и осмеяние, и из каждой двери станут подсматривать любопытные, и обсуждать ее, и фальшиво сочувствовать, и злорадно подмигивать.

Она не справилась только однажды — три года назад.

Но об этом нельзя было думать в такой шикарной машине, когда Настя смотрела на нее с сочувствием, и Соня ее за это ненавидела.

Зачем она согласилась ехать?! Все равно это ничего, *ничего* уже не изменит!..

Она осторожно вытерла вспотевшие ладони о клетчатую юбчонку и стала смотреть в окно. Машина, чуть подрагивая ухоженным телом, даже не ехала, а летела над дорогой, как судно на подводных крыльях.

Кто же он такой, этот мужик, раз может позволить себе такую машину? И мягкий ворс сидений, и кожаную обивку дверей, и прохладный вкусный воздух, и окно в крыше, а в окне летит далекое небо, и чистый звук неторопливой музыки, которая течет, кажется, прямо из этого вкусного воздуха?

Бабушка говорила, что он — дрянь, дрянь!

Неужели старуха ошиблась? Она, которая не ошибалась никогда?!

Стиснутая ладонь разжалась, и Соня тихонько погладила диван.

У Гриши была короткая замшевая куртка, такая же восхитительно, шелково шершавая. Соня трогала его рукав, проводила пальцами — подушечкам было щекотно и приятно. Под тонкой замшей чувствовалась рука, широченная твердая лопата. Соня колола его в вену, и он послушно сжимал кулак, похожий на небольшую дыню.

Когда он стал ухаживать за ней, она пришла в ужас. Она ничего не понимала в ухаживаниях, не знала, как себя вести, и с перепугу даже стала ему хамить, чего не делала никогда в жизни. Он терпел и улыбался и однажды подарил ей крошечного черного деревянного слона, вырезанного так искусно, что в маленьких слоновьих глазках явно читались хитрость и добродушное лукавство. «Это у меня друг вырезает, — сказал Гриша неловко и сунул слона в карман ее зеленой хирургической робы. — Вам на счастье». И дунул от нее по коридору, сильнее обычного припадая на больную ногу, словно она собиралась гнаться за ним и всовывать слона обратно. Слон стоял на ее столике, а потом она забрала его домой, и ела с ним, и на ночь прятала под подушку, как будто ей не тридцать лет, а восемь, и ей казалось, что этот слон очень похож на Гришу.

Никто ничего не знал о нем, да и Соня никогда не сплетничала с девчонками о больных. Девчонки знали, что она «чокнутая», и никакими тайнами с ней не делились. Хирург Лев Романович, делавший ему операцию, был не слишком доволен. Все знали: когда Лев Романович смотрит рентгеновские снимки и поет «Смело, товарищи, в ногу», значит, все отлично, а если «Ой, мороз, мороз», значит, дела не очень хороши. Когда он смотрел Гришины снимки, пел про мороз.

Гриша ухаживал за ней упорно и тяжеловесно и впрямь по-слоновьи. Девчонки сначала смеялись, а потом отстали, потому что смеяться над ней было неинтересно — она ничего не замечала.

«А монашка? — спрашивали про нее больные. — Монашка когда дежурит?» Она лучше всех в отделении делала сложные уколы и ставила капельницы.

Она долго не обращала на Гришины ухаживания никакого внимания, и однажды он сказал, мрачно глядя в пол: «Я ведь не просто так, чтобы хвостом покрутить. Я с серьезными намерениями. У меня жены нет. Паспорт могу показать», и Соня чуть не хлопнулась в обморок прямо в процедурной. Серьезные Гришины намерения потрясли ее до глубины души. Он ухаживал за ней, и у него не было жены, и он мог бы даже жениться на ней, если бы все у них получилось хорошо.

И она как будто сошла с ума. Все получилось не просто хорошо, все получилось необыкновенно, упоительно, волшебно, и Соня была уверена, что ни у кого на свете, ни до, ни после нее не было и не будет такого романа. Неповоротливый Гриша, похожий на дрессированного циркового медведя, казался ей очень красивым, куда там Кевину Костнеру! Все, начиная со случайных встреч в коридоре, — едва заметив его, она уже утопала в помидорном румянце, — и кончая торопливыми и многозначительными пожатиями влажных пальцев в процедурном кабинете, было внове, и ничего лучше этого она не могла себе представить.

У нее на самом деле был «роман», у нее, дурнушки-Сони, которую бросил отец, которая так ничему и не выучилась, а по выходным ползала на коленях, вымывая из углов квартирную пыль, и варила борщи, целые кастрюли борщей, чтобы хватило матери и брату на все время, пока она будет дежурить.

Она получила зарплату и в только что открывшемся на Невском «Стокманне» купила себе брюки и кофточку.

Они стоили бешеных денег — зарплаты не хватило бы, если бы она не носила в сумке пакетик со сбережениями, а она носила, потому что боялась, что дома их отыщет Владик и все растаскает на сигареты. Она долго не могла выбрать, все ходила и ходила между рядами потрясающей, благородно-неброской одежды и все поражалась, что на каждой отдельной стойке наряды подобраны в тон и даже украшены шарфиками. Она посмотрела ценник — шарфик стоил долларов тринадцать — и опять стала ходить, с каждой секундой падая духом и понимая, что она никогда и ничего не сможет себе *здесь* купить.

Потом к ней подошла продавщица.

Соня знала, что она — в клетчатой юбчонке и тошнотворно-голубой водолазочке, собравшейся складками там, где у женщин, согласно учебнику анатомии, должна быть грудь, — выглядит в этом сверкающем дамском раю, как судомойка в спальне у королевы. Продавщица шла издалека, Соня смотрела на нее и ждала. Ждала, что сейчас ее будут выгонять.

«Вам помочь? — спросила продавщица и улыбнулась. — Что вы хотите выбрать?»

«Брюки», — пробормотала Соня.

«Вы зашли в большие размеры, — сказала продавщица любезно, — пойдемте. У нас отличный выбор брюк».

Она нашла брюки — три пары, — и, пока Соня мерила их за плотной зеленой шторой, принесла еще несколько вешалок с блузками. Просто чтобы прикинуть, как будут смотреться брюки, объяснила она.

Соня купила брюки и короткую вязаную кофточку, которая была сделана как-то так, что, надев ее, Соня неожиданно обнаружила у себя грудь, и именно там, где она должна быть согласно учебнику анатомии.

С фирменным пакетом — зеленые буквы на белом фоне — она поехала к бабушке. Она ехала в электричке и все время заглядывала в пакет, не веря, что там едут ее потрясающие новые наряды и что она наденет их, и Гриша совсем потеряет голову, когда увидит ее в них.

Бабушка наряды одобрила, и Соня долго крутилась перед ней, поворачивалась то боком, то задом, и бегала к большому зеркалу в ванной, и требовала, чтобы бабушка подтверждала, что «все хорошо».

Бабушка возместила ей все потраченные деньги. «Не валяй дурака, — сказала она весело, когда Соня стала отказываться, надеясь, что бабушка все же заставит ее взять деньги, — это тебе подарок. Я знаю, как в твоем возрасте все это нужно. А мне на венок в любом случае хватит».

Когда все кончилось так неправдоподобно ужасно и Соня приползла к ней, бабушка сказала, что стыдно так унижаться. Что женщина должна знать себе цену. Что у нее, Сони, совсем нет гордости.

А какая там гордость, когда кончилась жизнь?! Зачем трупу — гордость?!

Она так и не простила бабушку, оказавшуюся такой же, как все. Нет, хуже всех, ведь Соня надеялась, что бабушка поймет ее, и утешит, и как-то спасет, но она сказала «стыдно», и Соня как будто умерла еще раз. Навсегда.

Но оказалось, что тогда она еще не совсем умерла. Жизнь продолжала мучить ее, выворачивать наизнанку так, чтобы уж окончательно добить, поунизительнее, побольнее!..

Ей осталось еще немного, совсем немного, а там будет все равно, и ей нет никакого дела, поддельное ожерелье или настоящее!

— Соня! — сказал Настин любовник настойчиво, и в зеркале она поймала внимательный взгляд. — Мы уже на набережной. Дальше куда?

Соня объяснила ему — куда, и некоторое время гадала, видел он, как она гладила его диван или нет.

Ювелирная мастерская размещалась в подвале старого дома, и все здесь напоминало декорации к фильму «Рожденная революцией» — глухая стена, лесенка вниз, дюжий охранник, проводивший их недобрым взглядом, зеленая плюшевая штора, опущенная с одной стороны, конторка, темные столы, лупа на подставке, коричневая лампа и застекленные неширокие витрины.

— Мне Франца Иосифовича, — прошелестела Соня, обращаясь к чьей-то неприветливой лысине, одиноко копошившейся за деревянной стойкой, на что лысина никак не отреагировала.

Кирилл был уверен, что Соня сейчас повернется и уйдет, и даже на всякий случай приготовился схватить ее за руку, но она стояла совершенно спокойно, как будто вовсе и не спрашивала ювелира.

Кирилл огляделся. Он никогда не был в подобных местах — недаром и доисторический фильм вспомнился. В витринах масляно поблескивало золото, подсвеченное не по-магазинному уютно. Кирилл посмотрел — золото было тяжеловесным, дородным, с завитушками, раковинками и лепестками. Разноцветные камни, крупные, как на шапке Мономаха, лубочно сверкали.

Кирилл видел такие украшения только один раз в жизни.

Ему было лет шестнадцать, когда его школьный приятель Митя Петров позвал его с собой в Питер. Они ехали вдвоем с теткой, сестрой Митиного отца, и Кирилла пригласили, чтобы Митя не скучал.

До этого Кирилл никогда в Питере не был, а у Мити там жили какие-то родственники, и для него это было никакое не приключение — просто ежегодный визит к родным. Родители Кирилла долго соображали и подсчитывали и в конце концов наскребли денег — только на билет. Десять дней Кирилла поила и кормила Митина тетка, молодая, веселая и быстроглазая, и делала это так деликатно, что Кирилл ни разу не почувствовал себя обузой.

На Невском она покупала им пирожки и по два стакана очень сладкого и очень горячего кофе, целыми днями таскала по музеям и соборам, не давая ни присесть, ни вздохнуть, фотографировала у памятников — они закатывали глаза, негодовали и кривлялись, — возила на «Ракете» в Кронштадт, заставила стоять под аркой Лицея, чтобы «нюхнуть лицейского воздуха», наизусть читала «Медного всадника» и тыкала носом в отметины на стене Петропавловской крепости, чтобы они сами убедились, куда доходила вода во время великих наводнений.

А по вечерам она приводила их «на кофе» к самой старой из всех питерских родственников, приходившейся Мите прабабкой. Ее звали — Кирилл помнил это всю жизнь — Марфа Васильевна, и ей было, наверное, лет девяносто. Она жила одна в огромной квартире на Литейном проспекте, в доме, где внизу сидел толстый швейцар. Он открывал высоченную дверь и кланялся, здороваясь. Кирилл до смерти его боялся, а Митина тетка — нисколько.

Квартира была огромной и похожей на музей. Кирилл никак не мог взять в толк, что в такой квартире живет одна крохотная старушка с очень прямой спиной и черепаховыми гребнями в густых белоснежных волосах. Она усаживала их за круглый стол в гостиной, под белую лампу, висящую на медной цепи. Лампа заливала молочным светом середину комнаты, а по углам шевелились и вырастали тени, потому что высоченный Митька, усаживаясь, непременно задевал ее головой. На столе всегда стояла ваза темного стекла на высокой ножке, полная крохотных белоснежных пирожных. Много лет спустя Кирилл узнал, что они называются безе. Чай из электрического самовара наливали в вызолоченные изнутри чашки с очень неудобными витыми ручками. Марфа Васильевна подавала чашки — каждую на блюдце, и на пальцах у нее сверкали камни. Очень много разных камней — как за сегодняшним ювелирным стеклом. В хрустальных мисочках, тоже на ножках, ноздреватой зимней горкой высились взбитые сливки, полагавшиеся к чаю. Все помалкивали, говорила только Марфа Васильевна — и все про то, как она «служила» балериной в Мариинском театре и однажды великая княгиня после спектакля прислала ей букет.

Все это потом вспоминалось Кириллу как во сне.

— Извините, — тихим голосом повторила Соня, и Кирилл, очнувшись, оторвался от созерцания драгоценной витрины, — Франца Иосифовича нет?

Лысина, к которой она обращалась, задвигалась, собралась складками и сделала оборот. На месте лысины оказалась бледная носатая физиономия, очень недовольная.

— Что вы кричите? — осведомилась физиономия.

— Здравствуйте, — пробормотала Соня и оглянулась на Настю, — я к Францу Иосифовичу.

Очки, сидевшие на самом кончике длинного носа, как будто сами по себе переместились вверх и оказались на лбу — или на лысине, потому что было непонятно, где кончается лоб и начинается лысина, — и физиономия довольно расправилась.

— Ожерелье, — изрек ее обладатель с видимым удовольствием, — ожерелье. Да.

Настя посмотрела на Кирилла.

— Я, я, — заметив их переглядывания, дружелюбно закаркал обладатель, — Франц Иосифович — это я, я. А вы привозили ожерелье. Да, ожерелье. Двадцать один сапфир. Двадцать один бриллиант. Как же!

— Я вас не узнала, — проговорила Соня и почему-то покраснела, — извините.

— Ерунда. Ерунда. Я старый человек. Молодые

девушки не должны меня запоминать. Время, когда меня запоминали девушки, давно прошло. Да.

— Мы хотели узнать про ожерелье, — сказал Кирилл несколько неуверенно.

Носатый Франц Иосифович энергично и дружески покивал.

— Слышите? — спросил он и потянул своим необыкновенным носом. — Михаил Эрастович варит кофе. Мы всегда пьем кофе после того, как выстрелит пушка. Я просил. Я говорил. Я спрашивал — а если как раз в это время придут клиенты? Но он ничего не слушает. Он варит кофе. Он говорит, что слишком стар, чтобы изменять привычкам. А сам, между прочим, — тут ювелир заговорщицки понизил голос и немного придвинулся, — а сам, между прочим, младше меня на семь лет! — и он гордо откинулся назад, чтобы насладиться произведенным эффектом.

Никто не знал, что нужно делать дальше. Даже Кирилл Костромин.

Все стояли и молчали.

— Я говорю — кофе, — повторил Франц Иосифович и покрутил лысой головой, удивляясь, что они такие тупые, — выпейте кофе. Пушка выстрелила. Кофе готов. — Тут он проворно забежал за портьеру и крикнул в темную глубину: — Кофе готов?

Оттуда ничего не ответили, и это чрезвычайно обрадовало Франца Иосифовича.

— Да, — изрек он, — готов. Юра запер дверь. Он всегда запирает дверь, когда мы пьем кофе. У нас гости, Михаил Эрастович! — снова крикнул он в сторону портьеры. — Сегодня нам нужно много кофе! Он трясется над своими зернами, как скупой рыцарь, — пояснил он, понизив голос. —

Он считает, что в этом городе никто не умеет варить кофе!

И Франц Иосифович отчетливо захрюкал, что, очевидно, означало смех.

Похрюкав немного, он вернул очки на кончик носа и гостеприимно приподнял портьеру.

— Прошу. Прошу. Да.

Соня беспомощно оглянулась на Настю, а Настя — на Кирилла.

Кирилл взял их обеих под локотки и подвел к откинутой доске полированного прилавка. Франц Иосифович бодро пробежал вперед, нырнув под портьеру, а за ним потянулись Настя с Соней. Замыкал шествие Кирилл.

— Куда мы попали? — приостановившись, прошептала Настя ему в ухо. Он весело пожал плечами.

Темнота расступилась, и они оказались в крохотной квадратной комнатке, как будто в сейфе. Горел желтый свет, на окнах были металлические жалюзи и почти вплотную друг к другу стояли два желтых канцелярских стола, заваленных бумагами. И еще маленький столик, а на нем железный ящик с песком. Из песка торчала длинная ручка армянской турки. Рядом хлопотал маленький седой человечек, очевидно, Михаил Эрастович, знаток кофе.

— Здравствуйте, здравствуйте, — оглянувшись, произнес он чрезвычайно любезно и вдруг быстро и остро взглянул на Соню, — нужно посмотреть, хватит ли у нас чашек на такую большую компанию.

— Вам отлично известно, что чашек у нас семь, — прокаркал откуда-то издалека Франц

Иосифович. — Да. Семь. Две еще останутся. Предложите молодым людям присесть.

— Ах, да! — спохватился кофевар и энергично встряхнул турку, не вытаскивая ее из песка. — Садитесь, молодые люди. У окна табуретка. Правда, мы сами не знаем, где здесь окна. Темно и днем и ночью. Вы когда-нибудь пробовали настоящий арабский кофе?

Все завороженно молчали, и Михаил Эрастович продолжал:

— Мне привозят кофе из Арабских Эмиратов. Уверяю вас, на свете нет ничего лучше, чем настоящий кофе из настоящих кофейных зерен! Запах, насыщенность цвета, особая пена. Ее надо вовремя осадить, и это тоже искусство! И не убеждайте меня, что растворимый кофе — тоже кофе! — энергично воскликнул он, хотя никто и ни в чем его не убеждал. — Растворимый кофе — это эрзац. Одна видимость. Все, что не нужно готовить, — это не настоящее. Только то, во что вкладываешь душу, к чему притрагиваешься, о чем думаешь с удовольствием, — достойно! Верно я говорю, Франц Иосифович?

— Всегда, — изрек материализовавшийся из темноты Франц Иосифович. В руках у него были глиняные чашки величиной с наперсток, — вы всегда говорите верно, Михаил Эрастович. Кофе. Его мало. Вы сварите еще?

— Ну конечно! — ответил его напарник нетерпеливо. — Неужели вы думаете, что я оставлю кого-то без угощения? Садитесь, молодые люди. Считайте, что вам повезло. Я варю отличный кофе. Вы такого нигде не найдете.

— Вы хвастаетесь. Это нехорошо.

— Я не хвастаюсь! Я говорю правду. Чашки

нужно погреть. Только дикари наливают кофе в холодную глину. Кофе должен быть огненным, он должен возбуждать чувства и радовать сердце. Как ваше ожерелье, дорогая, — неожиданно закончил экспансивный Михаил Эрастович и поклонился Соне, которая чуть не упала, — мы благодарны Сергею Сергеевичу за то, что он порекомендовал вам обратиться к нам. Даже мы нечасто имеем дело с такими вещами. Верно я говорю, Франц Иосифович?

— Всегда. Всегда верно.

Настя взяла Кирилла за руку и стиснула ее изо всех сил.

— Но все разговоры — потом! — Он выхватил из песка турку и ловко налил по глотку в три крохотные чашки. — Пробуйте!

Настя осторожно пригубила, Кирилл хлебнул от души, а Соня даже не притронулась.

Ювелиры выжидательно смотрели на них.

— Потрясающе, — пробормотала Настя, и Кирилл чуть-чуть улыбнулся, — просто потрясающе. Это что-то необыкновенное.

— Необыкновенное, — подтвердил Кирилл, чувствуя себя Францем Иосифовичем, подтверждающим слова Михаила Эрастовича, — удивительное.

— То-то же, — самодовольно сказал Великий Кофейный Знаток и понюхал пар, поднимавшийся от опустевшей турки, — сейчас я приготовлю еще.

— Пейте, — дружелюбно сказал Франц Иосифович Соне, — это вкусно.

— Ожерелье, — пробормотала Соня и поставила свою чашку на край заваленного бумагами стола, — оно... настоящее?

— Что значит — настоящее? — удивился Михаил Эрастович. — Оно такое же настоящее, как мы с вами. А что такое?

— Оно... не поддельное?

Теперь уже переглянулись ювелиры, и Михаил Эрастович даже перестал заниматься своим необыкновенным кофе.

— Вы имеете в виду камни? — переспросил он. — Нет, не поддельные.

— Редкие, — вступил Франц Иосифович. — Чистота. Огранка. В центре три бриллианта по два карата. Остальные по одному. Сапфиры. Индия. Глубокий и ровный цвет.

— Старинная голландская работа, — подхватил Михаил Эрастович, — приблизительно середина прошлого века. Оправу кое-где следует почистить, а в целом состояние прекрасное. Верно я говорю, Франц Иосифович?

— Всегда. Работа по золоту отличная. Делал большой мастер. Со знанием и любовью. Да. Отличная работа.

Кирилл Костромин залпом допил свой кофе и посмотрел на обоих благодушных стариков. То ли адреналин, то ли необыкновенный кофе молотил в виски, раздувал очажок боли в затылке.

На Соню он старательно не смотрел.

— Правильно ли мы поняли, — начал он, — ожерелье старинное и очень ценное. В нем настоящие камни, сапфиры и бриллианты, редкой и красивой работы. — Ювелиры кивали. — Оно было сделано в Голландии в середине девятнадцатого века. Это музейная редкость?

— Нет, нет, — нетерпеливо прокаркал Франц Иосифович, — музей ни при чем. Ни при чем. Хотя, безусловно, раритет. Да.

— Мы даже с некоторой долей предположения можем назвать мастера, — гордо объявил Михаил Эрастович, — это Густав ван Гаттен дю Валленгшток. Очень известный мастер.

— Художник, — подхватил его напарник, — настоящий. Не просто камнерез. Знаток. Имел дело только с хорошими камнями. Потомственный ювелир. Что с вами? — спросил он у Сони. — Вам не понравился кофе?

— Как — не понравился? — переполошился Михаил Эрастович. — Боже мой, вы даже не попробовали! Теперь его нужно вылить. Это уже не кофе! Франц Иосифович, она даже не попробовала!

— Сонечка, — пробормотала рядом жалостливая Настя, — все хорошо. Не плачь.

Кирилл вытащил из кармана носовой платок и сунул его Соне.

— Франц Иосифович, к вам никто не обращался с вопросами по поводу этого ожерелья? Вчера или на прошлой неделе? Никто не приходил? Не звонил?

— Звонил Сергей Сергеевич, — ответил Михаил Эрастович, — он звонил в пятницу, и я сказал, что у нас нет никаких сомнений в подлинности и времени изготовления. Мы были уверены, что он все передаст барышне. Неужели не передал?

Нет, подумал Кирилл, не передал. Он не передал и не хотел ничего выяснять. Он говорил, что Соне от этого будет только хуже.

— Сережка звонил? — спросила Настя.

— Сергей Сергеевич, — подтвердил Франц Иосифович, — звонил. Да.

— Он позвонил и представился, — уточнил

Кирилл, — правильно? Или вы его и так знаете по голосу?

— Зачем по голосу? — нетерпеливо возразил Михаил Эрастович. — Я никого не знаю по голосу! Я же не секретарь-машинистка! Мне звонят и говорят: здравствуйте, Михаил Эрастович, это Сергей Сергеевич, и тогда я узнаю. Почему я должен разбирать голоса?

— Нет-нет, — успокоил его Кирилл, — конечно, вы не должны разбирать голоса. Просто у нас произошла... неувязка.

— У нас — нет, — объявил Франц Иосифович, — у нас не бывает неувязок. Только когда приходят клиенты, а мы пьем кофе.

— Это бывает крайне редко, Франц Иосифович, — возмутился его напарник, в которого коварный Франц Иосифович метил своей тонкой иронией, — мы же не районная ювелирная лавка, в которой растягивают обручальные кольца и шлифуют копеечные серьги. Мы — специалисты. Мы вполне можем пить кофе, когда захотим. Вы заберете свое ожерелье, барышня?

— Нет, — сказал Кирилл, не дав Соне и рта раскрыть, — мы оставим его здесь. Барышне негде его хранить.

— Правильно, — одобрил Франц Иосифович, — очень ценное. Хранить его надо с умом. В кармане не носить. Да.

— Только, пожалуйста, — Кирилл поднялся, и вдруг оказалось, что он на голову выше обоих стариков и занимает очень много места в комнатке, похожей на сейф, — никому, кроме... Софьи Борисовны, его не отдавайте. Даже если человек принесет тридцать три расписки и нотариально заверенную доверенность или что-то в этом роде.

— Сколько оно стоит? — хрипло спросила Соня. Носовой платок у нее в руке был совсем мокрый. — Сколько? Если его продать?

— Не спешите, — посоветовал Михаил Эрастович, — продать вы всегда успеете. Может быть, лучше оставить его в семье. Ваша дочь или внучка наденет его на свое совершеннолетие. Старый ван Гаттен был бы доволен.

— Или на свадьбу, — хрюкнув от удовольствия, вступил Франц Иосифович. — Церковь. Невеста. Белое платье. Открытые плечи. Орган. В ваших церквях не играет орган. Ерунда. И ваше ожерелье. А?

— Сколько оно стоит? — повторила Соня. — Хоть приблизительно?

Франц Иосифович пожал плечами и посмотрел на Михаила Эрастовича.

— От семидесяти до ста тысяч долларов, — сказал тот. — Чуть меньше, чуть больше, в зависимости от знатока. И все же не спешите его продавать. Подумайте. Пусть оно полежит у нас в сейфе. У нас гораздо надежнее, чем в ваших швейцарских банках.

— Разумеется, мы не станем никому его отдавать, — перебил его Франц Иосифович, — только барышне. В руки. С чего вы взяли, что мы можем его отдать?

— Мое ожерелье стоит семьдесят тысяч долларов? — пробормотала Соня, еле шевеля губами. — Оно столько стоит?

— Что с ней? — нетерпеливо спросил Франц Иосифович почему-то у Кирилла.

— Она думала, что оно стоит семь рублей, — сказал Кирилл, — не обращайте внимания. Если она не придет в себя, мы макнем ее в Неву.

— Я думала, что бабушка, — продолжала бормотать Соня как в бреду, и Кирилл подумал, что ее на самом деле придется полоскать в Неве, — я думала, что бабушка оставила мне стекляшки. Я думала, что она меня разлюбила. Что она меня презирала. Я думала, что она хотела мне напомнить, что я ничего не стою. Что я недостойная. А она... она... оставила мне бриллианты. И завещание не изменила. Даже после того.

— Спасибо, — поблагодарил Кирилл ювелиров, — кофе был изумительный. Я такого не пробовал никогда в жизни.

— Заходите, — пригласил Франц Иосифович, поглядывая на Соню, — приводите барышень. Мы всегда варим кофе после того, как выстрелит пушка. Будем рады. Да.

— Сонечка, пошли, — Настя потянула Соню за руку, — спасибо вам большое, Франц Иосифович, и вам, Михаил Эрастович. Кофе был необыкновенный.

Кирилл почти выволок Соню из мастерской. Почему-то она упиралась, не шла, а он тащил ее и злился так, как не злился никогда в жизни.

Даже когда отец заставлял его писать «план самосовершенствования» на неделю вперед, а потом следовать этому плану и вписывать в отдельные графы свои достижения.

Он был совершенно уверен в своей правоте с той минуты, когда увидел в окошечке Светиного мобильного номер телефона. Он знал абсолютно точно, что вся затея со звонком — попытка в очередной раз обмануть дуреху Соню, обвести вокруг пальца, ведь это было так просто. Соня поверила бы — она привыкла верить во все самое плохое.

Вот в то, что ожерелье подлинное, она поверила не сразу и, кажется, еще не до конца.

Она не стала бы ничего выяснять, она не разрешила бы никому «вмешиваться в историю» и потеряла бы бабушкино наследство и остаток веры в людей.

Вынырнув из ювелирного подземелья в солнечный свет и жару, Кирилл большими шагами пошел к машине, таща за собой Соню, как провинившуюся дворнягу на поводке. Настя шла следом и молчала, не задавала ни одного вопроса.

Правильно делала, что не задавала.

Черт возьми, кем нужно быть, чтобы так... так подло обманывать беззащитную нищую дуреху, которая работает день и ночь и носит кримпленовые платья и клетчатые юбочки образца семидесятых?!

Тетей Александрой? Братом Владиком?

Она очень удобна в качестве уборщицы, поденщицы, подавальщицы, подтиральщицы, вязальщицы — и так далее. Она до такой степени не верит в жизнь, что с первого слова поверила в неуклюжее вранье, поверила, потому что знала твердо — она не достойна ничего хорошего.

Ее никто не любит. Бабушка и та посмеялась над ней, завещав ничего не стоящие стекляшки.

От семидесяти до ста тысяч долларов, пропади оно все пропадом!..

Кирилл наотмашь распахнул дверь своей драгоценной машины и впихнул Соню внутрь. Сел за руль и завел мотор.

Рядом уселась Настя. Вытянула ремень и защелкнула его в замке. От негромкого звука Соня вздрогнула, как будто выстрелила пресловутая пушка в Петропавловской крепости. Вздрогнула и уставилась на Кирилла. В зеркале заднего вида отразились ее красные кроличьи глаза.

— Я не стану говорить: мы же вас предупреждали, — выговорил он с бешенством, — но все-таки вы редкостная идиотка. Первосортная.

— Кирилл!

— Да. Идиотка.

Соня еще посмотрела на него и вдруг упала лицом в ворс дивана. Костлявые плечики затряслись.

— Не приставай к ней, — приказал Кирилл Насте, которая моментально полезла через сиденье — утешать, — она сама придет в себя. Нельзя позволять всем окружающим так над собой измываться. Кинофильм «Чучело» хорош только для знатоков кино. Применять его на практике не стоит, Соня.

Она все рыдала и даже начала подвывать, и Кирилл отвернулся от нее.

Мотор негромко урчал, из кондиционера тек прохладный воздух, затекал за воротник, обдавал потную спину.

Ну и черт с ними, подумал Кирилл неизвестно про кого.

Зато теперь он хоть может быть уверен, что историю с ожерельем затеяла не сама Соня. И на том спасибо.

Он сдал назад и вывернул из узкой подворотни.

— Здесь нет левого, — предупредила Настя, — давай направо и под мост.

— Не хочу под мост, — пробормотал Кирилл и, прицелившись, выскочил в узкий просвет между машин. Ему сердито посигналили сзади, и он нажал на газ.

— В Москве все так ездят? — спросила Настя язвительно.

Кирилл ничего не ответил. Предполагалось, что Настин любовник — коренной петербуржец, и было странно, что она об этом забыла.

— Куда мы едем, Кирилл?

Он посмотрел на Соню. Она больше не рыдала, лежала тихо, только плечи время от времени вздрагивали.

Ладно. Все равно конспиратор из него никакой.

— Мне нужно в отель. Позвонить.

На повестке дня была еще одна родственница, гораздо более красивая и несколько не в меру раскрепощенная, но также до отказа переполненная комплексами. Ее «темное дело» было Кириллу более или менее ясно, но все же требовалась дополнительная проверка.

— А мы? — спросила Настя.

— А вы кофе попьете. В лобби-баре. Это недолго.

— Кому ты хочешь звонить?

Кирилл промолчал.

Соня поднялась с дивана, качнулась, как кукла, и села прямо. Одна щека у нее была красная, а другая бледная.

— Мне нужно домой, — сказала она, — высадите меня где-нибудь, и я поеду домой.

— Куда домой, Сонечка?

— В квартиру. Забрать фонендоскоп. Если я не привезу фонендоскоп, мама обо всем догадается.

— О чем именно догадается ваша мама? — спросил Кирилл. — О том, что вы ехали в Питер в одной машине с мужчиной? И таким образом опозорили себя окончательно?

— Она догадается, что я... поехала узнавать про ожерелье. Она очень расстроится.

— Расстроится?! — не веря своим ушам, переспросил Кирилл. — Ваша мама расстроится потому, что ваше наследство составляет сотню тысяч долларов?!

— Ну да, — обыденно сказала Соня, — бабушка ей ничего не оставила. Только Библию. С выделенными изречениями.

— Например, какими?

Соня неожиданно тускло улыбнулась и посмотрела в окно. Около губ у нее собрались морщинки:

— «...какою мерою мерите, такою отмерено будет вам и прибавлено будет вам... ибо кто имеет, тому дано будет, а кто не имеет, у того отнимется и то, что имеет». И все в таком духе. Мама страшно обиделась. Плакала, не спала. Она не переживет, если узнает, что ожерелье настоящее. Просто не переживет.

— Ничего, — сказал Кирилл. Соня его раздражала. — Переживет. Вы ей отдадите ваше ожерелье или денежки, чтоб хлопот им с Владиком поменьше, и все будет в порядке. Она утешится. Так что наплюйте на фонендоскоп.

— Я не могу, — сказала Соня твердо.

— Зато я могу.

Он снова нажал на газ так, что Настя откинулась назад, вылетел из-под светофора и перестроился из крайнего левого в крайний правый ряд. Настя еще ни разу не видела, чтобы он так ездил.

Он вырулил к «Рэдиссону» и втиснул машину в игольное ушко между двумя «Мерседесами».

— Поосторожней с дверьми, — велел он и выбрался со своего места. — Соня, выходите.

Швейцар уже распахивал перед ними вход в Сезам, улыбался приветливо и подобострастно, как и полагается швейцару, а Соня все копошилась около его машины. На чистой мостовой, в рамке из дорогих машин, нарядных людей и солнечного света она выглядела еще хуже, чем на самом деле.

— Зачем ты нас сюда привез? — тихонько спросила Настя.

— Мне нужно позвонить, — ответил он упрямо. — Я не хочу звонить с мобильного или из твоего дома. И вообще, если бы ты знала, как мне все это надоело!..

Соня выбралась из-за ряда машин и неуверенно ступила на тротуар.

— Я не могу, Кирилл, — проговорила она и посмотрела испуганно, — я туда не хочу.

— Ничего не попишешь, — сказал он и подтолкнул ее вперед, — все вами помыкают, и я тоже. Вам не привыкать.

Он стремительно пролетел мимо стойки портье, мельком кивнув ему, мимо фонтанов, кожаных кресел, зеркал, цветов, мимо золотых дверей, мраморных лестниц, китайских ваз, белого рояля, мимо колонн, сверкающих чистым стеклом перегородок, и вырулил к бару.

— Садитесь, — сказал он, — садитесь и ждите меня.

Он дернул Соню за руку, и она проворно опустилась в кресло, как будто спряталась. И подобрала ноги в потрескавшихся босоножках.

— Кофе, — приказал Кирилл подлетевшему официанту, — или вы будете чай, Соня? Нет? Значит, два кофе. И мороженого, что ли! У вас есть мороженое?

— Конечно, — уверил официант и вознамерился было положить перед Соней тяжелую папку. Кирилл папку захлопнул и сунул официанту под мышку.

— Значит, мороженое. Да, и еще минеральную воду. Со льдом и лимоном. А я пошел. Если все съедите и заскучаете, закажите еще. — Он вдруг наклонился и поцеловал Настю. По-настоящему поцеловал, а не просто так приложился. — И не вздумайте напиваться.

Официант смотрел во все глаза. Еще три дня назад Кирилл ни за что не сделал бы ничего, что могло вызвать такое изумление. Теперь ему было все равно.

Ну, почти все равно.

Он поднялся в свой номер, встретивший его привычным отельным уютом и запахом свежих цветов, и первым делом снял с себя рубаху, которая липла к спине. И помотал головой из стороны в сторону.

В затылке катался тяжелый свинцовый шарик — следствие удара доской. Он становился то меньше, то больше, но совсем не исчезал. После кофе Михаила Эрастовича, к примеру, он стал кататься особенно активно.

Кирилл подумал немного, зашел в ванную и полил голову холодной водой. Счастье, наступившее после этой процедуры, было таким полным, что он на несколько мгновений забыл, что ему нужно звонить, выяснять, выспрашивать — продолжать свои сыщицкие изыскания.

Вчера в этом самом номере — неужели только вчера? — они с Настей занимались не только сыщицкими изысканиями. У них было несколько более интересное занятие, которому они посвятили основное время. Пожалуй, в Дублине они совсем не станут выходить из отеля, и черт с ним, с океаном, темным пивом и Джеймсом Джойсом.

Хотя тогда непонятно, зачем вообще тратить драгоценное время на перелеты, вполне можно ограничиться именно этим номером в «Рэдиссоне», и лететь никуда не нужно.

Кирилл засмеялся и сел к телефону.

Интересно, они уже выпили свой кофе или все еще пьют — его Настя, вся изнывающая от сочувствия к Соне, и сама Соня, мечтающая добыть фонендоскоп, чтобы «мама ни о чем не догадалась»?

Кирилл набрал номер, поздоровался и попросил своего питерского партнера добыть какие-нибудь координаты бывших владельцев «Красна Солнышка». Несколько удивленный партнер, который был уверен, что Кирилл в это время как раз осматривает дублинские католические соборы, подумал немного и сказал, что это довольно просто. Сам он никого не знает, но есть Павел Анатольевич, который знает. Сейчас он перезвонит Павлу Анатольевичу, а потом Кириллу Андреевичу.

Расчет был верным и на этот раз. В таком маленьком и не слишком отягощенном коммерцией городе, как Питер, наверняка «большие» люди знают друг друга в лицо и по номерам телефонов.

Через семь минут Кирилл уже разговаривал с бывшим генеральным директором бывшего «Солнышка», который заново поведал ему всю историю, уже со своей стороны. Повествование изобиловало неформальной лексикой, и Кирилл чувства бывшего генерального вполне разделял. Генеральный был откровенен до предела, потому что Кирилл был «свой», пришедший с нашей линии фронта, и за пять минут Костромин узнал больше, чем если бы он год изучал материалы следствия, включая имена и фамилии.

Расстались они почти друзьями, и Кирилл даже обещал звонить, когда в следующий раз будет в Питере. Телефон он старательно переписал в записную книжку.

Чем черт не шутит, может, и пригодится. Жизнь такая штука — не знаешь, куда повернет.

Вот никогда в жизни он не помогал девицам с заглохшими машинами, а тут вдруг помог и теперь может думать только о том, как бы ему побыстрее остаться с ней в одной комнате и не выходить оттуда подольше.

Он закурил и, пока сигарета медленно таяла в пальцах, сосредоточенно думал о предстоящем разговоре. Материала у него на этот раз было достаточно, но все же подумать стоило. Ему не хотелось сесть в лужу в самом начале, так ничего и не выяснив.

Сигарета дотаяла до фильтра, он решительно смял ее в пепельнице и набрал мобильный номер.

Когда ему ответили, он весь подобрался и даже встал с дивана и ушел с трубкой к окну, за которым плавился в небывалой жаре город Санкт-Петербург. Самый лучший город на свете.

— Петр Борисович, — сказал он сдержанно, — меня зовут Кирилл Андреевич Костромин. Мне посоветовал к вам обратиться Владимир Волин.

Так звали того самого ловкого парня, который слопал «Солнышко» вместе со всеми лучиками и даже не поперхнулся.

— Да-да, — откликнулся солидный и положительный голос в трубке.

Кирилл представил себе обладателя этого голоса — лысого, как бильярдный шар, сладкого, как рахат-лукум, в очочках и с мягкими белыми руками. И еще непременно в синем костюме.

— Мне нужна ваша помощь, Петр Борисович, — продолжил Кирилл, — Волин сказал, что вы можете помочь.

— Я немного помог Владимиру Петровичу, — осторожно сказал рахат-лукум, — у вас такое же... затруднение?

С этого момента начинался чистый экспромт, и Кирилл, дотянувшись до пачки, закурил следующую сигарету.

— В вашем институте года три назад зарегистрировали торговую марку «Северный олень». Это обувь. Теплая обувь для экстремальных климатических условий. Видели рекламу?

— Не припомню, — признался сахарный Петр Борисович, — но можно посмотреть.

— Да. Посмотрите, пожалуйста.

«Северный олень» придумался сам собой, но Кирилл отлично знал, что, чем убедительнее и глаже человек говорит, тем безоговорочней ему верят. А если при этом называть в разговоре какие-нибудь фамилии, о которых собеседник знает, что они — свои, никакие проверки не потребуются.

— Они регистрировались года три назад, — продолжал Кирилл настойчиво, — и я точно знаю, что у вас. Мне нужно, чтобы мой «Северный олень» был зарегистрирован раньше. Волин сказал, что вы в этом все понимаете. Я-то ничего не понимаю. Я бизнесмен, а не юрист.

Петр Борисович на другом конце провода моментально осознал собственную значимость и свою необычайную ценность для бизнеса.

— Это непросто, — проговорил он, становясь

даже не сахарным, а паточным, — это требует... определенных усилий.

— Естественно. Мне нужно только, чтобы все было по-настоящему и чтобы меня ни в каком районном суде потом не взяли за одно место за подделку документов.

— Прошу вас, не нужно произносить по телефону подобных слов! — взмолился Петр Борисович. — Это совершенно ни к чему, я и так все отлично понимаю.

— Значит, я могу быть уверен, что все будет сделано как надо?

— Это зависит от оплаты, Кирилл Андреевич, и больше ни от чего. Все, что в моих силах, я сделаю.

— Сколько вы берете? — Кирилл уже шел напролом, понимая, что дело почти сделано — он получил ответы на все свои вопросы.

— Два процента от прибыли, — сказал Петр Борисович доверительно.

— Недешево, — весело констатировал Кирилл.

— Так ведь и работа непростая, — как бы извиняясь, пояснил Петр Борисович, — я отвечаю за качество, уважаемый Кирилл Андреевич. Если что-то будет не в порядке, вы же с меня спросите, верно?

— А что может быть не в порядке?

— Уверяю вас, все будет в полном порядке, если только установленная сумма...

— Да-да, — нетерпеливо перебил Кирилл, — про сумму я понял. Просто мне тоже нужны гарантии. Вы ведь в этом деле не один, правильно я понимаю? Вы своим... — он чуть было не сказал «сообщникам», но быстро поправился, — сотрудникам доверяете?

— Со мной работает только одна девушка, — доверительно сообщил Петр Борисович, — очень умненькая и очень надежная. Будьте спокойны. Кроме того, она ничего не знает. Просто исполнитель.

— Она из группы патентных поверенных? — уточнил Кирилл.

— Да-да. Именно они непосредственно занимаются регистрацией и архивами, а ваша торговая марка должна давным-давно быть в архиве, ведь так?

— Приятно иметь с вами дело, Петр Борисович! — искренне сказал Кирилл.

Он быстро свернул разговор, условившись с Петром Борисовичем о скорой встрече.

Все оказалось именно так, как он и предполагал.

Свете не было никакого резона красться по темному саду и лупить его ночью по голове. Все ее тайны были в руках у рафинадного Петра Борисовича.

Кирилл задумчиво уронил трубку на рычаг и достал из шкафа чистую рубаху.

Какая жара.

Кажется, что город за окном плавится и дрожит, как будто залитый огненным жидким стеклом.

Значит, так.

Зеркало. Фотографии. Кучка пепла в камине. Звонок со Светиного мобильного. Человек в саду. Семейная история про клад. Собачья шерсть на Сониной пижаме. Ожерелье в сто тысяч долларов.

Убить за сто тысяч долларов — ничего не стоит. Убивали и убивают за меньшее.

И сколько еще припрятано таких ожерелий?

Может, сорок? Или два? Или сундук, как у Роберта Льюиса Стивенсона?

Кто такая Людочка, о которой упомянуто в дневнике? Куда делись страницы из арабской книги, принадлежавшей Якову? Что на них было? Почему их вырвали? Кто их вырвал? Когда?

Свинцовый шарик в затылке вдруг перестал кататься из стороны в сторону, остановился посередине и как будто заледенел. Даже шее стало холодно.

Ты же такой умный. Номера на машинах запоминаешь с первого раза. Два и два складываешь хорошо и при этом редко ошибаешься.

Что ж ты стоишь? Давно сложил бы и получил все, что нужно.

Неизвестно, кто будет следующим. Кто окажется между деньгами и человеком, жаждущим их больше всего на свете.

Что ты станешь делать, если убьют Настю? Или ее отца? Или мать? Или — еще хуже! — кто-то из них окажется тем, кто заварил всю кашу?

Это была просто игра — почти что в шпионов. Ты спрашивал, сопоставлял и радовался, как мальчишка, что опять оказался умнее всех.

Ты сможешь доиграть до конца и после этого уехать в Дублин? А Настя? Она поедет с тобой, *если ты все-таки доиграешь до конца?*

Ледяной свинцовый шарик в голове превратился в глыбу.

Кириллу вдруг стало страшно.

Пока он был уверен, что *это его не касается*, все было легко и просто. Почему-то ему не приходило в голову, что его это касается больше всех. Его и Насти.

Неделю назад он ни за что не вспомнил бы ее имени и, если бы не визитная карточка, вывалившаяся из кармана, не стал бы ей звонить и никогда бы не встретился с ней.

Кажется, в эту неделю изменилась жизнь. Была одна, стала другая.

В прежней не было Насти, и Кирилл Костромин ни на кого не должен был оглядываться. Да, да, он думал о том, что ему уже не найти никого, кто был бы понятен, близок и, главное, нужен, и печалился из-за этого, и сетовал на одиночество, и мечтал о неторопливом субботнем утре — и все это было как-то... односторонне.

Ему представлялась его будущая необыкновенная любовь, как огромный радостный летний день, в котором он наконец-то будет не один, но почему-то он совсем упустил из виду, что *она* — это не только воплощение его мечты, но еще и человек, самостоятельная личность, которая как-то жила до встречи с ним и у которой есть проблемы, заботы, родители, служба, дальние и близкие родственники, чахлая машина, собственные взгляды на жизнь, тайны, вкусы, привычки. Целый мир.

Ему придется влезать в этот мир, даже если ему вполне хорошо в своем собственном, влезать и завоевывать себе место в нем, и смотреть, чтобы не наступить никому на мозоль, и вышвыривать самозванцев, и держать оборону, и подлизываться, и прощать, и начинать все сначала — а он не был к этому готов и не знал даже, хочет ли он этого.

Он пришел в бешенство из-за Сониной безответной тупости, до которой ему не могло быть никакого дела. Он пришел в бешенство потому, что это касалось Насти и становилось важным для него, — а он не хотел этого.

Он по уши влез в чужие проблемы и испугался того, что они могут стать его собственными.

Он должен все обдумать.

Он доиграет до конца, слетает в Дублин и вернется в Москву, чтобы спокойно и трезво все обдумать. Если к тому времени у него еще будет такая возможность.

Когда Кирилл остановил машину возле кованых железных ворот, оказалось, что тетя Александра караулит в смородиновых кустах по ту сторону забора. Лиловый халат виднелся среди густых веток.

— Мама, — сказала Соня убитым голосом.

— «Мама», — передразнил ее Кирилл.

Он очень строго сказал себе, что его не интересует ничто и никто, кроме Насти Сотниковой и предстоящей ночи, но следовать выбранному курсу было почему-то трудно.

— Сонечка, ты ей ничего не говори, — заторопилась Настя, — Кирилл все правильно решил. Давай про ожерелье вообще не вспоминать, как будто мы ничего не знаем.

— Если мама узнает, она меня не простит, — как завороженная повторила Соня, не отрывая взгляда от зашевелившегося в кустах халата, — я и так...

— Я вашу маму утоплю в Финском заливе, — пообещал Кирилл, перегнулся через Настю и стал шарить в «бардачке», — если она еще раз в моем присутствии откроет рот. Так ей и передайте.

— Что ты ищешь? — спросила Настя.

— Я уже нашел.

Он выудил из «бардачка» длинную картонную коробку и через плечо кинул ее на заднее сиденье.

— Это фонендоскоп, — объяснил он злобно, — если вы мне сейчас скажете, что у вас дома не такой, а какой-то другой и мама это непременно заметит, я утоплю вас в Финском заливе вместе с ней.

— Откуда он у вас? — Соня взяла коробку обеими руками, как будто заморскую диковинку.

— Купил в аптеке.

Настя, смотревшая на него в упор, вдруг засмеялась, схватила его руку, лежавшую на руле, и звонко поцеловала. Перевернула и поцеловала еще раз — в ладонь.

Он смутился так, что стало жарко затылку. И Соня в зеркале не отрывала от него глаз.

— Спасибо, — вдруг сказала она, — я ведь так и не поблагодарила вас.

— Пожалуйста, — перебил ее Кирилл. — Давайте. Вылезайте и уводите вашу маму из засады. Только вы можете с ней справиться.

— Когда ты заходил в аптеку? — спросила Настя, провожая глазами удаляющуюся к калитке Сонину спину.

— Когда ты покупала своих кур. Кстати, почему мы так нигде и не поели, я не понял?

— Потому что нас ждут дома, — сказала она удивленно, как будто он спрашивал у нее какую-то глупость.

— Ах, да, — сказал Кирилл, — я забыл. Нас ждут дома, поэтому поесть мы нигде не можем. Хорошие мальчики и девочки всегда слушаются маму и папу.

— Что с тобой?

— Ничего.

— Почему ты так злишься?

— Я не злюсь.

— Нет, злишься. Ты начал злиться, когда отдал Соне фонендоскоп. Тебе неудобно, что ты его купил?

Не мог же он сказать ей, что отныне их проблемы его не касаются!

— Настя, я не злюсь. Все нормально. Открывай мне ворота, и я заеду.

— Давай я заеду, — вдруг предложила она весело, — мне всю жизнь хотелось хоть сто метров проехать на такой машине.

— Нет! — завопил он испуганно. Однажды он видел, как она заезжает в ворота.

— Ты жадина-говядина, — сказала она и засмеялась, — тебе жалко дать мне порулить, потому что твоя машина тебе дороже, чем я!

И, стиснув руками его шею, она притянула к себе его голову и поцеловала в губы.

Краем глаза он видел продолжавшееся лиловое шевеление в смородиновых кустах, и машина стояла очень неудобно — поперек проезжей части, — и вот-вот могла выскочить тетя Нина с руководящими указаниями или Настин отец с очередной доской для очередной скамейки, но она целовалась с ним так самозабвенно и с таким вкусом, что очень быстро он перестал соображать, и задышал коротко и бурно, и его ладони оказались у нее на груди, и обнаружилось, что под полотняным пиджачком у нее ничего нет — совсем ничего, только она сама, гладкая, крепкая, шелковистая и чуть-чуть влажная.

Он совсем забыл, какая она на ощупь.

Как она сказала? Жадина-говядина?

От жадности он укусил ее за шею. От жадности он чуть не оторвал плоскую пуговицу, которая мешала ему, все время попадаясь по руку. От жадности он готов был проглотить ее целиком — только бы она никому, кроме него, не досталась.

Кажется, он намеревался быть благоразумным.

Свежая рубаха стала совсем мокрой от пота.

— Настя!! — закричали с участка. — Настя, ты курицу привезла?!

Она оторвалась от него, бессмысленно одернула задравшийся пиджачок и, пошарив рукой, нашла свои очки и нацепила их на нос, и оказалось, что нацепила вверх ногами.

Кирилл смотрел на нее и молчал.

— Я не виновата, — быстро сказала она, — я не ожидала. Я просто так. Я очень соскучилась по тебе, а ты был такой злющий и такой... замечательный.

Он молчал.

— Ты действуешь на меня как-то странно, — добавила она и вдруг выскочила из машины и побежала по дорожке. — Ворота сам откроешь! — крикнула она уже из-за калитки.

Некоторое время он прикидывал, что правильнее сделать — рассердиться или засмеяться, и решил, что сердиться не станет. Она тоже действовала на него каким-то странным образом, но зато он совершенно точно знал, что нужно, чтобы как следует разобраться, в чем именно странность.

Отсутствие родственников, закрытая дверь и кровать на драконьих лапах. В крайнем случае, сойдет и диван.

Костромин загнал машину в гараж, запер на все замки и пошел к дому.

— Кирилл! — окликнули его из-за георгинов.

Он остановился. За георгинами раздалось бормотание, какой-то шорох, потом сильно забила по листьям вода, и выглянул Сергей — мокрый, грязный и без очков.

— Почему-то я должен поливать эти проклятые георгины! — сказал он сердито и отряхнулся, как мокрая собака. — Шланг ни черта не держится.

— Я разуюсь и посмотрю, — предложил Кирилл.

— Спасибо.

Сергей вылез на дорожку, и оказалось, что шорты у него промокли насквозь, а ноги до колен такие грязные, как будто он месил глину.

— Дай мне сигарету. Я все силы потерял и сигареты промочил. А все из-за этого шланга.

Кирилл вытащил свою пачку.

Кажется, раньше он не любил, когда у него просили сигареты.

— Вы ездили к ювелиру? — спросил Сергей, прикурив.

— Ну да.

— И как это ты ее уговорил? — пробормотал Сергей и посмотрел вдоль дорожки. — Я был уверен, что она ни за что не поедет.

— Ну да.

— Что вам там сказали?

Кирилл тоже посмотрел вдоль дорожки. Скрывать не было никакого смысла. Сергей, каким бы он ни был, вряд ли побежит с докладом к тете Александре.

— Сказали, что ожерелье подлинное, сомнений никаких. Девятнадцатый век, середина. Соне они не звонили. Зато сказали, что ты в прошлую пятницу им звонил и они тебя проинформировали в том смысле, что оно настоящее и стоит больших денег.

— Я? — поразился Сергей. — Я им звонил?! В прошлую пятницу?!

— А что? — спросил Кирилл. — Ты не звонил?

— Нет. Конечно, нет. Что еще за чертовщина! А Соне кто звонил, если они не звонили?!

— Я не знаю, — Кирилл пожал плечами, — кто-то из родственников, как я понимаю. Это не ты случайно?

Сергей швырнул окурок в лужу, натекшую на дорожку из георгиновых кустов.

— Я не звонил Соне. Я не звонил Францу. Я никому не звонил. Я привел им Соню с ожерельем и больше ни с кем не разговаривал. Что, черт побери, за дела!

— Я тоже не знаю, — признался Кирилл, — я так понимаю, что кто-то из родных решил, что ему ожерелье будет полезней, чем Соне. Поэтому он позвонил ювелиру, сказал, что он — это ты, то есть Сергей Сергеевич, узнал, что оно ценное и подлинное, а потом позвонил Соне и сообщил, что оно фальшивое. Соня ударилась в слезы и заявила, что про ожерелье слышать ничего не хочет. Дальше его просто нужно было оттуда забрать, и все.

— Как все? — забормотал Сергей. — Что значит — все? Это ведь... обман? Подлог?

— Обман и подлог, — согласился Кирилл, — я про то и толкую. Соне звонили со Светиного мобильного, это я проверил сразу. Кто звонил, не знаю. Кто-то из наших. То есть из ваших.

— Зачем?! Все равно это бы выяснилось. Франц спросил бы у меня, а я бы сказал, как все было.

— Франц мог спросить у тебя через год. Или два. Ну и что? Все равно концов к тому времени было бы не найти. Любимый брат уговорил бы ее подарить стекляшки ему или его подруге. Брат бы передарил или продал, никто же не знал, что оно не поддельное. Ведь Соня семье сказала, что оно фальшивое. Вот и все дела.

— Ты думаешь, это Влад все устроил? — спросил Сергей, и лицо у него стало брезгливым. — Просто, чтобы надуть Соню?

— Я не знаю, кто это сделал, но, конечно, затем, чтобы надуть Соню.

— Гадость какая, — сморщился Сергей, — ужасная гадость. Неужели Влад?

— Я не знаю, — повторил Кирилл, — ты закрутил бы кран, смотри, какой потоп.

Сергей посмотрел на воду у себя под ногами и не двинулся с места.

— Что теперь нам делать?

— В смысле? — удивился Кирилл.

— Ну, как нам выяснять, кто именно наплел Соне небылиц?

— Я не знаю. Думаю, что никак.

— Это нельзя так оставить, — заявил Сергей нетерпеливо, — а если бы ты не поехал выяснять, Сонино наследство пропало бы?! Совсем?!

— Пропало бы, — подтвердил Кирилл. — Кстати, про брата я просто так сказал. Ему не так уж и нужно убеждать ее в том, что оно фальшивое. Он бы все равно денежки у нее очень легко выманил. Она его обожает. Больше, чем всех остальных. Она бы их ему и так отдала.

— Тогда кто? Мама? Дядя Дима? Настена?

— Я не знаю, — повторил Кирилл с раздражением, — если хочешь, можешь выяснять сам. Только Соня просила, чтобы мы ничего не говорили тете Александре. Не ранили ее нежную душу. Ну, мы обещали не ранить.

— Кто ты такой, Кирилл? — вдруг спросил Сергей. — Мент?

— У меня бизнес, — ответил Кирилл, — я продаю строительные материалы. Делаю щетки и кисти. У меня два завода. В Китае и в Пензенской области. Я не мент.

— Тогда откуда ты все знаешь?

Кирилла это позабавило:

— Ничего такого я не знаю. Просто я внимательно смотрю и слушаю. Ювелир не стал бы звонить после восьми часов вечера, да еще за город. Он позвонил бы в двенадцать дня в ее питерскую квартиру.

— Элементарно, Ватсон, — пробормотал Сергей, и Кирилл улыбнулся. — Ты прикрутишь шланг?

— Прикручу. И есть очень хочется. Заехать в ресторан мы не могли. Нас, видите ли, ждали к ужину мама с папой.

— А что, твои родители никогда не ждут тебя к ужину?

— Нет, — сказал Кирилл, — не ждут. Примерно с тех пор, как мне исполнилось восемнадцать лет, я ужинаю один.

Вдвоем они кое-как прикрутили шланг и получили от Нины Павловны нагоняй за то, что развели на дорожке грязь и «теперь все потащат ее в дом, а убирать у нее нет никаких сил».

Дмитрий Павлович руководил приготовлением кур, вернее, не столько приготовлением, сколько грилем, в котором куры должны были жариться, и в пылу сражения позабыл на огне пустой чайник. Все долго принюхивались к странной металлической вони и сообщали друг другу, что «раньше так никогда не пахло». Дмитрий Павлович заглядывал в плиту, сердился и доказывал, что, наоборот, так пахло всегда, просто на этот раз аромат более насыщенный.

В конце концов Юлия Витальевна обнаружила на плите источник более насыщенного аромата, но спасти его было уже нельзя, он прогорел до дыр. Тетя Александра заголосила про астму, удушье и про то, что все желают ее смерти. Настя стала снимать с конфорки раскаленную решетку и сильно обожгла палец. Муся попрощалась и уехала. Света качалась в гамаке и время от времени говорила оттуда, что все ей надоели. Кирилл утащил из буфета огромный ломоть черного хлеба, а из кошелки на террасе два пупырчатых огурца и ел их на лавочке за жасмином. Нина Павловна нашла его и приказала ставить самовар, а Юлия Витальевна, услышавшая разговор, сказала, что ставить самовар еще рано, а нужно всем сесть и наконец поесть. Кирилл, прожевав огурец с хлебом, ответил, что поесть он давно мечтает, и обе дамы заспорили, из-за чего же ужин так задержался.

Когда наконец уселись на террасе и наступили тишина, благолепие и сытость, Кириллу показалось, что он ждал этого момента всю свою жизнь.

Задержавшийся ужин был вкусным, и никто не ссорился, а все мирно разговаривали, и даже Света не говорила гадостей Соне, а Владик не пихал в бок свою мамашу. Чай пили до двенадцатого часа и потом еще долго сидели просто так, слушая близкий Финский залив и стрекотание полуночных цикад в траве. Потом Сергей ушел проверить, закрыты ли поливальные краны, а Кирилл мирно курил на крылечке, где его заметила Нина Павловна и сказала, что у них принято равноправие, и если женщины должны после еды еще разобрать и вымыть посуду, то мужчины вполне могут им помочь, а не мечтать, глядя в звездное небо. Кирилл согласился с тем, что это справедливо, и Нина Павловна вручила ему самовар, который следовало ополоснуть и поставить на садовое крылечко.

Он подволок самовар под толстую струю высокого уличного крана, вытряхнул остатки углей и обошел дом, держа самовар за одну ручку. Было совсем темно, и голоса почти не доносились на эту сторону сада. Кирилл пристроил свою ношу на крыльцо и посмотрел на чернильное пятно соседнего дома. Дом был темным и зловещим и казался необитаемым, как декорация к фильму ужасов.

Кто там может прятаться? Зачем?

Он достал сигарету и щелкнул зажигалкой. Теплое пламя осветило руки, сделав окружающую тьму еще более плотной.

— Нет, — сказал кто-то совсем близко, Кирилл вздрогнул, пламя метнулось и погасло. — Я не знаю! И вообще, это ерунда какая-то!

Кирилл шагнул к крыльцу, в глухую темень, и оглянулся, всматриваясь в кусты. Говорил Сергей. Кирилл не видел его, но слышал очень хорошо.

— Оставь это мне. Я завтра же разберусь. Господи, какие глупости!

Его собеседник молчал, а подобраться поближе Кирилл не мог.

— Подожди! — сказал в темноте Сергей. — Да это не текст, а черт знает что.

Раздалось какое-то шевеление, послышался треск веток, и Сергей появился на дорожке в двух шагах от Кирилла. Лица было не видно, только майка отчетливо белела, как намазанная фосфором. Он постоял на дорожке и пошел к дому, обходя его с другой стороны. Кирилла он не заметил.

Черт побери, опять ночной разговор в саду, только на этот раз Кирилл почему-то по голове не получил.

С кем он разговаривал? О чем?

Кирилл еще постоял, прислушиваясь.

Никаких шагов, шорохов и скрипов. Ночной ветер тихонько шевелил листья. С какой стороны пришел гость? Из соседнего дома? Или из парка? Или с террасы, когда все разбрелись после ужина неизвестно куда?

Со своего места под крыльцом Кирилл дотянулся и подергал дверь в дом. Она была заперта. Значит, с садового крыльца никто не спускался.

Где этот человек? Ушел? Или из темноты наблюдает за Кириллом? Наверняка его рубаха так же фосфоресцирует в темноте, как Сергеева майка.

Наступив на клумбу, Кирилл выбрался на дорожку и обежал дом. На террасе горел свет, но никого не было, очевидно, все давно убрали со стола и разошлись. В кухне было темно. Кирилл заглянул на лестницу и приоткрыл дверь в пустую гостиную.

— Вы что-то ищете? — спросила Нина Павловна, появляясь в конце коридора.

— Сергея не видели? Я хотел попросить у него сигарету.

— Он давно спит, — проинформировала Нина Павловна, — а курить на ночь...

— Очень вредно, я знаю, — перебил Кирилл, — а Света или Владик? Тоже спят?

Нина Павловна пожала плечами. На локте у нее висело полотенце, она подхватила его и зачем-то протерла раму ближайшей картины.

— Света в ванной, а Владик, по-моему, собирается смотреть «Формулу-1». Он в библиотеке.

— «Формулу-1» по вторникам не показывают, — пробормотал Кирилл.

— Что?!

— Ничего.

— Вам больше ничего не нужно на улице? Я запираю дверь.

Кирилл смотрел, как проворные пальцы повернули ключ и задвинули старомодную щеколду.

— Кирилл, — позвала Настя с верхней лестничной площадки, — тебя забыли на улице?

— Нет, — откликнулся он, — я иду.

Тем не менее он медлил.

Нина Павловна скрылась за своей дверью, вода перестала отдаленно шуметь в ванной, из чего следовало, что Света закончила свои омовения и вот-вот покажется в коридоре, Дмитрий Павлович что-то громко сказал и засмеялся — и все стихло.

Никто не собирался ни входить, ни выходить из дома.

В коридоре было темно, только отсвечивал бок длинной вазы с сухими цветами, освещенный лунным светом из квадратного окна.

Кирилл еще постоял, неизвестно чего выжидая, пошел к лестнице, зацепился ногой и чуть не упал, с грохотом свалив что-то с вешалки.

— Черт побери!

Он зацепился за ремень сумки, пристроенной к обувному шкафчику, вывалив на пол темную кучу барахла.

Этого только не хватало!

Он присел на корточки и стал как попало пихать все обратно в сумку. Что-то металлически брякнуло у него в руках, и он замер, быстро обследуя пальцами длинный и холодный предмет.

Плоская металлическая коробочка, на ощупь довольно тяжелая.

Выключатель был далеко, у самой двери, и он не стал зажигать свет. Вместо этого он подтащил сумку и коробочку к лунному прямоугольнику у окна.

Коробочка не открывалась, и он потянул изо всех сил. Крышка откинулась, и он едва успел ее поймать.

В коробочке был шприц и несколько больших ампул, лежавших отдельно.

Секунду Кирилл смотрел, а потом быстро полез в карман за зажигалкой. Зажигалка щелкнула, взметнулось пламя, и, близко поднеся ампулу к огню, он прочел название лекарства.

Так. И что это значит?

Он захлопнул коробочку, наугад сунул ее в сумку. На полу еще оставалось какое-то барахло, и его тоже следовало вернуть на место.

Быстрые шаги заставили его метнуться обратно к вешалке и обувному шкафчику. Он присел на корточки, придерживая коробочку внутри сумки и запихивая ее поглубже. Шаги прозвучали совсем близко, в дальнем конце коридора распахнулась дверь, выплеснув непривычно яркий свет, и Соня в мышиной пижаме спросила негромко:

— Кто здесь?

— Это я, — откликнулся Кирилл, — я тут что-то уронил.

— Что? — Она показалась в коридоре, и тетя Александра спросила из комнаты:

— Что там происходит? Ночь на дворе, а в этом доме никто не спит, как в борделе! Соня, куда ты пошла?

— Какую-то сумку, — продолжал Кирилл. — Вот. Видите?

Она подбежала и почти вырвала сумку у него из рук.

— Это моя, — сказала она, слегка задыхаясь, — зачем вы ее взяли?

— Я же говорю, — объяснил Кирилл спокойно, — я ее уронил. Случайно. Из нее что-то выпало, я подобрал.

— Что? — почти крикнула Соня. — Что из нее выпало?!

— Да вот, — сказал Кирилл и протянул ей какие-то бумажки, — и еще кошелек. Я его на место положил.

— И все? — спросила она, прижимая сумку к животу обеими руками.

— Все, — ответил он и, не удержавшись, добавил: — А что еще должно было выпасть?

— Соня, немедленно вернись и закрой дверь. Сквозит ужасно! — раздалось из комнаты. — С кем ты там разговариваешь посреди ночи?! Совсем стыд потеряла! Никого не щадишь! Даже мой покой тебе не дорог!

— Я иду, мама, — произнесла Соня отчетливо, — извините меня, Кирилл. Я просто нервная. Спокойной ночи.

— Спокойной ночи.

И она скрылась вместе со своей сумкой.

Он подождал, пока за ней закроется дверь, и стал подниматься по лестнице.

Медицинская коробочка со шприцем принадлежала Соне, он понял это и без ее объяснений.

Не было ничего странного в том, что медсестра носит с собой коробочку со шприцем. Мало ли что.

Странными были ампулы — их количество и содержимое. И еще то, что она так испугалась.

Почему она так испугалась? Почему она спрашивала, что именно он вытряхнул из ее сумки? Боялась, что он найдет шприц? Но ведь сам по себе шприц, да еще в сумке у медсестры, не должен вызывать никаких подозрений, а она испугалась так, что у нее даже сбилось дыхание.

Для какой цели Соня предназначала ампулы?

Для кого они были приготовлены?

Кирилл вошел в свою — Настину — комнату и тихо прикрыл за собой дверь.

— Где ты болтался так долго? — спросила Настя сонно. — Я почти заснула.

— Происходит что-то странное, — сказал он негромко, и с Насти мигом слетел весь сон. — Происходит что-то очень странное, и я не могу понять — что.

Кириллу показалось, что он совсем не спал, и все же в середине ночи он проснулся, значит, все-таки спал.

Настя ровно дышала ему в плечо. Невесомая рука лежала у него на животе, пальцы чуть-чуть подрагивали, касались его кожи, и ему нравилось это дрожание — как будто она гладила его, очень легко.

Осторожно, стараясь не делать лишних движений, он заправил за ухо скользкие шелковистые волосы и потрогал губами разгоревшуюся от сна мочку, наткнувшись на серьгу, которая звякнула о зубы, и он засмеялся.

Никогда в жизни ему не нравилось ни с кем спать. В том смысле, чтобы делить с кем-то свое драгоценное, личное, неприкосновенное пространство, приспособленное только для него. Он не оставлял у себя девиц, предпочитая романтические выходные в домах отдыха. Он слишком любил себя, и свой покой, и свое одиночество и не желал ничего менять даже во имя радостей секса.

За три дня он так привык к Настиному присутствию рядом с собой, что ему было странно, что когда-то он спал один, без нее.

Он вернется в Москву, в свою квартиру, на свою территорию и снова станет спать один. Не будет никакого подрагивания тонких пальцев у него на животе и серьги, на которую наткнулись губы.

Он не знал, хорошо это или плохо — семьсот километров шоссе между ним и Настей Сотниковой.

Она оказалась слишком близко к нему, и не только в постели. Как быстро и как безнадежно он потерял то, к чему всегда так стремился, о чем мечтал, что выстраивал с упорством и тщательностью.

Независимость.

Он совсем не думал об этом, когда приглашал ее в Дублин, когда соглашался ехать с ней в этот дом и затевал расследование.

Глупый кролик по собственной воле влез в мешок, колышек упал, и петля затянулась. Пока еще он вполне может прогрызть в мешке дыру, выбраться на волю и добежать до ближайшего леса, но это пока. Очень скоро мешок превратится в клетку, из которой будет не добраться до ближайшего леса.

Ни одна из знакомых ему девиц не засунула бы его мобильный телефон за диван, чтобы он не мешал ему спать. Ни одна не спросила бы про трусы с зайчиками из «Плейбоя». Ни одна не стала бы пить с ним виски на ковре перед камином. Ни одна из них не стала бы кидать его в кровать только потому, что он оказался в мокрой рубахе.

Никто из них не нацепил бы на себя очки вверх ногами после трех поцелуев в машине.

Большинство из них старательно изображали из себя леди, играли в какие-то сложные игры, заставляя его подыгрывать и делать вид, что он верит, будто они — леди.

Настя вся — от очков и до ногтей на ногах — была настоящая.

Именно поэтому он не знал, что станет с ней делать, когда все закончится.

Она вздохнула рядом, завозилась и повернулась к нему спиной, устроившись щекой на его ладони. Как будто так и надо. Ему было неудобно, ее локоть давил ему в грудь, но он терпел, а потом вдруг рассердился.

Почему он должен лежать и думать тяжкие думы, а она спит и ничем ему не помогает?!

Он вытащил ладонь из-под ее щеки, но она не проснулась. Ему очень хотелось ее разбудить, и он понимал, что просто так будить ее среди ночи — свинство.

Тогда он выбрался из постели, нашел на полу свои джинсы, которые бросил, когда она вечером прыгнула на него, и вышел с сигаретой на балкон.

Было очень тепло, странно тепло, и он в который раз подумал, что такое лето на Балтике случается, наверное, раз в пятьдесят лет. Пахло садом, близкой землей, смолой от елки, которую он однажды держал за колкую лапу, и водой из Финского залива.

Где-то открылось окно, и он, вздрогнув, посмотрел вниз.

Опять ночные гости?!

Внизу никого не было, и больше никаких звуков не доносилось из спящего сада, и Кирилл вздохнул, решив, что от тайн, которые скрывает этот дом, у него начался приступ паранойи.

Тайны, черт их побери.

Он вернулся в комнату и постоял над спящей Настей, понимая, что больше ни за что не заснет. Иногда с ним такое случалось — бессонница являлась из глубины перегруженного сознания, гадко усмехалась и усаживалась рядом с ним на постель. Он знал, что прогнать ее можно, только сделав вид, что ему нет до нее никакого дела.

Может, все-таки разбудить Настю?

Он не стал ее будить. Он поцеловал ее в щеку кротким целомудренным поцелуем, от которого самому стало тошно, нацепил джинсы и вышел в коридор.

Он возьмет в библиотеке книжку, поставит чайник и посидит часок на кухне с книжкой и горячим чаем. Все лучше, чем маяться, не спать и препираться с бессонницей, уговаривая ее проваливать к черту.

Дом спал, только луна бродила по темному коридору, по кухне, по плиточному полу на террасе, который светился странным ночным светом. Отчего-то Кириллу было неуютно, и он пожалел, что не надел майку. Как будто луна его смущала.

Ощупью он пробрался в кухню, зажег газ, разом осветивший кухню загадочным синим светом, и тут только вспомнил, что чайник сегодня погиб, источая тот самый «насыщенный аромат», который так расхваливал Дмитрий Павлович. Кирилл пробормотал себе под нос какое-то ругательство, полез за туркой и ударился босой ногой обо что-то твердое и мокрое.

Он зашипел от боли — пальцы как будто свело, — присел и увидел на полу старый велосипедный насос, невесть как попавший в кухню.

Скорее всего придурок Владик что-то делал со своим велосипедом, да так и бросил насос посреди дороги.

От злости Кирилл еще раз пнул насос ногой — несильно, чтобы не дай бог не разбудить кого-нибудь, к примеру бдительную тетю Александру, — налил в турку воды и поставил ее на огонь.

Почему Соня так испугалась, когда увидела у него в руках свою сумку? С кем ночью разговаривал Сергей? Что именно он собирался узнать завтра?

Для кого предназначены ампулы в металлической коробочке?

Кирилл задумчиво смотрел в огонь, когда совершенно отчетливо услышал, как стукнуло об пол что-то тяжелое. Он замер, но больше не доносилось ни звука. Он выключил газ, сиплое, еле слышное гудение мешало ему, и, осторожно ступая, выглянул в коридор.

Тишина. Лунный свет. Сухие цветы в высоких вазах.

В ушах тоненько зазвенело, и он потряс головой, надеясь вытряхнуть звон. Ничего не происходило, но он знал — что-то случилось. Знал совершенно точно, наверняка.

На притолоке возле двери Настя держала большой старый фонарь. Кирилл брал его однажды, когда искал в сарае какие-нибудь подходящие башмаки. Он осторожно взял фонарь и бесшумно обулся.

Дверь на улицу была закрыта. Он посветил — щеколда задвинута, все в порядке. Садовая дверь тоже была заперта. Он взялся за ручку и навалился как следует.

Нет. Дело не в этом. Все закрыто.

Он стоял в темном коридоре и быстро соображал, что делать дальше. Ломиться в комнаты? Открывать все двери подряд? Устроить большой переполох? Вогнать наконец-то в гроб тетю Александру?

Он пошел по коридору, и ему казалось, что подошвы его ботинок грохочут по полу, как будто колонна демонстрантов двигается по Красной площади.

Комната Настиных родителей. Кирилл приостановился. Тишина.

Но в этом доме такие двери и стены, что разобрать, что за ними происходит, — невозможно.

Комната Нины Павловны. Снова тишина.

Впереди комнаты Сергея, Сони и ее мамаши,

а дальше гостиная и библиотека. Туда можно зайти, не опасаясь, что кто-то подскочит с воплями: «Спасите, убивают!»

Кирилл миновал дверь Сергея и уже прошел было дальше, но внезапно остановился и оглянулся. Фонарь он не включал.

Дверь в комнату Сергея была приоткрыта и слегка шевелилась, как будто от сквозняка.

Кирилл вернулся и остановился, прислушиваясь.

— Сергей, — позвал он осторожно и посветил в темный проем. — Сергей!

Никто не ответил, и Кирилл вошел в комнату. Луч старого фонаря, показавшийся ослепительным, метнулся по легкой шторе, по стене, выхватывая куски обоев и картин, и остановился на белом острове постели, вынырнувшем из темноты.

Сергея в комнате не было.

Кирилл быстро оглянулся и зачем-то еще раз позвал:

— Сергей! — и подождал, прислушиваясь.

На распахнутом окне полуночный ветер пузырем надул штору.

Куда он мог деться? Двери закрыты, в коридоре и ванных темно. Выпрыгнул в окно?

Нужно было соображать быстрее, и Кирилл вдруг пожалел, что у него нет с собой никакого оружия. Прошлой ночью он получил доской по голове. Что может произойти на этот раз, он не знал.

Он даже не предполагал, что вчера в саду мог быть Сергей. Он был абсолютно уверен, что знает, кто бродил ночью в туфлях Нины Павловны, — и ошибся.

Значит, скорее всего, он ошибается и во всем остальном.

Кирилл выключил фонарь, бесшумно подошел к окну и отдернул штору.

Ночь. Тишина.

Он посветил вдоль дома в одну и другую стороны — просто так, чтобы не получить по голове сразу же, и, опершись рукой, перескочил через подоконник.

Кого и как он станет искать в темном саду, если он даже приблизительно не знает, в какую сторону идти? К садовой калитке и старому парку? К заливу? К соседнему дому?

Он стоял, стараясь не шевелиться и надеясь на то, что его противник так же плохо видит в темноте, как и он сам.

Знать бы, во что он ввязался, черт побери!..

В глубине кустов что-то затрещало, как будто пробежал зверь. Пробежал и замер. Кирилл вскинул свой фонарь, как автомат, и луч поймал шевеление в старой сирени.

Там кто-то был секунду назад. Был и исчез.

Кирилл заставлял себя ровно и глубоко дышать. Вернуться в дом? Зажечь свет? Разбудить всех?

Он опустил фонарь и прямо у себя под ногами, в пыли увидел неровный широкий след, как будто здесь только что проволокли мешок с песком. Он посветил дальше. След уходил в сторону залива и пропадал в газоне — трава была примята.

«Оставь мне это. Я завтра же во всем разберусь», — так сказал Сергей человеку, которого Кирилл не смог ни разглядеть, ни услышать.

Завтра же. Завтра.

Завтра Сергей уже ни в чем не сможет разобраться.

Кирилл кинулся по следу, уходившему в траву. Ветка хлестнула по лицу. Фонарь дергался у него в руке, и луч плясал по кустам. До залива — рукой подать.

Убивать Сергея в саду — опасно. Или его вытащили из комнаты уже мертвого?

Кирилл ни о чем его не спросил. Он спросил Нину Павловну, и она сказала, что Сергей спит.

Почему он не поговорил с ним, ведь все было яснее ясного?!

Он решил, что ошибся, — вот в чем дело. Он решил...

Сейчас это совершенно неважно. Сейчас он должен найти Сергея. Или его труп.

В густых зарослях фонарь уже почти не помогал, все равно Кирилл ничего не видел дальше собственного носа. И *тот человек* значительно опережал его. Он потерял слишком много времени, пока бродил по темному дому и вслушивался в бесполезную тишину.

Он опоздает. Он уже опоздал.

Ему казалось, что рядом бежит кто-то еще, но некогда было посмотреть. В темноте не было видно никаких следов, и он просто продирался в сторону залива, даже не представляя себе, что станет делать дальше.

Забор. За забором дорога, узкая полоса, и — вода.

Кирилл перепрыгнул через забор и оказался на дороге. Здесь было светлее, чем в саду, луна светила как сумасшедшая, и старый асфальт казался голубым.

Что дальше? Что дальше, черт побери?!

Он кинулся влево, потом вправо, выискивая тропинку, но в темноте найти ее было невозможно. Он нырнул в кусты, прикрывая локтем лицо. Песок стал уходить из-под ног, Кирилл упал на колени, поняв, что угодил в какую-то яму, поднялся и снова рванулся вперед. Ветки внезапно разошлись, и с разгону Кирилл вылетел к самой кромке воды, блестевшей, как новое железо.

Слева берег был виден далеко, до самого мыса, и он был совершенно пуст. Справа берега было мало, через несколько метров начинались заросли, камыши и какая-то путаница земли и воды.

— Сергей! — заорал Кирилл во все горло. — Ты где?!

Ему никто не ответил — странно было бы, если бы ответил. Только вода плескалась, лизала берег. Света старого фонаря не хватало, он не доставал даже до камней, горбившихся в заливе, и Кирилл слышал собственное сердце, которое почему-то распирало горло, не давало дышать.

Сзади послышался треск веток, Кирилл дернулся и отступил назад, в воду, понимая, что сам он как на ладони на фоне железной воды залива и предательница-луна торчит у него за спиной, а противник в темноте, и поделать уже ничего невозможно.

Из кустов прямо к его ногам выскочила огромная темная собачища и остановилась как вкопанная, расставив лапы и оскалив голубые клыки.

— Вы кто? — спросили из темноты. Голос был негромкий и низкий, совсем незнакомый.

— Я из этого дома, — быстро сказал Кирилл, — напротив.

— Что вы здесь делаете?

— Купаюсь!! — заорал Кирилл. — Утопленников ищу, вашу мать!!

Вновь затрещали ветки, Кирилл вскинул фонарь, собака зарычала и припала на передние лапы, готовясь прыгнуть, вцепиться в горло, защищать хозяина.

Из кустов в круглое световое пятно вывалился громоздкий мужик и неловко оступился на песке, припав на левую ногу.

— Спокойно, Дик, — приказал он и спросил у Кирилла как ни в чем не бывало: — Каких утопленников?

— Из нашего сада вытащили человека. Я не знаю, живого или мертвого. Судя по следу — в эту сторону.

— Давно?

— Только что.

— Я никого не видел, — заявил мужик. — Дик, искать! Искать, Дик!

— Я думаю, что он в воде, — сказал Кирилл, и зубы клацнули друг о друга. — Там, — и, отвернувшись, он повел фонарем по воде.

— Собака поищет в кустах, а мы — в воде. — Хромая, человек вошел в воду и пошел вперед, разгребая ее, как танк. Кирилл видел его спину, бычью шею и рубашку в клетку. — Фонаря нет. А ваш плохо светит.

Он обернулся и крикнул в сторону берега:

— Искать, Дик! Искать!

Невидимый в темноте пес тяжело топал по песку, трещали ветки.

— Точно в этой стороне искать?

— Да не знаю я! Я знаю, что его вытащили из сада, а на дороге никаких следов нет.

Кирилл пошел левее, вода доставала до колен,

ботинки вязли в иле, и свет фонаря мелькал по камням.

— Не дергайте, — приказал человек издалека, — ровнее водите!

Он снова оступился, плюхнулся в воду и замысловато выругался.

Кирилл думал только о том, что не успел, что время кончилось и он уж не найдет Сергея.

И все-таки он нашел его.

Держась рукой за холодный, обросший водорослями камень, пытаясь не увязнуть в плотном иле, он посветил вперед — и увидел в железной воде голую ногу. Как во сне, он потянул за нее, она легко подалась, и фонарь осветил белую спину и мокрый затылок.

— Сергей, — зачем-то позвал Кирилл и стал тащить его из воды, и ему было страшно, так страшно, как никогда в жизни.

Рядом забурлила вода, послышалось тяжелое сопение, плеск и чавканье ила.

— Так его не поднимешь, — сказал мужик, переводя дыхание, — давай ты за руки, а я за ноги. Ну, взяли!

Вдвоем они выволокли Сергея на песок.

Он был холодный, мокрый и очень тяжелый. Странно тяжелый. Разве может худой, не слишком спортивный человек быть таким тяжелым?!

— Жив? Или опоздали?!

«Конечно, опоздали, — лихорадочно думал Кирилл, — конечно, мы опоздали. Я опоздал».

Луна освещала бумажно-белое лицо, закинутую руку, заострившийся нос и черный провал рта.

Кирилл делал искусственное дыхание, мокрые руки вырывались, падали, как плети, и было совершенно ясно, что все это — бессмысленно.

— Стой тут, — приказал Кирилл незнакомцу, — я сейчас. Подгоню машину. Мы сами не справимся, это точно.

Ключи от машины были в кармане — он никогда с ними не расставался. Кирилл взлетел на пологий пригорок, перепрыгнул забор и подбежал к гаражу. Замочек, запиравший гаражную дверь со стороны участка, был совсем хлипкий. Кирилл рванул дверь раз, другой, ударил и снова рванул, и она открылась с возмущенным кряхтением.

На бегу он нащупал выключатель, и гараж залился светом так, что Кириллу пришлось зажмуриться и остановиться на секунду — он ничего не видел. На ощупь он поднял поперечную балку, откинул крючки и толкнул наружу тяжеленные ворота.

Они еще качались, когда он вылетел из гаража, притормозил, опасаясь, что его снесет с дороги, и напролом, через кусты, съехал к воде.

В свете фар мужик поднялся с колен, подхватил Сергея на руки, как маленького, и, сильно хромая, зашагал к машине. Кирилл распахнул заднюю дверь, и вдвоем они кое-как засунули Сергея в салон.

— Ты не выберешься, — сказал мужик, тяжело сопя, — песок.

— Выберусь, — ответил Кирилл сквозь зубы, — садись давай!

Мужик плюхнулся рядом с Сергеем, от чего машина как будто чуть-чуть осела, и Кирилл нажал на газ.

Из-под колес веером полетел песок, заморский двигатель натужно заревел, приспосабливаясь к тяжелой работе, и, дернув ручку, Кирилл переключил автоматическую коробку передач на обычную.

— Давай! — сказал он своей машине. Пот тек по лицу, попадал в глаза. — Давай, ну!

И машина послушалась его. Колеса как будто нащупали твердую почву, перестали бешено вращаться, зацепились, и машина стала медленно выбираться из месива.

— Куда ехать? — спросил Кирилл. — В Питер?

В зеркало заднего вида он наблюдал за мужиком, который все хлопотал над Сергеем.

— В Питер далеко, — ответил мужик, не прекращая своих манипуляций, — давай сейчас направо и первым поворотом налево. А там я покажу.

— Сколько ехать?

— Минут пять.

У освещенного единственной лампой больничного подъезда они вытащили Сергея, как и тогда, на берегу, за ноги и за руки, и колотили в дверь, и орали, и матерились, и до смерти перепугали дежурную врачиху и мальчика-охранника, а время все шло, капало, пропадало, и вместе с ним пропадала надежда, и Кирилл знал, что это он во всем виноват.

— Пьяными не напивались бы, вот бы и не тонули, — недовольно ворчала врачиха, которую они перепугали.

— Аллергия есть на что-нибудь? — спрашивал врач, пока вдвоем с Кириллом они закатывали каталку в лифт.

— На алкоголь, — неожиданно вспомнил Кирилл, — у него сильная аллергия на алкоголь.

Врач усмехнулся, как будто Кирилл сказал что-то очень остроумное, и двери закрылись.

— Ждать на улицу идите, — приказала сердитая врачиха, — нечего тут сидеть. Здесь вам не бар.

— Он нормальный врач? — спросил Кирилл у врачихи, и она презрительно поджала губы. — Или надо съездить за кем-нибудь, кто понимает?

— Сергей Сергеевич отличный врач, — сказала врачиха сухо.

— Кто? — переспросил Кирилл.

— Сергей Сергеевич, — повторила врачиха, — идите на улицу, вам же сказано.

— Может, деньги нужны? — предложил Кирилл, чувствуя только время, которое все уходило. — Я заплачу. Сколько?

Врачиха посмотрела на него с неожиданным сочувствием.

— Вы бы лучше присели, — сказала она нормальным человеческим голосом, — после заплатите. Если все обойдется.

Если, подумал Кирилл, если все обойдется. Он и предположить не мог, что все зайдет так далеко.

— Пошли, — его напарник потянул Кирилла за рукав, — покурим.

Они сели на бетонном крыльце, под единственной лампочкой, и Кирилл равнодушно посмотрел на свою машину, у которой были распахнуты все двери.

Мужик ткнул его в бок мятой пачкой. Кирилл вытащил сигарету и прикурил от скукоженной черной спички. Почему-то это спичка напомнила ему его самого.

— Ничего, — сказал мужик и сильно затянулся, — может, откачают другана твоего.

Кирилл кивнул.

— Хорошо, что ты его быстро нашел. Могли бы ведь и до утра проискать.

Кирилл снова кивнул.

— Кто это его так? И за что?

Кирилл пожал плечами.

Мужик покрутил головой, как будто соглашаясь с тем, что Кирилл с ним не разговаривает, и сказал:

— Меня Гришей зовут. Григорием.

Кирилл снова кивнул.

— А я Кирилл, — назвался он, помолчав, и лянулся на облезлую дверь. — Ох, не верю я в уе́дную медицину!..

— И напрасно, между прочим. — Гриша посмотрел на свой окурок и щелчком далеко отшвырнул его. — Они тут с утра до ночи с такими возятся. Мало ли кто по пьянке в воду падает. Может, они в сто раз лучше в этих делах разбираются, чем в каком-нибудь медицинском центре!

— Может, и лучше, — согласился Кирилл. Он докурил и тоже отшвырнул сигарету. От дешевого табака щипало язык и саднило в горле.

Сергей сказал: «Завтра я во всем разберусь», а Кирилл не понял, что завтра для него наступить не должно.

Почему он не понял? Как он мог не понять?!

Как теперь узнать, кому Сергей обещал завтра во всем разобраться?

— Как там ваша собака? — спросил он у Гриши, чтобы что-нибудь спросить. — Убежит теперь.

— Дик-то? Не убежит! Он же не дурак, чтобы просто так неизвестно куда бегать. Дождется меня, никуда не денется.

— Вы наш сосед, да?

Вопрос как будто упал в песок. Гриша молчал, и Кирилл взглянул на него.

— Почему? — фальшиво спросил Гриша. — С чего вы взяли?

— Да ладно. — Кирилл сунул между колен замерзшие руки. Было холодно сидеть на бетонной ступеньке в одних только мокрых джинсах. — Конечно, вы наш сосед. А собаку зачем в доме держите? Она там небось с ума сходит.

— Он уж привык, — сказал Гриша неуверенно, — ничего.

— Ничего, — повторил Кирилл, — ничего.

— Может, машину твою закрыть? — предложил Гриша. — Чего она нараспашку стоит?

Кирилл пожал плечами, и Гриша остался на месте.

Так они сидели и молчали, и Кирилл начал мерзнуть уже всерьез, и темнота над светом одинокой лампочки стала как будто прозрачней и выше, и тогда на крылечко вышел давешний врач, Сергей Сергеевич, и остановился, прикуривая из сложенных, как в молитве, ладоней.

— Жив, жив, — сказал он из-за ладоней, — надо теперь смотреть, что с мозгом. В воде пробыл больно долго, а так жив. В сознание не пришел, конечно, но дышит сам.

Гриша посмотрел на Кирилла так, как будто это он, Гриша, только что откачал утопленника.

Кирилл поднялся со ступеньки и зачем-то отряхнул мокрые и грязные джинсы.

— Он точно... жив?

— Точно. — Врач, смешно задрав полу халата, сунул в карман зажигалку. — Хорошо, что привезли сразу.

— Я... у меня нет с собой денег, — сказал Кирилл быстро, — я привезу. Вы до которого часа?

— До восьми, — буркнул врач, — надо же, светает уже. Это ваша машина?

Кирилл посмотрел на свою машину и кивнул.

— Хорошая машина, — одобрил врач, — отличная. Как называется?

Кирилл некоторое время вспоминал.

— «Субару», — сказал он наконец, — я сейчас съезжу. Привезу деньги.

— Прямо сейчас вы можете сказать мне спасибо. А деньги завтра. А то еще разобьетесь, мне под конец дежурства вас придется зашивать, а мне неохота. Честно. Устал.

— Нет, — сказал Кирилл упрямо, — нет, сегодня.

— Тебе бы домой. — Гриша тоже поднялся с бетонной ступеньки. Он был одного роста с Кириллом, но примерно раза в два шире. — Там небось переполох.

Переполох. Да, очень возможно. Как это он не подумал?

— Когда он придет в себя?

— Я не знаю, — сказал врач раздраженно, — может, завтра. Может, послезавтра. Если у вас есть деньги, значит, аппарат можно из города привезти. А если нет, придется очереди ждать и тогда уже больного в город тащить. Не знаю я, когда он в себя придет!

— Какой аппарат?

— Какой! Компьютер для томографии мозга. Такой аппарат. Обыкновенный.

— Деньги есть, — сказал Кирилл, — а когда он нужен, этот аппарат?

— Чем раньше, тем лучше. Завтра привезете — хорошо. Вы тогда спросите у дежурного врача, и он вам все объяснит.

— А вы не можете объяснить? — Кириллу было страшно, что завтрашний врач ничего не поймет и ничем Сергею не поможет.

— А у меня дежурство заканчивается. Да не волнуйтесь вы! Все нормально. Привезете компьютер, посмотрим, что там у него. И зачем его среди ночи в воду понесло? Вроде трезвый, а в легких воды полно! Головой, что ли, стукнулся?

— Не знаю. — Кириллу хотелось курить, и он выудил из кармана совершенно мокрую и мятую пачку. Посмотрел на нее и швырнул в кусты.

— Поехали, — предложил Гриша, — по пути все обсудим.

Кирилл не очень понял, что именно Гриша собирается обсуждать с ним по пути, но послушно пошел за ним к своей расхристанной машине.

— Про деньги-то не забудьте, — весело и негромко сказал врач с крыльца.

— Не забудем, — пообещал почему-то Гриша, в спину подталкивая Кирилла. Тот сел за руль и запустил двигатель.

— Сам-то доедешь? — спросил Гриша. Он неловко влез на переднее сиденье и с трудом устроил левую ногу.

— Доеду.

В молчании они выбрались с больничного дворика и выехали на пустую шоссейку. Кирилл включил отопитель и повернул на себя решетку. Ему было так холодно, что чуть-чуть дрожали руки, и свинцовый шар в голове разбух до размеров футбольного мяча.

— Тебе бы поспать, — сказал Гриша, сосредоточенно глядя на дорогу.

— Если б ты вчера не дал мне по башке, — сообщил Кирилл угрюмо, — мне было бы сейчас значительно лучше.

Гриша искоса взглянул на него.

— Я ж не знал, что это ты. — Он как будто извинялся. — Я смотрю — лезет кто-то...

— Ты — раз, и по башке.

Гриша опять взглянул на него и промолчал.

— Ты меня на уголочке высади, — попросил он некоторое время спустя, — я к заливу пойду, заберу Дика.

У съезда с шоссейки Кирилл притормозил, но Гриша почему-то из машины не вышел. Они сидели и молчали. Кирилл грел ледяные ладони над решеткой отопителя.

— Я пошел, — сказал наконец Гриша и не тронулся с места.

Кирилл молчал, грел руки.

— Что за дела у вас творятся?

Кирилл пожал плечами.

— Сам справишься или, может, подмогнуть чем?

Кирилл посмотрел на него. Он тоже был весь мокрый — до подмышек клетчатая рубаха была одного цвета, а выше другого, — но почему-то не трясся в ознобе. Короткие темные волосы наивно торчали надо лбом и на висках. У него были очень темные глаза, и пролезшая щетина делала его похожим на разбойника с большой дороги.

Кирилл машинально потер собственную щеку, колючую и холодную.

— Ты же видел, как я справляюсь, — наконец сказал Кирилл и поморщился, — ты из своих кустов никого не заметил?

— Не заметил. Если б заметил...

— Ну да, — пробормотал Кирилл, — конечно.

Двигатель негромко урчал, свет мощных фар упирался в стволы старых лип, и небо было уже не черным, а сизым, предутренним.

— Вот что, — сказал Кирилл, — ты приходи под вечер. Часов... — он посмотрел на голое запястье, на котором, конечно, не было никаких часов, — в шесть. Может, я к тому времени разберусь хоть в чем-нибудь. А если нет, значит, все. Поезд ушел.

— Мне к вам нельзя, — ответил Гриша очень решительно, и стало понятно, что он ни за что не придет. — Я не могу.

Кирилл вдруг разозлился так, что даже перестал мерзнуть:

— Не можешь, тогда сиди со своей собакой! И дверь запереть не забудь. Все. Пока.

— Пока, — пробормотал Гриша, выбрался из машины и с трудом выволок левую ногу.

— Черт с тобой, — глядя в лобовое стекло на удаляющуюся спину, сказал Кирилл.

Он нажал на газ так, что из-под колес брызнули камушки, и вывернул руль. В зеркале он видел Гришину спину, которая некоторое время двигалась вдоль дороги, а потом пропала в кустах.

Он, видите ли, не может прийти! Ему нельзя!

Раз нельзя, значит, дальше пусть разбирается как знает. В любом случае это никак не касается Кирилла Костромина.

Его вообще не касается вся эта жуть, что творится вокруг!

Вдруг он как будто увидел обросший водорослями камень и тело, плавающее лицом вниз, и голубоватую ногу, попавшую под свет фонаря, и его чуть не вырвало.

Сергей должен был умереть в этой холодной и грязной воде. Он почти уже умер, когда Кирилл случайно увидел худую голую ногу, и еще неизвестно, жив ли его мозг.

Если нет, тогда все зря. Зря они с Гришей тащили его из воды, зря старался врач по имени Сергей Сергеевич. Тогда лучше бы он умер, захлебнулся грязной водой залива, потому что, когда умер мозг, телу жизнь не нужна!..

Кто ты такой, Кирилл Костромин, чтобы судить, нужна жизнь или не нужна? Кажется, совсем недавно ты убеждал себя в том, что тебя *вообще ничего не касается*. Ну как? Касается или нет?

Он затормозил у кованого железного забора, и первое, что увидел, были распахнутые гаражные ворота и Настя в освещенном проеме. Она была в пижаме и теплой куртке, нелепо торчащей над легкомысленными кружевными штанишками. За ее спиной по гаражу метался Дмитрий Павлович, а из калитки преувеличенно бодрым шагом выходила Нина Павловна.

Кирилл застонал и несколько раз с силой стукнулся виском о металлическую стойку двери.

— Черт бы вас всех побрал, — пробормотал он.

Он двинул кулаком по клаксону. От резкого звука Настя дернулась, отпрыгнула, всматриваясь в его машину близорукими глазами — почему-то она была без очков. Нина Павловна всплеснула руками, и за ее спиной показалась еще Света в коротком халате. Дмитрий Павлович что-то закричал, Кирилл не слушал.

Он еще раз посигналил, прогоняя всех с дороги, и въехал в гараж. При мысли о том, что сейчас придется все объяснять, его снова чуть не вырвало.

— Кирилл, — запыхавшаяся Настя первая подбежала к машине, — Кирилл, что случилось?!

Медленно, держась за крышу, он выбрался наружу, и Настя, охнув, отступила на шаг. Он был весь в грязи, кое-где мокрой, кое-где подсохшей, а из одежды на нем были только джинсы, когда-то светло-голубого, а теперь неопределенного цвета.

— Ты где был?! — не дойдя до него, спросил Дмитрий Павлович.

— Пиво пил, — ответил Кирилл. — Особенно не волнуйтесь, все более или менее живы.

В дверном проеме появилась Нина Павловна, Света выглядывала из-за ее плеча и никаких рож не строила, смотрела как нормальный человек, среди ночи поднятый с постели, — тревожно и испуганно.

— Кирилл! Что случилось? Почему ты полез в гараж?! Зачем ты сломал дверь?! Куда ты ездил?! Где Сережка?!

— В больнице, — ответил Кирилл на последний вопрос, самый трудный, и Нина Павловна вдруг взялась рукой за сломанную дверцу, как будто боясь упасть. — Утром я вас отвезу. Это здесь. Близко.

— Господи боже мой, в какой еще больнице?! — скороговоркой пробормотала Настя себе под нос. — Ты можешь объяснить, что случилось?!

— Юля! — позвала Нина Павловна. — Он приехал и говорит, что Сережка в больнице!

Оттеснив Свету, на пороге гаража возникла Юлия Витальевна и крепко взяла Нину Павловну под руку.

— Ну? — спросила она у Кирилла. — Что все-таки случилось?

— Он пошел на залив, — сказал Кирилл, пытаясь контролировать свинцовый шар в голове, который все разбухал и разбухал, — было темно. Он поплыл, ударился о камень и стал тонуть. Я его вытащил и отвез в больницу. Все обошлось. Я утром вас туда отвезу.

— На какой залив?! — проговорила Нина Павловна и покрепче ухватилась за дверь. — Зачем он пошел на залив среди ночи?!

— Ты что, с ним ходил? — спросил Дмитрий Павлович и оглянулся на жену.

— Кирилл... ты цел? — Это Настя спросила.

В глазах у нее был ужас. Она подошла и взяла Кирилла за руку. Он посмотрел вниз. Грязная рука в ее ладони была как будто не его.

— Он что, пьяный? — спросила Света у Насти.

— Я не пьяный, — выговорил Кирилл отчетливо.

— Тогда что с тобой? Что произошло?! — Дмитрий Павлович подошел и посмотрел ему в лицо. — Юля, с ним что-то не то!

— Со мной все то, — возразил Кирилл.

Он держал Настю за руку и думал, что, если она его отпустит, он непременно упадет. Вот будет стыдоба.

— Почему он ночью пошел на залив? — Нина Павловна оторвалась от двери, шагнула и чуть не упала на низком порожке, Света поддержала ее. — Это ты его повел?!

— Нет. Я никуда его не водил. Я отвез его в больницу. Он жив. Я вымоюсь, оденусь, и мы туда съездим.

— Господи, — сказала Нина Павловна, и глаза у нее налились слезами, — что за несчастья на нашу голову! Какая больница! Какой залив!

— А такой! — вдруг раздался от двери голос тети Александры, и все обернулись. — Ты просто дура, Нина!

— Тетя! — предостерегающе воскликнул Дмитрий Павлович.

— Вы все совсем сошли с ума! Кого вы пустили в дом? Кто это? — И она показала на Кирилла. — Это распутник, дрянь, алкоголик! Агриппина предупреждала, даже она понимала, а вы не понимаете! Да ему сразу надо было указать на дверь!

— Тетя, перестаньте!

— Молчать! Сонька, дай мне руку! Нина, твой сын напился пьяным вместе с *этим*! Конечно, он чуть не утонул! Или *этот* его утопил! Откуда ты знаешь, что он не утопил твоего сына?

— Тетя! — простонала Настя.

— В комнате Сергея бутылка водки! — сказала тетя Александра торжествующе. — Я первым делом посмотрела! На столе бутылка водки и два стакана. С кем он там пил? Конечно, *с этим*! Он алкоголик! И он напоил Сергея.

— Мама, не волнуйся. — Соня вошла в гараж, бледная, с зачесанными за уши волосами, похожая на только что освобожденную узницу концлагеря.

— Какая водка? — пробормотала Нина Павловна и посмотрела на Кирилла. — Ты что, пил с Сережкой водку?!

Кирилл засмеялся бы, если бы мог.

— Мы ничего не пили. Я не видел его после ужина. Я ночью спустился на кухню и... — дальше говорить было нельзя. Кирилл замолчал. Все ждали.

— Я же говорю, что он напоил Сергея! Напоил

и бросил в воду! А твой сын всегда был слаб, Нина! Слабый, ни на что не годный хлюпик! Я не знаю, от кого ты его родила! На своего отца он совсем не похож!

— Мама, пошли, — сказала Соня и взяла тетю Александру под руку, — хватит!

— Отстань, Сонька! Замолчи! Все, все должны получить по заслугам. Мой сын не пьет по ночам водку с бандитами! Потому что я отдала ему всю душу, а ты что отдала своему сыну, Нина?!

— Ты что? — спросил Дмитрий Павлович Кирилла. — Правда напоил Сережку?

— Мне нужно в душ, — сказал Кирилл, — разрешите, я пройду.

— Милиция! — взвизгнула тетя Александра и вполне натурально покачнулась. — Милиция!!

Кирилл понял, что еще секунда — и он ее ударит.

— Кирилл, я с тобой.

Настя догнала его и снова взяла за руку.

Они вышли на улицу, в предутреннее влажное тепло, и, когда отошли немножко, Настя спросила:

— Что случилось, Кирилл? Как он попал в залив?

— Его вытащили из окна, — сказал Кирилл сквозь зубы, — я был на кухне и услышал стук. Как будто что-то ударилось об пол. Я долго искал его, он нахлебался воды.

— Как — вытащили? — спросила Настя, и у нее дернулись губы. — Он что? Чемодан?

— Я думаю, что он был без сознания. Подожди секунду.

Кирилл свернул с дорожки, напрямую через

газон прошел под окно Сергеевой комнаты и не поверил своим глазам.

Не было никакого следа, как будто по земле волокли мешок. Земля была ровной, старательно выметенной, и уже заветренной. Кирилл оглянулся. Дерн на газоне кое-где был поднят и вырван, трава примята, но невозможно было даже представить себе, что здесь проволокли тело.

Значит, пока он метался по берегу залива, пока шарил фонарем, пока бродил в воде, убийца вернулся сюда и аккуратно замел все следы. Замел в прямом смысле — метлой. И про траву не забыл.

— Ты что? — спросила Настя у него за спиной. — Что ты ищешь?

— Здесь все было не так, — сказал Кирилл, — ночью. Я вылез из окна и увидел здесь след. Прямо здесь. Как будто волокли что-то тяжелое. Я так ничего и не понял бы, если бы не этот след. А сейчас его нет.

Настя подошла и тоже посмотрела под ноги.

— Кирилл, — она осторожно потрогала его за голое плечо, — а вы точно ничего не пили?

Он оглянулся на нее:

— Нет. — Он повел плечом. Ему было неприятно, что она его трогает. — Мы точно ничего не пили. Или ты тоже думаешь, что я алкоголик и что я напоил Сергея, а потом решил утопить?

— Господи ты боже мой, — пробормотала Настя. Кирилл отвернулся.

Ему нужно было непременно зайти в комнату Сергея, и он ушел от Насти, оставив ее под окном.

Свинцовый шар в голове занял все свободное

место, заткнул уши, навалился на глаза. Когда Кирилл дергал головой, шар катался из стороны в сторону, закрывал свет, приглушал звук.

Итак, все дело в том, что он напоил Сергея и потащил его среди ночи в залив. Очень хорошо.

В комнате все было так, как ночью — разгромленная постель, открытое окно, шевеление штор.

Пустая бутылка водки стояла на краю стола. Рядом были два стакана и какие-то куски хлеба.

Выглядело все очень натурально и убедительно, но Кирилл Костромин *знал совершенно точно* — ночью, когда он заходил сюда и светил Настиным фонарем, никакой бутылки на столе не было.

Никто не знал, что у Сергея аллергия на алкоголь. Даже мать. Кирилл тоже никогда не узнал бы об этом, если бы ему не пришла однажды вечером фантазия забраться в бабушкины запасы виски.

Сергей должен был утонуть, и все бы выглядело так, что утопил его именно Кирилл. Скорее всего на бутылке имеются его отпечатки пальцев или что там используется в милиции в качестве доказательства? Если бутылка из бабушкиного шкафчика, в чем Кирилл не сомневался, значит, точно имеются. Он тогда перебрал все бутылки.

А на стакане?

— Кирилл, что ты делаешь?

— Смотрю.

Накануне Настя объявила семейству, что ее приятель и ее брат на двоих выпили бутылку виски. Не могла же она сказать, что это она пила виски — так это объяснялось. Настя тоже не знала, что Сергей никогда не пьет ничего, отличного от компота. Из одного стакана как бы прихлебывает, а в другой как бы выплевывает.

— Кирилл, — сказала Настя напряженным голосом, — тебе нужно переодеться. Ты весь грязный.

Он оглянулся. Она как зачарованная не отводила глаз от пустой водочной бутылки.

Он обошел ее, поднялся на второй этаж, вошел в ванную и открыл воду погорячее. Швырнул на пол джинсы и стал под душ.

Что он должен делать? Как он должен объяснить им всем, что хитрый, коварный, хладнокровный противник опять переиграл его? Какие он должен искать доказательства? Как оправдываться?

Оправдываться он не умел.

Горячая вода хлестала по голове, и ледяной свинцовый шар начал медленно подтаивать.

Вот сейчас, в эту самую минуту, Кирилл понял, что *это* касается его даже больше, чем остальных.

Еще вчера вечером он мог сесть в машину, вернуться в «Рэдиссон», улететь в Дублин и больше никогда не вспомнить об этой истории, даже если бы Настя осталась с ним. С привычной легкостью он сказал бы себе, что это ее проблемы. Он честно пытался помочь ей разрешить их, у него не получилось — ничего не поделаешь, значит, не получилось.

В тот момент, когда он увидел в комнате Сергея пустую бутылку, а потом Настино лицо, на котором были написаны брезгливость и непонимание, он принял вызов.

Нет, черт побери, не поедет он в «Рэдиссон», а оттуда в Дублин! Он останется здесь и выяснит все до конца. Что бы ни думала о нем Настя и остальные.

Он решительно закрутил кран и вылез из кабинки. Не найдя своего, обвязался чьим-то чужим полотенцем и за штанину поднял с пола грязную тряпку, бывшую когда-то его джинсами. Еще вчера эта тряпка расстроила бы его — джинсы были дорогие и недавно купленные. Он любил свое барахло и трясся над ним, а сегодня ему было наплевать на джинсы.

В полотенце он дошел до своей — Настиной — комнаты и комом запихал джинсы в рюкзак, чего не делал никогда в жизни.

«Вы считаете, что это я во всем виноват, и только ваша проклятая интеллигентность не позволяет вам сказать это мне в лицо». Одна тетя Александра вслух высказала то, что было на уме у всех, и у Насти тоже.

Очень хорошо. Просто прекрасно.

Он яростно напялил на себя одежду, вышел в коридор и бахнул дверью так, что, наверное, в соседнем доме Гриша упал с дивана. И пошел в кухню. Ему нужно выпить кофе и прийти в себя. А дальше посмотрим.

В кухне была Настя, по-прежнему в куртке и кружевных пижамных штанах.

— Хочешь есть?

И голос и вопрос показались Кириллу фальшивыми.

— Нет. Я кофе выпью.

— Сварить?

— Я сам, спасибо. Ты, может быть, ляжешь? Время только семь.

Настя печально взглянула на него.

— На веревке за домом висит твое полотенце, — сказала она, — оно совершенно мокрое. Ты все-таки купался, Кирилл?

Так. Еще и полотенце.

В один шаг он подошел к ней, сгреб за отвороты куртки — куртка задралась, закрыв бледные щеки — и сказал, старательно выговаривая слова:

— Я не купался. Я не пил водку с Сергеем. Сергей вообще ни с кем не мог пить водку, потому что он не переносит алкоголь. У него аллергия. Знаешь такое слово? Когда ночью я зашел в его комнату, никакой бутылки там не было. Она появилась потом.

— Какая аллергия?! — Она оторвала от себя его руки. — Что ты выдумываешь?!

— Я ничего не выдумываю. Это продолжение той самой истории с феном в ванне твоей бабушки. Я же говорил тебе, что не знаю, что будет дальше. Мне нужно подумать. Уходи.

Она так изменилась в лице, что ему стало страшно, как бы она не упала.

— Сережка? — пробормотали совершенно синие губы. — Сережку хотели убить?

Он отвернулся от нее.

Турка с водой так и стояла на плите. Кирилл зажег под ней газ и посмотрел себе под ноги.

Насос. Ночью он сильно ударил пальцы о старый велосипедный насос, который валялся на полу. Сейчас никакого насоса на полу не было.

— Настя, — сказал он, рассматривая пол, как будто надеясь все-таки увидеть насос, — здесь на полу лежал насос. Куда он делся?

— Где лежал? При чем здесь насос? Кирилл, Сережку хотели... убить?!

— Вот здесь. Я ночью о него споткнулся. Ты его не убирала?

— Нет. Я не видела никакого насоса. Зачем он тебе нужен? У твоей машины спустило колесо?

— Настя, — заорал он, — кто заходил в кухню?! Вспомни, ну!

Она попятилась от него и нелепо плюхнулась в кресло.

— Не знаю, — сказала она растерянно, — все заходили. Мама с папой. Соня. Тетя Нина. Светка, наверное. А Владик спит еще.

Владик.

Ночью он подумал, что это придурок Владик бросает все где ни попадя. Он ездит на велосипеде, значит, у него должен быть насос.

Кирилл выскочил из кухни, промчался по коридору и галопом проскакал по лестнице.

Владик не спал. Он полусидел в подушках, как султан в гареме, курил и мечтательно рассматривал дым от собственной сигареты. С разгону Кирилл вылетел на середину комнаты и остановился, во все глаза глядя на Владика.

— Гуд монинг! — сказал Владик весело. — Хау ар ю? Проще говоря, когда входите, нужно стучаться. А если бы я был обнажен?

— Где твой насос? — спросил Кирилл. — Где насос от твоего велосипеда?

Владик посмотрел на него с сочувствием, как хороший врач на безнадежного пациента.

— Вы что? — спросил он. — Очумели? Какой насос с утра пораньше? Или это в вас вчерашняя водочка играет? Не выветрилась еще?

— Откуда ты знаешь про водку?!

— Мы что, — спросил Владик и потянулся, закинув за голову руки, — перешли на «ты»?

— Я перешел, — рявкнул Кирилл, — отвечай давай!

— Вы забыли добавить «тамбовский волк тебе товарищ», — сказал Владик, зевнул, показав безупречную молодую пасть, и затушил в пепельнице сигарету, — пойдите прочь, уважаемый. Я должен одеться.

— Что здесь происходит? — спросила Соня, появляясь в дверях. — Почему вы кричите, Кирилл?

— Я не кричу. Я хочу знать, откуда этот придурок знает про водку. Вы ему сказали?!

— Мама сказала, — ответила Соня твердо, вошла и остановилась рядом с диваном, на котором потягивался ухмыляющийся Владик, — перестаньте сейчас же, Кирилл. Владик совершенно ни при чем. Отстаньте он него. Он не пил ночью водку с Сережей.

— Выкушали? — спросил Владик и дружески потрепал Соню по голове. — Ты моя умница. Всегда знаешь, что сказать.

Он поднялся с дивана, ослепив Кирилла своей пижамой — шелковой, в замысловатых листьях и драконьих мордах, — и накинул на плечи халат, еще более ослепительный.

Этот халат произвел в голове у Кирилла какое-то странное, разрушительное и неконтролируемое действие. Ничего не видя перед собой, кроме огненных драконьих морд, Кирилл одной рукой взялся за тонкий шелк, а другой за Владикову шею, которая оказалась странно мягкой, как у щенка.

— Слушай, — сказал он тихо и слегка прижал Владика к стене, прямо перед ним были испуганные глаза, очень похожие на Сонины, — ты отвечай, когда тебя спрашивают. Я ведь не мамочка, я и по морде дать могу.

Соня металась у него за спиной, хватала его то за руки, то за майку и, кажется, даже плакала, и Кирилл Владика отпустил. Драконьи морды стали таять в глазах, и через секунду он пришел в себя.

Владик сидел на стуле, носом почти уткнувшись Кириллу в живот, держал себя за уши и раскачивался из стороны в сторону.

— Ты... негодяй! — выкрикнула Соня в лицо Кириллу. — Подонок, ничтожество, бандит! Владик, не плачь! Не плачь, маленький!

— Он большой, — сказал Кирилл растерянно, — ты все перепутала, Соня. Он давно уже совсем большой. Прекрати, оставь его в покое. Я ничего такого ему не сделал.

— Не сделал?! — взвизгнул Владик, совсем как его мамаша. — Не сделал? А синяки? Теперь наверняка останутся синяки!

Он взметнулся со стула, опрокинул его и кинулся к круглому зеркалу, стоявшему на письменном столе, распахнул ворот и стал изучать свою шею. И Кирилл, и Соня смотрели на него во все глаза.

— Где насос от твоего велосипеда, придурок? — спросил Кирилл и, не выдержав, слегка пнул Владика в спину, отчего тот клюнул носом зеркало. — Где насос?

— Какой насос? — плачущим голосом простонал Владик. — Соня, что он ко мне привязался? Я ничего не знаю ни про какой насос!

— Ночью на полу в кухне лежал насос. Это твой?

— Откуда я знаю! Я ночью в кухне не был! Соня, скажи ему, чтобы он от меня отстал! Точно теперь синяки останутся! Насос еще какой-то! Я спал. Я не видел никаких насосов!

— Тетя Александра специально поднималась по лестнице, чтобы рассказать Владику про водку? — спросил Кирилл у Сони. — Будила его среди ночи? Нарушила покой дорогого мальчика?

— Кирилл, оставь его в покое, — твердо сказала Соня, — он ни в чем не виноват. Мама не поднималась. Владик спустился, когда начался весь переполох. А потом опять лег.

Кажется, она едва удержалась, чтобы не погладить его по голове.

Кирилл посмотрел на них и принял решение. Как всегда — мгновенно и окончательно. Он всегда так принимал сложные решения.

— Вот что, дорогие мои, — сказал он холодно, удивляясь, что минуту назад так бесновался, — ваша бабушка не роняла в воду фен. Ее убили. Сегодня ночью чуть не убили Сергея. Я вытащил его, но до сих пор неизвестно, придет ли он в себя. Так что все перестают кривляться, держат себя в руках и отвечают на мои вопросы подробно и четко. Это ясно?

Соня села на постель. Глаза у нее округлились, и она стала удивительно похожа на Настю. Владик отвернулся от зеркала и посмотрел на Соню, открыв рот.

— Я спрашиваю, — повторил Кирилл, как будто выныривая из омута молчания, — это ясно?

— Ты что, — спросила Соня и стиснула худые ладошки, — из милиции?

— Да, — сказал Кирилл, — я из милиции. Где насос? Давай, давай! Вставай и пошли поищем!

Толкая Владика перед собой, как конвоир преступника, Кирилл свел его с лестницы и вывел на улицу.

— Где велосипед?

— В... в сарае. Только я тут ни при чем! Что вы меня толкаете? Вам же сказали, чтобы вы от меня отстали! — ныл Владик, продвигаясь к сараю. — Что вы выдумываете! Все настроение с утра испортили!

Кирилл кожей чувствовал, как в доме за его спиной подымается и нарастает паника, как будто дом неожиданно накрыла цунами. Ему даже послышался визг тети Александры, и топот, и возмущенные голоса. Где-то там, в эпицентре цунами — Настя.

Настя, которая решила, что он ночью потащил Сергея купаться в заливе.

Велосипед мирно отдыхал в сарае, посверкивая дорогими модными штуками, наверченными на него со всех сторон. Насос был закреплен на раме, такой же дорогой и новый, как и все остальное.

— Ну вот, — сказал Владик тоном первоклассника, облыжно обвиненного в том, что он съел чужую булку, — вот велосипед. И насос. А что?

Это был *совсем не тот* насос, и от разочарования Кирилл готов был завыть. На всякий случай он отцепил его, повертел в руках и даже подул в него.

Ничего не помогло. Тот насос был старый, ржавый и мокрый. *Мокрый*, пропади оно все пропадом!

— Свободен, — сказал Кирилл Владику, — можешь идти смотреться в зеркало.

— Кирилл, — закричали от дома, — Кирилл, немедленно идите сюда!

— Ну все, — констатировал моментально повеселевший Владик, — конец вам, дорогой Пуаро. Доигрались. Советую вам устроить побег. Вы еще успеете.

— Иди ты в задницу, — холодно сказал Кирилл и оглянулся по сторонам.

Где-то должен быть тот самый насос, который валялся на полу в кухне. Или его унесли с собой?

Как пес, упустивший добычу, он стал проворно копаться в кучах барахла, наваленного вдоль стен. Казалось, что здесь можно найти все, что угодно, начиная от ржавых тяпок, ведер и грабель и кончая башмаками и платьями. Не было только насоса.

— Кирилл!

Заслонив утренний свет, в дверном проеме появилась запыхавшаяся Настя. Кирилл оглянулся и снова стал шуровать, производя чудовищный грохот.

— Кирилл!

— Что?

В наступившей тишине он отряхнул руки и посмотрел на нее.

— Зачем ты сказал им про бабушку?!

— Затем, что я должен выяснить, что произошло. Я не могу этого сделать, пока все думают, что я сумасшедший алкоголик.

— Кирилл, зачем ты сказал?! Господи, да они все теперь умрут от разрыва сердца!

— Лучше от разрыва, чем дожидаться, когда следующего утопят или пристрелят. Настя, я не хочу сейчас об этом разговаривать! Возьми родителей и Нину Павловну, съездите к Сергею в больницу. Езжай на моей машине. Там нужно привезти какую-то штуку для томографии мозга, я дам тебе денег, и ты привезешь. Давай. Сделай что-нибудь полезное.

Глаза у нее налились слезами. Владик скептически хмыкнул и стал изучать свои ногти.

— Все так плохо? — спросила Настя, и слеза капнула на воротник давешней нелепой куртки. — Нужно делать томографию?

— Он долго был в воде, — сказал Кирилл безжалостно, — я не знаю, сколько времени мозг может прожить без кислорода. Врач сказал, что нужно делать обследование. Давай, Настя. Мы потом все обсудим.

Они смотрели друг на друга, и Кирилл вдруг понял, что все вернулось.

Она безоговорочно верила ему, и боялась за него, и боялась за свою семью, и переживала за Сергея, и готова была расплакаться, и старательно пыталась взять себя в руки, но — самое главное! — она снова была на его стороне.

Он и не предполагал, что это так важно.

Он подошел к ней, обнял ее и прижал к себе, чувствуя теплое тело под толстым слоем ваты, и она некоторое время сопела ему в шею, и чуть-чуть вздрагивала, и держалась за него обеими руками, похожая в своей куртке на снеговика.

Про Владика они совсем забыли.

— Прости меня, — сказала Настя у самого его лица, — это я тебя втравила.

— Будь осторожна, — попросил он, — хотя черт его знает, как в этой ситуации можно быть осторожной. Но ты все-таки постарайся.

Он отстранился от нее и достал из кармана ключи от машины.

— Держи. Только нигде их не бросай.

Настя посмотрела на ключи.

— Зачем они мне? Я на своей машине отлично доеду.

— Затем, что к моей машине ночью точно никто не подходил, — сказал Кирилл, — а про твою я не знаю.

Настя горестно взглянула на него и сунула ключи в карман.

— Пошли поедим. Муся уже пришла и что-то такое там сварганила.

На этот раз семейный завтрак больше напоминал панихиду. Все были мрачные, прятали глаза, и даже Муся не улыбалась приветливо.

— Что там с Сережкой, — сказала вдруг Нина Павловна, и все посмотрели на нее, — ужас какой.

— Будем надеяться, что все обойдется, Нина.

Юлия Витальевна сидела рядом с ней и все подливала кофе, как будто от количества выпитого кофе зависела судьба Сергея.

— Сейчас съездим, все узнаем. Он молодой, сильный, все будет хорошо, я уверена.

— Все из-за него, — начала тетя Александра и показала пальцем на Кирилла, — Настя привела его к нам в дом, всем на горе. И что это за чушь, что Агриппину убили? Кому она нужна, старая карга! — Кириллу показалось, что тетя Александра опять завидует сестре, потому что и после смерти она привлекала всеобщее внимание, и что-то таинственное было связано с ней, волнующее, как в романе. — И, главное, все ему верят! А может, это он убил Агриппину и теперь подбирается к нам!

— Успокойтесь, тетя, — сказала Настя, глядя в свою чашку, — он о нашем существовании узнал несколько дней назад. Он не мог убить бабушку.

— Как же! Он за наследством твоим охотится, это же ясно! Если бы Сонька получила бриллианты, а не стекляшки, он бы к ней подбирался.

— Мама, — проговорила Соня, — сделать тебе бутерброд с сыром?

— Сама ешь свой сыр! Распутство никогда не доводит до добра! Нина не смотрела за Сергеем, и он утонул, Юля не смотрит за Настей. Он ее убьет, этот разбойник. И заберет дом себе.

— Сергей жив, тетя, — сказал Дмитрий Павлович, — успокойтесь.

— Зачем она ему нужна? Да на нее взглянуть страшно — очки носит! Разве девушка может носить очки?! И курить?! Она же не мужик! Он давным-давно смекнул, что здесь можно поживиться, вот и прилип к ней! Даже Агриппина говорила, что он дрянь, а вы!..

— Тетя, бабушка никогда не видела *этого* Кирилла, — скороговоркой сказала Настя и посмотрела на мать. — Она видела совсем другого.

— Какого — другого? — встрепенулся Дмитрий Павлович. — То-то я чувствую, что-то не то. И в отдел маркетинга звонил, когда я под машиной сидел.

— Звонил, — согласился Кирилл.

— Значит, ты все-таки не милиционер? — спросила Соня, глядя на свои руки.

— Сонька! — возопила тетя Александра. — Почему ты говоришь ему «ты»? Как ты смеешь вообще говорить с бандитом, который оскорбил твою мать?

— Хватит, мама, — вдруг твердо сказала Соня и подняла глаза, — он пытается нам помочь, а ты ему мешаешь. Хватит.

Бедная, подумал Кирилл.

Тетя Александра побагровела, и он поднялся из-за стола.

— Все. Концерт окончен. Проваливайте в вашу комнату и не выходите из нее, пока вас не позовут, — сказал он тете Александре, — Настя, поезжайте в больницу. Прямо сейчас.

— Владик, — задыхалась тетя Александра, — сыночек!.. Убивают! Спаси! Сонька взбесилась!..

Кирилл обошел стол, пошел было к двери, вернулся и неожиданно поцеловал Соне руку. Она сопротивлялась и не давалась, но он все-таки поцеловал.

— Держись, — сказал он, глядя ей в глаза, — все будет хорошо.

Все уехали, и в доме затихло, как перед грозой. У Кирилла болела голова, и он ненавидел свою голову, которая мешала ему думать.

Он знал, что подошел очень близко. Так близко, что ему ничего не нужно, чтобы разгадать загадку, только усилие мысли, а сделать его он не мог.

Он послонялся по Настиной комнате, подержал елку за лапу и долго нюхал ладонь, которая пахла детством и бабушкой.

Тетя Александра повизгивала внизу, Соню не было слышно, Владик в гамаке фальшиво пел «твой малыш растет не по годам».

Столько раз за свою жизнь Кирилл складывал два и два и получал именно то, что нужно, но никогда от его арифметических способностей не зависела ничья жизнь, а теперь — зависит.

Что там надумает мудрая машина, которую Настя должна привезти из Питера? Что она скажет? Каким ей увидится мозг Сергея — живым или мертвым?

Как раз об этом думать было нельзя, но только об этом Кирилл и думал и уже не говорил себе, что это не его проблемы.

Завтра же он купит Насте мобильный телефон. Уехала — и он даже не может позвонить и спросить, как там дела! И он должен мучиться, слоняться по притихшему дому, держать елку за лапу и есть себя поедом, что так и не смог ничего понять.

Ну ладно, сказал он своей голове, стиснутой обручем боли, посмотрим, кто кого.

Итак.

Зеркало. Запись в дневнике. Фотографии. Пепел в камине. Это первая часть.

Вторая — это ночной разговор Сергея в саду.

Третья часть — велосипедный насос, его собственное полотенце на веревке и бутылка водки.

Удар доской по голове совсем из другой оперы, и эта опера как раз сыграна от начала и до конца. Нет, пожалуй, еще не до конца. Она приближается к финалу, и финал будет совсем не тот, который задумал гениальный композитор. Кирилл перепишет финал и сам его исполнит. Это просто.

Есть еще семейная легенда про клад, вырванные страницы и странное обстоятельство, никак не объяснимое: три месяца назад Настина бабушка уволила домработницу, которая прослужила у нее лет тридцать. Почему?

Почему?!

Он вышел в коридор и остановился посредине, сунув руки в карманы. Это была старая привычка, с которой он боролся. Он всегда засовывал руки в карманы, когда был не уверен в себе или чего-то боялся. Однажды математичка записала в дневнике: «Разговаривал с учителем, держа руки в карманах», и отец потом проводил с ним беседу о правильном поведении в обществе. Наверное, он еще где-то лежит, этот дневник.

Вот идиотизм.

Внезапно свинцовый шар в голове вспыхнул и разлетелся на мелкие кусочки, освобождая ее от боли. Адреналин ударил по глазам.

Да. Да, конечно.

Сто лет назад нужно было посмотреть этот проклятый дневник! Как он мог забыть.

Он ворвался в кабинет, захлопнул за собой дверь и стал бешено рыться в ящиках стола. Настя не могла его выбросить. Не могла.

«Бабушка всю жизнь вела дневник, — вспомнилось ему. — Обыкновенные школьные тетрадочки. По одной на каждый месяц. А потом она их сжигала в камине».

Ему попадались какие-то бумаги, он быстро взглядывал и швырял их на пол. Все это было не то, не то!..

Он увидел дневник, как водится, в самую последнюю очередь. И прямо на полу стал его листать, чуть не разрывая страницы.

Очень быстро он нашел все, что ему требовалось, и даже завыл от злости — так все оказалось просто.

Как просто! А он не мог сообразить такой простой вещи!

Почему он не купил Насте мобильный телефон?! Он позвонил бы и сказал ей, что наконец-то он все понял.

Нет, нужно успокоиться.

Все вдруг стало на свои места, и ему было странно, что он не смог разглядеть этого с самого начала.

Он сунул тетрадочку в задний карман брюк и еще полез в нижнее отделение книжного шкафа за альбомами с фотографиями. Он просмотрел их один за другим, и они, как миленькие, подтвердили то, о чем он подозревал и никак не мог окончательно увериться.

Кирилл посидел на полу, среди разбросанных бумаг, поднялся и пошел к себе, прихватив один из альбомов.

Половицы поскрипывали, дом вздыхал, и Кирилл теперь точно знал, о чем он вздыхает.

— Так, — сказал Кирилл, — будем объясняться в соответствии с классикой жанра.

Семья сидела на террасе, на столе сверкали синие чашки, и новый чайник, купленный Ниной Павловной в городе, был водружен в самый центр. Кирилл посмотрел на них, таких серьезных и печальных, и ему стало не по себе. Он никогда не делал ничего похожего на то, что собирался сделать сейчас.

Он даже стал так, чтобы быть далеко от Насти, чтобы она не мешала ему, и переложил лежавшую перед ним на столе газету «Коммерсант».

— Муся, наливайте чай, — скомандовал он.

— Хватит тянуть, Кирилл, — сказала Нина Павловна устало, — у нас и так очень тяжелый день. С Сережкой непонятно что, надо ждать результатов, мы совсем измучились!..

— А ты еще сказал, что мама не сама умерла, а что ее... — добавил Дмитрий Павлович. — Это как понимать?

— Да, — Кирилл посмотрел на него, — ее убили. Только сначала я должен рассказать про другое. Так сказать, по пути.

— Господи, кто это у нас там? — вдруг удивилась Юлия Витальевна, и все как по команде повернулись и посмотрели в сад. Света вытянула шею, забыв про то, что собиралась прикурить сигарету, и Владик приподнялся со стула.

По газону бежала огромная черная собачища. Бежала не торопясь, бесшумно и как-то по-хозяйски.

— Пошел вон! — крикнула Нина Павловна. — Чей это такой?

Что-то звонко упало на пол, упало и разбилось, и все снова оглянулись.

— Оставь, Соня, — сказал Кирилл, — наплевать. Потом уберем.

Соня торопливо складывала один в другой осколки синей чашки, и руки у нее тряслись.

— Здрасти, — раздалось с крыльца, — я пришел. Может, все-таки подмогнуть надо?

— Нет, — сказал Кирилл, — помогать не надо. Это хорошо, что ты пришел. Садись.

— Кто это? — спросила Нина Павловна и посмотрела на Кирилла.

— Меня Гришей зовут. Я пришел... к Соне.

Владик вдруг проворно вскочил с кресла, опрокинул его на Гришу и суетливо побежал. Кирилл поймал его за шиворот, и он взвизгнул.

— Стоп. Никто никуда не бежит. Сядь. — Он

толкнул Владика к стулу, с которого вскочила Настя, но не отпустил, продолжал придерживать за шиворот. — Сядь, я сказал.

Стало так тихо, что было слышно, как дышит на крыльце черная собачища.

— Я... умираю, — прохрипела тетя Александра и стала валиться на бок. Никто не шевельнулся, и она перестала валиться.

— Это Гриша, — сказал Кирилл и повернул Владика так, чтобы он оказался лицом к Грише, — ты его видел. Правда?

— Кирилл, что происходит? — строго спросила Юлия Витальевна.

Гриша осторожно вернул кресло на место и сел, напряженно вытянув левую ногу. Он смотрел только на Соню, которая держала в руках осколки синей чашки, и у него было странное лицо.

— Это тот самый уголовник, в которого три года назад влюбилась Соня и тем самым опозорила всю семью, — сказал Кирилл негромко. — Познакомьтесь.

— Я — уголовник? — пробормотал Гриша и, оторвавшись от Сони, посмотрел на Кирилла.

— Ты.

— Только этого нам не хватало, — пробормотала Нина Павловна, — уголовника привел!

— Успокойтесь, — сказал Кирилл, — он такой же уголовник, как вы, Нина Павловна.

— Что? — спросила Соня. Осколки мелко тряслись у нее в руках, издавали отвратительный стеклянный звук. — Что ты сказал, Кирилл?

— Он такой же уголовник, как мы, — морщась, повторил Кирилл, — все это было выдумкой от начала до конца. Нет никакой «Милицейской газеты». Не было никакого портрета. Никто не печатал его фотографию в разделе «Особо опасные преступники». Ты... успокойся, Сонечка. — В первый раз он назвал Соню Сонечкой. — Я знаю, что глупо это говорить, но ты все-таки успокойся. Юлия Витальевна, у вас есть валокордин, что ли?

— Нет! — вскрикнула Соня. — Мне не нужен никакой валокордин! Я не понимаю, о чем ты говоришь! Зачем ты позвал его сюда?!

— Затем, что все это должно закончиться, — сказал Кирилл, — твоя мать и твой брат выдумали всю историю с уголовником, потому что они не желали, чтобы ты выходила замуж. Все ведь к этому шло, правильно? Ты вышла бы замуж, и они остались бы вдвоем, и некому было бы варить им борщ, и неоткуда было бы взять денежки на сигареты. Правильно я говорю?

— Я не уголовник, — сказал Гриша растерянно, — ерунда какая! Ты что, думала, что я уголовник?!

И он поднялся с кресла, и сделал шаг, и остановился, так и не дойдя до Сони.

— Владик сделал газету на своем компьютере, — продолжал Кирилл, — сфотографировать тебя в больнице было просто. Идея была, разумеется, тетушкина. И тетушкино же исполнение. Она подсунула газетку Соне, она дала ей возможность принять снотворное, она «Скорую» вызывала, она ее в психушку сдала. Только она не предполагала, что Гриша не поверит в то, что Соня его бросила, и станет ее искать, и караулить, и даже на дачу за ней попрется. Ну как? Пока все верно?

Гриша вдруг коротко хрюкнул и что есть силы стукнул ладонью по столу. Чашки подпрыгнули, новый чайник изрыгнул облачко пара, зазвенели рассыпавшиеся из плетенки ложки, и вскрикнула Света.

— Ты думала, что я... уголовник?! — с безмерным изумлением произнес он, и Кириллу показалось, что он сейчас разрыдается. — Значит, все это время, что я... что мы... и все из-за того, что ты думала, будто я — уголовник?!

Он взялся за голову странным, очень не шедшим ему движением и неловко плюхнулся обратно в кресло, подвернув больную ногу.

— Тетя, — вдруг очень громко сказал Дмитрий Павлович, — тетя, это правда?! То, что говорит Кирилл?!

Тетя Александра выпрямилась в кресле, глаза у нее горели инквизиторским огнем, и дышала она ровно и глубоко.

— Мерзавцы, — сказала она негромко, — сволочи. Подонки. Это ты им рассказал, слизняк? — спросила она у Владика. — Ты, ничтожество, шлюха?

— Нет, — забормотал Владик, которого Кирилл так и не отпустил, и стал в панике перебирать ногами, как будто хотел отодвинуться от матери, — не я! Не я, правда!

— Да ерунда это все. Никто и ничего мне не рассказывал, — сказал Кирилл брезгливо, — все и так стало ясно, как только Света меня посвятила во все подробности жуткой Сониной истории. Я все проверил. И все это вранье от первого до последнего слова.

— Я так хорошо все придумала, — продолжала тетя Александра с сожалением, — отлично придумала. Моя дуреха никогда бы не догадалась. Если бы ты ей не сказал! — и, размахнувшись, она кинула в Кирилла чашкой.

Он не успел ее поймать, потому что не ожидал такой прыти от тучной тети Александры. Чашка ударила его в висок. Голове сбоку стало больно, и что-то горячее потекло по шее.

— Кирилл! — вскрикнула Настя.

— Тихо! — Кирилл вытер ладонью то горячее, что текло по шее, и очень удивился, увидев кровь. — Все в порядке. Не пугайся. Она просто бесится.

— Я? — спросила тетя Александра и засмеялась мелким ненавидящим смехом. — Я тебя ненавижу! Ты еще поплатишься за свои дела. Со мной все равно ничего нельзя сделать, я преступлений не совершала. А вот ты пойдешь в тюрьму, потому что ты чуть не прикончил Сергея!

— Почему ты не сказал ей, что ты не уголовник? — спросил Кирилл и снова вытер щеку. — Почему ничего не объяснил?

— Я не знал, что объяснять, — ответил Гриша хрипло, — она не разговаривала со мной. Она только все повторяла, что мы больше никогда не увидимся. Я пытался спросить, а она...

— Я думала, что он убийца и бандит, — проговорила Соня и вдруг бросила осколки чашки на пол. Они зазвенели, покатились. — Я думала, что милиция его ищет. Я думала, что он скрывается. Я говорила ему, что все знаю, чтобы он уходил, а он все не уходил...

— Сонечка, — сказала Света и заплакала, — бедненькая. Сонечка, как же так?..

— А я все понять не мог, *что* она знает, — сказал Гриша Кириллу, — она мне все — я знаю, знаю, я про тебя все знаю, а я думаю, что она знает?

— Она осталась бы со мной, если бы не ты, — тетя Александра все смотрела на Кирилла, сузив инквизиторские глаза, — она ни о чем бы не догадалась. Куда ей! Она всю жизнь была дурой. Она исполнила бы свой долг до конца, а ты помешал! Ты все испортил, подонок!

— Она приготовила шприц и ампулы с барбитуратом, — сказал Кирилл устало, — она собиралась исполнять свой долг еще совсем чуть-чуть. Верно, Соня?

— Я хотела еще один раз сказать ему, что мы больше не увидимся, — тускло выговорила Соня, — он ушел бы, и я бы...

— И ты сделала бы себе укол, — закончил за нее Кирилл, — такой, от которого ни одна «Скорая» не откачала бы. Конечно. Ты любила уголовника, опозорила всю семью, чуть не загнала в гроб мамашу и продолжаешь тайно с ним встречаться! Только одно и осталось — на тот свет.

— Соня, — спросил Гриша испуганно, и она наконец подняла на него глаза, — ты что? С ума сошла?

— На тот свет! — фыркнула тетя Александра. — Да у нее духу бы не хватило! Вы посмотрите на нее! Служанка! Мозги, как у курицы, а может, и тех нет! Разве она сможет жить одна, без меня? Да она сдохнет через неделю, потому что ее надо на поводке водить, а ты ее с поводка спустил!

— Вас бы на поводке водить, тетя, — вдруг с силой сказал Дмитрий Павлович, — да еще в городском саду за деньги показывать, как обезьян в былые времена.

— Нет, Дима, — Юлия Витальевна встала, подошла к его креслу и стала за спиной, — мы виноваты. Мы тоже сразу поверили. Мы сразу осудили. Мы ничего не хотели узнавать. Она на нас надеялась, бедная девочка, а мы ее... На нас и на бабушку. И вон что вышло.

— Дура! — сказала тетя Александра дочери. — На коленях приползешь, слезами умываться станешь — не приму. Прокляну, — добавила она равнодушно, — и тебя, и твоего ублюдка. Всех прокляну.

— Воля ваша. — Кирилл отпустил Владика и вытер о штаны руку. Не ту, которая была измазана кровью, а ту, которой держал его за шиворот. — Так что ты правильно пришел, Гриша. Молодец. Только все-таки зря ты меня по голове лупил.

— Это он? — спросила Настя. — Он тебя тогда ударил?

— Я, — сознался Гриша, — я ведь думал, что ее родные не пускают. Про уголовника я не догадался, конечно, думал, просто так, не хотят. Я же не подарок судьбы, — и он серьезно взглянул на Соню, которая тряслась как в ознобе. — Нога у меня... И работа не так чтобы очень красивая. Мастерская у нас, — зачем-то объяснил он семье, — мы с другом вдвоем рамы делаем на заказ. Кто богатый и хочет непременно, чтобы рамы были из дуба или там из березы карельской. Мы делаем и продаем. Жить можно. Только на «Мерседес» я пока не заработал.

— А на что заработал? — вдруг спросил Дмитрий Павлович, и Гриша обстоятельно объяснил:

— На «Ниву». Хорошая машина. Надежная, и собаку удобно возить.

— А Кирилла зачем стукнул? — Это Настя вступила. За спинками кресел она пробралась к Соне и взяла ее за руку.

— От злости. Я думал, это опять за ней следит

кто-то. Думал, хоть ночью дадут поговорить, и не вышло. Думал, проучу, как следить за ней!.. Она-то как увидала, что я его стукнул, так чуть сама не умерла. Уйди, говорит, не показывайся больше, знать тебя не хочу! Я не знал про уголовника-то...

— Этого не может быть, — пробормотала Соня, — не может этого быть.

— Да, — вспомнил Кирилл, — ожерелье. Ожерелье, дорогая тетя Александра, осталось в мастерской, так что вряд ли теперь вам удастся его заполучить. Это Владик звонил? Вы его надоумили?

— Пошел ты, щенок, — сказала тетя, — она еще подавится этими камнями. Она и ее недоумок. Пусть забирают и катятся. Мне не нужна такая дочь. Так и знай, — она повернулась к Соне и потрясла у нее перед носом пальцем, похожим на сардельку, — матери у тебя больше нет! Променяла ты мать на чужого мерзавца! И ничего у тебя с ним не выйдет. Никогда. Это уж я тебе точно говорю, потому что знаю тебя, идиотину!..

— Сонечка, сядь, — попросила Настя и пододвинула кресло, — сядь, пожалуйста, и не слушай ты ее!..

— Как же это? — вдруг спросила у нее Соня. — Почему? За что?

— За то, что такая дура, — ответила тетя Александра и отвернулась.

— С этим все ясно, — быстро проговорил Кирилл, — все выскажутся попозже, во время прений. Переходим к основному вопросу повестки дня.

Он нервничал и понимал, что говорит что-то не то, но у него не было сил на политес.

— Агриппина Тихоновна не роняла в воду

фен. Она умерла от электрического разряда, не имевшего отношения к фену. Сначала я увидел, что пробки выбило как-то странно, а потом Настя сказала, что фен, который бабушка якобы уронила, вовсе не тот, который она подарила ей на день рождения. У нее был только один. Значит, убийца забрал ее фен себе, а в ванну сунул какой-то другой. Я не знаю, зачем он это сделал, от жадности, или по глупости, или по недосмотру, но Настя догадалась, что бабушку убили, и таким образом я оказался в вашем доме. Настя хотела разобраться в этом, и я должен был ей помочь.

— То есть ты на самом деле не тот Кирилл, которого видела мама? — уточнила Нина Павловна.

— Нет. Не тот. Но это совершенно неважно. Настя показала мне бабушкин дневник, где было написано среди прочего, что ее беспокоят Настя, Сергей и Людочка. С Настей и Сергеем все более или менее ясно. Из-за Насти она беспокоилась потому, что та встречалась с Кирой, а бабушка считала, что он дрянь.

— Кира — это тот, другой Кирилл, — объяснила Настя, не выпуская Сонину руку. Кириллу хотелось, чтобы она слушала его, но она слушала плохо, все смотрела на Соню, как будто контролируя ее и опасаясь, что с ней все еще что-то может случиться.

— А Сережка? — спросила Нина Павловна.

— Сергей влюблен в Мусю, — бухнул Кирилл, и Нина Павловна вытаращила глаза, — и бабушка об этом знала. Вообще, ваша бабушка была женщиной необыкновенной. Во всех отношениях.

— Развратница, мразь, змея, — холодно сказала тетя Александра, глядя в пол. Как-то так получилось, что все отодвинулись от нее, она сидела одна, вокруг нее было пусто и морозно, как на Северном полюсе.

Некрасивая злая женщина посреди Северного полюса.

— Муся, — дрожащим голосом спросила Нина Павловна, — это правда?

Муся молчала, сосредоточенно вытирая руки льняным полотенчиком для посуды. У нее было угрюмое и напряженное лицо.

— Нина, не волнуйся, — Юлия Витальевна заглянула ей в лицо. — Кирилл, говорите быстрее, мы же не железные!..

— Я не знал, кто такая Людочка. В семье нет человека с таким именем. Настя сказала, что и не было никогда. Тем не менее Агриппина Тихоновна написала ее имя вместе с именами внуков. Значит, эта самая Людочка все-таки была близким человеком.

— Кирилл, это все очень хорошо и совершенно в духе Агаты Кристи, но я не понимаю, зачем вообще нужно было... убивать маму? — вступил Дмитрий Павлович. Вид у него был растерянный и сердитый.

— Не мешайте, дядя Дима, — сказала Света с досадой, — он же пытается объяснить.

— У вашей матери были деньги, Дмитрий Павлович. Я не понимаю, почему вы никогда не задавались вопросом, на что, собственно, она живет полвека после смерти мужа. На что покупает машины. На что содержит домработницу. На что ездит на курорты и помогает внукам.

— Фр-р, — злорадно выдохнула тетя Александра, — моя сестра была содержанкой, безнравственной и развратной тварью.

— У нее были средства, — повторил Кирилл, —

Сонино ожерелье стоит под сто тысяч долларов. Откуда оно взялось у бабушки?

Тут произошла катастрофа.

Тетя Александра вдруг выпучила глаза, почернела, и праведный инквизиторский гнев переродился в тяжкое, огромное, нечеловеческое изумление.

— Ско-о-олько? — провыла она. — Сто-о-о? Сто тысяч?! Сонькино?! Сто тысяч долларов?!

Подбородки затряслись, шея вытянулась, и она что есть силы пнула стул, на котором горбился совершенно несчастный Владик. Стул упал, и Владик повалился вместе с ним. Света отскочила в сторону, как будто на нее опрокинули банку с пауками.

— Что ты мне врал, скотина?! Ты... ты сказал — тысяча! Ты... ты хотел... прикарманить?! Обмануть?! Меня?!

Владик захныкал, пополз по полу и спрятался за Свету.

— Соня! — тоненько крикнул он из-за Светы. — Соня, скажи ей!..

— Света, дай ему воды, — распорядилась Нина Павловна.

Тетя Александра изменила цвет лица с черного на бурно-лиловый, под цвет халата, и стала натурально хрипеть и ломать руки. Кресло скрипело под ней и ходило ходуном.

— Потом мне рассказали про клад, — продолжил Кирилл, тетя Александра больше его не интересовала, — Нина Павловна рассказала. В детстве они играли в кладоискателей, и бабушка очень рассердилась, когда застала ‹ х за этим занятием.

— Это глупости, — сказал Дмитрий Павлович убежденно, — детские глупости, и больше ничего.

— Нет. Клад действительно был. И его на самом деле привезли из Германии ваш отец и его друг. И именно на эти деньги Агриппина Тихоновна жила всю жизнь.

— З-з-змея... — шипела тетя Александра, — хищ-щница!..

— Был клад. Он был спрятан в доме, и о том, где он спрятан, знали три человека — бабушка, дед и Яков, тот самый близкий друг. Потом появился еще один — четвертый человек, который решил забрать его себе. Но этот четвертый знал только о том, что клад существует. Он должен был его найти. Сергей показывал мне арабские книги, которые так нравились ему, когда он был маленький. Это книги Якова. Яков почему-то отдал их вашей бабушке, а не оставил в собственной семье. То ли он любил ее, то ли очень дружил с дедом — вряд ли сейчас можно сказать наверняка. Так или иначе, книги простояли в шкафу семьдесят лет или около того, и, когда мы с Сергеем их смотрели, оказалось, что в одной книге не хватает страниц. Я не мог понять, какой смысл выдирать листы из книги столетней давности, пока не сообразил, что, может, дед и Яков именно на этих листах нарисовали план, как найти клад. Вот это была совершенно гениальная мысль. Ни один следователь и энкавэдэшник не догадался бы. Они по-русски-то едва разумели, не то что по-арабски! Даже если бы забрали все, старые арабские сказки скорее всего уцелели бы — кому они нужны! Сергей не помнил, что там было написано или нарисовано, но там был именно план. И он исчез. Четвертый человек подошел совсем близко к цели.

Все молчали, и только дышала на крыльце громадная черная собачища. Кирилл посмотрел на нее. Ему было завидно — собачище не нужно было ничего объяснять.

— Скорее всего, заполучив листы, он ничего не понял. Книга-то арабская, и Яков мог написать что-то именно по-арабски. Я случайно услышал, как Сергей говорил кому-то в саду, что он завтра во всем разберется и что это какая-то ерунда. Он говорил с ним, с этим четвертым человеком. Сергей должен был прочитать текст, но он сказал, что это никакой не текст. Вряд ли Сергей понял, что это за бумажки и какое они имеют значение, но он моментально стал опасен. Он не отстал бы, пока не разобрался. Он даже сказал: я завтра во всем разберусь. Его нужно было убить.

Он перевел дыхание, потому что перед глазами опять всплыла голая голубоватая нога в темной воде и камень, обросший водорослями.

— Его оглушили, — сказал он безжалостно. — Или придушили, я в этих вопросах не специалист. Накачали в легкие воды, чтобы все было правдоподобно. Я ночью ушиб ногу о насос, который валялся в кухне. Насос был мокрый. Потом отволокли в залив. Если б я не проснулся и не спустился вниз, если б Гриша не шатался ночью по берегу, если б мы случайно не нашли Сергея, он бы... умер. Пока мы ковырялись в заливе, здесь все привели в порядок — насос исчез, зато появились бутылка водки и мое мокрое полотенце. Как будто мы выпили и потащились геройствовать в воду. Никто, кроме меня, не знал, что Сергей никогда и ничего не пьет. Не может. И скрывает это от всех, поскольку считает, что это унизительно. Черт бы его побрал...

— Ну кто, кто?! — в полной тишине вдруг закричала Света. — Кто это?! Что ты все тянешь и тянешь, твою мать!..

— Про клад знали в двух семьях — вашей и Якова. В вашей семье нет Людочки, а про семью Якова никто ничего не помнил. Когда я в первый раз зашел в вашу ванную, я очень удивился, что там нет зеркала. Настя сказала, что его разбили накануне бабушкиной смерти, и я сразу понял — зачем. Зеркало разбили, чтобы бабушка в последний момент не заметила человека, который вошел в ванную, чтобы ее убить. Не заметила и не подняла шум. В альбомах, которые мы смотрели, есть фотографии всех детей и внуков — маленьких и повзрослевших. Мы дошли только до середины. Когда я потом смотрел альбом, все фотографии были на месте. Кроме нескольких.

— Каких? — выдохнула Настя.

— Не было фотографий внучки Якова, которая жила у твоей бабушки, когда была маленькой. Есть только одна, которую ты мне показала, на ней ничего нельзя разобрать. Дальше — пустые места. Взрослой внучки Якова в альбоме нет, а должна была быть. И нет ее потому, что на тех фотографиях ее вполне можно узнать. Правда, Муся?

Нина Павловна закрыла рот рукой. Больше никто не шевельнулся.

— Я дурак, — сказал Кирилл, — я сразу знал, что зеркало разбила Муся. Велосипед есть только у Владика и у Муси. У Владика он новый и шикарный, а у Муси старый и ржавый. Насос тоже был старый. Фотографии мы смотрели втроем — Настя, Муся и я. Потом я нашел кучку пепла в камине и позже вспомнил, что Муся выронила из кармана какой-то конверт, Настя подняла его и вернула ей, и она решила, что проще сжечь его, чем прятать — чем черт не шутит. Тем более Владик, как я понимаю, любит пошарить по чужим карманам и сумкам. И только сегодня я вспомнил про дневник. Агриппина Тихоновна вела дневник. Я все думал, почему она уволила старую домработницу, да еще со скандалом, посмотрел запись трехмесячной давности, и все стало понятно. — Он полез в задний карман, вытащил тоненькую тетрадочку, перегнул ее пополам и прочитал: — «Сегодня в булошной встретила Людочку. Очень бедствует, бедняжка. Галя недавно умерла, а я и не знала. Надо помочь. Людочка говорит, что в своей парикмахерской почти ничего не зарабатывает. Я могу взять ее к себе, но жаль Зосю — столько лет!.. Впрочем, Зося не пропадет, у нее дети и внуки, и на пенсию ей давно пора, а Людочка пропадет. Буду думать». Вот и все. — Он помолчал, рассматривая Мусю. — Бабушкин фен был белый, фирмы «Браун». Фен, который вытащили из ванны, был серый с надписью «профешионал». У профессионального парикмахера должен быть профессиональный фен. Только зачем вы «Браун» себе забрали? Пожадничали?

Муся аккуратно сложила льняное полотенце и перекинула его через плетеную спинку кресла, расправила плечи, обвела глазами семью, замершую, как в детской игре «Море волнуется».

— Ну что ж, — сказала она, сняла с волос косынку и так же аккуратно сложила, — все это очень интересно и поучительно. Я-то сразу поняла, что вы вовсе не тот Кирилл, о котором говорила старуха. Жаль. Осталось-то совсем немного. Только руку протянуть. Жаль.

— Муся, — прошептала Настя, и теперь уже Соня взяла ее за руку, — и бабушка... и Сережка... Муся посмотрела на нее и усмехнулась:

— Дед нашел этот клад. Дед привез его из Германии. Дед жизнью поплатился, а старуха все прикарманила и думала, что откупилась. Мороженым, да еще тем, что я жила в этом доме, как приживалка! Конечно, мать знала про драгоценности. Бабушка ей сказала. Дед два листа ей отдал, а два оставил старухе. Драгоценности можно было найти, только соединив все четыре листа вместе. Но все было спрятано в этом доме, и у нас было только два — два листа из четырех! Мать тяжело умирала и говорила только о том, что старуха нас обворовала, ей все досталось, а мы нищенствовали всю жизнь из-за того, что дед был такой благородный и все деньги оставил старухе, а на нас ему было наплевать! Мать всю жизнь мечтала, как мы могли бы жить, если бы старуха не сидела на драгоценностях, как сторожевая собака!

— Почему вы ее убили? — спросил Кирилл. Он вдруг очень устал. Оглянувшись, он поднял кресло, с которого свалился Владик, и сел.

Муся равнодушно пожала плечами:

— Она видела, что я доставала книги и смотрела их. Я же должна была найти этот проклятый план! Она-то знала, где он! Все равно ее пришлось бы убить, — добавила она совершенно хладнокровно, — мне же нужно было забрать то, что всегда было моим, а она бы мне помешала. Я не думала, что Настя поселится здесь на следующий же день после ее смерти. Я бы успела все найти и забрать, никому бы в голову ничего не пришло.

— Но ведь вы так ничего и не поняли, — напомнил Кирилл, — вы же зачем-то спрашивали у Сергея, что именно там написано.

— Я не читаю по-арабски, — объяснила Муся охотно, — а там было написано по-арабски.

— Нет, — сказал Кирилл, — не по-арабски. И не написано.

— Что? — помедлив, спросила Муся, и красивые брови дрогнули. — Что вы сказали?

— Вы вернули листы в книгу тогда же, когда заметали следы и строили декорацию нашего с ним совместного пьяного дебоша. Это понятно. Сергей сказал, что ничего не понял и что там нет текста. Вы решили, что в книге есть еще какое-то указание и вам нужно его найти. Уносить книгу с собой вы побоялись. Поначалу вы были уверены, что вас никто и ни в чем не заподозрит, но тут влез я, и вы испугались. Я мог найти Сергея, а он мог прийти в себя и сказать, что накануне ночью разговаривал именно с вами, и вся декорация потеряла бы смысл, потому что он-то точно знал, что не пил со мной водку. Вы сунули листы обратно в книгу, а книгу поставили на полку. Этих книг никто не касался много лет, и вы думали, что они никого не интересуют. Вы собирались забрать ее сегодня, пока Сергей не пришел в себя. И потом сделать еще одну попытку. Правильно?

— Вы сказали, что там ничего не написано, — нетерпеливо перебила Муся, у нее было потрясающее самообладание, — но там же написано! И именно по-арабски!

Кирилл взял со стола газету «Коммерсант», развернул и вынул четыре листа плотной бумаги. Бумага была пожелтевшей, картинки выцветшими, а арабские буквы жирными, черными и казались нарисованными совсем недавно.

— Боже мой, — тоненько проговорила Света.

— Подписи под рисунками — никакой не текст. — Кирилл разложил листы в два ряда. В верхнем ряду были чудесная птица и ханский трон, а в нижнем — вверх ногами — купальщица и паук. В ухо ему сопел очухавшийся Владик, и Кирилл оттолкнул его. — Видите? Если положить их так, получается, что каждая строчка — это сторона четырехугольника. Четырехугольник и есть дом. Буквы внутри четырехугольника — это план. — Он провел пальцем. — Прямые линии в буквах продолжают друг друга. Завитушки добавлены для красивости. Вот здесь, где буква нарисована красным, скорее всего и есть ваш клад.

— Как просто, — пробормотала Муся, не отрывая взгляд от красной вязи, — как все просто...

— Да, — согласился Кирилл, — просто.

Она владела собой совершенно. Бледные щеки чуть порозовели, она глубоко вздохнула и сказала холодно:

— Все. Спасибо за внимание. Больше мне здесь делать нечего.

— Гриш, дай мне сигарету, — попросил Кирилл.

— Как — нечего? — Дмитрий Павлович поднялся из-за стола, глаза у него засверкали и сузились, как у тети Александры, — что значит — нечего?! Мы что же? Так ее и отпустим после всего, что она... наделала?!

Муся на него даже не взглянула.

— Отпустим, — сказал Кирилл, прикурил и сморщился, дешевый крепкий табак обжег нёбо, слюна стала горькой, — конечно, отпустим. Все, что я рассказал, — никакие не доказательства, Дмитрий Павлович.

— Как — не доказательства? — опешил Настин отец. — Почему не доказательства?

— Разрешите, я пройду, — проговорила Муся.

— Это для нас с вами доказательства, — сказал Кирилл, затягиваясь, — а не для... — он поискал слова, — правоохранительных органов. Никто не станет затевать дело из-за смерти пожилой женщины в ванне. Сергей жив. Если, конечно, вы будете настаивать, заплатите кому-нибудь, дело заведут, Агриппину Тихоновну откопают, проведут экспертизу или что там обычно проводят в таких случаях. Прошло много времени, дело повисит, повисит, и его закроют. Она не зря так хорошо все продумала, ваша Людочка — Милочка — Мила — Муся.

— Да, — сказала Муся, — жаль, что я не успела. Если бы Настя вас не привезла, все получилось бы.

— Получилось бы, — согласился Кирилл.

Не торопясь, Муся пошла к крыльцу, и Света крикнула:

— Мама, она уходит!

— Пусть уходит, — процедила сквозь зубы Нина Павловна, — все равно уже ничего не изменишь.

— Дик, пропусти! — приказал Гриша своей собачище.

Муся легко сбежала со ступенек, подхватила свой велосипед и пошла по саду в сторону старого парка. Все смотрели ей вслед и молчали.

Настя приложила ладони к щекам, Соня закрыла глаза, под тяжелым Гришей скрипнуло кресло.

— Это мое! — вдруг прошипела тетя Александра. — Все, что там есть, — мое! Старая карга поплатилась за свою жадность! Теперь все это будет мое!

Она грудью упала на арабские рисунки, сгребла их трясущейся сарделькообразной рукой и обвела семью ненавидящим взглядом.

— Началось, — пробормотал Кирилл и поднялся. Он больше не хотел никого видеть. — Гриш, пойдем покурим.

Он протиснулся между плетеными креслами, сбежал с крыльца, слыша за собой тяжелые прихрамывающие Гришины шаги. Вдвоем они уселись на теплую лавочку в зарослях старой сирени. Кирилл закрыл глаза и откинул голову. Было жарко, и солнце как будто трогало кожу невесомыми горячими лучами. Какая-то птица возилась в зарослях, деловито попискивала. Пес, улегшись неподалеку, коротко дышал, вывалив розовый чистый язык.

— Не переживай, — сказал Гриша и толкнул Кирилла плечом, тот покачнулся, — ты молодец.

— Я молодец, — согласился Кирилл.

— Неужели она и впрямь думала, что уголовник? — сам у себя спросил Гриша с изумлением, и Кирилл усмехнулся, не открывая глаз.

Гриша помолчал и спросил снова:

— Как ты думаешь, она теперь со мной... поговорит или свою мамашу бешеную обхаживать станет?

— Сам разберешься, — сказал Кирилл, — не маленький.

И они опять замолчали.

Так они сидели и молчали, и птаха копошилась в сирени, и солнце лениво пригревало, и пахло травой, смородиной, летом — всем самым

лучшим, что только есть в жизни, — и в голове у
Кирилла легчало, как будто солнце до дна высве-
чивало всю черную муть, и она оказалась не такой
уж глубокой и страшной.

Быстрые шаги, которые Кирилл уже научился
узнавать, зазвучали на дорожке, и Настя сказала:

— Подвиньтесь, пожалуйста, — и протисну-
лась между ними, сунув сжатый кулачок под ладонь Кирилла.

— Ну что? — спросил он, открыл глаза и увидел ее прямо перед собой, очень близко. — Тетя
Александра получила, что хотела?

— Это было в вазе, — серьезно сказала Настя, — в вазе с сухими цветами. Бабушка всегда
протирала эти вазы сама, никому не разрешала.
Мы думали, что они все одинаковые. Это та, знаешь, которая у двери в гостиную. У нее двойное
дно, как в романе, и она шурупами привинчена к
полу. Ее никогда не переставляли.

— Все? — спросил Кирилл. — Можно лететь в
Дублин?

— Мы ее открыли, — продолжала Настя, не
отвечая на вопрос, — я хочу тебе показать, что
там было.

Она вытащила кулачок из-под его ладони и
разжала.

В кулачке были две золотые монетки.

Кирилл выехал из Москвы в шестом часу и
был уверен, что успеет. Неделя выдалась неожиданно тяжелой. Он прилетел из Китая только накануне вечером, на два дня позже запланированно-
го срока, и в самолете совсем не спал. Он вообще
очень плохо спал в самолетах и плохо приспосаб-

ливался к смене часовых поясов, особенно когда летел на восток и обратно.

В Москве спать было некогда, он сразу поехал на работу, весь день прилежно взбадривал себя кофе и к вечеру напоминал сам себе переполненный кофейник с вытаращенными глазами посреди полированного бока.

Он даже подумал, не полететь ли в Питер самолетом, но решил, что это глупости. Он не мог жить без машины и знал, что в Питере у него не будет возможности валандаться с арендой автомобиля.

Кроме того, под вечер выяснилось, что его смокинг намертво застрял в химчистке, и пришлось посылать за ним секретаршу, и руководить ее действиями по добыче смокинга по телефону, ругаться с начальником этой самой химчистки, и снова руководить секретаршей, а потом еще заезжать домой, поскольку он, конечно, забыл про галстук, и под конец дня он уже ненавидел лютой ненавистью и смокинг, и секретаршу, и всю затею, для которой ему понадобился смокинг.

Он проехал примерно полпути, когда понял, что непременно умрет, если не поспит хотя бы полчаса. Спать на обочине ему не хотелось, и он все-таки доехал до Новгорода, до небольшой чистенькой гостинички с поэтическим названием «Садко», и упал спать, как был — в джинсах и майке, сунув портфель между стеной и кроватью. У него был очень ценный портфель, и он все время его контролировал.

Конечно, он проспал. В ночном угаре с «поселением» в гостиничку он забыл предупредить, чтобы его разбудили в семь, и проснулся от того, что под щекой у него заливался соловьиными трелями мобильный телефон. Некоторое время Кирилл соображал, где он и что с ним, а потом выхватил из-под подушки трубку.

— Да.

— Кирилл, ты где? — спросила Настя озабоченно. — Я думала, что ты вчера приедешь, а тебя все нет и нет. Я даже беспокоиться стала.

— Я тебя люблю, — сказал Кирилл хриплым спросонья голосом и потянулся всем телом. Лежать на кровати было приятно и приятно было слушать Настин голос в трубке.

— Спасибо, — ответила она, помедлив. — Я тебя тоже. Ты где? Подъезжаешь?

Тут он вспомнил, что должен куда-то подъезжать, и, вскинув руку, посмотрел на часы. Было без четверти девять.

Елки-палки!

Он вскочил так резко, что потемнело в глазах, чуть не упал, уверил Настю, что подъезжает, быстро соврал что-то насчет того, что слышимость внезапно ухудшилась, для правдоподобия покричал «алло, алло!», зашнуровывая ботинки, скатился вниз вместе со своим драгоценным портфелем, стоя выпил в баре две чашки кофе и рванул со стоянки, распугивая всех ленивых новгородских голубей, по-куриному всполохнувшихся и дунувших от него в разные стороны.

Конечно, он опоздал.

Он хотел купить цветы и забыл про них, а потом вспомнил и потерял еще минут пятнадцать, колеся по Петергофу и выискивая цветочную лавку, и, когда нашел, опоздание уже стало таким катастрофическим, что он старательно отводил взгляд от часов, которые, как назло, все время лезли ему на глаза.

Лето подходило к концу, но было так жарко, что, пробираясь по разбитой дороге, он в который раз подумал — такое лето на Балтике бывает, наверное, раз в пятьдесят лет.

У кованой железной решетки было столько машин, что Кирилл присвистнул. Вдруг перетрусив, он притормозил, как будто выискивая место, и из калитки выскочила Нина Павловна.

— Вот он! — торжествующе крикнула она в сторону дома, — Света, скажи Насте, что Кирилл приехал! Конечно, не опоздать ты не мог! — еще громче закричала она, уже в его сторону. — Вылезай, хватит кататься! Мы тебя с утра ждем! Дима так поставил машину, что невозможно подъехать! Почему ты опоздал?!

Кирилл через лобовое стекло посмотрел на Нину Павловну, пожал плечами и вылез из машины, понимая, что отсидеться все равно не удастся. С заднего сиденья он выволок букет, ценный портфель, и еще смокинг болтался на вешалке, будь он неладен!..

— Ого, — сказала Нина Павловна, увидев букет, подошла, приподняв юбку, и поцеловала его в щеку, как будто клюнула, чего он никак не ожидал.

— Здрасти, Нина Павловна.

Она была в длинном малиновом платье без рукавов и с открытой спиной. Золотистые волосы искусно уложены, на руках — маникюр. Кирилл оробел.

— Что это ты уставился? — спросила она самодовольно. — У нас торжество. Мы давно готовы, не то что некоторые.

— Вы очень красивая, — сказал Кирилл искренне.

Она засмеялась:

— Я знаю. Идем, идем скорее!

— Мама!! — закричал Сергей от дома. — Тетя Юля спрашивает, повезем ли мы с собой шампанское?

— О, господи, — пробормотала Нина Павловна, вмиг становясь озабоченной, — без меня никто ничего не соображает! Что за дом?! Иду!! — так громко завопила она, что Кирилл вздрогнул и сверху вниз посмотрел на нее. — Иду, Сережа!

Возле старой сирени толпились какие-то незнакомые барышни в парадных туалетах. Как по команде они повернули головы и уставились на Кирилла. Он кивнул, маясь от неловкости. Некоторые барышни кивнули в ответ, другие сделали вид, что ничего не заметили, но все продолжили изучать его. Он знал такие взгляды и боялся их.

— Терпи, — посоветовала Нина Павловна весело, — деваться все равно некуда.

— Это точно, — пробормотал Кирилл себе под нос.

На крыльце по обе стороны двери в двух высоких вазах стояли гладиолусы, обе створки были распахнуты настежь, в доме метались какие-то люди, пахло духами, сигаретным дымом и свежескошенной травой.

— Здорово! — сказал Сергей, выходя из боковой двери. — Мы уж было решили, что ты сбежал.

— Я не сбежал, — возразил Кирилл и, засунув под мышку ценный портфель и придерживая подбородком огромный букет, пожал протянутую руку. — Я проспал в Новгороде.

— Где ты проспал? — изумился Сергей.

— Юля! — воскликнула на кухне Нина Павловна. — Неужели нельзя было сообразить вынуть шампанское из морозилки?! Теперь все замерзло! Один лед!

— Ничего не лед, — отвечала невидимая Юлия Витальевна, — как раз хорошо охладилось.

— Да оно не охладилось, оно замерзло! Зося Вацлавна! Зося Вацлавна! Это все шампанское, что у нас есть?

— Когда это кончится? — пробормотал Сергей себе под нос.

— Никогда, — ответила Света за спиной у Кирилла, — приехал наконец!

— Привет, — Кирилл посторонился, пропуская ее. Она шла очень осторожно, в руках у нее был поднос, уставленный разномастными хрустальными фужерами.

— Почему я должна быть официанткой? — спросила Света плаксиво. Ее супербюст был упакован в бежевый атлас и выглядел сногсшибательно. — И вообще все это никому не нужный бред! Сходили бы в ресторан, как все люди!

— Что тут за толпа? — спросила деловитая пожилая женщина, появляясь со стороны гостиной. Она несла большую корзину, и у нее был удивительный фартучек — кружевной, беленький, размером с носовой платок, и такой же воротничок на темном бархатном платье. — Света, ты сейчас все уронишь! Иди на террасу. Сережа, куда ты дел свечи? Через пятнадцать минут выезжать! А вы Кирилл, да? Что-то вы так опоздали!

— Как — через пятнадцать минут? — переспросил Кирилл с ужасом. — Уже через пятнадцать минут?!

— Ну да. У вас есть во что переодеться? И, может, быстро дать вам чаю? За стол еще не скоро.

Сережа, найди свечи и возьми у меня корзину. Ее нужно поставить в машину к Диме.

— Хорошо, Зося Вацлавна.

— Так дать чаю?

— Лучше мышьяку, — пробормотал Кирилл, и тут на лестнице показалась Настя.

— Ты с ума сошел! — крикнула она и с середины лестницы кинулась ему на шею. — Я чуть не умерла, пока тебя дождалась!

— Настя, это неприлично, — заявила с порога кухни Юлия Витальевна и опять там скрылась.

— Господи, почему ты в джинсах?

— А что, я должен семьсот километров ехать в смокинге?

— Ты что? Сердишься?

— Нет, — сказал он, приподнял ее за бока и еще раз поцеловал. Зеленые глаза, которые она не закрыла, были совсем близко. — Я что-то волнуюсь, — прошептал он ей на ухо.

— Тебе есть во что переодеться? Светка, не кури тут, иди на террасу! Ты знаешь, Соня продала ожерелье.

— Неужели?

— Ну да. Она сказала, что продаст его первому, кто захочет купить, и не стала торговаться. И продала.

— Она просто дура, — сказала Света громко, — это ужасно, так продешевить! Ей говорили, что оно стоит около ста, а она продала за шестьдесят. Ну? Не дура?

— Светка, замолчи! Кирилл, иди переодевайся! Ты уже давно должен уехать! Где твой костюм?

— В машине. Насть, — сказал он быстро, — мне сначала нужно увидеть Соню. Можно? Или она стоит голая посреди комнаты?

— Зачем сейчас? Господи, ты ее только расстроишь! Мама, подожди, я тебя сама накрашу. Зося Вацлавна, свечи нашли? Кирилл, иди за костюмом. Мы сейчас опоздаем!

— Настя.

Она замолчала на полуслове и уставилась на него.

— Пошли, — велел он и потянул ее к лестнице, — мне нужно поговорить с Соней. Давай-давай. Пошли.

— Слушай, — засмеялась она, — я понимаю, почему твой бизнес процветает. Отвязаться от тебя невозможно.

— Ты очень красивая, — шепнул он, когда они поднялись по лестнице и оказались как бы над эпицентром тайфуна, — я не ожидал, что ты окажешься такой красивой.

— Это что? — спросила она подозрительно. — Комплимент?

На ней было узкое нежно-зеленое платье до пола. Кирилл ничего не понимал в женских платьях, но это было самое выдающееся из всех, что он когда-нибудь видел. И жемчуг на стройной шее был на удивление кстати, и волосы подняты вверх и заколоты как-то необыкновенно, и глаза были как у лесной колдуньи — огромные, зеленые, страшные.

— Что мне делать? — спросил Кирилл жалобно. — Как жить?

Она засмеялась и поцеловала его.

— Хорошо, что я еще губы не накрасила. И не приставай ко мне, я и так нервничаю! — Она стряхнула его руку со своей голой спины и открыла дверь. — Соня, Кирилл приехал! Я его привела. Девочки, здесь все одеты?

— Она меня привела! — пробормотал Кирилл и шагнул в Настину комнату.

Окна были распахнуты, и ветер шевелил лимонные шторы, и везде были цветы, даже на полу за диваном стояла пузатая ваза. На кровати под цветастым пологом валялись какие-то коробки, ленты, свертки в бантах и сверкающей подарочной бумаге. Две незнакомые девицы щебетали у туалетного столика, на котором среди флаконов и тюбиков почему-то оказались туфли — солнце переливалось в пряжках.

Соня неподвижно стояла перед зеркалом и обернулась, когда он вошел.

— Кирилл!

Девицы замолчали. Взметнулись белоснежные пышные юбки, пролетел шлейф, открывая остроносые туфли и белые чулки, задрожал локон, искусно выложенный парикмахером вдоль длинной шеи, и Соня кинулась к нему, и обняла, и прижалась щекой к его майке.

— Как хорошо, что ты приехал!

— Конечно, приехал. Еще бы я не приехал!

— Я же тебе говорила, не надо ее расстраивать, — сказала Настя позади него и шмыгнула носом, — но тебя разве остановишь!

— Сонечка, я привез тебе цветы, — быстро проговорил Кирилл, — я тебя поздравляю. Я так... рад за тебя!

Он оглянулся на Настю, но она не стала ему помогать.

— И я рада, — сказала Соня, оторвалась от него и посмотрела ему в лицо.

Глаза у нее сияли, зубы блестели, кожа была розовой и свежей. Шея у нее неожиданно оказалась длинной, и талия нашлась, и грудь в вырезе белого платья.

— Я хотел тебе сказать... — начал он, снова оглянулся на Настю и замолчал.

— Мы пойдем вниз! — объявила догадливая Настя, — девчонки, пойдемте вниз. Кирилл, нам уезжать скоро, ты не забыл? Ты же еще без костюма!

— Зато мне не надо делать макияж, — пробормотал он.

Ему хотелось, чтобы все побыстрее закончилось. Девицы проследовали к выходу, и у самой двери он поймал Настю за хвост платья и втянул обратно.

— Ты что?

Он вздохнул и захлопнул дверь.

— Я хочу кое-что тебе подарить, — быстро сказал он Соне и полез в портфель, — прямо сейчас, пока ты еще не вышла замуж.

Соня переглянулась с Настей, и Настя переступила ногами и вытянула шею, чтобы посмотреть, что он собирается дарить. Даже по ее носу было видно, как ей любопытно.

Он выудил из портфеля квадратную плоскую коробку. Очень простую бархатную коробку.

— Вот, — сказал он и сунул коробку Соне в руки, — это тебе. Может, ты наденешь?

Соня еще раз взглянула на Настю, потом на Кирилла и осторожно и неумело открыла крышку.

— Господи, — прошептала Настя, — ты ненормальный.

Двадцать один сапфир, двадцать один бриллиант, старая голландская работа. Середина девятнадцатого века, если он правильно запомнил.

«Все, все, — дружелюбно прокаркал Франц Иосифович, когда он забирал ожерелье, — все почистили, все привели в порядок. Барышня будет рада. Такая милая, такая несчастная барышня. Свадьба, да. Теперь это счастливая барышня. Верно, Михаил Эрастович?»

— Кирилл, — не отрывая взгляда от ожерелья, едва выговорила Соня, — откуда оно... у тебя?

— Я его купил, — ответил Кирилл, — у двух стариков-ювелиров. Они пьют кофе, когда стреляет пушка. Знаешь таких?

— Как — купил?

— Так. Купил.

Чья-то слезища капнула на синий бархат, Кирилл не разобрал чья, Настина или Сонина.

Они обе молчали, и он решил, что нужно спасать положение.

— Я хочу, чтобы оно было у тебя, Соня. Ты его заслужила. Черт возьми, ты заслужила все на свете! Только не рыдай, а то вся красота пропадет зря. И не отказывайся. Я не возьму.

— Кирилл, это невозможно, — простонала Соня и подняла на него глаза.

— Возможно.

— Это же очень дорого!

Он усмехнулся.

— Я не разорился и не впал в нищету из-за твоего ожерелья. Мои сотрудники получат зарплату вовремя. Я хотел поменять машину, а теперь подожду. Только и всего.

— Так не бывает, — прошептала Соня и задрала голову вверх, чтобы слезы не полились по щекам.

— Сегодня такой день, — промолвила Настя и вытерла глаза о рукав Кирилловой майки, слегка размазав тушь, — когда все бывает. Повернись, я застегну.

Народу в Благовещенской церкви было много, и Кирилл, стоя за спиной у Гриши, все время оглядывался на Настю, как будто боялся ее потерять. Она улыбалась ему дрожащей счастливой улыбкой и грозила пальцем, чтобы он не отвлекался.

Служба подходила к концу, и, наконец, надели кольца, и Соня, вцепившись в Гришину руку, повернулась лицом к родным.

На бледной груди, по выступающим ключицам переливалось, искрилось и горело ожерелье работы старого голландского мастера Густава ван Гаттена дю Валенгштока, большого знатока настоящих драгоценностей.

Литературно-художественное издание

Устинова Татьяна Витальевна

ХРОНИКА ГНУСНЫХ ВРЕМЕН

Ответственный редактор *О. Рубис*
Редактор *Т. Семенова*
Художественный редактор *Д. Сазонов*
Художник *Е. Шувалова*
Технический редактор *Н. Носова*
Компьютерная верстка *А. Щербакова*
Корректор *В. Назарова*

При оформлении обложки использован рисунок *Е. Шуваловой*

ООО «Издательство «Эксмо».
107078, Москва, Орликов пер., д. 6.
Интернет/Home page — www.eksmo.ru
Электронная почта (E-mail) — info@ eksmo.ru

*По вопросам размещения рекламы в книгах издательства «Эксмо»
обращаться в рекламное агентство «Эксмо». Тел. 234-38-00*

Книга — почтой: Книжный клуб «Эксмо»
101000, Москва, а/я 333. E-mail: bookclub@ eksmo.ru

Оптовая торговля:
109472, Москва, ул. Академика Скрябина, д. 21, этаж 2
Тел./факс: (095) 378-84-74, 378-82-61, 745-89-16
Многоканальный тел. 411-50-74. E-mail: reception@eksmo-sale.ru

Мелкооптовая торговля:
117192, Москва, Мичуринский пр-т, д. 12/1. Тел./факс: (095) 932-74-71

ООО «Медиа группа «ЛОГОС».
103051, Москва, Цветной бульвар, 30, стр. 2
Единая справочная служба: (095) 974-21-31. E-mail: mgl@logosgroup.ru

ООО «КИФ «ДАКС». 140005, М. О., г. Люберцы, ул. Красноармейская, д. 3а.
Тел. 503-81-63, 796-06-24. E-mail: kif_daks@mtu-net.ru

Книжные магазины издательства «Эксмо»:
Москва, ул. Маршала Бирюзова, 17 (рядом с м. «Октябрьское Поле»). Тел. 194-97-86.
Москва, Пролетарский пр-т, 20 (м. «Кантемировская»). Тел. 325-47-29.
Москва, Комсомольский пр-т, 28 (в здании МДМ, м. «Фрунзенская»). Тел. 782-88-26.
Москва, ул. Сходненская, д. 52 (м. «Сходненская»). Тел. 492-97-85
Москва, ул. Митинская, д. 48 (м. «Тушинская»). Тел. 751-70-54.

Северо-Западная Компания представляет весь ассортимент книг издательства «Эксмо»
Санкт-Петербург, пр-т Обуховской Обороны, д. 84Е
Тел. отдела рекламы (812) 265-44-80/81/82/83.

Сеть магазинов «Книжный Клуб СНАРК» представляет
самый широкий ассортимент книг издательства «Эксмо».
Информация о магазинах и книгах в Санкт-Петербурге по тел. 050.

Вы получите настоящее удовольствие, покупая книги в магазинах ООО «Топ-книга»
Тел./факс в Новосибирске: (3832) 36-10-26. E-mail: office@top-kniga.ru

Всегда в ассортименте новинки издательства «Эксмо»:
ТД «Библио-Глобус», ТД «Москва», ТД «Молодая гвардия»,
«Московский дом книги», «Дом книги в Медведково», «Дом книги на ВДНХ».
Книги издательства «Эксмо» в Европе: www.atlant-shop.com

Подписано в печать с готовых монтажей 17.02.2003.
Формат 84х108 $^1/_{32}$. Гарнитура «Таймс». Печать офсетная.
Бумага газетная. Усл. печ. л. 21,84.
Доп. тираж 17 000 экз. Зак. № 6012.

Отпечатано в полном соответствии с качеством
предоставленных диапозитивов в Тульской типографии.
300600, г. Тула, пр. Ленина, 109 .